mtb

Zum Buch:

Jensens Woche:
Das Buch, aus dem ich am Samstag während der Signierstunde vorgelesen habe, habe ich über ein Mädchen geschrieben, das ich liebe. Ein Mädchen, das mir ebenso viel Liebe wie Schmerz bescherte. Aber vor allem schenkte sie mir Hoffnung. Sie kam, wenn sonst niemand da war, und manchmal braucht man nur das … dass jemand da ist. Letztes Wochenende trat sie wieder in mein Leben, bei der Lesung. Der Moment, in dem ich begriff, dass sie wirklich da war, war für mich ein surreales Erlebnis. Nie hätte ich gedacht, dass sie die Geschichte des Buches aus meinem Munde hören würde, und nun stand sie da, hörte zu, so wie sie mir vor vielen Jahren unzählige Male zugehört hatte.

Zur Autorin:

Die *New York Times*-Bestsellerautorin ist vor allem bekannt für ihre zeitgenössischen Liebesromane, schreibt aber auch Romantic Suspense und erotische Geschichten. Wenn sie nicht schreibt oder auf Social-Media-Plattformen unterwegs ist, lässt sie sich gern von den Geschichten anderer Autoren begeistern und träumt von den Orten, die sie eines Tages bereisen möchte.

Lieferbare Titel:

Kein Tag mehr ohne dich

Claire Contreras

MIRA® TASCHENBUCH
Band 26041

HarperCollins Publishers

FSC MIX Papier FSC® C014496

1. Auflage: August 2017

Deutsche Erstveröffentlichung

Titel der amerikanischen Originalausgaben:
Torn Hearts

Paper Hearts

Leseprobe:
Kaleidoscope Hearts

Dieses Werk wurde vermittelt durch die Bookcase Literary Agency
im Auftrag der Rebecca Driedman Literary Agency

Umschlaggestaltung: bürosüd, München
Umschlagabbildung: www.buerosued.de
Redaktion: Christiane Branscheid
Satz: GGP Media GmbH, Pößneck
Printed in Germany
Dieses Buch wurde auf FSC®-zertifiziertem Papier gedruckt.
ISBN 978-3-95649-699-8

www.mira-taschenbuch.de

Werden Sie Fan von MIRA Taschenbuch auf Facebook!

Claire Contreras

Wenn nur Worte bleiben

Roman

Aus dem Amerikanischen von
Sophie Wölbling

mtb

1. Kapitel

„Ein Date?“, fragte meine Mutter, als ich in die Küche kam.

„Ja, ein Date.“ Ich band mir meine langen, feuchten Haare zu einem Dutt, während ich mich zum Obst schlängelte.

„Hm“, sagte sie. Und mit dieser unverbindlichen Äußerung hatte sie meine Aufmerksamkeit. Mit der Zeitung in der Hand lehnte sie sich auf einem der Holzstühle in unserer Frühstücksecke zurück und sah mich an, als hätte ich einen Bikini an und keine enge Jeans und ein geblümtes Top.

„Was?“

„Nichts. Du siehst hübsch aus“, antwortete sie und widmete sich wieder ihrer Zeitung.

Sie sah aus wie eine sexy Lehrerin. Genau das hatten alle Kinder, mit denen ich aufgewachsen bin, über sie gesagt – dass sie eine MILF war, von der Art sexy Lehrerin mit langen, welligen blonden Haaren und der Bibliothekarin-Brille.

„Los, sag schon, Bettina, du willst es doch auch“, forderte ich sie auf, während ich mir eine Wasserflasche schnappte. Ihr Aufstöhnen ließ mich lächeln. Sie hasste es, wenn ich sie mit ihrem Vornamen anredete. Als ich hörte, wie sie die Zeitung zusammenlegte, drehte ich mich um und setzte mich ihr gegenüber. Ich musste sowieso fünfzehn Minuten totschlagen.

„Du hast dich mit niemandem getroffen oder auch nur irgendwelche Typen erwähnt, seitdem Jensen weggezogen ist“, sagte sie und kam direkt zum Kern der Sache. Meine Mutter redete nie lange um den heißen Brei herum.

Ich blickte auf die Zeitung, um ihren fragenden blauen Augen auszuweichen. Die Schlagzeile war das Clark-Erbe … mal wieder.

„Vielleicht habe ich ja bislang niemanden kennengelernt, der erwähnenswert war", erwiderte ich und sah sie an.

Ihre Augenbrauen hoben sich. „Ach so? Und wer ist derjenige, der nun erwähnenswert ist?"

Ich zuckte zusammen, als hätte sie mich beim Lügen ertappt. Ich bin schon mit Männern aus gewesen, seit er gegangen ist. Beim letzten war es mit Sicherheit ernster als mit dem jetzt, auch wenn das weder meine Mutter noch jemand anderen etwas angeht. „Ist das wichtig? Euch hat es doch nie gepasst, dass ich mit Jensen zusammen war."

„Wir haben nie gesagt, wir wären gegen eure Beziehung", erwiderte sie.

„Musstet ihr gar nicht. Es war offensichtlich. Dad konnte ihn nicht leiden, weil er pleite ist, und du konntest ihn nicht leiden, weil er niemals Arzt werden würde oder Anwalt oder was auch immer du dir vorstellst, wen ich einmal heiraten soll."

„Mia, das ist doch gar nicht wahr!"

„Nicht? Aber ich erinnere mich noch genau, wie du einmal sagtest: ‚Er ist nicht gut genug für dich, Mia. Du findest etwas Besseres'", hielt ich dagegen.

Sie sah mich lange an und atmete gedehnt aus. „Er hat dich immer mit dem Motorrad abgeholt und sah aus wie direkt dem Film *Sin City* entlaufen. Was hätte ich denn sagen sollen? Außerdem kenne ich seinen Ruf. Ich höre ja, wie er und Victor miteinander reden, wenn ich bei Hannah bin."

Ich zog die Nase kraus. Sah weg. Wollte nicht hören, worum es in diesen Gesprächen ging. Ich kannte Jensens Ruf. Ich kenne ihn von klein auf. Ich verurteilte ihn nicht für die Art, wie er war, oder für seine Vergangenheit. Er war ein guter Mensch mit dem Herz am rechten Fleck, wenn man mal seine Arschlochmomente und sein Bad-Boy-Auftreten außen vor ließ.

„Er ist ein guter Kerl“, erwiderte ich, weil ich das Bedürfnis hatte, ihn zu verteidigen, wie immer.

„Da gebe ich dir recht. Er ist ein guter Kerl, und ich gebe zu, dass ich ihn anfangs falsch eingeschätzt habe. Aber wenn er so toll ist, warum hast du dann mit ihm Schluss gemacht?“, wollte sie wissen. Unter ihrem Blick wurde mir ganz heiß.

„Weil er zum Studium nach New York gezogen ist, Mom, und ich Fernbeziehungen hasse.“

„Hasst du Fernbeziehungen, oder kannst du den Gedanken nicht ertragen, dass er von anderen Frauen umgeben ist und du nicht kontrollieren kannst, was er treibt?“, fragte sie, als ich aufstand und mir meine Handtasche schnappte.

„Ich …“, ich stutzte. Sie hatte den Nagel auf den Kopf getroffen, und das machte mich wütend. „Hör bitte auf, mich zu analysieren. Wenn dir als Hausfrau so langweilig ist, kannst du ja wieder arbeiten gehen“, sagte ich im Gehen. „Danke für deine aufmunternden Worte“, rief ich ihr noch über meine Schulter hinweg zu, bevor ich das Haus verließ.

Ihre Worte kamen erst richtig bei mir an, als ich schon im Auto saß und einige Blöcke weit gefahren war, und am liebsten hätte ich mit der Hand aufs Lenkrad geschlagen und geschrien.

Als ich am Kino ankam, hatte ich mich wieder beruhigt. Ich hatte Adam eine Nachricht geschickt, dass er direkt zum Kino kommen sollte, damit wir uns das alberne Abholen bei meinen Eltern sparen konnten. Ich musste dringend mit Rob reden und ihn überzeugen, dass ich bei ihm einziehen konnte. Noch so ein Gespräch mit meiner Mutter würde ich nicht überleben, auch wenn sie nur selten vorkamen. Wenn es nach meiner Mom ginge, würde ich meinen Abschluss machen, einen reichen Mann kennenlernen, Hausfrau und Mutter werden und ihr viele Enkel zum Verhätscheln schenken.

Mit Jensen war es kompliziert. Wir haben viele Gespräche geführt: über SMS, E-Mail oder Telefon. Wir einigten uns darauf, dass wir beide andere Leute treffen durften, während er weg war, aber mir war gar nicht danach. Und er hat nie jemanden erwähnt. Ich war so blöd! Ich ahnte, dass er mit einer anderen ausging. Vielleicht auch mit mehreren. Hin und wieder warf er ein „Und, irgendjemanden kennengelernt?“ ein, vielleicht, um den Schlag zu mildern, wenn er mir von seiner Bekanntschaft erzählen musste, sollte ich jemals danach fragen. Doch das tat ich nie. Ich wollte es gar nicht wissen.

Ich saß gerade in einem dunklen Kinosaal und wollte mir *Inception* ansehen, als ich eine Nachricht von ihm bekam, dass er in der Stadt war und mich dringend sehen wollte. Mir wurde flau im Magen. Ich versuchte, mich auf den Film zu konzentrieren, aber meine Gedanken waren woanders. Eigentlich schade, weil ich Leonardo DiCaprio vergöttere. Als der Film vorbei war, wusste ich nicht, was ich gerade geschaut hatte. Adam hingegen war völlig begeistert. Er sagte immer wieder: „Oh mein Gott. Atemberaubend!“

„Wollen wir einen Happen essen gehen?“, fragte er mich, als wir draußen standen. Sofort umklammerte ich mein Handy fester. Seit ich Jensens Nachricht bekommen hatte, hatte ich es nicht aus der Hand gelegt, nur für alle Fälle.

„Vielleicht ein anderes Mal. Ich hab noch einiges zu erledigen“, antwortete ich.

„Mia, du weißt, dass ich dich mag, oder?“, fragte Adam sanft.

„Ich mag dich auch“, erwiderte ich und sah in seine strahlend blauen Augen.

„Aber?“, sagte er schmunzelnd und fuhr mit den Fingern durch sein blondes, welliges Haar.

„Es ist nur …“

„Du hängst immer noch an Jensen.“ Adam und ich waren beide in der Künstlerszene unterwegs und hatten dadurch mit denselben Leuten zu tun wie Jensen.

„Ich …“, ich atmete tief ein und schenkte ihm ein Lächeln. „Können wir einfach Freunde sein?“

Lächelnd nickte er, dann schüttelte er den Kopf. „Ich fasse es nicht, dass du mich bei unserem dritten Date in die Kumpelecke verfrachtest.“

„Tut mir leid.“

„Muss es nicht. Ich wusste immer, dass es nicht leicht sein würde, dich von ihm loszubekommen. Du redest ja über nichts anderes, wenn wir zusammen sind“, sagte er achselzuckend, woraufhin ich nur die Stirn runzelte.

„Stimmt doch gar nicht.“

„Hey, das ist okay für mich. Ich hab's kapiert. Er hat das Motorrad, die Zigaretten und die Pilotenbrille.“

Das war nicht der Grund, warum ich Jensen mochte, auch wenn sein Erscheinungsbild mich nicht unbeeindruckt ließ, aber deswegen hatte ich mich nicht in ihn verliebt. Ich umarmte Adam lange und nahm ihm das Versprechen ab, dass wir weiterhin etwas zusammen unternehmen würden, weil ich wirklich gern Zeit mit ihm verbrachte. Dann stieg ich in mein Auto und fuhr zu Jensen.

Ich wusste, er würde bei Patty sein. Auf dem Weg zu ihrem Haus dachte ich an all das, was ich an ihm liebte: wie er mich ansah; wie er mit mir redete; wie er mir zuhörte; seine Zerrissenheit; seine Hände; wie ich mich fühlte, wenn er mich berührte; wie er mich zum Lachen brachte; seine Hände, wenn sie von der Zeichenkohle kunterbunt waren. Je mehr mir einfiel, desto breiter wurde mein Lächeln. Unsere Geschichte war nicht immer gut. Manche würden sagen, sie war eher das genaue Gegenteil, aber für mich war sie wunderschön.

Während ich der kurvigen Straße folgte, kamen Erinnerungen zurück. Daran, wie ich damals das erste Mal diesen Teenager gesehen hatte, der den Mädchen den Kopf verdrehte – auch mir. Später sah ich ihn dann öfter, und er faszinierte mich ungemein, aber Jensen war kein Jäger, und ich wollte diese Rolle nicht übernehmen. Schließlich parkte ich vor dem Haus, schloss kurz die Augen und dachte an das blöde Spiel während meines ersten Spring Break im College. Es hatte alles verändert.

2. Kapitel

2 Jahre zuvor

„Hast du deinen Bikini eingepackt?", rief Estelle aus der Kabine neben mir.

„Ja, du nicht?", rief ich zurück und stöhnte, als ich neben mich sah. „Ist bei dir noch Klopapier?"

Sie gab mir etwas unter der Trennwand hindurch, während sie die Spülung drückte. „Doch. Ich wollte nur sichergehen, dass ich nicht als Einzige glaube, dass wir in den Whirlpool gehen."

Ich lachte, als ich die Tür öffnete und mir am Waschbecken neben ihr die Hände wusch. „Bestimmt nicht. Corinne sagte, es haben zehn Leute zugesagt – vier Jungs, sechs Mädels –, und das sind nur die, die hier übernachten."

Estelles Augen wurden größer, dann auch ihr Lächeln. „Das wird der absolute Wahnsinn."

„Spring Break, Baby", rief ich.

Eigentlich hatten wir vor, nach Cancún zu fliegen, aber Estelles Vater war im Krankenhaus, und sie wollte nicht so weit weg sein, nur für alle Fälle. Es ging glimpflich aus, und er wurde mit der Ermahnung entlassen, auf seinen Cholesterinspiegel zu achten. Aber zu der Zeit war Cancún bereits ausgebucht gewesen, weshalb wir uns für ein Wochenende in Malibu entschieden hatten. Die Familie unserer Freundin Corinne hatte dort ein großes Haus, und es war nur einen Katzensprung entfernt, also perfekt.

Nachdem wir an jenem Abend das Haus in Beschlag genommen und eingerichtet hatten – Handtücher in jedem Zimmer, mehr Alkohol als in einer Sportbar und genügend Chips und Salsa, um ein mexikanisches Restaurant beliefern zu können –, hatte ich mir ein Nickerchen gegönnt.

„Wer kommt denn alles?", wollte ich jetzt von Corinne wissen, streckte mich, weil ich gerade erst aufgewacht war, und beobachtete sie beim Schminken im Bad.

„Also, Fern natürlich", sagte sie mit einem breiten Grinsen.

„Natürlich", wiederholte ich und grinste sie beim Namen ihres neuen Freundes an, in den sie die ganze Highschool über verknallt gewesen war, obwohl er immer eine Freundin hatte.

„Ich glaube, Carlos, Logan und Jensen auch und bei den Mädels du, ich, Elle, Pamela und Danica."

Ich blinzelte mehrmals. „Jensen Reynolds?"

Corinne verharrte mit ihrem Konturenstift mitten auf der Lippe, als sich ihr und mein Blick im Spiegel trafen. „Ja, warum? Oh mein Gott, du hasst ihn doch nicht etwa oder so was, oder?"

„Hassen? Nein!", sagte ich stirnrunzelnd. „Ich bin nur überrascht. Ich habe ihn zwar ab und zu mit Carlos gesehen, aber ich wusste nicht, dass sie so dicke sind. Ich kenne seine besten Freunde", erklärte ich. „Estelles Bruder und die ganze Clique – normalerweise hängt er mit denen rum."

„Oh", sagte sie und schminkte sich weiter. „Ich glaube, Estelle meinte, ihr Bruder würde nachkommen, also ist das vielleicht die Erklärung."

Ich nickte und wartete, dass sie ging, bevor ich mich fertig machte. Ich hatte Jensen häufiger auf dem Campus gesehen, und jedes Mal, wenn er zu mir sah und mich anlächelte, wurde mir ganz anders. Ich wusste nicht, warum ich plötzlich so auf ihn reagierte, und war nicht gerade begeistert darüber. Als Jensen endlich kam, war ich schon beim dritten Becher Bier aus dem Fass, das einer der Jungs mitgebracht hatte. Estelle trat mich unter dem Glastisch – sehr unauffällig!

Ich funkelte sie an, und sie musste lachen – sie war bereits betrunken.

„Was?“, sagte sie gelassen und versteckte ein Lachen hinter ihren kleinen Händen, was nur ging, weil sie an jedem Finger einen Ring trug.

„Du bist doof“, murmelte ich. „Oh, schau mal, da ist Oliver!“, sagte ich fröhlich und lachte, als ihr Gesichtsausdruck in weniger als zwei Sekunden von Belustigung zu blankem Entsetzen wechselte. Langsam und so lässig wie möglich drehte sie sich um. Und warf mir einen Blick zu, als wollte sie mich töten, als sie merkte, dass ich sie verarscht hatte.

Ich zuckte mit den Achseln. „Was?“

„Nicht witzig“, sagte sie und versuchte, ein Lächeln zu unterdrücken.

Über ihre Schulter hinweg sah ich, wie sich die Hintertür öffnete, und musste erneut lachen, als Oliver tatsächlich hereinkam. „Okay, das glaubst du mir jetzt nicht, aber Oliver ist wirklich da“, sagte ich.

Estelle verdrehte die Augen. „Ja, klar.“

„Kein Witz“, sagte ich, weiterhin kichernd.

„Nee, Meep, natürlich nicht.“

„Männerdutt, check. Weißes Nirvana-Shirt, check. Puh, diese Cargoshorts sehen an ihm verdammt heiß aus“, zählte ich auf. Ich wusste, dass sie sich richtig bemühen musste, sich nicht umzudrehen, also machte ich weiter. „Huch? Er trägt Flip-Flops. Ich glaube, ich habe ihn noch nie mit Flip-Flops gesehen …“

„Nur damit das klar ist: Du kannst mich mal“, murmelte Estelle, bevor sie doch nachgab und sich umdrehte.

„Ich hab’s dir gesagt!“

Sie lächelte, als sie sich wieder umsah. „Hast du. Willst du rübergehen?“

Ich lachte. „Nein. Ich bleibe schön hier sitzen und trinke noch ein Bier.“

„Du bekommst noch einen Bierbauch“, sagte sie und schnitt eine Grimasse in Richtung meines roten Bechers.

„Und was trinken Ihre Heiligkeit?“, wollte ich wissen.

„Wodka natürlich“, antwortete sie und hob ihren Becher, als sie aufstand. „Willst du auch?“

„Klar doch“, sagte ich lässig und ließ meinen Blick erneut über die Partygäste schweifen. Oliver unterhielt sich mit Victor, der gerade gekommen war, und einem Mädchen, das so aussah, als würde es sich jeden Moment für ihn die Klamotten vom Leib reißen. Ich starrte die Frau extra eindringlich an und hoffte, dass sie zu mir sah. Lieber zu mir als zu Estelle – obwohl sie sich nicht groß um die Mädchen scherte, die mit den Jungs flirteten. Wahrscheinlich war es besser so. Ich war schon wütend genug für uns beide. Schließlich entdeckte ich Jensen draußen, stand auf, riss Estelle den Becher aus der Hand und zog sie mit mir.

„Ich dachte, wir übernachten hier?“, sagte sie. Ich nahm ein hämisches Grinsen in ihrer Stimme wahr, beschloss aber, es zu ignorieren.

Wir begrüßten die Jungs und hörten einen Moment Victor zu; er schien wie üblich über irgendwas zu schwadronieren. Bevor ich weiter darüber nachdenken konnte, ging ich zur Hintertür.

„Hey, Jangles“, sagte ich, als ich rausging.

Er grinste, blickte vom Handy auf und schnippte seine Zigarette weg. „Wie geht’s, Road Runner?“

Ich lächelte etwas zu breit. „Witzig, dass du mir diesen Spitznamen gegeben und ihn selbst nie benutzt hast.“

Jensen zuckte mit den Schultern. „Ich schwimme gegen den Strom.“

„Stammt das aus einem Gedicht von dir?“, wollte ich wissen.

„Nein“, antwortete er. „Aber ...“, weiter sagte er nichts, während er die Zigarette austrat, das zerfetzte schwarze Notizbüchlein, das er immer bei sich hatte, aus seiner Hosentasche zog und darin etwas notierte.

„Kaufst du deine Notizbücher schon so?", fragte ich.

„Wie?"

„So zerfleddert. Ich habe dich schon mit zig verschiedenen kleinen Notizbüchern gesehen, und alle sahen aus, als würden sie jeden Moment auseinanderfallen", erklärte ich und deutete mit dem Kopf auf sein Notizbuch.

Er lachte. „Die sind wie Baseballhandschuhe. Je kaputter, desto besser."

Ich nickte und musterte ihn von oben bis unten. Er trug schwarze Jeans, Stiefel und ein weißes Shirt mit dem Aufdruck „I am". Seine Tattoos, die, von denen ich wusste, konnte man wegen der Ärmel nicht sehen, und am liebsten hätte ich sie hochgekrempelt, um nachzusehen, ob er sich ein neues hatte stechen lassen. Er hatte sich glatt rasiert, und seine Haare waren zerzaust, ob vom Wind oder vom Helm, wusste ich nicht so genau. Entscheidend war, dass er gut aussah – mehr als nur gut –, und ich gaffte ihn an. Ich musste damit sofort aufhören.

„Hey, Jensen", sagten ein paar Mädels im Vorbeigehen. Sein Blick löste sich eine Sekunde von meinem Gesicht, er nickte ihnen kurz zu und sah dann gleich wieder zu mir.

„Hast du Lust, mit uns was zu trinken? Wir wollen gleich ein Spiel spielen", sagte eine von ihnen.

Er sah mich weiterhin an, und mein Herz schien einen Moment auszusetzen. „Ich bleibe lieber hier", antwortete er schließlich, ohne seine hellbraunen Augen von mir zu nehmen.

„Du kannst ruhig gehen", flüsterte ich, als die Mädchen außer Hörweite waren. „Es stört mich nicht."

„Und meine Muse aus den Augen verlieren? Kommt nicht in Frage, Road Runner", erwiderte er lächelnd und schlug sein Notizbuch in der Luft zu.

„Hast du Angst, dass du mit mir nicht mithalten kannst?“, wollte ich wissen.

Sein Schmunzeln wärmte mich, und als sein Blick wieder ernst wurde, während er mein Gesicht genau betrachtete, spürte ich, wie mir ein Schauer über den Rücken lief. „Ja, genau so ist es.“

3. Kapitel

Gegenwart

Das laute Klopfen an meiner Autoscheibe riss mich aus meinen Gedanken. Ich schnappte nach Luft, setzte mich gerade hin und sah draußen einen verwirrt dreinschauenden Jensen. Sein Blick sagte mir, dass etwas nicht stimmte. Ich stieg aus und schlug die Tür hinter mir zu.

„Was ist los?", fragte ich. Er antwortete nicht – zog mich nur in seine Arme und hielt mich ganz fest.

„Ich flutsche dir schon nicht aus den Armen, keine Sorge", witzelte ich an seiner Brust. Er atmete schwer und umarmte mich noch ein wenig fester, bevor er mich schließlich losließ.

„Doch, tust du", nuschelte er.

Bei seinen Worten zog sich mein Magen zusammen. „Was ist los?", fragte ich erneut und löste mich mit leichtem Druck gegen seine Brust etwas von ihm.

Er blinzelte mehrmals, während er mich betrachtete, als wüsste er nicht mehr, wie ich aussehe. Mir kam in den Sinn, dass vielleicht auch ich in den fünf Monaten seiner Abwesenheit vergessen haben könnte, wie er aussah. Ich hob meine Hand und legte sie flach auf seine Bartstoppeln. Mein Blick schweifte über sein Gesicht, blieb an der verblassten Narbe auf seiner linken Wange hängen und wanderte dann weiter bis zu seinen vollen Lippen.

„Ich werde nicht lange hier sein", unterbrach er schließlich die Stille. Mein Blick schnellte sofort nach oben zu seinen Augen.

„Wann fliegst du?"

„Sonntagnacht."

Ich nickte, wandte meinen Blick von seinem und sah über seine Schulter zu der leicht geöffneten Haustür. Ich hasste es, dass er immer nur ein oder zwei Tage zu Besuch war, aber ich konnte es verstehen. Sein Leben spielte sich in New York ab. Gäbe es nicht seine Pflegemutter Patty, würde er wohl viel seltener oder gar nicht mehr kommen.

„Ist Patty da?", fragte ich und deutete mit dem Kinn Richtung Haus.

Jensen schüttelte den Kopf und atmete so scharf aus, dass es mich an der Wange kitzelte. „Sie ist vor ein paar Minuten gegangen." Dann legte er eine Hand auf meine Taille. Die Berührung seiner langen Finger entfachte tief in meinem Bauch ein Feuer. Ich wollte ihn nur noch ins Haus schieben und ihm die Kleider vom Leib reißen. Etwas sagte mir, dass er genau das wollte. Lieber, als dass ich ihn dazu brachte, mit mir über die Dinge zu reden, die ihn betrübten. Also entschied ich mich, das nicht zu tun. Ich konnte ihn nicht zum Reden zwingen, das wusste ich aus Erfahrung. Genauso wie ich wusste, dass Jensen schon vor Jahren Gefallen daran gefunden hatte, seinen Kummer durch Sex zu mildern, und mir gefiel der Gedanke, dass ich mehr als nur das für ihn tun konnte. Ich wollte mir vorstellen, dass nur ich diesen Bad Boy ein für alle Mal zähmen könnte. Auf eine gewisse Weise hatte ich das schon getan. Bislang war ich seine längste Beziehung.

„Kommst du mit mir irgendwohin mit?", fragte er, und ich musste überrascht blinzeln.

„Wohin denn …?", erwiderte ich verwirrt.

„Weg. Lass uns irgendwo ein Hotelzimmer nehmen, nur für heute Nacht. Ich muss …", er atmete wieder hörbar aus. „Ich muss einfach mit dir zusammen sein", sagte er, legte seine zweite Hand auf meine Hüfte und hielt mich zunächst fest, bevor er mit seinen Händen an meinen Seiten nach oben glitt, bis er mein Gesicht berührte. „Ich will mit dir allein sein. Nur du und ich."

Er hätte mich bitten können, den Papst zu ermorden, und ich hätte es in diesem Moment getan. Wenn Jensen mich so ansah, mit seinen schwermütigen grauen Augen, die darum bettelten, dass irgendjemand ihn verstand, konnte ich einfach nicht Nein sagen. Ich legte meine Hände auf seine, die noch auf meinem Gesicht ruhten, dann hielt ich sie direkt vor meinen Mund. Er schloss die Augen, als ich seine schwieligen Handflächen küsste.

„Mit dir würde ich überallhin gehen", hauchte ich. Meine Worte schienen ihn innerlich zu erschüttern, denn als er die Augen wieder öffnete, sah er hin- und hergerissen aus, gebrochen. Genau das war Jensen auch, und wenn man bedachte, welches Päckchen er zu tragen hatte, konnte man ihm keinen Vorwurf machen.

Er sagte nichts – nickte nur einmal und zog mich mit ins Haus. Ich ging durch sein Zimmer, während er seine Tasche packte, hob wahllos Dinge von seinem Nachtschrank, Schreibtisch und dem Boden auf und legte sie wieder zurück. Sein Zimmer sah aus wie immer, als würde er noch dort wohnen und nicht Tausende Kilometer weit weg.

„Wie war dein Flug?", unterbrach ich die Stille, während er Schränke öffnete und wieder schloss.

„Ganz gut."

Ich sah zu ihm hinüber. Er zog die Augenbrauen zusammen, als er seinen Rucksack durchwühlte.

„Suchst du etwas?", fragte ich.

Seine Hände stoppten in der Bewegung, und seine Mundwinkel formten ein zaghaftes Lächeln. „Gefunden."

Ich lächelte zurück und suchte in seinem Gesichtsausdruck nach einem Hinweis, was los war. Ich wollte ihn fragen, ob er mit seiner Mutter gesprochen hatte oder gefeuert worden war oder ob das Kinderbuch, das er mehreren Literaturagenturen angeboten hatte, abgelehnt worden war, aber ich wollte ihn nicht drängen, wollte nicht, dass er sich zurückzog, also sagte ich nichts.

Sein Lächeln zitterte, als er zu mir blickte. Je länger er mich ansah, umso schwerer fiel es mir, an meinem Platz zu bleiben.

„Komm her", forderte er mich auf, und das Verlangen in seiner Stimme ließ mich zu ihm gehen. „Du weißt, dass du mir alles bedeutest, oder?"

Normalerweise hätten mich diese Worte augenblicklich zu Wachs in seinen Händen werden lassen, aber es traf mich ins Herz, wie er mich ansah.

„Was um alles in der Welt ist denn passiert?", wollte ich wissen. „Du machst mir langsam wirklich Angst."

Er atmete schwer aus und zog mich an sich. „Oh Gott, Mia, ich weiß noch nicht mal, wo ich anfangen soll. Können wir das Gespräch auf später verschieben?"

Ich lehnte mich ein Stück zurück, sah ihn an und nickte. „Aber dann sagst du mir, was los ist", sagte ich. Ich wollte ihm nicht wieder jede Kleinigkeit aus der Nase ziehen. Ich wollte glauben, dass wir uns alles erzählen konnten, ohne uns zu sorgen, was der andere wohl über uns dachte.

„Ich werde dir alles erzählen, Baby. Alles", flüsterte er, als er mit seinem Daumen über meine Unterlippe strich. „Gott, du hast mir so sehr gefehlt", sagte er und zog meinen Kopf zu sich, um mich zu küssen. Wir mussten wirklich reden, aber ich war gewillt, ein paar Stunden darauf zu warten, wenn er mich auf diese Art vorübergehend zum Schweigen brachte.

4. Kapitel

Vergangenheit

„Der Kellner gafft dich immer noch an“, sagte Jensen und funkelte den Mann an, der ein paar Meter entfernt stand.

„Tut er nicht“, erwiderte ich und schüttelte lachend den Kopf. Der Kellner gaffte mich an, aber das tat er immer, wenn wir dort essen waren. Mehrmals habe ich ihn schon dabei ertappt, wie er mir beim Nachschenken unserer Gläser ins Dekolleté starrte, was allein schon deshalb witzig war, weil es da bei mir nicht viel zu gucken gab. Aber ich wollte nicht, dass Jensen ausflippte. Erst recht nicht, während wir unseren zweiten Jahrestag feierten. Er war ja heute schon mal auf hundertachtzig gewesen, als mein Freund Nathan mir per SMS nachträglich zum Geburtstag gratuliert hatte.

„Tut er wohl, und das gefällt mir nicht.“

„Hey“, sagte ich und legte meine Hand auf seine, um seine Aufmerksamkeit zu erlangen. „Was ist denn heute mit dir los?“

Er lenkte seinen Blick zu mir. „Es ist nur … ach, nichts.“

Ich zog eine Augenbraue hoch und öffnete den Mund, um nachzuhaken, aber dann kam unser Essen. „Das Essen hat dich gerettet.“

Jensen grinste. Beim Essen unterhielten wir uns darüber, welche Kurse und welche Dozenten am besten waren. Er stand kurz vor dem Abschluss und war beim Graduiertenprogramm der Anglistik an der NYU angenommen worden. Er hatte nicht vorgehabt, sich darum zu bewerben, aber ich hatte ihn dazu gebracht. Er hatte argumentiert, dass er Schriftsteller werden wollte und keinen Abschluss bräuchte. Nachdem wir uns die Uni angesehen hatten, entschloss er sich schließlich, es doch zu machen. Ich hatte noch gar nicht richtig begriffen, dass er bald gehen würde. Und ich hierblieb. Wir wären wahnsinnig weit voneinander entfernt, aber ich liebte ihn genug, um ihn gehen zu lassen und ihn zu unterstützen, wenn er hier war. Wir waren uns einig, dass wir es mit unserer Beziehung während seiner Abwesenheit ruhig angehen lassen wollten, und bei diesem Gedanken schnürte sich mir vor lauter Unbehagen die Kehle zu.

Wir standen auf und hielten uns an den Händen. Im Rausgehen wandte er sich an den Kellner und sagte irgendetwas zu ihm. Ich konnte nicht hören, was, aber der Gesichtsausdruck des Kellners verriet mir, dass es nichts Nettes war.

„Was hast du zu ihm gesagt?“, wollte ich wissen, als er mir die Autotür aufhielt.

„Ich habe ihm gesagt, wenn ich ihn noch ein Mal dabei erwische, wie er dich begafft, reiße ich ihm die Augen heraus und trampele darauf herum.“ Er schloss die Tür, und ich konnte ihn nur anstarren, als er um das Auto zur Fahrerseite ging.

„Hast du nicht“, sagte ich, sobald er drinsaß.

Er sah mich an. „Hast du nicht seinen Gesichtsausdruck gesehen?“

Ich nickte langsam. „Ja, aber er ist größer als du.“ Jensen war sportlich, aber kein Muskelprotz. Der Typ sah aus, als könnte er es mit zwei Footballspielern gleichzeitig aufnehmen.

„An den entscheidenden Stellen habe ich mehr zu bieten“, sagte er achselzuckend.

Ich konnte ein kurzes Lachen nicht unterdrücken. „Du bist echt … unglaublich.“

Er nahm meine Hand und küsste den Handrücken. „Geht es dir gut?“

„Es geht mir immer gut, wenn wir zusammen sind.“

„Gut, denn wir haben noch ein ganzes Wochenende vor uns, an dem wir es uns gut gehen lassen können."

„Gehören dazu auch du und ich nackt auf einem Bett?"

Beim Ausparken bebten seine Nasenflügel. Er führte meine Hand an seinen Mund und fuhr mit seinen Zähnen leicht über meine Fingerspitzen. „Und auf dem Küchentisch. Und dem Boden. Unter der Dusche. Am Strand. Es gibt unendlich viele Möglichkeiten."

Mir wurde heiß und kalt.

„Gefällt dir das?", fragte er leise.

„Oh ja", flüsterte ich.

„Ich will dir ganz langsam dein Kleid ausziehen und dabei jeden Zentimeter Haut küssen." Er lächelte, als er sah, dass ich rot wurde. „Dann lege ich dich auf den Küchentisch und fahre mit meiner Zunge deinen Körper hinab, bis deine Beine zittern, weil du mich so sehr willst." Er hielt inne und fuhr mit seiner Zunge um mein Handgelenk. „Dann", fuhr er rau flüsternd direkt an meinem Ohr fort, als er vor seinem Haus einparkte, „werde ich deine Pussy von oben nach unten lecken und so an dir knabbern, wie du es am liebsten hast."

„Jensen", sagte ich und machte mich von ihm los. Ich war erregt. „Lass uns reingehen."

Er legte seine Hand auf meinen Oberschenkel und bewegte sie langsam aufwärts, bis er an meinem feuchten Tanga ankam. „Ich lasse mir lieber Zeit mit dir, Baby", flüsterte er. Er näherte sich mit dem Mund meinem, während er mit einem Finger unter meinen Tanga fuhr und mich streichelte. „Ich treibe dich so weit, dass du mich anflehen wirst, dich endlich zu ficken."

„Das tue ich", sagte ich an seinen Lippen. „Jetzt schon."

Ich spürte sein Lächeln. „Ich bin einfach verrückt nach dir, Mia Bennett."

„Ebenso, Jensen Reynolds." Ich küsste ihn sanft. „Können wir jetzt bitte reingehen, damit du dein Versprechen wahr machen kannst?"

Er schmunzelte. „So ungeduldig?"

Im Haus angekommen, bat Jensen mich, in der Küche zu warten, damit er mein Geschenk holen konnte. Eigentlich hatten wir ausgemacht, uns nichts zu schenken. Wir hatten am selben Tag Geburtstag, also gaben wir uns unsere Geschenke immer einen Tag später. Aber zu diesem Anlass hatte ich ihm einfach etwas kaufen müssen, und ihm war es offensichtlich nicht anders gegangen. Ich fuhr mit den Fingern über das Armband, das er mir mal geschenkt hatte, und lächelte bei jedem Anhänger – die Zahl 31 für unseren Geburtstag; Fotoapparat; Schreibfeder; Anker; Segelboot; das Herz mit der Aufschrift „Für immer dein".

Ich legte die Hand in meinen Schoß, als ich ihn mit einer großen Schachtel aus dem Zimmer kommen sah. Er lächelte, als er sie auf der Arbeitsplatte absetzte, stellte sich hinter mich und legte die Arme um mich.

„Mach es auf", sagte er.

Ich hob den Deckel ab, und darunter kam eine kleinere Kiste zum Vorschein. Ich runzelte die Stirn, als ich sie herausnahm. Sie war in braunes Papier voller Worte eingeschlagen. Normalerweise hätte ich es sofort aufgerissen, aber irgendetwas hinderte mich daran. Mir stockte der Atem, als ich sah, dass alles handgeschrieben war. Ich drehte mich langsam, um ihn über die Schulter hinweg anzusehen.

„Es ist nur Geschenkpapier, Mia", sagte er zärtlich lächelnd.

Ich schaute die Kiste genauer an und versuchte, die Worte zu entziffern. „Hast du das geschrieben?"

Jensen rieb sich den Nacken und sah lächelnd zu Boden. Die meiste Zeit war er so selbstsicher, dass er umwerfend aussah, wenn er mal eingeschüchtert war. Er sah mich forschend an.

„Es sind nur Worte“, sagte er.

Ich zog ihn zwischen meine Beine, um ihn zu küssen, aber er war zu groß, also sprang ich vom Hocker. Noch immer war er zu groß. Jensen schmunzelte, weil er verstand, was ich vorhatte. Er hob mich auf die Arbeitsplatte und stellte sich zwischen meine baumelnden Beine.

„Es sind deine Worte“, flüsterte ich an seinen Lippen.

„Mach es bitte auf“, sagte er und legte seine Lippen auf meine, bevor er mir wieder etwas mehr Platz gab.

Ich stellte die Kiste wieder vor mich. Ich hatte keine Ahnung, was darin war, überlegte, wovon ich so gesprochen hatte, doch mir fiel nichts ein.

„Hör auf zu grübeln, was es sein könnte, und mach es auf.“

„Schon das Geschenkpapier ist ein Geschenk“, sagte ich leise und öffnete es vorsichtig, damit es nicht zerriss. „Oh mein Gott“, entfuhr es mir, als ich die Objektive erkannte, für die ich seit einiger Zeit sparte. „Oh mein Gott.“

Als ich Jensen ansah, grinste er.

„Das ist … das ist zu teuer“, sagte ich schließlich und stellte die Kiste neben mich. Es gab einen Grund, warum ich sie mir noch nicht gekauft hatte. Auch wenn das erklärte, warum er im Café so viele Überstunden gemacht hatte.

„Nichts ist zu teuer für dich“, erwiderte er und streichelte mein Gesicht.

„Jens…“

Bevor ich seinen Namen aussprechen konnte, landete sein Mund auf meinem. Ich ließ meine Augen zufallen, als seine Lippen meine neckten, bis ich sie öffnete. Seine Zunge fand ihren Weg in meinen Mund und liebkoste meine, während er mein Gesicht in seine Hände nahm. Meine Finger fuhren durch sein Haar, ich rutschte nach vorn und schmiegte mich an ihn. Als wir uns aus diesem Kuss lösten, keuchten wir beide auf.

„Du verdienst alles, Mia“, murmelte er, als er mich ansah. Seine grauen Augen waren mein Verderben, daran zweifelte ich keine Sekunde.

„Ich will nur dich“, flüsterte ich, knöpfte sein Hemd auf und ließ meine Finger unter den Stoff gleiten. Unter meinen kleinen kalten Händen spürte ich seine warme, harte Brust.

„Du hast mich, Baby. Du wirst mich immer haben.“ Er zog sein Hemd aus und legte die Arme um mich, um mein Kleid zu öffnen.

„Und du wirst immer mich haben.“ Ich hüpfte von der Arbeitsplatte, ließ das Kleid zu meinen Füßen hinabgleiten und beobachtete, wie Jensens Augen dunkler wurden, als er seinen Blick von meinem Gesicht langsam – sehr langsam – über meinen Körper schweifen ließ und dort kleine Rinnsale von Wärme auslöste. Tief aus seiner Kehle drang ein animalischer Laut, als er mich hochhob, zurück auf die Arbeitsplatte setzte und meine Beine spreizte.

„Weißt du, wovor ich am meisten Angst habe?“, fragte er mit seinem Mund direkt unter meinem Ohr und gab mir dort einen Kuss. Er küsste sich nach unten, und sein Atem auf meiner Haut ließ mich erzittern.

„Wovor?“, fragte ich keuchend, als er an meiner Brust ankam.

„Dich zu verlieren“, war seine Antwort, und er blickte nach oben und sah mir ins Gesicht. „Das hier zu verlieren.“ Er umschloss mich mit seinen Lippen, seine Zunge spielte an meiner Brustwarze. Seine Hände glitten nach unten zwischen meine Beine, während er sich meiner anderen Brust widmete. „Du bist alles, was ich jemals wollte“, sagte er und hauchte Küsse auf meinen Bauch und weiter hinab. „Alles, was ich brauche.“ Ich ließ mich auf die Arbeitsplatte zurücksinken, als ich seine Zunge spürte.

„Oh Gott“, entfuhr es mir.

„Ich würde sterben, wenn du mich verlässt, das weißt du, oder?"

„Ich würde dich niemals verlassen."

„Wer weiß. Vielleicht findest du einen Besseren, wenn ich weg bin", sagte er, während er immer wieder seine Zunge über mich gleiten ließ.

„Quatsch."

„Einen erfolgreichen Kerl", fuhr er fort.

„Ich will nur dich", erwiderte ich, krallte mich in seinen Haaren fest und wand mich auf der harten Unterlage.

„Vielleicht jemanden, der weniger Ballast mit sich herumschleppt", sagte er.

„Ich liebe deinen Ballast", entgegnete ich.

Er schenkte mir ein Lächeln. Er hauchte auf mich, spielte mit seinen Fingern an mir.

„Jensen, bitte."

„Soll ich weitermachen?", fragte er.

„Mach weiter", stöhnte ich. „Mach weiter."

Und das tat er. Er machte weiter, bis ich Sterne sah. Als ich die Augen öffnete, hob er mich hoch. Ich schlang die Arme um seinen Nacken und seufzte an seiner Brust.

„Warum machst du das immer?", fragte ich leise.

„Was denn?"

„Solche Dinge sagen, wenn du … du weißt schon." Ich sah ihn an. Seine Schritte wurden zögerlicher. An der Schwelle zu seinem Zimmer hielt er an und sah zu mir. Er öffnete den Mund, wie um etwas zu sagen, schloss ihn dann aber wieder und schüttelte den Kopf.

„Sag schon." Ich fuhr ihm mit einer Hand durch die Haare.

„Seitdem wir zusammen sind, habe ich dieses schreckliche Gefühl, dass ich nur eine begrenzte Zeit mit dir habe", flüsterte er, und seine Augen sahen traurig aus. „In meinem Leben hat nichts Bestand. Nichts Gutes." Er schüttelte die Worte von sich, ging zum Bett und ließ mich daraufsinken, während er seine Stiefel abstreifte. Ich stand auf dem Bett, um mit ihm auf Augenhöhe zu sein, umklammerte seine Handgelenke, als er seinen Gürtel ablegte, und zog ihn zu mir.

„Das sagst du seit zwei Jahren, und dennoch sind wir immer noch zusammen“, sagte ich.

Er nickte langsam, sah aber nicht überzeugt aus.

„Du siehst gut aus. Das weißt du, oder?“, fragte ich, als ich ihm ins Gesicht sah. „Du bist witzig, nett, talentiert bis zum Gehtnichtmehr, so attraktiv, dass es manchmal wehtut, dich anzusehen“, zählte ich auf. Er musste lachen und verdrehte die Augen. Ich lächelte.

„Du bist so viel mehr, Mia. So viel mehr“, erwiderte er und verschränkte seine Finger mit meinen.

„Nur wenn ich mit dir zusammen bin.“

„Ich bin bald weg“, sagte er und blickte auf unsere Hände.

„Vorübergehend“, erinnerte ich ihn.

„Dennoch eine ziemlich lange Zeit.“

„Liebst du mich, Jensen?“, wollte ich wissen.

Jetzt sah er mir wieder direkt in die Augen. „Mehr als alles andere.“

„Dann legen wir eine kurze Pause ein und treffen uns am Ende des Weges wieder.“

Bevor er sich weiter mit seinen nagenden Ängsten befassen konnte, schubste ich ihn weg, kletterte vom Bett und hantierte an seinem Gürtel. Dieses Wochenende war bis heute eine meiner schönsten Erinnerungen mit ihm.

5. Kapitel

Gegenwart

Ich landete wieder im Hier und Jetzt, als er mit dem Motorrad anhielt und mir die Hände entgegenstreckte, damit ich ihm den Helm zurückgab.

„Ich musste gerade an den Tag denken, als du mir das geschenkt hast“, sagte ich lächelnd.

Seine Mundwinkel zuckten. „Bevor oder nachdem ich dich mit meiner puren Männlichkeit zum Weinen gebracht hatte?“

Ich schlug ihm gegen die Brust. „Das war nicht deine pure Männlichkeit“, brummelte ich. „Es war eine emotionale Nacht.“

Irgendetwas an seinem Blick veränderte sich, aber er nahm meine Hand, und wir überquerten die Straße und checkten im Hotel ein, bevor ich etwas sagen konnte. Sobald die Zimmertür hinter uns geschlossen war, zog ich mir Shirt und BH aus, um in meinen Bikini zu schlüpfen. Ich wollte ihn mir gerade zubinden, als ich Jensens große Hände auf meinem Rücken spürte und unwillkürlich erschauerte. Er band ihn für mich zu und gab mir einen Kuss auf die Schulter, drehte sich um und ging ins Bad, bevor ich mich richtig bei ihm bedanken konnte.

Am Strand saßen wir wortlos nebeneinander – ich fotografierte das Meer, die Sonne, Surfer in einiger Entfernung, während Jensen neben mir mit Kohle zeichnete. Ich drehte mich, um auch ihn zu knipsen, und drückte auf meine Kamera, um mir das Foto genauer anzusehen. Nie würde ich ihm sagen, dass er mein liebstes Motiv war. Er hatte sein Dodgers-Cap verkehrt herum auf, sodass ihm die Haare nicht ins Gesicht fielen. Er hatte die Augen zusammengekniffen und kaute auf seiner Lippe herum, so konzentriert zeichnete er. Mein Herz schlug schneller, allein vom Betrachten dieses Bildes. Ich zuckte überrascht zusammen, als er einen Arm um meine Schulter legte und meine Kamera nach unten drückte, damit ich ihn ansah. In seinen Augen schien das Meer in Aufruhr. Ich war mir sicher, dass ein Blick in diese Augen immer reichen würde, um mich sehr traurig zu machen, egal, was ich so alles durchmachen würde.

„Erzählst du mir jetzt, was los ist?“, fragte ich leise und schloss die Augen, als sein Atem über mein Gesicht strich. Er roch nach dem Kaugummi, den er gerade im Mund hatte.

„Du weißt doch noch, wie ich letztendlich bei Patty gelandet bin, oder?“, fragte er ruhig.

Sofort öffnete ich meine Augen wieder. Ich nickte. Niemals vergesse ich den betrunkenen Jensen, der seinem Abscheu auf seinen Vater freien Lauf gelassen hatte, weil dieser seine Mutter geschwängert und dann ausbezahlt hatte, damit sie den Mund hielt. Und wie seine Mutter ihn im Stich gelassen hatte, als sie mit einem Mann zusammen kam, der Kinder nicht ausstehen konnte. Er sah zur Seite, biss sich auf die Lippen. Mein Blick folgte seinem, und ich sah, wie die Sonne im Meer versank. Ich kuschelte mich an ihn, er hielt mich noch fester und legte sein Kinn auf meinen Kopf, während wir den Sonnenuntergang beobachteten.

„Was ist mit ihr?“, fragte ich, als wir nur noch einen letzten Hauch der Sonne sehen konnten.

„Ich will niemals so sein wie meine Mutter. Oder wie er. So egoistisch bin ich nicht. Ich will kein Lügner sein, kein Betrüger“, sagte er. Ich runzelte die Stirn und rückte von ihm ab.

„Okay?“

Jensen atmete tief aus. „Das ist so ein Scheiß", sagte er und schaute auf den Sand zwischen uns. Als er mich wieder ansah, zerriss mir sein Gesichtsausdruck fast das Herz.

„Ich …" Er atmete tief ein. „Ich habe jemanden kennengelernt", sagte er, seine Worte waren wie ein Schlag und hinterließen einen stechenden Schmerz. „Es war nichts Ernstes, deshalb habe ich dir nie von ihr erzählt."

„Dann ist gut", sagte ich und winkte ab. „Nein. Ich will nichts von ihr wissen."

„Mia", sagte er, sein Adamsapfel bewegte sich sichtbar, als er schluckte. „Sie ist schwanger."

6. Kapitel

Gegenwart

JENSEN

Meinen Vater habe ich nie kennengelernt. Ich hatte von ihm gehört, kannte ihn aber nicht persönlich, noch nicht einmal seinen Namen. Das änderte sich erst am Abend vor meinem dreizehnten Geburtstag. Ein Abend, an dem gute Mütter die Geburtstagsgeschenke ihrer Kinder einpacken, sie jedoch packte ihre Sachen. Ich ging in ihr Schlafzimmer, weil ich ein Geräusch gehört und gedacht hatte, sie sei vielleicht gestürzt. Sie war eine starke Trinkerin. Während andere Kinder in meiner Klasse Augenringe hatten, weil sie nachts zu lange Computerspiele zockten, hatte ich Augenringe, weil ich ihr die kastanienbraunen Haare aus dem Gesicht hielt, während sie sich übergab. Die Lehrer nannten mich pflichtvergessen, weil ich meist die Hausaufgaben nicht dabeihatte und ich mich nicht traute, ihnen zu sagen, dass ich sie meist nachts auf dem Badezimmerboden gemacht hatte und dabei oft die Kotze meiner Mutter darauf gelandet war und alles verschmiert hatte.

Ich war keine Leuchte wie Oliver und stammte nicht aus einer wohlhabenden Familie wie Victor. Ich war keine Sportskanone wie Junior, aber ich hatte ein Herz, und das machte viel aus. Oft schlief ich nur zwei Stunden und lernte dann, bloß um meiner Mutter zu beweisen, dass auch ich gute Noten schreiben konnte. Ich war im Baseballteam und mähte für die Nachbarn den Rasen, weil ich dachte, dass ich damit ihre Anerkennung erlangen würde. Aber als ich sie in jener Nacht beim Packen ihrer Taschen ertappte und sie sich umdrehte und mich anschaute, ihre grauen Augen aufgerissen, als sie mich in der Tür entdeckte, da begriff ich, dass nichts von alldem irgendeine Bedeutung für sie gehabt hatte. Und es auch niemals haben würde.

„Warum bist du nicht im Bett, Jens?“, fragte sie undeutlich.

„Was machst du da?“, fragte ich leise, während ihre Hände in der Tasche verharrten.

„Ich schaff das einfach nicht mehr“, antwortete sie weinend. „Ich kann nicht hierbleiben und so tun, als wüsste ich, wie man sich um ein Kind kümmert, wo wir beide ja wissen, dass es nicht so ist. Ich kann nicht … du siehst ihm so ähnlich. Je älter du wirst, desto mehr siehst du aus wie er. Ich will nicht …“, sie machte eine Pause, zog die Nase hoch. „Ich will dich nicht hassen.“

„Du haust ab?“ Meine Stimme versagte. Die Türklinke klapperte in meiner zitternden Hand.

„Nur für eine Weile. Ich brauche etwas Zeit, um einen klaren Kopf zu bekommen“, erklärte sie. „Archer hat uns genug Geld gegeben. Ich teile das Konto auf – so bekommst du, was dir zusteht.“

„Archer?“, flüsterte ich und blinzelte die Tränen in meinen Augen weg.

„Dein … Vater.“

„Du meinst, mein Erzeuger“, entgegnete ich. „So nennst du ihn immer. Meinen Erzeuger.“

„Tja, ist er hier oder nicht?“, fragte sie schnippisch mit zusammengekniffenen Augen. „Er hat mir die Welt versprochen, mich geschwängert und mir dann Geld hinterhergeworfen, damit ich die Klappe halte. Ich … ich kann das einfach nicht mehr. Ich kann nicht mehr.“ Sie heulte, verbarg ihr Gesicht in ihren Händen, während ihre Haare wie ein Vorhang vor ihr Gesicht fielen. Ich starrte sie an, die Tasche auf dem Bett, ihr Zimmer, den Boden.

„Warum gehst du?", fragte ich. „Warum?"

Sie schniefte. „Ich komm zurück, wenn ich alles auf die Reihe gekriegt habe."

„Mom, bitte geh nicht. Ich streng mich an, besser zu werden", flehte ich sie an.

„Patty kommt gleich", sagte sie, zog den Reißverschluss an ihrer Tasche zu und wischte sich über das Gesicht. Sie kam zu mir und fasste mir mit einer Hand unter das Kinn. Wir waren schon gleich groß. Darüber machte sie immer Witze, wenn ich ihr ins Bett helfen musste. „Ich hab dich lieb, Jensen. Wirklich, aber mir geht es nicht gut. Das musst du verstehen."

Sie gab mir einen Kuss auf die Wange und ging. Ich blieb wie angewurzelt stehen, bis ich die Tür hinter ihr ins Schloss fallen hörte. Ihre Worte klangen mir wieder und wieder im Kopf nach: „Ich hab dich lieb, Jensen. Wirklich, aber mir geht es nicht gut. Das musst du verstehen."

An dieses Erlebnis dachte ich oft zurück. Vielleicht öfter, als gut war. Und ich kam immer zur selben Schlussfolgerung: Sie hatte mich lieb, aber nicht genug, um bei mir zu bleiben. Nicht genug, um mich an Platz 1 zu stellen. Nur drei Leuten habe ich diese Geschichte erzählt: Oliver, Mia und jetzt dir. Ich habe sie nicht erzählt, um Mitleid zu erregen. Mein Schicksal habe ich mir selbst ausgesucht, und egal, ob es gut oder schlecht war, die Konsequenzen meines Handelns musste ich tragen. Ich habe sie erzählt, weil ich der Meinung bin, dass wir aus jeder Geschichte etwas lernen sollten. Man studiert Geschichte, um die Fehler der Vergangenheit nicht zu wiederholen.

Ich würde nicht sagen, dass ich eine schwere Kindheit hatte. Da ging es anderen schlechter. Ich wurde nie missbraucht oder geschlagen. Mir wurde nie gesagt, ich sei nur ein Haufen Scheiße, noch wurde ich unterdrückt. Es hat sich nur niemand um mich gekümmert. Ich wurde nie erzogen. Liebe habe ich von meinen leiblichen Eltern nie bekommen, aber dafür von anderen. Von Freunden, die zu Brüdern wurden. Von deren Eltern und von Patty, meiner Pflegemutter, der Frau, die mir zeigte, wie eine Mutter sein sollte. Und ich bekam Liebe von einem Mädchen – einem kleinen, frechen blonden Mädchen namens Mia.

Mia war Liebe. Sie war alles. Sie liebte mich, sie glaubte an mich, und sie inspirierte mich. Eine der schwierigsten Entscheidungen, die ich jemals in meinem Leben treffen musste, war, sie zu verlassen, um nach New York zu gehen. Allein in einer riesigen Stadt zu sein, fand ich nicht annähernd so aufregend wie die meisten meiner Mitschüler. Ich hatte mein Leben zu Hause gemocht. Ich liebte meine Stadt, mein Mädchen, aber ich bemerkte auch, wie sie sich in mir verlor. Ich sah, dass ihre Eltern unsere Beziehung nicht guthießen, und so beendete ich die Sache, indem ich wegging. Ich war der Meinung, dass eine Pause uns beiden guttun würde. Ich hatte nicht vor, mit anderen auszugehen, geschweige denn Sex zu haben, wirklich nicht, aber irgendwie ist es eben passiert. Dem Mädchen konnte ich keine Vorwürfe für unseren Fehler machen. Es war verantwortungslos gewesen, unverzeihlich, aber es war nun mal passiert. So war das Leben. Ich konnte von Mia nicht verlangen, Verständnis dafür zu haben. Das hatte ich auch nicht erwartet, aber als ich ihr zusah, wie sie ihre Sachen packte, so wie ich vor all den Jahren zugesehen hatte, wie die erste Frau, die ich je geliebt hatte, ihre Sachen packte, musste ich mich einfach fragen, was ich hätte anders machen können.

Nicht mit dem Mädchen aus dem Lyrikkurs schlafen. Das war mir klar. Offensichtlich. Doch schon davor hätte ich jene besser festhalten sollen. Ich hätte mehr mit ihr reden sollen. Sie bitten sollen, mit mir zu kommen. Ich wünschte, ich könnte ihr die Tränen aus dem Gesicht wischen, aber sie würde mich nicht so nah heranlassen.

„Gott, was bist du nur für ein Arschloch", sagte sie schniefend. „Ich hab dir verdammt noch mal vertraut."

Und das tat mehr weh als alles andere, weil sie recht hatte. Ich hätte mich auch hinstellen und auf einige Dinge hinweisen können: dass wir eine Beziehungspause vereinbart hatten und ich wusste, dass sie mit einem Kerl namens Seth ausgegangen war, bis dieser Adam daherkam. Ich wusste ganz sicher, dass sie jedes Wochenende zusammen unterwegs waren, dass er sie manchmal abends nach Hause brachte und über Nacht blieb. Ich wusste das alles. Ich hätte sie zur Rede stellen können, aber ich tat es nicht, denn wir waren in einer Beziehungspause, und wir durften tun, was wir wollten, aber schlussendlich waren wir dafür bestimmt gewesen, am Ende wieder zusammen zu sein, und ich hatte es verbockt.

„Tut mir leid", sagte ich und ging einen Schritt auf sie zu. Ihr Kopf fuhr hoch.

„Nicht. Versuch gar nicht erst, mich jetzt anzufassen", sagte sie, und ihr Brustkorb hob und senkte sich schwer, während sie schluchzte. Ich hatte sie schon weinen sehen, aber niemals so. Noch nicht einmal, als ihr Hund gestorben war, hatte sie so geweint, und das machte mich echt fertig. In ihren blauen Augen sah ich den Schmerz, den ich verursacht hatte. Sie zeigte mit ihrem Finger auf mich. „Das hätte ich sein sollen. Das ist das Einzige, was mir gerade durch den Kopf geht."

Ich schloss die Augen, um meinen Kummer in mir einzuschließen, aber es klappte nicht. Ich biss mir auf die Wange, um nicht loszuweinen, dabei wollte ich nur noch weinen, aber nicht vor ihren Augen. Also biss ich so sehr, bis ich Blut schmeckte.

„Mia, du bist meine beste Freundin", sagte ich und öffnete wieder die Augen. Die Tasche hatte sie sich schon umgehängt. „Bitte geh nicht."

Wütend schüttelte sie den Kopf, ihre welligen Haare blieben ihr im Gesicht kleben. „Bitte mich nicht zu bleiben", sagte sie heiser.

„Bitte", flüsterte ich dennoch.

„Jensen, ich kann nicht!", erwiderte sie laut seufzend. „Ich kann dich im Moment noch nicht mal ansehen!"

„Dann schau weg, aber bitte bleib. Nur heute Nacht."

Sie schloss die Augen, atmete tief ein und wischte sich die Tränen aus dem Gesicht. „Im Moment hasse ich dich wirklich", sagte sie, als sie die Augen wieder geöffnet hatte. „Ich hasse, hasse, hasse dich."

„Ich weiß, Baby", entgegnete ich, ging auf sie zu und zog sie an meine Brust. Ich wusste, dass sie mich wegstoßen, vielleicht sogar kratzen würde, aber ich musste sie einfach spüren. Sie festhalten.

„Nenn mich nicht so", sagte sie und weinte in mein Shirt. „Oh mein Gott. Ich habe das Gefühl, ich bekomme keine Luft mehr."

Ich hielt sie fester. Wollte sie nicht gehen lassen. Niemals. Sie löste sich von mir, trat zurück und sah zu mir hoch. „Was wirst du jetzt machen? Endgültig nach New York ziehen?"

Ich biss mir kräftig auf die Zunge und nickte.

„Und dann?"

„Mia", begann ich und atmete tief durch. „Ich muss sie heiraten."

Könnte ich nur ein Bild für den Rest meines Lebens aus meinem Gedächtnis löschen, wäre es nicht meine am Boden liegende Mutter oder wie sie mich ansah, als sie mich verließ, oder wie Patty mich ansah, als sie mir sagte, dass meine Mutter nie wieder zurückkommen würde. Es wäre Mias Gesichtsausdruck, als ich diese Bombe platzen ließ.

„W…was?"

„Sie haben sie zu Hause rausgeschmissen. Sie ist jung. Sie weiß nicht, wo sie hinsoll. Ihr Vater …"

Mia nahm die Hände nach oben, bevor ich zu Ende reden konnte. „Ich will den Scheiß nicht hören. Ich will es nicht."

„Lass es mich bitte erklären."

„Nein." Sie legte sich die Hände auf den Bauch, als müsste sie sich jeden Moment übergeben. „Ich muss weg. Tut mir leid, aber ich muss einfach hier weg." Sie ging zur Tür und sah mich noch ein letztes Mal an, ihre Augen wanderten über mein Gesicht und über meinen Körper, und ich wusste, dass das ein Abschied war. Keine Ahnung, warum ich irgendetwas anderes erwartet hatte.

„Tut mir leid", sagte sie und ging durch die Tür. „Ich bin … ich kann nicht."

Einen Augenblick starrte ich die Tür an und wartete darauf, dass die Wut in mir hochstieg, aber sie kam nie. Ich dachte, ich hätte dieses Mädchen mein ganzes Leben lang geliebt und würde das auch den Rest meines Lebens tun. Es spielte keine Rolle, dass ich nach New York zurückgehen und eine praktisch Fremde heiraten würde. Oder dass ihr Vater meine Zukunft in seinen Händen hielt. Oder dass das Kind in ihrem Bauch meins war. Nichts spielte eine Rolle, außer dass ich das Wichtigste in meinem Leben verloren hatte. Ich wusste, dass ich sie niemals zurückgewinnen würde. Was auch immer die Zukunft für uns, für mich bereithalten würde, ich würde sie niemals zurückgewinnen. Ich hatte sie nicht verdient.

Ich saß vor der Tür auf dem Boden, bis die Sonne aufging, nur für den Fall, dass sie zurückkehren würde.

Doch das geschah nicht.

Ich rief sie an und fuhr zu ihr nach Hause. Ich schrieb ihr E-Mails. Textnachrichten. Mit nichts schien ich sie erreichen zu können. Also fing ich an zu schreiben.

Wir waren dazu bestimmt, uns zu küssen, und sobald ihre Lippen meine berührten, war es um mich geschehen …

Die Hochzeit meiner besten Freundin
5 Jahre später

MIA

Ich war mir sicher, dass die einschneidenden Lebensereignisse nur dafür da sind, uns zu zeigen, wie gut oder schlecht wir im Vergleich zur restlichen Gesellschaft vorankommen. Hochzeiten zum Beispiel. Als all meine Freunde heirateten und ich in der Ecke saß nach dem Motto „Lasst euch nicht stören, ich feiere hier für mich allein!", wusste ich, dass alle ein wenig schneller in ihrem Leben vorankamen, als das in meinem klappen wollte. Außenstehende könnten über mich, je nach Zeitpunkt, entweder sagen: „Armes Mädchen, sie musste so viel durchmachen. Würde mich nicht wundern, wenn sie sich zehn Katzen anschafft und den Rest ihres Lebens alleine verbringt." Oder: „Irgendwann wird sie mal sesshaft mit einem dieser Männer, mit denen sie … herummacht."

Die zweite Aussage habe ich sogar vor Kurzem meine Mutter zu ihren Lesekreisfreundinnen sagen hören. Sie nutzte den Lesekreis, um mich ihren Freundinnen und deren geeigneten Söhnen anzupreisen. Es war unmöglich. Das letzte Treffen hatte vor einigen Wochen stattgefunden, und Thema des Tages war, wen ich als Begleiter zur Hochzeit meiner besten Freundin mitnehmen würde. Glücklicherweise war ich an jenem Abend mit meinem Bruder bei meinen Eltern, und wir sahen uns gemeinsam mit Dad das Spiel der Clippers an. So konnte ich einschreiten, als ein iPhone herumgereicht wurde, auf dem das Facebook-Profil eines der Söhne zu sehen war.

Ich werde nie verstehen, warum die Leute Hochzeiten mit Dates in Verbindung bringen. Wollen sie nicht als Versager dastehen, weil sie in keiner festen Beziehung sind, während ein anderer heiratet? Mir ging es auch alleine gut. Ich brauchte keinen Mann, um mir meines eigenen Wertes bewusst zu sein, vielen Dank auch. Aber als ich meine Autoschlüssel dem Angestellten des Hotels überreichte, in dem meine beste Freundin und die meisten meiner Freunde sich für diesen großen Tag vorbereiteten, verspürte ich einen Hauch Wehmut und wünschte mir irgendwie, doch jemanden an meiner Seite zu haben, mit dem ich diesen besonderen Moment teilen konnte.

„Du hast es getan!", rief Estelle, sobald ich in die Hochzeitssuite kam. Sie sprang sofort auf, rannte auf mich zu, und lange, gewellte Haarsträhnen hüpften auf ihrem weißen Kleid. Ich blieb ruhig stehen, als sie die Spitzen meiner nun kurzen Haare berührte, und wartete auf ihre ehrliche Meinung: dass es ihr nicht gefiel.

„Ich komme mir vor, als hätte ich mir den Kopf scheren lassen", stöhnte ich und zog an den Haaren, als ob sie so wieder wachsen würden. Seit ich ein Kind war, waren meine Haare lang gewesen, wie bei Rapunzel, und so eine krasse Veränderung war untypisch für mich.

Estelle lachte, mit ihren großen blauen Augen sah sie mich an. „Seit Monaten redest du davon, dir die Haare schneiden zu lassen, und so kurz sind sie ja nun auch nicht", sagte sie, während ich den Kopf neigte und die Augenbrauen skeptisch hochzog. „Na gut, sie sind ganz schön kurz, aber es steht dir super!"

„Danke", sagte ich lächelnd. „Aber genug jetzt von mir. Bist du bereit zu heiraten … noch mal?"

Sie hatte vor ein paar Monaten unseren langjährigen Freund Oliver geheiratet, den Mann, dem ihr Herz gehörte, seitdem ich denken konnte, aber heute war die offizielle Trauung.

„Bin ich!", sagte sie mit einem Lächeln auf den Lippen. Ich war froh über ihre ansteckende Leichtigkeit. Ich wusste, dass dieser Tag für mich nicht leicht werden würde, nicht weil ich mich nicht über alle Maßen für meine Freunde freute, sondern weil all unsere gemeinsamen Freunde anwesend sein würden.

Und derjenige, den ich die letzten fünf Jahre wie die Pest gemieden hatte, war einer der Trauzeugen. Und als wäre das noch nicht schlimm genug, würde er an meiner Seite gehen.

Olivers Schwester Sophie kam zu uns, als wir uns fertig machten, an unseren Mimosas nippten und über unseren feuchtfröhlichen Junggesellinnenabschied von vor ein paar Wochen lachten. Ich schlüpfte in das zartrosa Brautjungfernkleid, machte mir die Haare zurecht und trug Mascara auf. Aus dem Augenwinkel nahm ich eine Bewegung wahr, mir fiel der hautfarbene Lippenstift aus der Hand, und ich schnappte nach Luft. Ich drehte mich um, um Estelle meine ganze Aufmerksamkeit zu schenken, als sie in ihrem Hochzeitskleid aus dem Bad kam. Ich hatte es schon an ihr gesehen, als wir gemeinsam im Brautmodengeschäft gewesen waren, aber jetzt war alles viel realer, mit ihrer Brautfrisur und dem Make-up.

„Meine beste Freundin heiratet", flüsterte ich und lächelte mit Tränen in den Augen. Estelle lachte und fächelte sich mit den Händen Luft zu.

„Nicht. Du bringst mich noch zum Weinen! Ich bin doch schon seit vier Monaten verheiratet!", sagte sie, kämpfte aber weiterhin gegen die Tränen.

Ich sah sie erneut von oben bis unten an und bewunderte, wie sich das Kleid an ihren Körper schmiegte, bis es an den Knien weiter wurde.

„Du hast dir das schönste Kleid von allen ausgesucht. Ich könnte das nie wieder ausziehen", sagte ich und zeigte auf die Federn, die den unteren Teil des Kleides schmückten.

Sie lächelte mich an und ging mit dem Schleier in der Hand zum Spiegel. „Meine Mom wird ihn mir anstecken", erklärte sie.

„Sie sind bestimmt jeden Moment da. Sophie sieht gerade nach Sander und dem Baby. Du siehst umwerfend aus, Elle, und das sage ich nicht nur so. Du siehst wirklich atemberaubend aus."

Sie atmete tief ein und grinste noch breiter, als sich unsere Blicke im Spiegel trafen. „Danke. Danke für alles", sagte sie, schluckte und blinzelte die Tränen weg. „Danke für die wunderschönen Fotos und für … einfach alles. Ohne dich stünde ich jetzt nicht hier."

„Doch. Das war unvermeidlich", entgegnete ich, lehnte mich vor, umarmte sie und legte mein Kinn auf ihre Schulter. „Aber ich bin so verdammt froh, dass ich diesen Tag mit dir gemeinsam erleben darf." Ich drückte sie sanft. „Ich wette, Bean geht einer ab, wenn er dich den Gang entlangschreiten sieht", sagte ich und ließ sie los.

„Ich habe Vic das Geschenk mitgegeben, also ist das vielleicht sogar schon passiert", erzählte Estelle lachend. Sein Geschenk war ein Fotoalbum mit sexy Fotos seiner Frau in seinem Arztkittel und andere Bilder von dem erotischen Fotoshoot, den Estelle bei mir gemacht hatte.

„Hm, ja, kann ich mir gut vorstellen", stimmte ich zu. Ich drehte mich um, als jemand an die Tür klopfte. Estelles und meine Mom kamen mit Sophie im Schlepptau herein, alle drei schnappten nach Luft, als sie Estelle im Brautkleid erblickten. Ich trat zur Seite, damit sie sie besser bewundern konnten, und hatte einen Kloß im Hals, als ihre Mom anfing zu weinen.

„Du siehst so schön aus", sagte sie wieder und wieder.

„Mom, hör bitte auf, sonst muss ich auch noch weinen, und dann ist mein Make-up im Eimer", sagte Elle.

„Oh mein Gott, mein Bruder kippt aus den Latschen", fügte Sophie hinzu.

„Unsere kleinen Mädchen werden groß", sagte meine Mom.

„Es ist so toll, euch alle dabeizuhaben!", sagte ich und tupfte mir die Augen, um nicht schon wieder zu weinen.

Estelle blieb im Zimmer, während wir anderen nach unten gingen, hinaus zum Strand, wo die Zeremonie stattfinden sollte. Beklemmung durchflutete mich wie eine Welle, als ich die

Trauzeugen in ein Gespräch vertieft am Strand stehen sah. Ich bin bereit, sagte ich mir. Mir geht es gut. Aber als er sich umdrehte und ich ihn im Profil sah, versagten meine Beine.

„Oh, oh. Ich weiß schon, wie das enden wird." Mein Kopf schnellte herum, als ich die Stimme meines Bruders hörte. „Einatmen, ein Schritt, Schwesterherz. Ausatmen, nächster Schritt."

„Ich weiß, wie man läuft, Rob, aber danke für den Hinweis", sagte ich.

Er zuckte mit den Achseln und lächelte, als er zu der Männergruppe schaute. „Ich habe vor dir laufen gelernt, also dachte ich, du kannst vielleicht ein wenig Hilfe gebrauchen."

Ich verdrehte die Augen und lachte. „Also, eigentlich konnte ich vor dir laufen, aber vielen Dank."

„Ach, stimmt ja", spöttelte er. Er legte mir den Arm um die Schulter und zog mich zu sich heran. „Du schaffst das", sagte er mir ins Ohr. „Wiederhole es."

„Ich schaffe das", sagte ich und atmete tief durch. „Was mache ich nur ohne dich, wenn ich wegziehe?"

„Ganz einfach", erwiderte er, ließ seinen Arm sinken und trat etwas zurück, um mich anzusehen. „Zieh nicht weg."

„Haha." Ich lächelte ihn an. „Du weißt genau, dass ich mir diesen Job nicht entgehen lassen werde."

Rob atmete lange aus. „Ich sag ja nur – wenn du bei mir bleibst, sind wir eine Zwillingseinheit, und wenn du wegziehst, eben nicht mehr."

Ich lachte und schubste ihn weg. „Du bist doof. Zwillinge werden wir immer sein."

Wir gingen zu der Männergruppe. Robs Anwesenheit gab mir die nötige Kraft, um hocherhobenen Hauptes zu gehen. Manchmal hatte ich es gehasst, ein Zwilling zu sein. Obwohl ich keine Zwillingsschwester hatte, die dieselben Sachen wie ich trug, und auch ohne all den Wettbewerbskram war es mir manchmal zu viel. Meist war das aber nur vorübergehend, denn letztendlich verstand mich niemand so wie mein Bruder, und ich war mir nicht sicher, ob es daran lag, dass wir Zwillinge waren, oder ob es einfach bei Geschwistern immer so war, aber ich war so froh, ihn zu haben. Deshalb hatte ich so lange darüber nachgedacht, ob ich das unglaubliche Angebot aus New York annehmen sollte, dort für eine Zeitschrift als Fotografin zu arbeiten. Vor zwei Jahren hätte ich diese Chance sofort ergriffen, aber je älter ich wurde, desto wichtiger wurde mir meine Familie, und der Gedanke, sie zurückzulassen, war nicht mehr so reizvoll wie früher.

„Hey, Meep, toll siehst du aus", sagte Oliver, als wir bei ihnen ankamen.

„Danke. Du siehst verdammt scharf aus, aber das ist ja nichts Neues", konterte ich und brachte alle zum Lachen. Alle bis auf einen. Derjenige, der mir Herzschmerz bereitete, sobald ich ihn nur ansah, also versuchte ich, ihn nicht direkt anzusehen.

„Bereit zum Heiraten?", fragte Rob Oliver, der ihm das breiteste Lächeln schenkte, das ich jemals gesehen hatte.

„Ich bin zwar schon verheiratet, aber ja, bereit, sie noch einmal zu heiraten, bin ich. Und noch mal. Und noch mal", antwortete er, worauf Victor nur stöhnte.

„Hör bloß auf. Ich hab schon Angst, was du als Nächstes sagen wirst, denn ich will wirklich nicht, dass du uns allen den Tag versaust."

„Ist das Geschenk bei dir angekommen?", wollte ich wissen und achtete gar nicht auf Victors Bitte, sondern goss noch Öl ins Feuer, und Oliver lachte laut auf.

„Oh ja. Vielen Dank dafür. Einige Sachen werden wir in vertauschten Rollen nachspielen", meinte er.

„Welche Sachen? Wovon sprichst du?", wollte Victor wissen, denn seine Neugier kannte keine Grenzen.

„Von den Boudoir-Aufnahmen, die ich mit Elle gemacht habe“, antwortete ich. Neben mir hüstelte Rob, Jensen warf nur ein „Okay, jetzt reicht's aber wirklich“ ein, aber Victor starrte mich an, zog verwirrt die Augenbrauen zusammen.

„Boudoir-Aufnahmen“, erklärte ich. „Du weißt schon ... erotische Fotos ...“

„Von meiner Schwester?“, rief er entsetzt. „Okay. Ich bereue es, dass ich nachgefragt habe. Wir sehen uns am Altar, Jungs!“

Wir mussten alle lachen, als er sich aus dem Gespräch ausklinkte. Er blieb nur kurz stehen, um Sophie zu begrüßen und ihr seinen Arm zu reichen, dann warf er uns einen ungeduldigen Blick zu.

„Das ist mein Stichwort“, sagte Oliver. „Ich muss als Erster gehen. Wo ist meine Mom?“, fragte er und sah mich an.

„Keine Ahnung“, antwortete ich und blickte mich um.

„Da!“, sagte Rob und zeigte auf Olivers Mutter, die mit einem unbekannten Mann an ihrer Seite und einer anderen Frau auf uns zukam.

„Das ist ein Bild, das ich mir nie hätte vorstellen können“, sagte Oliver und ging ihnen entgegen. Jensen lachte, als er zu ihnen sah, und ich schwöre, ich fühlte, wie alles in mir in Aufruhr geriet.

„Ist das sein Dad?“, wollte Rob von Jensen wissen.

„Ja. Und seine Stiefmutter“, antwortete Jensen und betrachtete weiterhin das Trio.

„Sie scheinen sich zu verstehen“, sagte Rob.

„Ja, tun sie“, erwiderte Jensen.

„Demi und Bruce Willis verstehen sich, und sie haben beide neue Partner geheiratet. Soll vorkommen“, sagte ich schulterzuckend. Erst als mich Jensens Blick traf, wurde mir bewusst, was ich da gerade gesagt hatte. Er sah mich so eindringlich an, dass ich einen Schritt zurücktreten musste.

„Manche Leute können sich halt wie Erwachsene benehmen“, sagte er, und seine Worte wirkten wie kleine Funken auf dem Öl, das durch meine Adern floss.

„Ach, du kennst erwachsene Leute?“, konnte ich mir nicht verkneifen zu sagen und neigte den Kopf. Er kniff die Augen zusammen.

„Ich glaube, es geht jeden Moment los“, sagte Rob und drückte meinen Arm, um meine Aufmerksamkeit zu erlangen. Ich wusste, was er mir sagen wollte, bevor ich ihn überhaupt angesehen hatte, also atmete ich tief durch und nickte, als ich mich wieder zu fassen versuchte.

„Los geht's, Reynolds, und da das deine einzige Chance ist, mich anzufassen, solltest du es genießen“, sagte ich, ging zu ihm und nahm seinen Arm. Ich versuchte, nicht darüber nachzudenken, wie dünn sich mein Arm im Gegensatz zu seinem muskulösen anfühlte. Ich beachtete sein Lachen gar nicht und welche Gefühle es in mir auslöste. Ich achtete nicht darauf, wie die Endorphine in meinem Gehirn durchdrehten, weil ich ihm so nah war.

Wir nahmen unseren Platz hinter Victor und Sophie ein und warteten, während das Hochzeitslied erklang, eine Instrumentalversion von Ed Sheerans „Thinking Out Loud“. Jensen bewegte seine Hand und verschränkte seine Finger mit meinen. Ich riss vor lauter Entsetzen die Augen auf und starrte ihn an.

„Du hast doch gesagt, ich soll es genießen.“ Seine Stimme brachte mein Herz zum Rasen.

„Bitte nicht“, flüsterte ich.

„Wo ist das Problem? Hast du den Mund zu voll genommen?“, fragte er, während wir losschritten und er Finley zulächelte, dem Fotografen, den ich empfohlen hatte.

„Mit meinem Mund ist alles in Ordnung“, erwiderte ich, riss meine Hand förmlich aus seiner und ging zu dem für mich vorgesehenen Platz, sobald wir beim Pfarrer angekommen waren.

Erst als meine wunderschöne beste Freundin auf uns zukam, war Jensen vergessen. Ich hatte Oliver und Estelle schon so oft zusammen gesehen, aber heute berührte mich dieser Anblick, wie sie sich bei Sonnenuntergang ewige Liebe schworen, so sehr. Sie hatten das, wovon wir alle träumten, wonach wir uns alle sehnten. Während wir dort standen, fielen die ersten kleinen Regentropfen.

„Regen bei Sonnenschein", sagte Sophie neben mir. „Das soll Glück bringen."

„Na dann. Hoffentlich küssen sie sich, bevor dieser Glücksbringer unser Make-up ruiniert", flüsterte ich zurück und konnte nur noch lächeln, als Braut und Bräutigam sich küssten. Es war ein magischer Moment, trotz der Männer und der kleinen Menschenmenge, die von ihren Stühlen aufgestanden war und ihnen zurief, sie sollten sich gefälligst schneller küssen, bevor der Himmel seine Schleusen öffnete. Ich musste nicht mit Jensen zusammen zum Hotel zurückgehen, denn nachdem der Kuss beendet war, rannten alle los.

Als die beiden sich zu ihrem Eröffnungstanz wiegten, fing ich an zu trinken. Und noch mehr zu trinken.

„Harter Abend?", fragte mich Rob, als er sich neben mich setzte.

Ich sah in seine besorgten blauen Augen und lächelte. „Wunderschöner Abend."

Er schaute mich an, sein Blick bewegte sich zwischen meinen Augen und dem Sektglas in meiner Hand hin und her.

„Weinzeit", sagte ich.

„Das ist Champagner."

„Tja, heute Abend sollten wir über den Champagner weinen", philosophierte ich.

„Du solltest die Daumen drücken, dass deine Weinzeit nicht im Kotzen endet, denn deine beste Freundin hat gerade geheiratet, und ich bezweifle, dass sie dir heute Nacht die Haare aus dem Gesicht halten wird", erwiderte er.

„Hm, ach, keine Ahnung. Was glaubst du denn, warum du hier bist?"

Rob lachte, schüttelte den Kopf und nahm sein Sektglas in die Hand. „Um zu essen." Er grinste, als sich meine Augen verengten. „Und natürlich, um die Hüften zu schwingen", ergänzte er, woraufhin ich nur die Augen verdrehen konnte. „Na gut. Dann halte ich eben deine Haare. Obwohl sie ja jetzt so kurz sind, dass man da nichts mehr festhalten muss", sagte er und betrachtete stirnrunzelnd meine Frisur.

„Wir sehen fast wie Zwillinge aus", sagte ich und lachte, als er mich in die Seite knuffte.

„Ich muss dir gestehen, dass ich viel besser aussehe als du", sagte er und stand auf, als das Lied vorbei war und das nächste begann. Er reichte mir seine Hand, ich nahm sie und folgte ihm auf die Tanzfläche.

Ich lachte, als er mich übertrieben herumwirbelte, und krallte mich an seinem Arm fest, als er mich nach unten beugte. „Das solltest du besser lassen, sonst landet noch mein ganzer Champagner auf dir", sagte ich, als er mich wieder hochzog.

„Meep, du bist ein echter Stimmungskiller", sagte Rob stöhnend. „Ich schaue mich besser mal nach einer anderen Tanzpartnerin um."

„Tu dir keinen Zwang an. Ich muss eh mal auf die Toilette", sagte ich und verließ die Tanzfläche.

Kaum war ich aus dem Raum, hörte ich das Lachen meiner Mom und folgte diesem Geräusch, bis ich sah, mit wem sie sich unterhielt, aber da hatte sie mich schon entdeckt und rief mich zu sich.

„Mia, komm mal her! Hast du Jensen von dem Job in New York erzählt?", fragte sie.

„Ähm … nein“, sagte ich und traute mich nicht, ihn anzusehen.

„Wusstest du, dass er immer noch dort wohnt?“

Wenn Blicke töten könnten … meine arme Mutter. Am liebsten hätte ich sie weggezerrt und angeschrien: „Natürlich weiß ich das!“

Ich kannte sogar seine Adresse auswendig. Nicht, weil ich ihn stalkte, sondern weil ich Patty besucht und für sie alle möglichen Pakete an ihn zur Post gebracht hatte.

Wenn ich den ganzen Kram nicht weggeschickt hätte, hätte sie mir auch keine Vorwürfe gemacht, aber das war die einzige Möglichkeit, wie ich ihr helfen konnte, und jetzt, wo es ihr gesundheitlich nicht so gut ging, konnte sie jede Hilfe gebrauchen. Ich hatte alles verschickt, von Unterhosen bis zu Decken für seine Tochter. Ich wusste nicht, was mir mehr wehgetan hatte – dass ich die Boxershorts nie an ihm sehen würde oder etwas an das kleine Mädchen zu schicken, das eigentlich unser Kind hätte sein sollen.

„Hm, warum erzählst du ihm nicht einfach von deinem Umzug?“, fragte meine Mom. Ich funkelte sie an. War sie verrückt geworden? Was sollte das denn werden?

„Welcher Umzug?“, wollte Jensen wissen, vielleicht mehr aus Höflichkeit, als dass es ihn wirklich interessiert hätte. Ich sah ihn an, um sicherzugehen, dass ich immer noch in ihm lesen konnte, aber er blickte zu meiner Mom.

„Mia zieht bald nach New York!“, sagte meine Mom und grinste breit, als sie mich ansah. „Sie hat dort einen richtig tollen Job als Fotografin angeboten bekommen.“

„Mom“, versuchte ich sie zu unterbrechen, bevor sie weitererzählen konnte. „Ich bin mir sicher, dass Dad dich schon sucht, und ich glaube nicht, dass Jensen sich für meine Karriere interessiert, also solltest du vielleicht mal lieber zu Dad gehen, oder womöglich braucht dich auch Hannah für irgendwas.“

Bettina hatte es drauf, mich wie ein quengelndes Kind abzufertigen. „Mia, wir unterhalten uns doch hier gerade so schön. Ich bin mir sicher, dass Jensen liebend gern mehr darüber erfahren will, was du in New York machst. Ihr arbeitet doch in derselben Branche. Vielleicht kennst du ja sogar ihren Arbeitgeber."

Mir fiel die Kinnlade herunter.

„Ja, Mia, es interessiert mich brennend, was du in New York machst", sagte Jensen. Ich drehte mich um und funkelte ihn an. Ich hasste ihn. Hasste ihn voll und ganz, in seinem weißen Hemd, das seinen perfekten Körper bedeckte, und der marineblauen Fliege mit der farblich passenden Hose. Fick dich, hätte ich am liebsten gesagt, verkniff es mir aber. Fick dich, weil du für mich so verdammt unwiderstehlich bist, selbst jetzt noch. Geh zurück zu deiner kleinen Rotzgöre und deiner perfekten Frau, du Arsch. Das hätte ich am liebsten gesagt. Das wäre eine Genugtuung für mich gewesen. Aber ich sagte es nicht, denn selbst ich kannte Grenzen.

„Viel Spaß noch. Ich muss mal pinkeln und gehe dann wieder feiern", sagte ich stattdessen.

„Mia!", rief meine Mutter entsetzt.

„Oh, Entschuldigung", erwiderte ich und hielt mir eine Hand vor den Mund. Ich sah, dass Jensen sich ein Lachen verkneifen musste. „Ich meine, ich suche die Toilette auf. Damen pinkeln ja nicht."

Als ich ging, hörte ich ihn lachen, während meine Mom sich entschuldigte, und als ich den Waschraum betrat, sah ich mich im Spiegel lächeln. Ich kniff die Augen zusammen und wiederholte das Mantra, das ich mir sagte, seitdem Jensen aus meinem Leben verschwunden war: Er hat eine Familie. Er braucht dich nicht mehr. Außerdem hatte er noch genügend andere Gründe, mich nicht mehr wiedersehen zu wollen. Ich konnte nicht glauben, dass er wieder so herzlich gewesen war wie früher.

Ich ging zurück auf die Party, aß und trank ohne Pause, außer während der ganzen zwei Sekunden, in denen sich Estelle neben mich setzte, um kurz ihre Füße auszuruhen.

„New York also." Ich stand an der Bar, um mir noch etwas zu trinken zu holen, als ich diese Frage hinter mir vernahm. Ich drehte mich um und blickte in seine grauen Augen.

„Genau", antwortete ich, schluckte und hoffte, der plötzliche Stich in meiner Brust würde verschwinden.

„Du hättest es mir gar nicht erzählt?", fragte er, neigte den Kopf. Ich konnte seinen Blick nicht deuten. „Du wärst einfach dorthin gezogen, hättest vielleicht neben mir gewohnt, womöglich mit meinen Kollegen gearbeitet und es mir noch nicht mal erzählt?"

Mein Herz raste in seinem Gefängnis wie ein Tier, das auszubrechen versuchte. Als Jensen und ich zusammen gewesen waren, waren die Schmetterlinge im Bauch, die immer kamen, wenn ich ihn sah, irgendwann verschwunden. Nachdem wir uns täglich gesehen, täglich geküsst hatten, ich in seinen Armen aufgewacht war, war die Aufregung dieses frisch verliebten Glücks verblasst. Ich liebte ihn nicht weniger, wollte ihn nicht weniger, aber dieses Gefühl jetzt? Dieses Gefühl, dass mein Herz buchstäblich in seiner Hand lag? Dieses Gefühl hatte ich nicht mehr gekannt, und ich wusste nicht, ob ich es gut fand, dass es zurück war.

„Ich … ich bin mir sicher, du hättest es irgendwie erfahren. Ich meine, Patty hätte es dir bestimmt erzählt", sagte ich, drehte mich wieder zum Barkeeper um und nahm meinen Drink entgegen.

„Patty, aber nicht du", sagte Jensen und kam näher, sodass ich seine Wärme spüren konnte. Als ich seinen Atem in meinem Nacken spürte, schloss ich die Augen und stellte mir vor, wie er über meine nackten Brüsten strich, wie er mich damit neckte, wie er es immer getan hatte, dann über meinen Bauch und schließlich noch tiefer …

Ich riss mich zusammen, öffnete wieder die Augen. Der Barkeeper sah mich belustigt an, und ich drehte mich abrupt um und prallte gegen Jensens muskulöse Brust.

„'tschuldige", sagte ich, drehte mich weg und trat einen Schritt zurück, um Abstand zu gewinnen, um von seinem Atem loszukommen, nach dem ich mich immer noch sehnte. „Im Ernst, also, Jensen, wir haben ja keinen Kontakt mehr." Ich unterbrach mich und neigte meinen Kopf nach hinten, um ihn anzusehen. „Also nein, ich hatte nicht vor, dir eine Brieftaube oder so zu schicken."

Seine Augenbrauen wanderten nach oben. Seine Lippen verzogen sich belustigt, und ich kämpfte den Zwang in mir nieder, ihm um den Hals zu fallen und seinen Mund an meinen zu ziehen. Plötzlich verfinsterte sich sein Gesicht, und ich war mir sicher, dass er meine Gedanken lesen konnte. Ich räusperte mich und nahm einen Schluck von meinem Screwdriver.

„Wehe, du schreibst das in einer deiner Geschichten!", sagte ich und hielt sofort den Atem an, nachdem mir diese Worte herausgerutscht waren.

„Du liest meine Geschichten?", fragte er mit leiser Stimme und kam einen Schritt auf mich zu. Wir waren allein in einer dunklen Ecke neben der Bar, aber mir kam es vor, als würden uns alle anstarren. Mir kam es vor, als wären wir lauter als der Elektro-Song, zu dem die Leute ausgelassen tanzten. Ich trat einen Schritt zurück.

„Nein", antwortete ich. „Aber einmal Schreiberling, immer Schreiberling, oder?", sagte ich lahm. Er grinste über meine Aussage – dieses blöde, lüsterne Grinsen, das mich damals hatte schwach werden lassen. Ich hatte mir eingeredet, dass ich es hasste, bis zu diesem Moment, als ich es direkt vor mir sah und nicht in meiner verqueren Fantasie, in die die Realität niemals Einzug hielt.

„Hast du jemals …“, wollte er gerade fragen, als mein Bruder uns unterbrach.

„Meep, ich muss los. Kommst du mit, oder fährst du mit jemand anderem?“, fragte mich Rob und sah mir dabei in die Augen.

„Brechen alle auf? Wo ist denn Elle?“, wollte ich wissen.

„Sie sind gerade auf dem Sprung“, antwortete Rob. „Aber Bean meinte, sie gehen einfach raus, keine große Sache mit Seifenblasen oder Reis oder solchem Kram.“

„Na ja, man darf gar keinen Reis werfen. Bei der letzten Hochzeit, bei der ich fotografiert habe, war es auch schon nicht erlaubt“, erklärte ich.

„Ich glaube, das gilt nur in katholischen Kirchen“, sagte Jensen.

Mein Blick sprang zu ihm, und plötzlich war all die Wut, von der ich gedacht hatte, sie sei verpufft, wieder da. „Du musst es ja wissen. Wer, wenn nicht du?“, sagte ich, nahm Robs Arm und ging.

„War schön, dich mal wieder gesehen zu haben, Alter“, sagte Rob noch über die Schulter.

„Ja, und wie“, nuschelte ich und erntete dafür ein Lachen von Rob, während Jensen die Kiefer aufeinanderpresste.

„Ich dachte, du bist darüber weg“, sagte er, sobald wir außer Hörweite waren.

„Aber sicher, man kann sich ja alles einreden“, entgegnete ich und winkte ab.

„Ah, verstehe. Mom hat ihm von deinem Umzug erzählt.“

„Natürlich“, seufzte ich, als wir vorne am Hotel ankamen, wo Oliver und Estelle standen, sich unterhielten und die Arme umeinandergeschlungen hatten. „Sie müssen das bezauberndste Paar im ganzen Universum sein“, kommentierte ich. Rob stimmte mir nickend zu.

„So sieht Liebe aus", sagte er.

„Ja, oder?", erwiderte ich lächelnd. Ich grinste noch breiter, als Estelle vollkommen glücklich meinen Blick erwiderte, kreischte und mit Oliver im Schlepptau zu uns kam.

„Vielen, vielen Dank für alles", sagte sie, als sie mich umarmte und mich von Rob wegzog. Sie trat zurück, um mich auf Armeslänge festzuhalten, sie betrachtete mein Gesicht, als würde sie mich studieren. Schon bevor ich die Tränen in meinen Augen spürte, wusste ich, dass ich gleich weinen würde. Heute Abend würden sie zu ihren Flitterwochen nach Italien aufbrechen, und ich würde in wenigen Tagen nach New York ziehen. Das war unser letzter gemeinsamer Tag, und wäre es nicht ihre Hochzeit, hätte ich Oliver gebeten, mich heute das fünfte Rad am Wagen sein zu lassen.

„Du wirst mir so schrecklich fehlen", brachte ich schließlich heraus und umarmte sie wieder. „Ich freue mich so sehr für dich, Elle. Nach allem, was du die letzten Jahre durchgemacht hast, hast du deinen Traumprinzen geheiratet."

„Ich hab dich so lie-hieb … so, so lieb", sagte sie, und wir brachen beide in Tränen aus.

„Seid doch nicht so melodramatisch", sagte Rob und brachte uns damit zum Lachen. „Tu doch nicht so, als würdest du nach euren Flitterwochen nicht direkt den ersten Flieger nach New York nehmen."

Estelle lachte und Oliver auch. „Das mach ich bestimmt", sagte sie, trat zurück und wischte sich die Tränen von den Wangen.

„Solltest du auch besser", sagte ich und wischte mir ebenfalls die Tränen weg. „Du darfst natürlich mitkommen, Bean", fügte ich hinzu und sah zu Oliver, der lachend den Kopf schüttelte.

„Das lasse ich mir im Leben nicht entgehen", meinte er. „Du wirst es allen zeigen, Meep."

„Werde ich", sagte ich und brachte die drei zum Lachen.

Wir beendeten unsere Verabschiedung, und die beiden gingen zu ihrem Auto, das der Hotelangestellte geholt hatte.

„Ich kann's gar nicht abwarten, dir zu zeigen, wie zuvorkommend ich sein kann", sagte Oliver, als er Estelle die Tür aufhielt.

„Ich will's gar nicht wissen!", rief ich.

Oliver lachte und winkte mir zu. „Du wirst aber noch genug von unserem Sexleben erfahren."

„Aber nicht von dir!", rief ich lachend zurück.

Er zuckte mit den Schultern. „Egal von wem, der Inhalt ist identisch. Ich bringe sie um den Verstand. Ende vom Lied."

Wir lachten alle noch mal, bevor sie wegfuhren.

„Meinst du, du packst das?", fragte mich Rob, als wir auf unser Auto warteten.

„Klar", sagte ich und hielt den Atem an. „Ich bin aufgeregt. Also, ich werde meine Familie und meine Freunde natürlich total vermissen, aber ich bin auch echt aufgeregt."

„Solltest du auch. Ich glaube nicht, dass du schon mal irgendetwas mehr gewollt hast als diesen Job", sagte er. Als er redete, sah ich mich um und erblickte Victor und Jensen, die sich in der Lobby unterhielten, jeder einen Drink in der Hand, und ich nickte.

„Eine Sache fällt mir da schon ein", sagte ich leise.

Claire Contreras

Mit jedem Wort von dir

Roman

Aus dem Amerikanischen von
Sophie Wölbling

Für Cam,
der nie versucht hat, meine Sprache zu ändern, sondern lernte, die Bedeutung hinter meinem Schweigen zu lesen.
Und für dich, denn du wirkst, als könntest du eine unbeschwerte Liebesgeschichte über eine zweite Chance in deinem Leben gebrauchen.

Prolog

JENSEN

Ich gehe nicht gern Verpflichtungen ein. Meine Wohnung ist gemietet, mein Auto geleast, und ich besuche ein Fitnessstudio ohne Vertragsbindung. Ich habe ein unstetes Herz – einen ruhelosen Geist. Es fällt mir schwer, bei irgendetwas an ein Für-Immer zu denken. Obwohl ich schon einmal ein Für-Immer hatte.

Ich ließ sie gehen. Nicht, weil ich sie zu sehr liebte, um sie zum Bleiben zu überreden, sondern weil ich es nicht ertragen hätte, wenn sie meine Bitte abgeschlagen hätte. Und doch frage ich mich von Zeit zu Zeit immer noch, was gewesen wäre, wenn.

Nichts treibt einen schlimmer um als die Reue.

1. Kapitel

MIA

Ich frage mich oft, was ich machen würde, wenn ich die Möglichkeit hätte, die Zeit zurückzudrehen und die Dinge dann richtig zu machen. Würde ich es tun? Würde ich die zweite Chance nutzen, oder würde ich sie verstreichen lassen, weil ich an all das denke, was ich durchgemacht und woraus ich gelernt habe?

Voller Unbehagen betrat ich das Gebäude, in dem ich nun arbeiten würde, wenn auch nur vorübergehend. Das mulmige Gefühl in meinem Magen blieb, breitete sich immer weiter in mir aus. Als ich im 20. Stock aus dem Fahrstuhl stieg und die Lobby des Zeitschriftenverlags betrat, begrüßte mich eine lächelnde Brünette, während sie eine bunte Stiftebox durchwühlte. Irgendetwas an ihr wirkte beruhigend auf mich – vielleicht ihr Herumgezappel, ihr Lisa-Loeb-Look oder ihr gewinnendes Lächeln.

„Was kann ich für Sie tun?", trällerte sie und drehte sich leicht in ihrem Stuhl zu mir.

„Ich habe einen Termin bei Frau … ich meine Dr. Zamora."

„Fran", entgegnete sie. „Sie wird lieber Fran genannt. Sie sind Mia?"

„Genau."

Noch immer lächelnd, musterte sie mich kurz von oben bis unten. „Schön. Ich bin Katie. Ich frage mal nach, ob sie da ist. Nehmen Sie doch Platz."

Erleichtert atmete ich aus, stellte meine Tasche auf den Boden und setzte mich Katie gegenüber auf einen schicken weißen

Stuhl. Dann ließ ich den großen Raum mit den Fotos auf mich wirken, Arbeiten von Menschen, die ich bewunderte. Um meine Nerven zu beruhigen, griff ich nach einer Zeitschrift und blätterte sie durch. Ich ging sogar so weit, dass ich versuchte, mein inneres Zen zu kanalisieren, während ich mir die wunderbare Yogastunde vom Morgen ins Gedächtnis rief. Aber nichts half. Das hartnäckige Gefühl des *Was habe ich mir da nur angetan?* blieb.

Es erinnerte mich daran, wie ich mich von meinem Zwillingsbruder bequatschen und mir von ihm die Haare hatte schneiden lassen, damit wir wie „richtige Zwillinge" wirkten. Zwei Monate lang sah ich aus wie Peter Pan, und meine Mutter weinte sich Nacht für Nacht in den Schlaf. Ich kramte mein Handy hervor und überlegte, Rob eine Nachricht zu schicken. Er war immer der Tapfere von uns beiden gewesen, der mich mit weisen Worten über solche Situationen hinwegrettete. Aber diese Suppe hatte ich mir selbst eingebrockt, also musste ich sie auch allein auslöffeln.

Als ich vor einigen Monaten zufällig meine Lieblingsdozentin vom College getroffen hatte, waren in der Sonderausgabe einer lokalen Zeitschrift gerade einige meiner Fotos erschienen. Das gute Gefühl, das ich hatte, als ich ihr davon erzählte, war bei der gefürchteten Frage *Und was kommt als Nächstes?* sofort dahin gewesen. Aber dann bot sie mir die Chance meines Lebens an: als Fotografin für eine große Zeitschrift zu arbeiten. Eine, bei der ich wohl nie eine Chance gehabt hätte, wäre nicht die für das Projekt zuständige Person zufällig die Schwester meiner Dozentin gewesen. Der Haken an der Sache, von dem meine Dozentin und ihre Schwester natürlich nichts wussten, war, dass mein Exfreund, der „Dream Crusher", für dieselbe Zeitschrift arbeitete. Aber ich wäre schön blöd gewesen, hätte ich seinetwegen abgelehnt. Wo auch immer ich danach arbeiten würde, es wäre einfach nur genial, diese Station in meinem Lebenslauf zu haben.

„Sie ist gerade gekommen“, sagte Katie und riss mich aus meinen Gedanken. Schnell stand ich auf und hängte mir die Tasche über die Schulter, als sich die Glastür zu meiner Rechten öffnete und eine große Frau heraustrat, die meiner Dozentin verblüffend ähnlich sah: rote Mähne und leuchtend grüne Augen.

„Mia“, begrüßte sie mich mit einem strahlenden Lächeln. „Ich bin Fran.“

„Schön, Sie endlich kennenzulernen“, entgegnete ich und schüttelte ihr die Hand.

„Sie meinen, persönlich. Janna spricht in den höchsten Tönen von Ihnen, und wir kennen uns ja auch schon von Twitter.“

Ich lachte, als sie mir zuzwinkerte. Nachdem sie mich für diesen Auftrag engagiert hatte, folgten wir uns gegenseitig auf allen sozialen Plattformen, die sich zum Stalken eigneten.

„Fast so, als wären wir schon immer Freundinnen.“

„Was Soziale Medien so alles bewirken“, sagte sie lachend und drehte sich auf dem Absatz um. „Dann führe ich Sie mal herum.“

Wäre Fran ein Auto, würde sie immer Vollgas fahren. Als wir den Rundgang beendet hatten und wieder in ihrem Büro waren, brannten mir die Beine. Ich war mir nicht sicher, ob das an meinen hohen Absätzen lag oder eher daran, dass ich doppelt so viele Schritte machen musste wie sie. Klein zu sein konnte manchmal echt nerven.

„Wir haben bereits das Okay vom *W Magazine* und bleiben beim Titel ‚Was würden Sie tun, wenn Sie eine zweite Chance bekämen?‘. Das hat man Ihnen bestimmt schon gesagt“, erzählte sie, als wir uns hinsetzten.

Nichts hatte man mir gesagt. Nicht dass das von Belang gewesen wäre. Ich hatte bereits Fotos zu einem Artikel mit demselben Thema für ein kleines Lokalblatt geschossen, aber nicht für eine Zeitschrift dieses Formats.

„Ihre Freunde stört es hoffentlich nicht, dass wir ihnen die Show stehlen“, fügte Fran lächelnd hinzu. Sie war vollkommen angetan gewesen, dass das Pärchen auf der Titelseite, meine beste Freundin und ihr jetziger Ehemann, ihre Liebe erst im zweiten Anlauf gefunden hatten.

„Keinesfalls“, antwortete ich lachend. „Als sie die Zeitschrift im Supermarkt sahen, hätten sie mich am liebsten umgebracht, also ist es gar nicht mal so schlecht, wenn wir sie verdrängen.“

Sie stimmte in mein Lachen mit ein. „Waren sie nicht so begeistert, weil sie offiziell noch gar nicht zusammen waren?“

„So ungefähr. Ihr Bruder hätte Oliver am liebsten den Hals umgedreht ... dem Mann auf dem Bild“, fügte ich erklärend hinzu, „als er von der Sache erfahren hat.“

„Aber es ist so romantisch“, entgegnete Fran und seufzte tief auf.

„Mag sein.“

„Oh nein, sagen Sie nicht, Sie gehören zu der Kategorie Frau!“

„Zu welcher denn?“

„Zu der Kategorie ‚Ich brauche keinen Mann‘ und ‚Ich hasse Romantik‘.“ Sie verdrehte die Augen, aber ich war mir sicher, dass sie dabei ein Lächeln unterdrücken musste.

Ich zuckte mit den Schultern. „Ich gehöre zu gar keiner Kategorie. Ich brauche keinen Mann, aber ich habe nichts gegen Romantik, wirklich nicht, was vielleicht auch der Grund dafür ist, dass ich noch Single bin.“

Fran grinste. „Irgendwie verrückt, oder? Soll ich Ihnen mal was sagen? Ohne die Partnerbörse Match wäre ich meinem Mann gar nicht begegnet. Aber ich bin mir sicher, dass Sie keine Hilfe brauchen, um jemanden kennenzulernen.“ Sie zeigte auf meinen Oberkörper, als würde sie mich jemandem als eine Art Trophäe anpreisen.

„Jemanden kennenzulernen ist auch nicht das Problem. Ihn zu halten ist viel schwieriger und den *Richtigen* zu finden das Schwierigste überhaupt."

Fran nickte verständnisvoll. „Oh ja. Das kenne ich. Aber hey, auch Sie werden den *Richtigen* finden. Sie sind jung, bezaubernd, witzig, talentiert und klug. Was für eine Mischung!"

Lächelnd wich ich ihrem Blick aus. „Irgendwann vielleicht mal."

„Wie dem auch sei, genug von Männern. Lassen Sie uns über die Arbeit sprechen. Wie in der E-Mail bereits angekündigt, werden Sie heute die Porträtaufnahmen machen. Sie müssen nicht jeden Tag ins Büro kommen, aber Sie dürfen natürlich jederzeit unsere Räume nutzen. Die Kontaktdaten der Paare, die Sie fotografieren werden, hatte ich Ihnen geschickt, sodass Sie die Probeaufnahmen absprechen können, und danach geben wir Ihnen Bescheid, wer in die engere Wahl kommt. Wir werden nur vier Paare auswählen: zwei junge und zwei ältere. Ihre Geschichten sind sowieso verschieden, also passt das."

Sie hielt kurz inne, ich nickte und machte mir in Gedanken Notizen.

„Und ... ach ja, folgende Redakteure arbeiten an diesem Projekt mit: Carlos und Deborah sind fest bei uns angestellt, die anderen beiden sind Freiberufler, die oft für uns arbeiten. Ich habe Ihnen die E-Mail-Adressen notiert und werde ihnen auch Ihre geben, damit sie Sie kontaktieren können. Manchmal sind sie gern bei den Aufnahmen dabei und führen direkt dort die Interviews."

Nickend ging ich die Liste durch – und erstarrte, als ich seinen Namen sah. Nichts als Buchstaben auf einem Stück Papier, aber sie ließen mein Herz ein, zwei Sprünge machen, bevor es mir in die Hose rutschte. Warum reagierte ich derart heftig auf seinen Namen? Schließlich hatte ich doch damit gerechnet, früher oder später auf ihn zu treffen.

„Kommen Sie doch am Mittwoch was mit uns trinken“, schlug Fran vor und riss mich aus meinen Gedanken.

„Ich treffe meine Kollegen also nur bei den Shootings?“, wollte ich wissen und wedelte leicht mit dem Zettel herum.

„Nur, wenn sie die Menschen direkt in ihrem Umfeld interviewen wollen. Sonst sehen wir uns alle bei den Meetings, und davon gibt es nicht so viele. Aber diesen Mittwoch treffen wir uns wie gesagt. Danach dann erst wieder zur abschließenden Redaktionssitzung.“

Ich schluckte hörbar und nickte. „Gut.“

„Es wäre toll, wenn Sie Mittwoch dabei wären, um alle kennenzulernen“, sagte sie noch einmal.

Ich fühlte mich wie in einem Teufelskreis: Einerseits war ich hierhergezogen und wusste, dass ich ihm durch den Job womöglich schrecklich nah sein würde, wobei ich insgeheim hoffte, dass dies der Fall war. Andererseits hielt ich mir vor Augen, warum ich ihm überhaupt aus dem Weg gegangen war. Tief atmete ich ein und wappnete mich für das Unvermeidliche.

„Aber gern doch. Klingt gut.“

Jensens Woche

Neulich unterhielt ich mich mit einem Kumpel über diese Kolumne. Er machte sich über mich lustig und meinte, das klinge nach Sex and the City. *Ich zog ihn damit auf, dass er diese Serie überhaupt kannte, aber dann fragte ich mein Date danach, und sie kriegte sich vor Lachen gar nicht mehr ein. Wäre ich eine Frau und die Serie echt, wäre ich anscheinend Carrie. Jeff (Herausgeber dieser Zeitschrift), ich hasse dich!*

Ich bin zu dem Schluss gekommen, dass Dating heutzutage schwieriger ist als früher. Die Menschen haben andere Erwartungen. Als Mann fühlt man sich irgendwie immer etwas begrapscht (nicht im wörtlichen Sinn natürlich. Nur zur Info: Gegen die wörtliche Bedeutung hätte ich nichts). Nach dem ersten Drink kann man aber auch wie ein Welpe mit dem Schwanz wedeln und auf die Belohnung warten. Partnersuche als Erwachsener ist ermüdend. Ich will zurück aufs College!

Restaurant: *Glasserie*

Bewertung: *Daumen hoch!*

Frage der Woche von: *@Margie17: „Was kannst du in deinem Leben am besten?“*

Antwort: *Vater sein. Etwas Besseres werde ich wahrscheinlich nie hinbekommen. Kitschig, klischeehaft, aber wahr.*

2. Kapitel

MIA

Wenn ich für eins dankbar war, dann für die wundervollen Menschen in meinem Leben. Als ich mich entschieden hatte, mich auf dieses Abenteuer einzulassen, bekam ich von allen Seiten Unterstützung. Meine Freundin Millie, mit der ich mir an der UCLA ein Zimmer geteilt hatte, bot mir an, bei ihr unterzukommen. Sie sorgte auch dafür, dass ich immer beschäftigt war – und ging mit mir essen und Cocktails trinken, während ihr Verlobter auf Dienstreise war. Als ich in ihrer Wohnung ankam, war sie da und wartete auf den Techniker, der die Klimaanlage reparieren sollte.

„Echt jetzt, warum muss man als Mieter für so was denn seine Zeit opfern?", sagte sie und ging in dem kleinen Wohnzimmer hin und her.

„Du musst hier nicht warten, bis er kommt. Ich kann ihm auch auf die Finger schauen. Obwohl man nicht wirklich etwas überwachen kann, von dem man keine Ahnung hat."

Sie hielt inne, drehte sich zu mir um und stutzte. „Du hast recht."

„Hab ich meistens", erwiderte ich seufzend, woraufhin sie lachte und die Augen verdrehte.

„Was machen wir an deinem Geburtstag?"

„Nichts."

„Nichts? Ach, komm. Wir machen doch fast jeden Tag was, und ausgerechnet an deinem Geburtstag willst du nichts machen?"

Mein Geburtstag war in zwei Tagen. Mir hatte es noch nie etwas ausgemacht, ein Jahr älter zu werden. Eigentlich hatte ich jeden Geburtstag immer so gefeiert, als wäre er mein letzter. Aber es fühlte sich einfach nicht richtig an, ohne Rob zu feiern – das erste Mal in 25 Jahren. Für ihn war es okay, denn schließlich leistete Juan Pablo ihm Gesellschaft. Aber alle, die ich kannte, waren eben dort drüben. Hier war ich allein, außer wenn Millie gerade in der Stadt war.

„Na ja, ich muss an dem Abend eh mit den Leuten von der Arbeit was trinken gehen, also könnten wir uns vielleicht danach treffen?“, meinte ich, als mir bewusst wurde, dass sie mich mit ihren braunen Augen erwartungsvoll ansah.

„Ach du liebes bisschen. Heißt das etwa, Du-weißt-schon-wer wird auch dort sein?“

„Ich weiß nicht, ob Du-weißt-schon-wer dabei sein wird. Es ist ja auch sein Geburtstag, falls du dich erinnerst.“

„Du weißt schon, dass Du-weißt-schon-wer weiß, dass du dort arbeitest, oder? Du glaubst doch wohl nicht, dass er nicht dabei ist, wenn er weiß, du wirst dort sein.“

Ich seufzte. Von Du-weißt-schon-wer wusste ich gar nichts mehr. Seine Gedanken konnte ich nicht mehr lesen, seine Schritte nicht erahnen, bevor er sie tat. Diesen Instinkt hatte ich an dem Abend verloren, als ich *ihn* verlor, und es war okay für mich. Sein Leben ging weiter, meins auch.

„Ich weiß nicht, Mill, aber ich bin nicht hier, um wieder Kontakt mit ihm aufzunehmen, sondern um diese Aufnahmen zu machen, die an möglichst vielen Stellen zu sehen sein sollen, und dann bin ich wieder weg.“

Sie ließ sich auf das Sofa mir gegenüber fallen, legte die Beine über die Lehne, wandte sich mir zu und stützte das Kinn in die Hand. „Bist du immer noch scharf auf den Job in L. A.?“

Ich nickte. Schließlich war es nur Wunschdenken, dass meine Bilder in Museen ausgestellt werden könnten. Ich rechnete nicht damit, dass das wirklich klappte, und falls doch, glaubte ich nicht, dass das meine Haupteinnahmequelle sein würde. Ich liebte, was ich tat. Fotos zu machen und hinter der Kamera zu stehen. Das würde ich nie im Leben aufgeben. Kaum hatte ich die befristete Stelle bei *Newsweek* angenommen, hatte ich mich auch schon bei einer Modezeitschrift in der Nähe von L. A. beworben. Während meiner ganzen Collegezeit hatte ich von so einem Job geträumt, und als ich ihn schließlich tatsächlich bekam, war ich aufgeregt bis zum Gehtnichtmehr.

„Hm, du weißt ja, wie ich darüber denke. Meiner Meinung nach ist Mode nicht deine Berufung, aber wenn es dich glücklich macht, stehe ich hinter dir", sagte Millie, als sie aufstand.

In dem Moment klopfte es an der Tür, und die nächste halbe Stunde sahen wir dem Handwerker dabei zu, wie er die undichte Stelle reparierte. Nachdem Millie gegangen war, lief ich in mein Zimmer und suchte Klamotten für das gefürchtete Treffen heraus. Wenigstens würde es etwas zu trinken geben, und vielleicht wäre er ja gar nicht dabei. Mir klangen noch Millies Worte in den Ohren, und meine Nerven waren angespannt. Jensen wusste, dass ich dort arbeitete, und mich beschlich das Gefühl, dass er nur kommen würde, um mich zu ärgern. Das würde zu ihm passen.

Nachdem ich einige Minuten Trübsal geblasen hatte über Dinge, die ich nicht ändern konnte, schnappte ich meine Kamera und ging. Von New York war ich nicht begeistert. Das hektische Treiben war nicht mein Fall, aber irgendetwas hatte diese Stadt an sich. Sobald ich aus dem Hauseingang trat, spürte ich den Herzschlag der Stadt – wild und voller Möglichkeiten. Hinter jeder Straßenecke wartete eine neue Geschichte – eine alleinerziehende Mutter, die über die Runden zu kommen versuchte, ein Workaholic, ein Student, der die Prüfungen bestehen, ein Mädchen aus Idaho, das Model werden wollte. Im Kampf darum, seinen Platz in dieser Welt zu finden, lag so viel Schönes.

Wenn ich die Welt durch meine Kamera betrachtete, gab ich mich meinen Gedanken hin. Ich konnte mein eigenes Leben verdrängen, wenn ich mir das Leben anderer vorstellte. Es fiel mir leichter, wenn ich nicht Mia sein musste, das Mädchen, das nicht einfach nur umherirrte, sondern das sich vollkommen verlaufen hatte. Dann musste ich auch nicht darüber nachdenken, wie schwer es mir fiel, meinen Platz auf dieser Welt zu finden.

Am tröstlichsten fand ich folgende Erkenntnis: Wir waren alle verwirrt und schlussendlich auch alle verirrt – Alter, Rasse, Geschlecht und alles, was uns sonst trennte, spielte dabei gar keine Rolle.

3. Kapitel

An meinem Geburtstag genehmigte ich mir zum Frühstück nicht einen, sondern drei Mimosas. Leider trank ich allein, und allein zu trinken führte dazu, zu viel nachzudenken, was wiederum Verdruss nach sich zog, der in Reue endete. Und das wiederum führte zu einem weiteren Mimosa, um die Reue wegzuspülen, die ich nun wirklich nicht gebrauchen konnte. Meine beste Freundin Estelle hatte mir ein CARE-Paket geschickt, als würde ich irgendwo im Nirgendwo leben und nicht in einer Stadt, in der man wirklich alles bekam, was man sich nur vorstellen konnte. Und sie hatte alles hineingepackt, von einer lustigen Geburtstagskarte bis hin zu einem Dildo. Sie hielt sich anscheinend für den witzigsten Menschen der Welt.

Vor meinem fünften Mimosa holte ich mein Handy hervor und startete eine Videokonferenz mit Rob. In Santa Barbara war es sechs Uhr morgens, und da es mitten in der Woche war, musste Rob sowieso aufstehen. Beim vierten Klingeln ging er ran, und ich musste direkt lächeln, als ich sein breites Grinsen und das Grübchen auf der linken Wange sah. Seine dunklen Haare waren vom Schlafen noch ganz verwuschelt, seine tiefblauen Augen schläfrig.

„Alles Gute zum Geburtstag, Meep."

„Alles Gute zum Geburtstag, Robbie." Bei diesen Worten wurden meine Augen feucht.

„Oh Gott. Du hast Champagner getrunken", sagte er.

„Woher weißt du das?", fragte ich lachend. Mein Blick ging zum Champagnerglas, das er gar nicht sehen konnte.

„Du wirst immer so sentimental, wenn du Champagner trinkst. Und dein Gesicht ist total rot."

„Oh." Ich legte meinen kühlen Handrücken an die Wange. „Was machst du heute? Abgesehen davon, mich so zu vermissen, dass dir die Tränen kommen?"

Er lachte und schüttelte den Kopf. „Nachdem ich diesen Heulanfall überstanden habe, versuche ich, den Arbeitstag zu überleben, ohne an Trübsal zugrunde zu gehen. Und danach fahre ich mit Juan Pablo zum Abendessen zu Mom. Und du?"

Ich stöhnte. „Ich hasse dich. Was gibt es denn bei Mom?"

„Natürlich mein Leibgericht."

„Du meinst, *unser* Leibgericht. Und jetzt hasse ich dich wirklich."

Er lachte. „Klappe. *Du* bist in New York!"

„Weiß ich, aber ich hab Heimweh."

„Mia, du bist erst seit zwei Wochen dort."

„Eben. Zwei Monate habe ich noch vor mir."

Er schüttelte den Kopf. „Du bist ganz groß in den Tag gestartet. Mimosas?"

„Ja, ganz alleine."

„Wo ist denn Millie?"

Ich zuckte mit den Schultern. „Wir treffen uns heute Abend, nach dem Feierabendumtrunk, zu dem ich vom Job aus muss."

Rob runzelte die Stirn. „Wird Jensen auch dabei sein?"

Ich ließ die Schultern sinken. „Warum macht denn jeder so eine große Sache daraus?" Er warf mir einen Blick zu, der mich direkt wegschauen ließ. „Weiß ich nicht. Könnte sein, aber ich glaube es nicht. Er hat ja auch Geburtstag."

„Ja, weiß ich. Ich erwarte seine alljährliche Lobeshymne in der Zeitung."

Ich schloss die Augen. „Rob."

„Schon gut, schon gut, reden wir nicht mehr von ihm. Aber du wusstest, dass ihr euch wahrscheinlich über den Weg lauft, wenn du den Job annimmst, also …"

Ich verdrehte die Augen. „Ich bin Fotografin, er ist Schriftsteller. Wir arbeiten nicht eng zusammen."

„Stimmt."

Er sah aus, als wollte er noch etwas hinzufügen, tat es aber nicht. Ich wusste, dass er sagen wollte: *Pass einfach nur auf dich auf.* Mich musste niemand warnen. In meinem Kopf schrillten schon genügend Alarmglocken. Wir unterhielten uns noch ein wenig, und er brachte mich auf den neuesten Stand, was zu Hause so los war, nämlich nicht viel. Ich würde Estelle nach dem neuesten Klatsch fragen müssen, aber bis dahin nutzte ich die Zeit und ging shoppen.

In der U-Bahn achtete ich darauf, mit niemandem Blickkontakt zu haben. Diesen Fehler hatte ich am ersten Tag gemacht und in viele wirre Augen gesehen, also versuchte ich das nun zu vermeiden. Ich war damit beschäftigt, mir zum zehnten Mal die Hände mit Desinfektionsgel einzureiben. Die Bahn hielt, ich sah mir die Werbung an. Als zum letzten Mal die Station Rockefeller aufgerufen wurde, sprang ich auf, denn ich wusste, ich hatte nur ein paar Sekunden, um bis zur Tür zu gelangen. Wenn überhaupt.

„Meine Haltestelle. Meine Haltestelle", rief ich verzweifelt und versuchte, mich durch die Menschenmenge zu drängen. Ich sprang über eine Tasche, die am Boden stand, und schlug einem kleinen Mädchen etwas mit dem Bein aus der Hand. Resigniert seufzte ich, denn die Haltestelle hatte ich verpasst. Ich beugte mich herab und hob ein Buch in Meeresfarben auf. Mein Blick fiel zunächst auf das Bild: ein Mädchen mit rosigen Wangen. Seine dunkelblonden Haare flatterten in Wellen über das Cover, und es lächelte die kleine Schildkröte in seiner Hand an.

Mia geht zum Strand von J. Reynolds.

Unerwünschte Gefühle überwältigten mich. Schnell zog ich die Hand zurück, um mich irgendwo festzuhalten, und griff in dem Moment an die Haltestange, als die Bahn anfuhr. Ich spürte meinen Herzschlag überall. Er pochte in meinen Ohren wie eine Alarmglocke, schlug in meinem Hals, pulsierte in meinen Adern. Das kleine Mädchen wollte mich wohl aus meinen Gedanken reißen, denn in einer schnellen Bewegung traf mich die Spitze seines kleinen pinken Doc Martens am Knie. Mein Blick traf den der Kleinen. Ihre Haare und Augen sahen aus wie meine und wie die von Mia auf dem Buch. Ich brachte ein leichtes, unsicheres Lächeln zustande und drehte das Buch noch einmal um, um mir die Rückseite anzusehen.

„Tut mir leid. Ist das Buch gut?"

Sie nickte inbrünstig, während ihre Mutter antwortete. „Ich musste für sie die restlichen Bände der Reihe vorbestellen. Das ist unsere liebste Gutenachtgeschichte."

„Wow", stieß ich hervor. *Eine Reihe.* Offensichtlich hatte ich Jensens Karriere doch nicht so im Blick gehabt, wie ich dachte. Ich wusste, dass er irgendwann zwischen der Geburt seines Kindes und seinem Job als Zeitungskolumnist ein Buch veröffentlicht hatte, aber das hier war …

„Darf ich es haben?", rutschte es mir heraus. „Ich bezahle es natürlich."

Die kleine Treterin blickte erst mich skeptisch an, dann ihre Mutter. „Sag doch deiner Mama, dass sie es dir kaufen soll."

Ich seufzte. Meine Mutter würde es mir ganz bestimmt nicht kaufen, und ihre Mutter sah mich nun so beunruhigt an, als befürchtete sie, ich könnte mit ihrer geliebten Gutenachtgeschichte durchbrennen.

„Wir haben das Buch erst gestern signieren lassen", erklärte sie schließlich.

Ich nickte langsam, während mir klar wurde, dass Jensen, *mein* Jensen, berühmt genug war, um seine Bücher zu signieren. Ich konnte nicht anders, als das Buch aufzuschlagen, und blickte auf die Widmung. *Sei mutig*, stand dort.

„Sei mutig", flüsterte ich hörbar und klappte das Buch zu, bevor ich es noch durchblätterte. Ich war mir nicht sicher, ob ich das in der Öffentlichkeit konnte. „Die Signierstunde war gestern in der Stadt?", fragte ich.

„In einem kleinen Buchladen in Brooklyn. Ich bin mir ziemlich sicher, dass dort diese Woche noch mal eine Autogrammstunde stattfindet."

Ich versuchte mir vorzustellen, wie er mit einem Baby im Arm die paar Straßen entlangging, die ich mal erkundet hatte, als ich mit Millie was trinken war. Ich sah ihn mit einem Stapel seiner Bücher in diesen kleinen Buchladen gehen und fragte mich, ob er für die Kinder daraus vorlas oder ob er nur die Bücher signierte. Obwohl ich ihn erst vor einem Monat auf der Hochzeit unserer gemeinsamen Freunde gesehen hatte, hatte die Zeit sein Gesicht verschwimmen lassen. Wenn ich allein war und mich irgendetwas an ihn erinnerte, zum Beispiel ein Lied, das wir beide mochten, oder ein Film, den wir gemeinsam gesehen hatten, schloss ich die Augen und versuchte mir in Erinnerung zu rufen, wie er in jenen Nächten ausgesehen hatte, als wir allein gewesen waren. Das tat ich nur, wenn es mir nichts ausmachte, in ein tiefes Loch zu fallen, was derzeit nur selten der Fall war.

In solchen Nächten versuchte ich mich zu erinnern. An seinen ausgeprägten Adamsapfel, die Kontur seines Kiefers, seine vollen Lippen, die hohen Wangenknochen, die Lachfältchen um seine grauen Augen und die langen Wimpern. In manchen Nächten gelang es mir besser. Vor langer Zeit waren mir beim Heraufbeschwören dieser Bilder zwei Dinge klar geworden: Was ich am meisten vermisste, war nicht seine physische Erscheinung. Nicht seine starken Arme oder wie er sie um mich geschlungen hatte und ich mich darin sicher fühlte. Sicherheit war nur eine Illusion. Dessen wurde ich mir an dem Tag bewusst, als er ging. Ich vermisste aber, wie wir uns ansehen konnten und dabei genau wussten, was der andere sagen wollte. Ich vermisste es, jemanden zu haben, der mich verstand und der mir das Gefühl gab, umsorgt zu werden. Am meisten vermisste ich jedoch den ganzen Spaß, den wir zusammen hatten.

Doch all das verbitterte mich auch, die Fehler, die er begangen hatte, die Fehler, die ich begangen hatte. Und es war einfach zu viel, jetzt sein Buch zu sehen, mit meinem Namen vorne drauf. Vielleicht wäre das nicht so, wenn ich es zu Hause gesehen hätte. Vielleicht hätte ich anders reagiert, wenn Estelle mir davon erzählt hätte. Aber so ohne Vorwarnung? Meine Nerven waren sowieso schon überstrapaziert, allein durch den Gedanken, ihn möglicherweise in einer Stadt zu treffen, die eher seine als meine war. Kein Wunder, dass mich diese Konfrontation aus dem Gleichgewicht brachte, das ich in meinem Kopf geschaffen hatte, wenn es um uns ging … Das hier war schlichtweg zu viel.

Sobald die Bahn wieder hielt, drängelte ich mich hinaus und flitzte zum gegenüberliegenden Gleis, um zur verpassten Station zurückzufahren. Als ich in die andere Bahn stieg, versuchte ich vergeblich, die Gedanken an das Buch abzuschütteln. Ich hätte gern Estelle oder Rob angerufen, aber durch das Chaos in meinem Kopf wäre ich nicht dazu in der Lage gewesen, mich vernünftig auszudrücken, also ließ ich es. Ich sah auf die Uhr und stellte fest, dass ich noch genau acht Stunden Zeit hatte, mich vorzubereiten und durchzudrehen, bevor ich ihn sehen würde. Mir schnürte sich die Kehle zu, und ich legte eine Hand auf mein pochendes Herz. Ich war mir nicht sicher, ob ich es jetzt ertragen konnte, ihm zu begegnen, nachdem ich sein Buch gesehen hatte. Ich atmete tief durch. Acht Stunden. Acht Stunden blieben mir, mich wieder in den Griff zu kriegen, bevor ich Fran und die anderen Kollegen treffen musste.

Jensens Woche

Ich bekomme viele Nachrichten mit der Frage, was man in New York gesehen haben muss, wenn man mit Kindern unterwegs ist. Von den üblichen Verdächtigen (Freiheitsstatue, Empire State Building usw.) abgesehen, empfehle ich den Zoo in der Bronx. Letzte Woche war ich dort mit meiner Tochter, und sie war total begeistert (ich übrigens auch). Am nächsten Abend erzählte ich meinem Date davon, und sie selbst war noch nie dort gewesen. Was mich nicht überrascht, weil wir Menschen immer unterwegs sind und uns kaum Zeit für Ausflüge nehmen, erst recht nicht in unserer eigenen Stadt. Darüber denke ich nach, seitdem ich hier bin, und ein Freund von mir, gebürtig aus Brooklyn, erzählte, dass er noch nie auf Ellis Island war. Das konnte ich erst gar nicht glauben, aber nachdem ich einen Monat hier gelebt habe, verstand ich es. Wir haben keine Zeit. Nein, ich korrigiere, wir nehmen uns keine Zeit für solche Sachen. Und ich habe es begriffen. Man hat einen freien Tag und erledigt Dinge im Haushalt. Oder falls nicht, macht man irgendetwas, um abzuschalten. Man kommt gar nicht auf die Idee, Sehenswürdigkeiten zu besichtigen. Liebe New Yorker, ich will nicht, dass ihr sterbt, ohne diesen Sehenswürdigkeiten einen Besuch abgestattet zu haben. Während ihr vor lauter Hektik und Trubel gar nichts mehr seht, sind all diese wunderbaren Orte direkt vor eurer Nase. Ihr müsst nur hin und wieder die Augen aufmachen!

Und die Moral von der Geschichte: *Augen auf!*

Frage des Tages: *von @AmandaLovs2Read: „Welches Buch muss man deiner Meinung nach unbedingt gelesen haben? Welche Bücher empfiehlst du?“*
Antwort: *Ich liebe Kunst und Fotografie. Ich war mal mit einem Mädchen zusammen, das die schönsten Aufnahmen machte, die ich je gesehen habe. Ich mag Patrick Zephyr. Seine Fotos erinnern mich daran, einen Moment innezuhalten und die Natur zu genießen. Außerdem schätze ich die Arbeiten von M. C. Escher.*

4. Kapitel

Acht Stunden reichten für nichts, noch nicht einmal, um meine Nerven zu beruhigen, weil ich mich wegen möglicher Situationen verrückt machte, falls er zum Beispiel auch dort sein würde ... oder nicht. Schlimmer war nur, dass ich mir nicht sicher war, ob ich wollte, dass er dort wäre, oder eben nicht. Wenn ja, würde ich es schon irgendwie überstehen. Schnell und schmerzlos, wie man so sagte. Wenn er nicht käme, könnte ich weiterhin in einer Welt leben, in der es ihn gar nicht gab. Ich zog mich so an, wie man es eben tat, wenn die Gefahr bestand, seinem Ex über den Weg zu laufen: meine beste Jeans, ein süßes fließendes Oberteil, das ich auf meiner fehlgeschlagenen Shoppingtour erstanden hatte, und Stiefel mit mörderischen Absätzen, die mich mit meinen knapp 1,60 Meter mindestens zehn Zentimeter größer machten. Ich schaffte zwanzig Schritte – bis an die Ecke, bevor ich mich selbst für die Kleiderwahl tadelte. Einerseits wusste ich, dass ich heiß aussah. Andererseits hätte ich mich am liebsten dafür erwürgt, dass ich die Schuhe noch nicht eingelaufen hatte.

Als ich schließlich an der kleinen Kneipe ankam, die Fran mir als Treffpunkt genannt hatte, versuchte ich, von außen durch die beschlagene Scheibe einen Blick hinein zu erhaschen. Nach ein paar Augenblicken atmete ich tief ein, dann noch einmal und öffnete die Tür. Die Energie, die durch meinen Körper strömte, hätte gereicht, um ganz Brooklyn mit Strom zu versorgen. Fran entdeckte mich und winkte mir zu, als ich mir gerade die Jacke auszog. Ich lächelte sie an, legte die Jacke über meinen Unterarm und ging zu ihrem Tisch. Außer ihr saßen dort noch vier weitere Personen, und als ich mich näherte, spürte ich mein Herz rumoren. Er saß mit dem Rücken zu mir, und obwohl er eine Beanie-Mütze trug und ein kurzärmeliges marineblaues Karohemd die meisten seiner Tattoos verdeckte, hätte ich ihn überall wiedererkannt. Mit der rechten Hand hielt er eine Bierflasche – Stella, seine Lieblingssorte. Ich erkannte die Totenkopftätowierung auf seinem Zeigefinger und das unvollendete Unendlichkeitszeichen zwischen Daumen und Zeigefinger, das er sich hatte stechen lassen, als wir zusammen waren. Damals hatte er mir ewige Liebe geschworen und gesagt, er würde das Tattoo erst dann zu Ende stechen lassen, wenn ich ihm dasselbe schwor.

Ich biss die Zähne zusammen und bemühte mich, nicht die Augen zu verdrehen. *Ewige Liebe.* Aber sicher doch. Irgendwie arbeiteten meine Füße und mein Kopf Hand in Hand und brachten mich vorwärts zum Tisch. Fran stand auf, und drei Köpfe drehten sich zu mir, die ich nicht beachtete, sondern weiterhin nur Fran ansah.

„Mia!", rief sie und zog mich zu sich. „Das ist Mia. Mia, das sind Anabelle, Ross und Jensen."

Ich löste den Blick von ihr, um Anabelle zu betrachten. Sie war schlank, hatte schönes dunkles Haar, sah ein wenig exotisch aus und lächelte mich herzlich an. Ich lächelte zurück und sagte Hallo. Danach blickte ich zu Ross, einem rothaarigen Typen mit passendem Vollbart. Dann machte ich mich bereit für die letzte Person. Jensen. Neugierig schaute er mich an, studierte jeden meiner Gesichtszüge, als wäre ich ihm ein Rätsel. Als wüsste er nicht ganz genau, wie ich aussah. Nach zwei langen Herzschlägen verzogen sich seine Mundwinkel zu einem leichten Lächeln.

„Da Jensen heute Geburtstag hat, gebe ich eine Runde aus", sagte Fran, als wir Platz nahmen. Ich setzte mich neben sie und gegenüber von Jensen.

Mein Blick verlor sich augenblicklich in seinem. Würde er ihr sagen, dass wir uns kannten? Ich würde es ums Verrecken nicht tun. Schließlich war ich eh der Meinung, dass wir uns überhaupt nicht kannten. Eigentlich war nichts daran, wie er mich musterte, ungewöhnlich: Langsam ließ er den Blick von meinen Augen hinab zu meinen Lippen über meine Brust und wieder zurück wandern, und mir wurde ganz heiß. Sie musste wissen, dass wir uns nicht fremd waren. Irgendwer wusste es bestimmt. So musterte man niemanden in der Öffentlichkeit, den man nicht kannte, es sei denn, man wollte Sex mit ihm. Wehe, wenn er das auch nur versuchte. Er zog eine Augenbraue hoch, und ich hörte auf, ihn anzustarren, und widmete mich wieder Fran.

„Tja, dann sollte ich wohl mit anstoßen.“ Wie die anderen hob ich das kleine Glas zum Mund, und wir tranken alle auf ex. Jensens Schmunzeln zog meine Aufmerksamkeit wieder auf sich.

„Vielleicht sollten wir noch eine Runde bestellen. Ich weiß, dass heute noch jemand Geburtstag hat.“

Ich riss die Augen auf. Dann würde er es ihnen also doch sagen.

„Ach, ich brauch keinen Vorwand, um mich zu betrinken“, sagte Ross lachend, während er dem Barkeeper ein Zeichen gab, noch eine Runde zu bringen.

„Ich auch nicht“, stimmte ich ihm grinsend zu.

Nach dieser Runde bestellte jeder sein eigenes Getränk, und Fran erzählte mir Geschichten über Anabelle, Ross und Jensen. Anabelle und Ross arbeiteten Vollzeit. Jensen war freier Mitarbeiter, wie noch jemand anders, der heute aber keine Zeit hatte. Neben der Arbeit als Journalist schrieb Ross auch Science-Fiction-Romane.

„Aber die wirst du nirgends finden, weil sie nicht verkauft werden … noch nicht“, fügte er hinzu.

„Wir können ja nicht alle wie Jensen sein“, erklärte Anabelle und lachte, als dieser die Augen verdrehte.

„Er schreibt Kinderbücher. Und er hat sonntags eine Kolumne in der Zeitung“, erklärte mir Fran.

Ich nickte. „Beeindruckend.“

Um Jensens Mundwinkel zuckte es verräterisch. „Beeindruckend ist es nur, wenn das alles auch gut ist, was ich bezweifle.“

„Immer auf der Jagd nach Komplimenten“, sagte Ross. Plötzlich hielt er inne und sah mich einen Moment zu lange an. „Dir würden seine Bücher gefallen. Die Hauptfigur heißt Mia.“

Ich spürte, wie ich ganz blass wurde, aber ich grinste und lachte leise, was hoffentlich weniger gekünstelt klang, als es sich anfühlte. Nach einem weiteren Schluck von meinem Cranberry-Wodka entschied ich, ich sei nun lange genug hier gewesen, um mal zur Toilette zu verschwinden. Ich stand in einem schlecht beleuchteten Gang vor der Tür, als er neben mir auftauchte. Sein reiner, würziger Duft vernebelte mir die Sinne. Nervös rang ich die Hände und presste die Kiefer aufeinander. Ich fühlte mich wie eine Kämpferin im Ring, die bereit ist, sich auf den Gegner zu stürzen.

„Wie gefällt dir New York?“, fragte er, und seine Stimme glich einem tiefen Grollen.

Im Stillen zählte ich bis zehn, bevor ich antwortete. „Ganz gut.“

„Wo bist du untergekommen?“

Ich blickte wieder zur Tür, bereit, sie zu öffnen. „Millies alte Wohnung.“

„In der Stadt?“

Ich nickte und verschränkte die Arme, damit sich meine Gänsehaut nicht noch mehr ausbreitete. Seine Stimme war zu nah. *Er* war mir zu nah. Ich war nicht aus Stein und hatte gewusst, dass ich so auf ihn reagieren würde.

„In Chelsea, oder?“

Erneut nickte ich.

„Schön. Wundert mich, dass du nicht nach Brooklyn gezogen bist. Das wäre näher zu ihrer jetzigen Wohnung."

Erstaunt schaute ich auf. *Und auch näher zu deiner Wohnung.* Ich fragte mich, ob er meine Gedanken lesen konnte, wie früher. So wie er ausatmete und sich mit den Fingern durch die Haare fuhr, war ich mir nicht sicher. Anscheinend hatten wir beide den Kontakt zueinander verloren.

„Na ja, Brooklyn kann ich mir nicht leisten."

Er zog eine Augenbraue hoch, erwiderte aber nichts. Musste er auch gar nicht. Ich wusste, was er dachte. *Deine reichen Eltern konnten dir bei der Miete nicht unter die Arme greifen?* Als wir zusammen gewesen waren, war das immer die Kluft zwischen uns gewesen. Er hatte geglaubt, meine Eltern konnten ihn nicht leiden, weil er kein Geld hatte und aus der falschen Gegend kam. In Wirklichkeit konnten sie ihn nicht leiden, weil er einen schlechten Ruf hatte und eine Harley fuhr. Aber Jensen war unsicher. Er hatte geglaubt, sie hätten ihn akzeptiert, wenn er nur Geld gehabt hätte. Es hatte mich ohne Ende genervt.

„Ignorierst du mich die ganze Zeit, die wir zusammenarbeiten?", wollte Jensen wissen. Der Missmut in seiner Stimme machte es fast unmöglich, meinen eigenen im Zaum zu halten.

„Wir müssen nicht zusammenarbeiten! Ich schicke dir die Fotos per Mail, du schreibst die Geschichte. So hat es Fran doch gesagt, oder?"

„Und wenn ich die Leute interviewen will, während du die Fotos machst?"

Ich trat einen Schritt zurück. „Das … das ist eine ganz blöde Idee."

„Warum?", fragte er. Sein Blick verursachte mir eine Gänsehaut – genau darum! Immer wenn er mich so ansah, als wäre ich etwas Besonderes, als wäre ich der Hauptpreis, den er gewinnen wollte, schmolz ich dahin. Und außerdem wollte ich ihn einfach nur weiterhin hassen, aber wenn ich länger als fünfzehn Minuten in seiner Nähe war, war das schier unmöglich.

„Das weißt du genau!"

„Weiß ich nicht", erwiderte er und befeuchtete sich die Lippen. Mein Blick blieb dort hängen, an seiner vollen Unterlippe, und ich erinnerte mich daran, wie sie sich auf mir anfühlte, *überall* auf mir.

Ich schluckte, zeigte auf ihn und mich und in Richtung der Kneipe. „Du hast gerade so getan, als würdest du mich nicht kennen."

„Du doch auch." Er hielt inne, seine Augen verengten sich, während er scheinbar etwas abwägte. „Du wusstest, dass ich für diese Zeitschrift arbeite."

„Worauf willst du hinaus?", fragte ich und bemühte mich, nicht wütend zu klingen.

„Womöglich hast du ja damit gerechnet, mich zu sehen."

„Viele Leute schreiben für diese Zeitschrift." Ich sah zur Seite, weil ich seinem Blick nicht standhalten konnte.

„So oder so, du hast auch getan, als würdest du mich nicht kennen."

„Ich habe mich nur dir angepasst!", konterte ich.

„Du bist nach mir gekommen und hättest sagen können: ‚Hey, Jensen. Schön, dich wiederzusehen.'"

„Das wäre aber gelogen!"

Er seufzte laut und fuhr sich durch die Haare. „Weißt du was? Es ist okay. Seit fünf Jahren ignorierst du mich und tust so, als würdest du mich nicht kennen. Ich mache das ein Mal, und du gehst direkt an die Decke?"

Ich schloss die Augen, schüttelte den Kopf und stieß einen missbilligenden Laut aus.

„Du bist ja wohl die gefrustetste Person, die mir je über den Weg gelaufen ist."

„Das kann ich direkt zurückgeben."

„Na dann. Hau ab, und lass mich in Ruhe pinkeln", giftete ich und ging in die Toilette, als gerade ein Mädchen rauskam.

Als ich fertig war, war Jensen nicht mehr da, und ich war erleichtert, zumindest die zehn Sekunden, die ich von der Toilette bis zurück in die Kneipe brauchte. Sobald ich um die Ecke kam, schnellte sein Kopf hoch. In dem langen Augenblick, in dem unsere Blicke sich ineinander verfingen, spürte ich, wie er nach mir griff, seine langen Arme wie Tentakel, die nach meiner Aufmerksamkeit langten und sie festhielten. Meine Füße hätten auch über den Boden gleiten können, denn ich wusste nicht, wie ich zu meinem Stuhl gelangte. Auch hatte ich keine Ahnung, was ich gefragt wurde oder was ich antwortete, weil meine ganze Aufmerksamkeit ihm galt.

„Du surfst also?", fragte Ross. „Mia. Surfst du?"

Ich blinzelte, um mich zu beruhigen, und sah zu ihm. Aus seinen grünen Augen blickte er mich erwartungsvoll an. Ich nickte.

„Ich meine, richtig surfen. Nicht paddeln oder so."

Ich lachte. „Ja, ich surfe richtig, mit einem Surfbrett, auf dem ich mit meinen Armen hinauspaddele und dann auf dem Brett stehe und die Wellen reite."

„Alter Schwede!" Er pfiff beeindruckt.

Ich zuckte mit den Schultern. „So ist das nun mal in Kalifornien."

„Vermisst du es?"

„Oh ja."

„Du bist noch gar nicht lange genug hier." Diese Worte kamen von Jensen und ließen mein Herz hüpfen. Erneut trafen sich unsere Blicke. Meiner war herausfordernd, seiner explosiv.

„Zu Hause ist es nun mal am schönsten."

Er trank einen Schluck Bier, wobei er die Augen nicht von mir ließ. „Zu Hause ist dort, wo man es sich erschafft."

Ich schaute weg und hoffte, so auch die starke Spannung zwischen uns zu entschärfen. Ob alle anderen auch diese knisternde Atmosphäre bemerkten? Unsere Freunde hatten gesagt, dass sie die sexuelle Anziehung zwischen uns schon gespürt hatten, bevor wir offiziell zusammengekommen waren. Das war zwar nicht dasselbe, aber trotzdem. Ich hasste ihn, hätte ihn am liebsten erwürgt und wusste, dass dieses Gefühl auf Gegenseitigkeit beruhte. Zumindest heute Abend. Später unterhielten wir uns über Kaffee, und Jensen und Ross diskutierten darüber, welches Café in Brooklyn besser war. Im Kopf machte ich mir Notizen, beteiligte mich aber nicht an dem lebhaften Gespräch.

Wir bestellten einen letzten Drink, bevor wir zum Ende kamen. Jeder musste noch irgendwohin. Ross wurde von seiner Freundin zu Hause erwartet, auf Anabelle warteten Mann und Kinder, Fran war mit einem Freund verabredet, und Jensen sagte nicht, was er vorhatte, aber es fragte auch niemand.

„Mia, dein erstes Shooting ist nächsten Dienstag, oder?“, erkundigte sich Fran, als wir hinausgingen.

„Ich glaube, ja.“

Sie nickte knapp. „Ich werde nicht da sein, deshalb solltest du mit den anderen Telefonnummern austauschen, falls einer von ihnen dabei sein und die ersten Interviews führen möchte.“

„Klar doch!“ Anabelle und Ross gab ich gern meine Nummer, bevor sie sich verabschiedeten. Als Jensen mir das Handy aus der Hand nahm, streiften seine Finger meine. Mein Herz raste. Seine Berührung spürte ich überall.

„Ich schaue wahrscheinlich am Freitag vorbei“, sagte er, während unsere Hände sich weiter berührten und er mich lange und intensiv ansah, sodass ich schwer schlucken musste, um mich zu beruhigen.

„In Ordnung“, erwiderte ich leise, mein Selbstbewusstsein von vorhin war ein wenig angeknackst.

„Ich ruf dich an“, sagte er. Seine raue Stimme ging mir durch und durch. Dann ließ er mich los, und ich umklammerte krampfhaft mein Handy. Ich wandte mich zum Gehen, damit er nicht sah, welche Wirkung er immer noch auf mich hatte.

„Ach, Mia?“

Ich sah über die Schulter. Dort stand er, die Hände in den Jackentaschen, die Haare wehten leicht im Wind, sein Blick ruhte auf mir.

„Alles Gute zum Geburtstag.“

Ich spürte, wie sich ein Lächeln auf meine Lippen stahl. „Alles Gute zum Geburtstag, Jensen.“

Nun drehte ich mich wirklich um. Ich musste weg, bevor ich das Buch erwähnte, und ich wusste, das würde ich tun. Ich brauchte Zeit zum Nachdenken, bevor ich auf das Thema zu sprechen kam. Wenn das überhaupt jemals geschehen sollte, denn es würde nicht gut ausgehen. Da war ich mir sicher. Kopfschüttelnd rief ich Millie an und ging zu der Kneipe, in der sie mit ihrem Verlobten war. Den Rest des Abends würde ich mich einfach nur entspannen.

Jensens Woche

Letzte Woche hatte ich Geburtstag, und zur Feier des Tages brachte meine Tochter einen Tintenfischkuchen mit. Aus sicherer Quelle weiß ich, dass ihre Mutter versucht hat, sie zu überzeugen, dass ein ganz normaler Meereskuchen reichen würde, aber sie bestand auf dem Tintenfisch. Ist ja wohl klar, dass das bislang mein bester Geburtstag war.

Müsste ich dieser Kolumne eine Überschrift geben, wäre es wohl entweder „Was zum Geier" oder „IRONIE", denn nachdem ich Zeit mit meiner Tochter verbracht und etwas mit meinem Chef Jeff getrunken hatte, traf ich mich mit ein paar Freunden in einer Kneipe namens Reunion. Während ich dort mit meinem Kumpel Ross über Restaurantempfehlungen im Internet diskutierte, kam die Liebe meines Lebens herein. Manche würden wohl „College-Liebelei" oder „Highschool-Schätzchen" sagen, aber für mich war sie nun mal die Liebe meines Lebens, obwohl wir streng genommen erst in ihrem ersten Jahr am College miteinander gegangen sind.

Das „Was zum Geier" bezieht sich also darauf, wie sie durch die Tür schlenderte, um etwas mit meinen Freunden zu trinken. Die „IRONIE" daran war, dass die Kneipe Reunion hieß und auch noch eine Surferkneipe war. Surfen haben wir beide geliebt, damals, zu Hause.

Sie hat auch noch am selben Tag Geburtstag wie ich. Wenn ihr meinen Blog verfolgt, wisst ihr das bereits, denn jedes Jahr gratuliere ich ihr und ihrem Zwillingsbruder Rob zum Geburtstag. Ja, DIESES MÄDCHEN. Und ich kann vermelden, dass dieses Gefühl in meiner Magengrube, immer wenn sie mich ansieht, weiterhin da ist. Darüber später mehr – wenn sie mir vielleicht wieder freundlicher gesinnt ist und mir nicht jedes Mal eine reinhauen will, sobald ich nur den Mund aufmache, um irgendwas zu ihr zu sagen.

Reunion: *Daumen hoch!*

Wenn ihr nach einer hipperen Variante des Margaritaville sucht, seid ihr hier genau richtig!

Frage der Woche von: @*FrogsLive:* „*Glaubst du an Seelenverwandtschaft?*"
Antwort: *Ja.*

5. Kapitel

Fotografie ist eine einsame Kunst. Das war einer der Gründe, der mich zu ihr geführt hatte. *Newsweek* wusste das aber offensichtlich nicht. Und Jensen auch nicht. Den gefürchteten Anruf von ihm erhielt ich am Montagnachmittag. Ich kam gerade aus dem Yogastudio, als das Handy in meiner Hand vibrierte und mir eine Nummer mit der Vorwahl 805 angezeigt wurde. Ich starrte jede Ziffer an, als bestünde die Möglichkeit, dass sie sich doch noch veränderte. Diese Telefonnummer verfolgte mich in durchzechten Nächten und Momenten der Unsicherheit. Eine Nummer, die ich mir geschworen hatte, nie wieder zu wählen. Es vibrierte viermal in meiner Hand, bevor ich ranging.

„Hey", erwiderte er meine Begrüßung.

Als ich seine Stimme hörte, machte mein Herz einen Satz. Es war eine Ewigkeit her, dass ich ihn am Telefon gehabt hatte.

„Morgen mache ich die Fotos im Central Park", sagte ich nach einer kurzen Pause.

„Wann? Und wo?"

„Halb neun. Und wie gesagt im Central Park."

Sein volles Lachen drang durch die Leitung. „Warst du schon mal im Central Park?"

Ich hielt kurz inne, runzelte die Stirn. „Natürlich." Als ich fünf war, aber das musste er ja nicht wissen.

„Gut, dann weißt du ja, wie groß er ist."

„Selbstverständlich." Es war ein Park. Wie groß konnte er schon sein? Ich hatte ihn schon unzählige Male im Fernsehen gesehen, und jeder durchquerte ihn recht schnell.

„Okay, dann gib mir Bescheid, wenn du weißt, wo genau im Central Park ich dich treffen soll."

„Mach ich. Ich schaue dort heute mal vorbei und sehe mir ein paar Ecken an."

Er räusperte sich. „In Ordnung. Viel Erfolg. Bis bald!"

Es war alles so unangenehm, so unpersönlich – wie er mit mir redete, als sei ich bloß eine Kollegin und nicht jemand, mit dem er mal geschlafen hatte. Ich sagte mir, dass ich das ja so wollte. So brauchte.

Nachdem ich später am Tag eine gute Stelle im Park gefunden hatte, nahm ich den Zug nach Brooklyn. Ich schlenderte umher, entdeckte ein Café und ging hinein. Als ich gerade darauf wartete, dass der Barista mein Getränk zubereitete, entdeckte ich Jensen in einer Ecke an einem der Tische. Er saß mit dem Rücken zu mir, weshalb ich zweimal hinschauen musste, um sicher zu sein, dass er es war. Mein Magen krampfte sich zusammen, als ich das Tattoo auf seinem linken Arm erblickte: ein Tintenfisch, der seinen Arm umklammerte. Schnell drehte ich mich weg, wie ein Kind, das etwas falsch gemacht hatte.

Es war ja nun nicht so, dass Brooklyn ihm ganz allein gehörte. Oder dieses Café. Ich konnte hingehen, wohin ich wollte. Stirnrunzelnd hielt der Barista einen Pappbecher in der Hand und drehte ihn auf der Suche nach einem Namen.

„Mia!", rief er.

Ich riss die Augen auf, schnappte mir den Becher, murmelte ein Danke und verdrückte mich ganz schnell. Ich atmete kaum und trank auch erst, als ich wieder im Zug saß. Sobald mein Hintern den Sitz berührte, atmete ich so gedehnt und erleichtert aus wie noch nie, nahm den Kaffee in beide Hände und genoss jeden Schluck, bis er alle war. Ich konnte nicht glauben, dass ich Jensen gesehen hatte. Unfassbar. Ob er dort wohl täglich hinging? Der Kaffee wäre es auf jeden Fall wert. Vielleicht würde ich auch noch mal dort vorbeischauen … nur für einen weiteren Kaffee.

„Du bist die seltsamste Frau der Welt", sagte Estelle später, als ich ihr von meinem Ausflug nach Brooklyn erzählte.

„Warum denn das?", fragte ich, während ich meine Unterwäscheschublade durchwühlte.

„Du bist den ganzen Weg nach Brooklyn gefahren, um dir einen Kaffee in einem Laden zu holen, von dem er an dem Abend erzählt hatte."

„Das ist ja nun nicht *sein* Café! Das ist ein öffentlicher Ort. Ist doch nicht meine Schuld, wenn er es sein eigenes Büro nennt. Gott, wie der mir auf den Keks geht!"

Estelle lachte. „Du hast ihm hinterherspioniert. Mal wieder!"

„Hab ich nicht!"

„Mia."

Ich fühlte mich zwischen meiner Kommode und dem Schrank gefangen und drückte das Telefon fester ans Ohr. „Ich war nur neugierig. Wolltest du noch nie wissen, was Oliver so treibt, wenn ihr nicht zusammen seid?"

„Doch, dann geht man auf Facebook und schaut sich die ganzen Fotos an."

Ich stöhnte. „Jensen ist nicht mehr auf Facebook."

„Stimmt ... er hat neulich ganz schön über Facebook hergezogen."

Ich spitzte die Ohren. Aber ich fragte sie nicht aus. Denn dann wüsste sie, dass ich ihm wirklich hinterherspionierte, doch dieses Geheimnis würde ich mit ins Grab nehmen. Estelle war für mich wie eine Schwester. Wir erzählten uns Dinge, die ich noch nicht mal mit Rob teilen würde, aber sobald es um Jensen ging, behielt ich manches lieber für mich. Herrje, Jensen war für uns alle irgendwie ein Rätsel. Ein Rätsel, das ich unbedingt lösen wollte. Erneut stöhnte ich auf. Ich musste damit aufhören. So ein Gedankenkarussell hatte mich schon mal in Schwierigkeiten gebracht. Und das war das Letzte, was ich gebrauchen konnte.

Jensens Woche

Neulich wurde mir eine Frage zu einem Thema gestellt, das meine Follower bei Twitter immer wieder zu beschäftigen scheint. Deshalb habe ich mich entschieden, ihm eine eigene Kolumne zu widmen. Die Frage lautet: „Wie sieht für dich das perfekte erste Date aus?"

Ladys, jetzt müsst ihr stark sein. Die heutige Kolumne wird euch die Lust auf meine wöchentlichen Beiträge vergehen lassen, aber kommt bitte wieder und gebt mir noch eine Chance.

Unter uns gesagt habe ich es nicht so mit Dates. Normalerweise frage ich die Frau, worauf sie Lust hat, aber oft sind die Antworten auf das abgestimmt, was ich mögen könnte. „Ein Baseballspiel anschauen." „Zum Bowling gehen." „Ins Kino."

Das mag ich zwar alles, aber ich glaube nicht, dass das gute Ideen für ein erstes Date sind. Mal vom Bowling abgesehen. Ich habe das alles schon ausprobiert. Deshalb weiß ich es. Im Kino kann man sich nicht unterhalten. Baseballspiele sind zwar super für Gespräche, aber wenn man sich mit einem Mann ein Spiel anschaut, muss man auch das Rumgegröle ertragen – über Schimpfwörter verlieren wir an dieser Stelle kein Wort, denn dieses Thema ist hier tabu – und dass bei einem guten Spiel keine Zeit ist, um über Hunde, Katzen oder Ähnliches zu sprechen. Und nicht zu vergessen die Sauerei mit den Erdnüssen, Hotdogs und dem Bier.

Deshalb bleibe ich beim klassischen Essengehen. Essengehen eignet sich immer für ein erstes Date. Zum Beispiel in einem Spaß-Restaurant wie Dave & Busters. Oder erst ins Restaurant, dann ein Spaziergang am Strand (kitschig? Ja, aber für beide

Seiten Erfolg versprechend … wenn man sich mag, sobald es zu besagtem Strandspaziergang kommt).

Und schließlich misst jeder dem ersten Date so eine große Bedeutung bei. Das macht mich wirklich wahnsinnig, denn ich komme mir dann wie bei einem Bewerbungsgespräch vor und bin so aufgeregt, dass ich mich gar nicht vernünftig unterhalten kann. Mein Rat? Denkt dran, dass die Person, mit der ihr euch trefft, mindestens genauso aufgeregt ist wie ihr. Brecht möglichst schnell das Eis. Und wenn ihr gefragt werdet, worauf ihr Lust habt, gebt eine ehrliche Antwort. Nur weil ihr auf der Suche nach dem Richtigen seid, müsst ihr ja nicht jedem lausigen Date zustimmen, das euch angeboten wird.

Dave & Busters in der Innenstadt: *Daumen hoch!*

6. Kapitel

Mit Jensen und dem Pärchen hatte ich alles abgesprochen. Um 7.45 Uhr war ich im Central Park und vergewisserte mich, dass das Licht an der betreffenden Stelle gut sein würde. Kurz darauf entdeckte ich Jensen, der mit einem Notizbuch in der Hand zu mir kam. Er trug Jeans, die wie für ihn gemacht waren, und einen schwarzen Kapuzenpulli. Bei jedem Windstoß bewegten sich seine Haare. Bei mir angekommen, klemmte er sich sein *Spiderman*-Notizbuch unter den Arm. Ich legte den Kopf in den Nacken, um ihn anzusehen. Mein Herz klopfte wie wild.

„Du hast eine gute Stelle ausgesucht", sagte er mit tiefer Stimme, sein Blick schien mich zu durchdringen.

Ich nickte und versuchte, der Anziehungskraft zwischen uns Einhalt zu gebieten. Ich war mir nicht sicher, wer bei diesem Tauziehen gewinnen würde, seine Gefühle oder meine. So wie er mein Gesicht musterte, wie seine Kiefermuskeln sich bewegten, wusste ich, dass dieses Gefühl auf Gegenseitigkeit beruhte. Während wir ein Paar gewesen waren, hatten wir uns auf legendäre Weise begrüßt: Ich sprang auf ihn, presste meinen Körper an seinen, und er küsste jeden Zentimeter meines Gesichts. Unsere Verabschiedungen waren ebenso intensiv, vielleicht sogar noch intensiver, weil keiner von uns sich vom anderen trennen wollte. Seit wir nicht mehr zusammen waren, gab es solche Begrüßungen nicht, denn sobald ich hörte, dass er in der Stadt war, rannte ich in die entgegengesetzte Richtung. Und wenn ich ihm doch mal über den Weg lief, waren immer unsere Freunde dabei, sodass wir uns einfach ignorieren konnten.

„Vielleicht könnten wir heute ja mal nett zueinander sein?“, schlug er vor.

Sein Blick versetzte mein Innerstes in Aufruhr. Er kam einen Schritt näher, weit genug entfernt, um mir Raum zu lassen, aber dennoch so nah, dass sein Geruch mich einhüllte.

„Vielleicht“, flüsterte ich.

Er hob den Kopf und sah für einen Moment zur Seite. Mein Blick glitt über seine Wange nach unten, über seinen Kiefer, seinen Hals und kehrte, sobald er mich ansah, wieder nach oben zurück.

„Ich bin nicht nachtragend, Mia. Das weißt du. Ich schaffe es nicht, dich zu hassen. Ich hab's versucht. Ich war so lange wütend auf dich, weil du mich im Stich gelassen hast, als ich dich am meisten gebraucht habe. Weil du nicht für mich da warst. Aber ich kann dich nicht hassen.“ Kurz hielt er inne und seufzte. „Vielleicht können wir ja Freunde sein.“

„Vielleicht.“

„Vielleicht könntest du damit beginnen, mit Ja oder Nein zu antworten. Ich würde Ersteres bevorzugen.“

Bei seinem leichten Grinsen und dem Strahlen in seinen Augen musste ich lächeln. „Vielleicht versuche ich das mal.“

Keiner sagte mehr etwas, und es fühlte sich an, als stünde jede Faser von mir unter Strom und würde darauf warten, was als Nächstes geschah. Ich schluckte und ging einen Schritt zurück, wobei ich mich an die Kamera klammerte, die um meinen Hals hing.

„Dein Pullover gefällt mir“, sagte ich.

Er schenkte mir ein müdes Lächeln und öffnete den Mund, als wolle er etwas sagen, schloss ihn aber sofort wieder, schüttelte den Kopf und schaute weg. Für den Bruchteil einer Sekunde konnte ich seine Gedanken förmlich hören: *Wir müssten unserer Insel mal wieder einen Besuch abstatten.* Ein ganz unverfänglicher Satz, der in der guten alten Zeit aber auf unser Sexleben angespielt hatte.

„Sind sie das?“, fragte er.

Ich folgte seinem Blick und entdeckte ein älteres Paar, das Hand in Hand auf uns zukam. Sie waren beide groß und vom Typ Gazelle – mit langen Armen und Beinen. Die Frau, Katelynn, nahm ich an, hatte kurze braune Haare, die zu denen ihres Mannes Jon passten.

„Ja, sehr wahrscheinlich. Sie sagte, dass sie eine rote Hose tragen würde“, meinte ich und winkte kurz, woraufhin Katelynn zurückwinkte.

„Hi! Oh mein Gott, du bist ja goldig“, sagte sie, sobald sie bei mir war, und umarmte mich, als würden wir uns schon ewig kennen.

„Goldig“ sagt man zu kleinen Mädchen. Mein ganzes Leben lang war ich „goldig“. Im College war ich manchmal „heiß“. Für Jensen war ich „schön“.

Ich lachte. „Nett, euch kennenzulernen.“

Sie ließ mich los, wandte sich Jensen zu und stellte sich ihm vor, während ich Jon die Hand gab. Wir besprachen, was wir vorhatten: Ich würde sie fotografieren, und Jensen würde sie interviewen, während ich schon zusammenpackte. Sie setzten sich auf die Decke, die ich ausgebreitet hatte, und ich machte ein paar Aufnahmen. Katelynns kurze braune Haare fielen ihr immer wieder ins Gesicht, also machte ich mehr Fotos als gewöhnlich. Ich knipste so lange, bis ich genügend Material hatte, aus dem die Zeitschrift würde auswählen können.

„Was meinst du, wie lange es dauert, bis wir Bescheid bekommen, ob wir dabei sind?“, wollte Katelynn wissen.

„Ehrlich gesagt weiß ich das nicht.“ Fragend sah ich über meine Schulter zu Jensen, der in der Nähe saß und uns beobachtete.

„Keine Ahnung. Ich bin nur hier, um Fragen zu stellen.“ Er klopfte zweimal auf sein Notizbuch.

„Du kannst schon loslegen“, sagte ich und winkte mit meiner Kamera. „Ich hab genug Bilder.“

„Darf ich sie mal sehen?"

„Klar, aber denk dran, dass sie noch nicht bearbeitet sind."

Nickend stand er auf und kam zu uns. Er setzte sich neben mich, sah sich die Fotos an und schlug sein Notizbuch auf. Zu meiner Überraschung hatte er sich keine Fragen notiert. Als er loslegte, packte ich die verschiedenen Objektive, die ich gebraucht hatte, zusammen.

„Wie alt wart ihr, als ihr euch kennengelernt habt?"

„Zwölf." Das kam von Katelynn.

„Vierzehn." Das war Jons Antwort.

„Er war vierzehn, ich zwölf", erklärte sie lachend.

Jensen grinste und schrieb es auf.

„Wann seid ihr das erste Mal miteinander ausgegangen?"

„In der Highschool", antwortete sie. „Unsere Familien waren miteinander befreundet. Ich fand ihn schon immer niedlich, aber ich dachte nicht, dass er mich mochte."

Jon lachte. „Ich mochte dich schon immer."

„Tja", sagte sie achselzuckend. „In der Highschool ging ich dann mit einem seiner Freunde aus, und plötzlich schwirrte er die ganze Zeit um mich herum. Er sorgte dafür, dass ich gar nicht mehr mit seinem Freund ausgehen konnte, also ließ ich es sein und datete stattdessen ihn."

Jensen musste gar nicht viel nachhaken. Katelynn erzählte die Geschichte schon von allein. Ich war mir sicher, das hatte sie schon unzählige Male getan. Sie hatten sich getrennt, als Jon aufs College gegangen war, weil Katelynn ihn in der Nähe haben wollte, aber Jon lieber beschlossen hatte, weiter wegzuziehen. Sie ging mit anderen aus, er ebenso, sie heirateten und trafen sich Jahre später auf einer Familienfeier wieder, als sie beide geschieden und Single waren.

„Und der Rest ist Geschichte", sagte sie.

„Du hast erwähnt, dass du einen Sohn aus erster Ehe hast. Wie hat er darauf reagiert?", wollte Jensen wissen.

Ich hielt den Atem an und wünschte, ich könnte verschwinden. Stattdessen sortierte ich geschäftig die Objektive in meiner Kameratasche hin und her.

„Dan war acht, als er Jon kennenlernte, und er mochte ihn von Anfang an."

„Vom ersten Treffen an war er wie ein Sohn für mich. Seinen Vater habe ich natürlich immer respektiert. Ich wollte nicht, dass er dachte, ich würde ihm seine Vaterrolle streitig machen", ergänzte Jon.

Jensen machte sich Notizen. „Wie lange warst du verheiratet?"

„Fünfzehn Jahre."

Jensen nickte. Ich konnte immer noch nicht wieder richtig atmen. Schließlich standen wir alle auf, und Jensen setzte das Interview mit den beiden fort, während ich die Decke zusammenlegte. Ich versprach Katelynn, ihr ein paar Fotos per E-Mail zu schicken, sobald ich diese bearbeitet hatte, und wir gingen gemeinsam Richtung Ausgang. Sie verabschiedeten sich und bogen nach links ab.

„Wollen wir einen Happen essen?"

Ich krallte mich am Riemen meiner Tasche fest und sah Jensen an. Beim Anblick meines Gesichtsausdrucks grinste er.

„Nur was essen, Meep."

Bei diesem Spitznamen musste ich stöhnen. „Nein. Ganz sicher nicht."

Er zuckte mit den Achseln. „Schon gut."

„Okay. Bis bald." Ich ging Richtung U-Bahn, er blieb neben mir. Wenn er so nah war, konnte ich nicht denken, ja nicht einmal atmen. Schließlich sah ich ihn an. „Warum läufst du mir hinterher?"

Jensen hob eine Augenbraue, dann begann er übers ganze Gesicht zu grinsen. „Du denkst, ich laufe dir hinterher? Meine Güte, bist du von dir eingenommen."

„Du bist hergekommen, um meine Leute zu interviewen, hast mir erzählt, dass du mich nicht hassen kannst, hast mich zum Essen eingeladen, und jetzt verfolgst du mich … ja … ich habe wohl Grund zu der Annahme, dass du mir hinterherläufst."

Er schnitt eine Grimasse, schüttelte den Kopf und wandte den Blick von mir ab.

„Du bist doch diejenige, die den Job angenommen hat, obwohl du wusstest, dass ich möglichweise auch bei diesem Projekt mitarbeiten könnte."

„Danke, dass du mich daran erinnerst. Ich bereue es jetzt schon."

Wieder sah er mir in die Augen, und mir stockte der Atem. Ich klammerte mich so fest an den Riemen meiner Kameratasche, dass das bestimmt Abdrücke auf meiner Hand hinterlassen würde.

„Soll ich ihnen sagen, dass ich dich kenne?", fragte er. „Den Leuten von der Arbeit. Willst du, dass ich es ihnen sage?"

Ich atmete aus und verdrehte die Augen. Er dachte, es ginge darum? Nicht um sein blödes Buch oder wie er meinen Namen dafür benutzte? Nicht um unsere Vergangenheit oder darum, dass er beschlossen hatte, er müsse diese Leute unbedingt während des Shootings interviewen? Sondern darum, dass die Leute von der Arbeit nicht wussten, dass wir uns kannten?

„Ist mir egal."

„Offensichtlich ja nicht."

„Nichts könnte unwichtiger sein, als was du den Leuten über uns erzählst, Jensen."

Er legte eine Hand um meinen Unterarm und zog mich zur Seite, sodass die Leute auf dem Fußweg uns nicht ausweichen mussten.

„Was ist los?", fragte er, als wir einander ansahen.

Seine Stimme war so ruhig, so leise. So beruhigend. Intensiv musterte er mein Gesicht. Es fühlte sich an, als würde er auf diese Art jede einzelne Stelle mit den Lippen liebkosen. Sofort schloss ich die Augen und versuchte, das Gefühl festzuhalten.

„Ich habe das Buch gesehen. *Mia geht zum Strand.*"

„Wie findest du es?", fragte er nach einer Pause.

„Ich weiß nicht", flüsterte ich.

„Warum nicht?"

Er kam näher, bis unsere Gesichter nur noch wenige Zentimeter voneinander entfernt waren. Bis ich dachte, ich könnte nicht mehr atmen, wenn er nicht sofort seine Lippen auf meine legen würde. Atme, sagte ich zu mir. Atme einfach nur. Aber ich spürte die Wärme, die von seinem Körper ausging.

„Du hast meinen Namen benutzt, Jensen." Ich hielt inne und betrachtete aufmerksam sein Gesicht.

Keine Spur von Reue, kein Hauch von Bestürzung. Er sah mich an, als würde mein Name ihm gehören. Als hätte er das Recht, ihn zu benutzen.

„Du hättest doch wissen müssen, dass es mich stört. Seitdem du weg bist, habe ich noch nicht mal mehr mit dir gesprochen. Du hast es selbst gesagt. Sobald ich dich sehe, renne ich weg."

„Nicht bei Olivers Hochzeit."

„Das war was anderes, das weißt du genau."

„Es ist fünf Jahre her, Mia." Er kam näher. Ich drückte mich eng an die Wand. „Fünf Jahre."

„Ich weiß selbst, wie lange es her ist, heilige Scheiße." Er lächelte, wurde aber schnell wieder ernst.

„Ich kann deinen Namen nicht *nicht* benutzen", sagte er ruhig.

„Warum nicht?"

„Weil du ein Grund dafür bist, dass ich erfolgreich bin." Er machte eine Pause und fluchte erst leise, bevor er sagte: „Weil ich dich niemals loslassen werde."

Mir blieb der Mund offen stehen. „Willst du mich verarschen?" Als er nicht antwortete, ließ ich nicht locker, legte die Hand auf seine Brust und klopfte bei jedem Satz dagegen. „Du hast geheiratet! Du hast ein Kind! Du hast kein Recht …" Ich verstummte, stieß einen wütenden Laut aus und atmete tief ein, um mich zu beruhigen. Ich rief mir die Worte von Frank Costanza aus der Serie *Seinfeld* ins Gedächtnis. *Mehr Gelassenheit! Mehr Gelassenheit!* Und dann nahm ich noch einen Atemzug. Als ich gerade so weit war, meine restliche Wut herauszulassen, legte er die Hand auf meine.

„Ich bin nicht mehr verheiratet. Vor fünf Jahren habe ich einen Fehler gemacht, für den ich mich x-mal entschuldigt habe." Er machte eine Pause, um Luft zu holen und sich mit der anderen Hand durch die Haare zu fahren. „Herrje. Hast du meine Briefe denn nicht gelesen?"

Ich blinzelte und zog meine Hand unter seiner hervor. „Scheiß auf deine Briefe", stieß ich hervor, aber in meiner Wut lag nicht mehr der Hass von vorhin.

Er blinzelte. Und an die Stelle des Verlangens, das ich eben noch in seinen Augen gesehen hatte, trat glühender Zorn.

„Ja, scheiß auf meine Briefe", sagte er, und mit jedem Wort, das er ausspie, wurde seine Stimme lauter. „Scheiß auf meine Briefe, auf mich, auf mein Leben. Ist ja eindeutig, dass du mich hasst. Und genau das tut mir leid, denn trotz allem, was du getan hast, um mir wehzutun, habe ich verdammt noch mal jede einzelne Sekunde an dich gedacht!"

Seine Worte trafen mich mit voller Wucht, sodass ich mich wirklich kurz aufbäumte, bevor ich ihm eine knallte. Heiße Tränen schossen mir in die Augen, als er seine Hand auf die Stelle legte, die ich getroffen hatte. Ich ballte meine Hand zur Faust, in der Hoffnung, dass der Schmerz dann nachließ.

„Du hast eine andere geschwängert und geheiratet. Du hast mich verlassen, verdammt noch mal. Du … hast … mich …

verlassen. Wenn du das nächste Mal an mich denkst, solltest du diese Tatsache nicht vergessen." Ich ging an ihm vorbei, aber er war schnell wieder an meiner Seite. Diesmal hielt er mich nicht fest, aber es fühlte sich fast so an, denn seine Anwesenheit neben mir war überwältigend.

„Irgendwann wachst du auf und wirst dich fragen, ob all die Wut, die du auf mich hast, nicht reine Kraftvergeudung ist."

Am Ende des Blocks angekommen, steckte ich die Hände in meine Jackentaschen. Ich schaute auf, um zu sehen, ob er noch da war, und erhaschte einen Blick auf seinen Rücken, während er fortging. Als ich ihn davongehen sah, womöglich in einer Menschenmenge verschwindend, ohne sich umzudrehen, erkannte ich, wie sehr er mir immer noch am Herzen lag. Auch wenn ich das nicht wollte. Auch wenn ich mir einredete, dem wäre nicht so, bedeutete er mir offensichtlich etwas. Und das ärgerte mich mehr als die Tatsache, dass er zuerst gegangen war.

Zu Hause angekommen, warf ich meine Sachen wütend in die Ecke und stellte fest, dass er mir eine Nachricht geschickt hatte. Ich öffnete sie sofort und war mir sicher, dass er sich entschuldigen wollte. Stattdessen stand dort: „Schick mir die Infos zu deinem nächsten Shooting." Bei dem Gedanken wurde mir ganz anders.

Jensens Woche

Ich liebe Technik. Ich bin so ein Freak, der ständig seine Software auf den neuesten Stand bringt und sofort zuschlägt, sobald ein neueres Modell seines Laptops auf den Markt kommt. Am letzten Wochenende war ich zur Eröffnung eines kleinen Technikladens in Chelsea eingeladen, und ich fühlte mich wie ein Kind im Süßwarenladen. Ehrlich gesagt handelt es sich um einen kleinen Apple Store, der in meiner zweitliebsten Gegend in New York eröffnet hat (mein Lieblingsstadtteil ist selbstverständlich Brooklyn).

Die meisten waren natürlich da, um etwas über den Laden zu schreiben, also sah man auch Leute, die die Computer ausprobierten, sich das Zubehör ansahen oder auf ihrem Handy herumtippten.

Dieses Erlebnis brachte mich zu der Frage, wie sehr wir doch von der Technik abhängig sind, um unsere Liebsten und potenziellen Geliebten zu erreichen. Wenn ich nicht in der Stadt bin, mache ich eine Videokonferenz mit meiner Tochter, um ihr hübsches Gesicht zu sehen. Normalerweise habe ich es nicht so mit Textnachrichten, so komfortabel sie auch sind, aber vor Kurzem traf ich jemanden wieder und schwankte zwischen einem Anruf, einer SMS und einer Mail. SMS scheinen die „übliche" Methode zu sein. Anrufen ist wohl die „erwachsene" Herangehensweise. Und E-Mails scheinen die beste Art, um auszudrücken: „Ich will mit dir in Kontakt bleiben, aber nicht total verzweifelt wirken." Das hängt natürlich auch immer davon ab, wie man zu der betreffenden Person steht. Eine geschäftliche Verbindung ist etwas anderes als die Beziehung zu einem Expartner, worum es aber in meinem Fall geht. Na ja, ich hab mich für die Textnachricht entschieden … erst mal. Ich halte euch auf dem Laufenden, denn ich weiß ja, dass ihr neugierig seid und immer alles wissen wollt.

Mikes Technikladen in Chelsea – *Produkte, Datenrettung, kaum Wartezeit usw.: Daumen hoch!*

Frage des Tages: *@atipyam: Wann und wie würdest du dein Kind/deine Kinder der Person vorstellen, mit der du dich triffst?* Antwort: *Kommt drauf an. Vermutlich dann, wenn die Person sich bei mir hundertprozentig sicher ist und umgekehrt.*

7. Kapitel

Obwohl ich dagegen ankämpfte, schaute ich letztlich doch nach Jensens Lesungen und fand eine in Brooklyn. Schuld daran war natürlich nur meine Einsamkeit. Und dass ich weder Freunde noch Verwandte in der Nähe hatte, die mir hätten sagen können, ich solle einfach mal mit jemand anderem ausgehen. Aber es gab niemanden, mit dem ich hätte ausgehen können. Ich lebte als Single in New York, und schon UBER war mir nicht geheuer, geschweige denn Match.com. Allein die Vorstellung löste bei mir ein mulmiges Gefühl aus. Millie hatte ihren Verlobten Seth darüber kennengelernt. Für sie war diese Plattform voller Möglichkeiten und Liebesgeschichten. Für mich tummelten sich dort potenzielle Serienmörder. Meine Neugier war größer als mein Vorsatz, mich von Jensen fernzuhalten, also nahm ich den Zug nach Brooklyn und ging in die kleine Buchhandlung. Als ich ankam, wartete dort bereits eine riesige Menschenmenge, einschließlich unzähliger Kinder. Ich musste mich zwischen den vielen Leuten hindurchquetschen, um überhaupt hineinzugelangen. Und als ich es endlich geschafft hatte, wurde ich gegen ein Regal gedrückt, das den Blick zu dem Platz, wo er sitzen würde, versperrte. Vielleicht war das auch besser so. Vielleicht war es ganz gut, dass ich ihn nicht sehen konnte. Schließlich wollte ich auf gar keinen Fall, dass er mich entdeckte.

Dass er kam, verrieten mir die Rufe und die Handys, die gezückt wurden, um ihn zu fotografieren. Aus irgendeinem Grund ärgerte es mich, dass all diese Frauen ihn begafften und Fotos von ihm auf dem Handy hatten. Ich funkelte sie alle an, wie sie da lächelten, lachten und die Mütter neben sich mit wissendem Blick anstupsten. Ich hasste jede Einzelne von ihnen. So richtig. Die Eifersucht prasselte auf mich ein wie ein unerwünschter Konfettiregen aus einer Wundertüte.

„Seid ihr bereit für eine Geschichte?", fragte Jensen. Als ich seine Stimme hörte, stockte mir der Atem. Die Kinder klatschten in die Hände, und ihre Tussi-Mütter jubelten. „Zuerst möchte ich die Widmung vorlesen."

Jetzt nervte es mich doch, dass ich nicht sehen konnte, was alle anderen sahen, also nahm ich ein Buch aus dem Regal, kniff die Augen zusammen und linste durch die Lücke, um einen Blick auf ihn zu erhaschen. Er trug eine Jeans, ein zu seinen Augen passendes anthrazitfarbenes T-Shirt und hatte ein bezauberndes Lächeln aufgesetzt. Seine Haare waren verwuschelt wie eh und je, und ein Bartschatten zierte sein Gesicht. Aber dennoch war es seine Aura, die mich in den Bann zog. Alles an ihm schrie Bad Boy, und alles in mir sehnte sich danach, ihm näher zu sein.

„Für Olivia", las er und räusperte sich, „die mir gezeigt hat, wie wichtig es ist, Mut zu haben." Ich spürte, wie ich bei diesen Worten lächelte. „Und für Mia, die an mich geglaubt hat, als niemand sonst es tat."

Ich blinzelte mehrmals und drückte mich an die Ecke des Regals. Die Luft wich aus meinen Lungen wie aus einem Ballon – erst langsam, dann immer schneller. Währenddessen stand ich mit offenem Mund da und starrte ihn an. Ich versuchte, mich wieder in den Griff zu kriegen, während er zu lesen begann, aber in meinem Kopf klangen die Worte seiner Widmung nach. Ich bemerkte, wie die Kinder lachten und wie die Mütter fotografierten, aber ich konnte mich auf gar nichts mehr konzentrieren.

Nachdem ich den Schock überwunden hatte, konnte ich zwar wieder zuhören, aber selbst das machte mich nervös. Ein

Teil von mir wollte nicht wahrhaben, dass ich Inhalt der Seiten war, die er in seinen Händen hielt. Seiten, die er geschrieben und illustriert hatte, in schlaflosen Nächten zusammenfantasiert. Er las weiter, und die Handlung kam mir so vertraut vor, dass die Geschichte wie eine Welle über mich schwappte.

Mia war ein abenteuerlustiges kleines Mädchen.

Mias goldene Locken glitzerten im Sonnenlicht.

Mias Hilfsbereitschaft war es zu verdanken, dass die Schildkröte Hester wieder nach Hause kam.

Nach seinen letzten Worten brach das Publikum in Beifall und Jubelrufe aus, während ich nur taumelnd dastand.

Ich hatte *geglaubt*, ich wollte ihn sehen.

Ich hatte *geglaubt*, ich würde vielleicht sogar mit ihm reden.

Aber nun stand das gar nicht mehr zur Debatte. Ich bahnte mir einen Weg aus dem Buchladen und hielt nur kurz an, um Kinder vorbeizulassen. Einmal sah ich über meine Schulter, genau in dem Moment, als er den Kopf hob, während er eines seiner Bücher signierte. Er runzelte die Stirn, als könne er nicht glauben, wen er da sah. Sobald er mich erkannte, lächelte er, gelassen und doch charmant, und entschuldigte sich bei den Menschen, mit denen er sich gerade unterhalten hatte. Ich drehte mich wieder um und ging schneller, sprintete förmlich durch die Tür und hinaus auf die eiskalten Straßen Brooklyns.

„Mia!“

Ich zuckte zusammen und schlang die Arme um mich. Nicht einmal meine Sweatjacke passte zum Wetter.

„Willst du einfach so abhauen?“

Ich drehte mich zu ihm um und schlang die Arme noch fester um meinen Körper. „Ich muss los.“

„Warst du die ganze Zeit da?“

Ich zitterte. „Ja.“

„Wieso?“, fragte er mit geneigtem Kopf und betrachtete mich genau.

Ich schüttelte den Kopf. „Weiß nicht."

„Komm rein, du frierst doch."

„Nein, nein. Ich hau lieber ab. Geh du wieder zu deinen Fans. Schließlich sind sie deinetwegen hier."

„Und du nicht?"

Mir entfuhr ein genervtes Stöhnen. „Ich reiße mich wirklich zusammen, jetzt nicht wieder auf dich loszugehen." Kurz schloss ich die Augen. „Geh wieder rein. Wir reden irgendwann mal."

Er sah mich weiterhin an, sein forschender Blick scannte mein Gesicht, meinen Körper und schließlich meine Augen.

„Ich gehe gleich wieder rein. Im Moment interessiert mich, wie du dich fühlst."

„Ich … ich bin …" Ich machte eine Pause und wartete, bis meine Zähne nicht mehr klapperten. „Ich bin wirklich kurz vorm Erfrieren. Und sauer."

„Weil ich deinen Namen benutzt habe", ergänzte er.

„Und weil ich in deiner Widmung vorkomme. Außerdem hast du Hester erwähnt, die verdammte Schildkröte! Dass du das überhaupt noch weißt!" Ich stieß einen verbitterten Laut aus. „Ich wollte dich sehen, weil …" Das Klappern meiner Zähne verhinderte, dass ich weiterreden konnte, und er nahm das zum Anlass, erneut nachzuhaken.

„Weil?"

Ich zuckte mit den Schultern, und er senkte den Blick.

„Lass uns reingehen. Du zitterst ja."

Ich schüttelte den Kopf. „Nein."

„Warum bist du hergekommen? Um dich aufzuregen und mich anzumotzen?"

Wieder schüttelte ich den Kopf, auch wenn ich nicht wusste, warum ich gekommen war.

„Um abzuschließen?"

„Vie…vie…vielleicht."

„Du bist hergekommen, um mit mir abzuschließen?"

Ich warf die Arme in die Luft. „Nein! Doch! Keine Ahnung! Weshalb hätte ich sonst herkommen sollen?"

Auf seinen Lippen machte sich ein Lächeln breit.

„Hör auf, mich so … so anzusehen. Findest du das etwa lustig?"

Er grinste. „Nein. Ich finde, das ist vollkommen verrückt, aber so bist du nun mal, also ist das für uns wohl normal."

„Ich bin nicht verrückt!" Verärgert bohrte ich einen Finger in seine Brust.

Er sah auf meine Hand hinab. Die Belustigung in seinem Gesicht trieb mich zur Weißglut. „Nicht?"

„Ich hasse dich", sagte ich laut. „So richtig."

„So richtig."

Ich brummte eine Verwünschung vor mich hin und trat einen Schritt zurück. „Ich gehe jetzt. Ich hätte gar nicht kommen sollen, und ich mache dir ganz sicher nicht vor ganz Brooklyn eine Szene."

Er grinste breit und verschränkte die Arme vor der Brust. „Wie nennst du das hier sonst?"

Ich stockte, stand wütend am Rande des Fußwegs und drehte mich um, um ihn anzufunkeln. „Ich nenne das … Theater!"

Ich kam bis zur Ecke, als er mich einholte, seinen Arm um meine Taille legte, mich an seine muskulöse Brust zog und seinen Mund an mein Ohr brachte.

„Hassen ist ein starkes Wort", sagte er, und seine Stimme ließ mein Innerstes erbeben.

Ich zitterte, bis er mich losließ. „Ein sehr starkes."

„Weißt du, was auch ein starkes Wort ist?", fragte er und betrachtete meinen Mund, meine Wangen, Haare und Augen.

Mir wurde ganz anders. Ich wusste, was er dachte, aber diese Genugtuung würde ich ihm nicht geben. Nichts davon wollte ich fühlen. Ehrlich gesagt wollte ich sowieso gar nichts fühlen. Und doch konnte ich es nicht verhindern.

„Lass mich los“, sagte ich und sah nach unten auf seine Hand, die den Saum meiner Jacke festhielt. Für einen Moment schloss er die Augen.

„Ich weiß nicht, wie“, flüsterte er.

Bei diesen Worten kehrte der Schmerz in mein Herz zurück. Ich schluckte. Mit einem Blick hatte er es geschafft, wieder in mein Leben zu stolpern, so wie ein Nackter, der aus dem Gebüsch springt. Mit einem einzigen Blick hatte er meinen Schutzwall zum Einsturz gebracht. Würde ich noch länger bleiben, würde er jede Absperrung, die ich infolge seiner Liebe errichtet hatte, niederreißen, und das würde ich nicht überleben. Nicht, wenn mich schon ein Abend so aus der Fassung brachte. Also tat ich, was jede kluge Frau in meiner Situation getan hätte. Ich löste seine Hand von meiner Jacke und ging.

Auf dem Heimweg schmollte ich, bis ich unter der Dusche war und mich danach ins Bett kuschelte. Dann dachte ich noch einmal über alles nach. Ich bin dem Kerl hinterhergelaufen, habe ihn angemotzt und bin von seiner blöden Signierstunde abgedampft. Je länger ich darüber nachdachte, umso witziger fand ich es, und dann musste ich auch schon lachen. Das Lachen blieb mir jedoch im Halse stecken, als mir einfiel, was ich zu ihm gesagt hatte.

Habe ich ihm wirklich gesagt, dass ich mit ihm abschließen will?

Scheiße. Das hatte ich. Ich war so verdammt blöd!

Jensens Woche

Am Wochenende hatte ich eine Lesung/Signierstunde. Danke an alle, die dabei waren. Ich freue mich immer, bei WORD zu sein, dieser wunderschönen kleinen Buchhandlung. Das Buch „Mia geht zum Strand" habe ich über ein Mädchen geschrieben, das ich liebe. Ein Mädchen, das mir ebenso viel Liebe wie Schmerz bescherte. Aber vor allem schenkte sie mir Hoffnung. Sie kam, wenn sonst niemand da war, und manchmal braucht man nur das … dass jemand da ist. Letztes Wochenende trat sie wieder in mein Leben, bei der Lesung. Und als ich begriff, dass sie wirklich da war, hatte ich ein surreales Erlebnis. Nie hätte ich gedacht, dass sie die Geschichte des Buches aus meinem Munde hören würde, und nun stand sie da, hörte zu, so wie sie mir vor vielen Jahren unzählige Male zugehört hatte.

Und ich frage mich, ob sie wiederkommt. Es heißt, wir bekommen in unserem Leben immer nur eine Chance. Wie gern würde ich beweisen, dass dem nicht so ist.

Frage der Woche von: @*LilouBlue: „Meinst du, wir sollten immer auf unser Herz hören? Geht es überhaupt anders?"*
Antwort: *Die Konsequenzen im wahren Leben sind manchmal schlimmer als in unserer Vorstellung.*

8. Kapitel

„Also redet ihr wieder miteinander?“

Das war die erste Frage meines Bruders Rob, nachdem ich ihm von meiner Begegnung mit Jensen und den darauffolgenden wenigen Textnachrichten und Gesprächen erzählt hatte. Sie waren geradeheraus, gingen um den Job und einmal um das Thema Essen. Das zählte nicht wirklich als Revival.

„Nein.“

„Du hast doch gerade …“

„SMS zählen nicht als Gespräch.“

Rob lachte. „Gibt es da heutzutage wirklich noch einen Unterschied?“

„Klar.“

„Manche Leute führen eine ganze Beziehung per Nachricht.“

„Ja, die nennt man Teenager.“

„Erwachsene machen das auch.“

„Robert, du und alle anderen zerstören meinen Traum, dass es ganz vielleicht doch die Chance auf eine Freundschaft mit einem Kumpel aus meiner Schulzeit gibt. Ich bin nicht mehr dein Zwilling.“

Er lachte lauter. „Entschuldige, aber aus der Nummer kommst du nicht raus.“

„Mom hätte mit dem Pressen ein paar Minuten warten sollen.“

„Dann wärst du jetzt tot“, erinnerte er mich.

Ich kam um 23.58 Uhr zur Welt, drei Minuten nach Robert, deshalb sage ich gern, dass wir streng genommen gar keine

Zwillinge wären, wenn meine Mom etwas länger gebraucht hätte.

„Streng genommen ist sie dennoch zeitgleich mit uns schwanger gewesen", pflegte Rob zu kontern, weil er so gern mein Zwillingsbruder war. Das konnte ich ihm nicht verübeln.

„Ich meine damit, dass das rein gar nichts zu bedeuten hat, Jon Snow."

„Ist ja nervig, wie du in dieser Serie aufgehst."

„Du meinst, wie *du* in dieser Figur aufgehst. Ich bin eher die weibliche Version von Tyrion."

Er gab einen angewiderten Laut von sich. „Zurück zum Thema. Was sagt Elle eigentlich dazu?"

„Sie schaut die Serie nicht."

„Ich meine, zu Jensen! Mia, konzentrier dich doch mal!"

„Ach. Nichts. Weiß ich doch nicht. Was soll sie denn sagen?"

Rob schwieg einen Moment. Ich konnte förmlich sehen, wie er seine blonden Augenbrauen bis fast zum Haaransatz nach oben zog. „Kein Wunder, dass du mit mir darüber redest."

„Ich brauche keinen Rat oder so", murmelte ich.

„Du willst ihn aber trotzdem."

Ich grummelte. „Nein. Weiß nicht. Also, wir führen ja keine richtigen Unterhaltungen. Es ist eher so ein ‚Wann ist dein nächstes Shooting?', ‚Weiß ich nicht, Jensen. Hab doch gesagt, ich gebe dir Bescheid, sobald ich es weiß'. Und das war's, mal abgesehen von den Essensfotos, die er mir schickt, auf die ich aber nicht reagiere. Egal, wie läuft's mit deinem heißen brasilianischen Lover?"

Rob lachte. „Gut. Fantastisch!"

Juan Pablo war zum Studium nach Santa Barbara gekommen und für Rob geblieben.

„Was sagen seine Eltern dazu, dass er bleibt?"

Es entstand eine kurze Pause. „Hm ... in ein paar Wochen besucht er sie, während ich bei dir bin, also schätze ich mal, dass wir es dann wissen."

Rob brachte mich auf den neuesten Stand: Mom hatte jetzt acht Orchideen im Garten, von denen drei sogar noch lebten. Rob half Dad beim Entwurf eines Hauses für einen Baseballspieler der San Francisco Giants, und unser Freund Victor hatte bei einer neuen Kanzlei angefangen, in der er wohl schnell zum Juniorpartner aufsteigen würde. Ich erzählte ihm von meinen Aufnahmen und was ich mal mit diesen Fotos machen wollte.

Wir legten auf, nachdem wir uns noch einmal gegenseitig gut zugeredet hatten – er mir, dass meine Bilder irgendwann mal in einer Galerie ausgestellt werden würden, und ich ihm, dass Juan Pablo zu ihm zurückkommen würde, ganz gleich, was seine Eltern dazu sagten. Ich lungerte noch ein paar Stunden in der Wohnung rum und zog mir eine weitere Sendung rein, die kein Mensch brauchte, bevor ich mir meine Kamera schnappte und rausging. Den restlichen Tag erkundete ich eine andere Ecke des Central Parks und fotografierte alles Mögliche, von Laub bis zu lachenden Müttern, die ihre Kleinkinder herumwirbelten. Als die Sonne hinter den Wolkenkratzern verschwand, machte ich Feierabend, ging nach Hause und machte mich für mein Treffen mit Millie fertig. Ich konnte nicht mehr allein zu Hause sein, ohne die ganze Zeit an Jensen zu denken, und das musste ich unbedingt verhindern. Das Treffen mit Millie versprach Trinken und Quatschen, zwei meiner Lieblingsbeschäftigungen.

9. Kapitel

Nachdem Millie und ich über ihre bevorstehende Hochzeit gesprochen hatten, die sie lieber klammheimlich als im großen Stil begehen würde, kam sie auf das Thema, mit dem sie mich am liebsten aufzog.

„Ich verstehe einfach nicht, warum du immer wieder versuchst, ein Taxi zu erwischen, wo es doch UBER gibt", sagte sie.

„Heute bin ich mit der Bahn gekommen."

„Weil du die Sache mit dem Taxi aufgegeben hast!"

„Vielleicht wollte ich mir ja nur mal die Beine vertreten."

Mit ihren braunen Augen sah sie mich ungläubig an. „Ach, komm. Gestern hast du dich über die ‚Arschkälte' beschwert."

„Weil es hier ja auch scheißkalt ist! Nicht zu fassen, dass jemand freiwillig hier lebt." Ich hielt den Mund, als sie mir noch so einen Blick zuwarf. „Was denn? Ich bin nur vorübergehend hier und gehe dann wieder zurück in mein sonniges Kalifornien." Dabei seufzte ich übertrieben, und sie musste lachen.

„Du hast 'nen Knall. Im Ernst, besorg dir endlich diese blöde App."

„Das hier ist New York, Mil. Und außerdem fährst du auch jeden Tag mit der Bahn!"

„Ja, aber ich verlaufe mich auch nicht. Du steigst an der falschen Haltestelle aus und in die falsche Bahn ein. Du bist völlig verpeilt!"

Ich verkniff mir ein Lachen, aber Millie war die geborene Komikerin. Sie fuchtelte mit den Händen herum und schüttelte ihre Locken, die ihr Gesicht einrahmten.

„Ich bin vielleicht verpeilt, aber wenigstens selbstbestimmt verpeilt. Jeder findet seinen Platz in der Welt. Das solltest du doch am besten wissen." Ich zwinkerte ihr zu.

„Süße, bei uns ist nichts selbstbestimmt, das weißt du doch."

„Und genau das mag ich."

„Ich auch." Sie schenkte mir ihr perfektes Zahnpastalächeln. Ich nahm einen Schluck von meinem Gin Tonic, um mich für das zu wappnen, was sie gleich sagen würde. „Wie dem auch sei, du weißt ja, wie ich das bei Fotoshootings mache ..."

„Nein. Keine Chance", hielt ich dagegen, bevor sie den Gedanken zu Ende führen konnte. Sie hatte schon erwähnt, dass sie mich gern als Vertretung bei einem Event hätte, aber ich hatte entschieden, es nicht zu machen, solange ich noch nicht mal wusste, worum genau es ging.

„Mia!"

„Auf gar keinen Fall. Ich bin doch nicht Tausende Kilometer von meinen Freunden und meiner Familie weggezogen, um jetzt wieder in der gleichen Ecke zu landen."

„Welcher Ecke?"

„Du weißt schon, die Ecke ‚Veranstaltungsfotograf'." Ich seufzte. „Ich sag ja nicht, dass es mir keinen Spaß gemacht hat oder dass ich es nie wieder machen werde, aber ich will auch mal was anderes ausprobieren. Ich muss mich wieder auf meinen Traum aus Collegetagen besinnen – auf den eigentlichen Grund, warum ich überhaupt damit angefangen habe. Ich möchte, dass meine Fotos in Museen ausgestellt werden, und ich will einen Bildband veröffentlichen, der den Alltag in schönem Licht zeigt – oder auch in schlechtem Licht, je nachdem. Ich möchte ..."

„Du möchtest Diane Arbus sein."

Ich seufzte. „Ich möchte Mia Bennet sein, mit einem Hauch Diane Arbus."

„So was passiert nicht über Nacht, das weißt du."

„Das ist mir klar, aber ich weiß auch, dass es nie passieren wird, wenn ich immer nur Veranstaltungen und Familien fotografiere."

Millie nippte an ihrem Mojito und sah mich lange an. Dann schüttelte sie ihre dunklen Locken und lächelte. „Es geht nur um einen Auftrag. Versprochen."

„Mill …" Ich stöhnte.

„Du bist die Einzige, die das für mich übernehmen kann, Meep. Ich fahre am Freitag und will nicht das Risiko eingehen, dass irgendein Depp für mich einspringt und es versaut. Außerdem werden die Fotos in einer Zeitschrift veröffentlicht, also kommst du streng genommen gar nicht so weit von deinem Kurs ab." Sie machte eine kurze Pause und lächelte mich an. „Tu mir den Gefallen. Und wenn ich zurück bin, spreche ich mit einem Bekannten und frage, ob gerade neue Fotografen für eine Ausstellung gesucht werden."

Damit hatte sie meine volle Aufmerksamkeit. Ich wog die Möglichkeiten ab: Die Veranstaltungsfotos würden in einer Zeitschrift erscheinen. Sie selbst hatte sich in der Branche einen Namen gemacht und mir auch meinen derzeitigen Job besorgt, was mir die Gelegenheit gegeben hatte, hierherzuziehen und meine Möglichkeiten auszuloten. Und meine Fotos in einer New Yorker Kunstgalerie zu zeigen …

„Ich mach's."

Dankbar nickte sie mir zu.

„Aber du bezahlst heute Abend", fügte ich an.

Sie lachte. „Dein Wunsch ist mir Befehl."

„Erzähl mir von der Veranstaltung. Muss ich ein langes Kleid tragen?"

Wir blieben noch ein paar Stunden in der Kneipe und redeten über die Veranstaltung, den Dresscode, meinen potenziellen Bildband und die Idee der Kunstgalerie, in der auch lokale Künstler ausstellen sollten. Als wir später auf Millies UBER warteten und ich mich über diese gruselige Firmenidee aufregte, sah ich Jensen wieder. Es liefen genügend Menschen an uns vorbei, sodass ich ihn auch gut hätte übersehen können. Keine Ahnung, ob es an der Kälte oder an ihm lag, dass sich mir die Nackenhaare aufstellten. Ich hatte den Drang, aufzusehen, und genau in dem Moment war er da und kam auf uns zu. Er trug Jeans, die nur ihm standen – oder einem Model –, Stiefel und eine schwarze Lederjacke über einem weißen Breaking-Bad-T-Shirt.

Er hielt den Kopf gesenkt, während er mit einem Typen sprach, also hatte er mich noch nicht entdeckt. Hätte er vielleicht auch gar nicht, wenn ich ihn nicht angestarrt hätte. Ich wusste, dass er mitten im Satz war, als er aufsah und sein Blick meinen traf. Es kam mir wirklich vor, als würde der Boden unter mir beben. So sehr, dass ich mich an Millies Arm festhielt, während ich weiterhin Jensen anstarrte. Irgendwie ehrfürchtig sah er mich an, genauso wie damals, als er mich das erste Mal wirklich wahrgenommen hatte. Als hätte er unter all den Ungetümen eine Fee entdeckt.

Es erinnerte mich an damals, als wir gerade angefangen hatten, miteinander auszugehen. Ich war bei einem Familienpicknick dabei, zu dem seine Pflegemutter Patty ihn genötigt hatte. Es fand oben in den Bergen in einem schönen Park mit tollem Blick auf das Meer statt. Da ich nicht wusste, was ich hätte mitbringen sollen, war ich einfach mit zwei Tüten Chips und einer Colaflasche aufgetaucht. Ich jonglierte gerade Chips, Flasche und meine Handtasche, als sich unsere Blicke trafen. Er lehnte an einem Picknicktisch und unterhielt sich mit einem seiner Cousins. Als er mich entdeckte, hielt er inne und sah mich an. Dann richtete er sich auf und sagte etwas zu seinem Cousin, woraufhin sich dieser zu mir umwandte. Einen langen Augenblick starrten wir uns nur an – Jensen und ich. Sein Cousin stand zwischen uns und fragte sich vielleicht, warum wir wie angewurzelt dastanden. Ich konnte mich einfach nicht bewegen, und ich wusste, dass es ihm ebenso ging.

Als er mich ansah, als gäbe es nur mich, war ich zu nichts mehr fähig. Mir fielen die Chips aus der Hand. In meiner rechten Hand wackelte die Cola. Und meine Handtasche glitt von meiner Schulter in meine Ellenbeuge. Mein Herz hämmerte wie wild, als er schließlich zu mir kam und mein Gesicht in beide Hände nahm.

„Du bist gekommen“, sagte er, und seine Stimme war nicht mehr als ein Flüstern.

„Ich habe dir doch gesagt, dass ich komme.“

„Trotzdem … du bist wirklich da.“

Ich wusste, dass er Familientreffen hasste, und konnte nur erahnen, wie er sich gefühlt haben musste, als seine Mutter ihn als Kind bei seiner Tante zurückgelassen hatte. Ich versetzte mich in seine Lage, aber den Schmerz, als Kind nicht gewollt zu sein, konnte ich nicht ertragen. Unsicher lächelte ich ihn an, während er mit den Daumen meine Wangen streichelte.

„Danke, dass du gekommen bist.“

„Ich gehe dorthin, wo du bist. Immer“, hatte ich damals erwidert.

Als mein Magen jetzt Purzelbäume schlug, versuchte ich, den Blickkontakt abzubrechen, aber stattdessen starrte ich Jensen nur weiter an, so als hätte mein Gehirn mal eben beschlossen, das Gegenteil von dem zu tun, was es sollte.

Ein Knuff in die Seite holte mich in die Gegenwart zurück. Jensen war ohne mich gegangen. Und ich war mit gebrochenem Herzen zurückgeblieben.

„Alter Schwede, ist das …“, begann Millie, aber sie verstummte, als Jensen uns erreichte.

„Wen man hier so alles trifft“, sagte er und schien nur Augen für mich zu haben.

„Hey.“

Eine gefühlte Ewigkeit sahen wir uns nur an, bevor er weitersprach. „Ich habe heute eine E-Mail von deiner Mom bekommen."

„Wieso denn das? Worum ging es?"

Er grinste. „Um dich, New York, Dinge, die anstehen, und so Sachen."

Ich blinzelte. Woher hatte sie überhaupt seine E-Mail-Adresse? Als ich mit Jensen zusammen gewesen war, hatten meine Eltern ihn gehasst. Erst nach unserer Trennung begann meine Mutter, ihn zu mögen, und das auch nur, weil sie ihm und Olivia zufällig begegnet war. Als sie ihn mit einem kleinen Mädchen gesehen hatte, war plötzlich alles vergeben und vergessen. Ich schüttelte den Kopf, konnte einfach nicht fassen, dass sie mich so hinterging. Meine eigene Mutter! Vielleicht hätte ich ihr von dem blöden Buch, der Signierstunde und dem ganzen Kram hier erzählen sollen.

„Was ist denn mit der Stadt?", fragte ich, aber Millie unterbrach uns.

„Jensen Reynolds. Dich habe ich bestimmt seit einem Jahr nicht mehr gesehen."

„Hallo. Ich habe dich gar nicht erkannt", entgegnete er und umarmte sie. Sie lachte.

„Du hast mich gar nicht gesehen."

„Das passiert manchmal", gab er zurück und warf mir einen irgendwie ziemlich heißen Blick zu. Ich zog meine Jacke enger um mich.

„Hallo, ich bin Mia", stellte ich mich dem Mann neben Jensen vor. Er sah mich lange neugierig, aber auch wissend an, und ich wurde rot.

„Ich bin Jeff", sagte er, gab erst mir die Hand und dann Millie.

„Bist du noch mit diesem ...", setzte Jensen an und zog die Augenbrauen zusammen, während er angestrengt nachdachte.

„Seth. Wir sind mittlerweile sogar verlobt und wohnen in Park Slope."

„Ist nicht wahr! Ich wohne in Dumbo."

Millie sah beeindruckt aus. „Ach nee! Der kleine Jensen von nebenan hat es geschafft!"

Jensen lachte. „Also, ‚kleiner Jensen' wurde ich ja noch nie genannt", sagte er und warf mir einen Blick zu, der mein Herz schneller schlagen ließ.

„Ah, da kommt mein UBER! Wir müssen uns ein anderes Mal weiter unterhalten. Am Freitag fliege ich nach Indien, aber wir können ja nach meiner Rückkehr noch mal quatschen. Vielleicht wollt ihr zwei mal zu uns zum Essen kommen", schlug sie vor und sah erst zu mir und dann zu Jensen. Ich riss die Augen auf. Mir fehlten die Worte. Zum Glück umarmte sie mich in diesem Moment zum Abschied. „Hab dich lieb. Tausend Dank, dass du das für mich machst. Du bist die Allerbeste. Die restlichen Infos schicke ich dir per Mail, und dann besprechen wir noch mal alles."

„Los, mach die Fotos deines Lebens", sagte ich und ließ sie los.

„Besorg du dir die UBER-App!", rief sie, als sie sich auf die Rückbank des schwarzen Autos fallen ließ.

Grinsend zeigte ich ihr den Mittelfinger, und sie lachte.

„Du gehst doch nicht etwa zu Fuß?", fragte Jensen mich besorgt.

Ich schüttelte den Kopf. „U-Bahn."

„Alleine?"

Ich kam mir wie ein Volltrottel vor und tat so, als würde ich mich nach meinen unsichtbaren Freunden umsehen. „Scheint so."

Er biss sich auf die Unterlippe, und ich wusste, er grübelte. Er sah so aus wie immer, wenn er meine Reaktion auf etwas, das er sagen oder tun würde, fürchtete. Als wir uns vor fünf Jahren getrennt hatten, war dieser Gesichtsausdruck das Letzte gewesen, was ich von ihm gesehen hatte – und nie wieder sehen wollte.

„Willst du mit uns noch etwas trinken gehen?“, fragte Jeff plötzlich.

Jensens Unterlippe schob sich hervor, und mein blödes Ich hätte sie am liebsten direkt eingesogen.

„Guter Vorschlag“, fügte er hinzu.

„Ein anderes Mal, aber nett, dass du gefragt hast.“

„Nur ein Drink, Meep“, bat Jensen.

„Nein“, beharrte ich und blickte Richtung Straße, damit er nicht sah, wie ich errötete.

„Gut. Dann besorge ich dir ein Taxi“, sagte er und drehte sich zur Straße um.

„Viel Erfolg.“

Als er seinen verrückten Taxi-Tanz vollführte, rutschte sein Shirt nach oben, und ich musste genau auf diese Stelle sehen – in der blödsinnigen Hoffnung, dass er in den Jahren ein kleines Bäuchlein bekommen hätte, das ich unter seinen Oberteilen nicht hatte erahnen können, als wir uns über den Weg gelaufen waren. Aber natürlich war er schlank und durchtrainiert wie immer. Ich sah weg, bevor die Fantasie noch mit mir durchging. *Schon vergessen, dass er ein Arsch ist? Du bist ja völlig verrückt und unzurechnungsfähig.*

Zu meiner Überraschung hielt kurz danach ein gelbes Auto an. Jensen öffnete die Tür, während ich mich von Jeff verabschiedete. Als ich gerade einsteigen wollte, stockte ich und wollte mich bei ihm bedanken, aber die Worte gingen irgendwo zwischen meinem Hirn und meinem Mund verloren. Ich konnte einfach nur sein Gesicht anstarren, das mit Bart so anders aussah.

„Ich mag deinen Bart“, flüsterte ich.

„Danke“, erwiderte er sichtlich verblüfft, ohne den Blick von mir abzuwenden.

Mein Herz schlug schneller, gefährlich schnell. Wir waren uns so nah, dass ich die Wärme seines Körpers spüren konnte. Ich könnte ganz einfach die Augen schließen und mich vorbeugen, sodass er seinen Mund auf meinen drücken, seine Zunge in meinen Mund gleiten lassen könnte.

„Schick mir 'ne Nachricht, wenn du zu Hause angekommen bist", bat er.

Ich nickte. „Danke, dass du mir das Taxi organisiert hast."

„Die Fahrt ist bereits bezahlt."

„Du weißt doch noch nicht mal, wie weit es bis zu meiner Wohnung ist."

Jensen zuckte die Schultern. „Ich habe es grob geschätzt."

Einen langen Moment sah ich ihn an. „Tja, war schön, dich gesehen zu haben."

Er lachte, tief und samtig. „Lügnerin."

Ich versuchte, ein Lächeln zu unterdrücken, aber das misslang mir. „Na ja, du hast mir ein Taxi besorgt und es bezahlt."

„Alte Opportunistin." Amüsiert zwinkerte er mir zu.

„Alter Charmeur", erwiderte ich und zwinkerte zurück, als ich einstieg. „Aber ernsthaft, danke."

Er nickte mir einmal zu. „Wir sehen uns beim Shooting."

Ich winkte kurz und sah zu ihm, wie er zu mir sah, als das Taxi wegfuhr. Mein Herz fühlte sich an, als wolle es aus meiner Brust direkt in seine springen. Nicht noch einmal, schalt ich mich, denn ich wusste ganz genau, dass ich es dann nie wieder zurückbekäme.

Jensens Woche

Angeblich dauert es 21 Tage, um eine Gewohnheit abzulegen. Es ist jetzt etwa 1.826 Tage her, seit ich das letzte Mal ihre Hand hielt, und ich warte immer noch darauf, dass die Erinnerung daran verblasst.

Das bringt mich zu der Frage, ob es sich lohnt, sich Gewohnheiten abzugewöhnen. Manchmal lässt sich das nicht mit Ja oder Nein beantworten. Manchmal wird man dazu gezwungen, weil das Leben kompliziert ist und dir bewusst wird, dass du mit gebrochenem Herzen dastehen wirst, wenn du daran festhältst. Und auch wenn du selbst der Grund für den Schmerz bist, erträgst du den Gedanken nicht, dass dieser Mensch das alles ein weiteres Mal durchstehen muss. Also tust du so. Du tust so, als hättest du dir diese Gewohnheit abgewöhnt. Tust so, als wärst du nicht mehr süchtig danach. Und zwar so gut, dass du dir schließlich selbst glaubst, darüber hinweg zu sein, bis du wieder in Versuchung geführt wirst. Und dann hast du schlechte Karten, denn dein Geist erinnert sich. Deine Sinne. Dein Herz.

Manche Dinge sollte man sich wirklich abgewöhnen, zum Beispiel die allsonntäglichen Krispy Kreme Donuts. An der Sache bin ich gerade dran. Sie sind verlockend und lassen einem das Wasser im Mund zusammenlaufen, aber ich muss sie aus meinem Leben verbannen! In Brooklyn bin ich auf vegane Donuts gestoßen, die vielleicht ein guter Ersatz sein könnten. Aber vielleicht habe ich es auch einfach nicht so drauf, mir Angewohnheiten abzugewöhnen.

Dun-Well Doughnuts: *Daumen hoch!*

Frage des Tages: *von @SidekickA7x: „Was ist dein Lieblingsbuch?“*
Antwort: *Der kleine Prinz*

10. Kapitel

Ich stand an der Ecke Canal und Bowery Street, genau wie in dem Lied von den Lumineers. Für Estelle und Rob machte ich ein Beweisfoto, während ich auf Jensen wartete. Wir sollten das Paar in seinem kleinen chinesischen Restaurant treffen – laut Jensen „so eins, wo Enten von der Decke hängen". Ich erschauderte bei der bloßen Vorstellung, und die Kälte tat ihr Übriges.

„*I belong with you, you belong with me, you're my sweetheart*", sang Jensen beim Näherkommen.

Als ich seine Stimme hörte, rutschte mir das Herz in die Hose und hämmerte wie wild, während ich mich zu ihm umdrehte. Er musterte mich von oben bis unten und zeigte dann auf das Straßenschild – als Erklärung für seine Gesangseinlage. Als ob ich diesen Hinweis gebraucht hätte.

„Ich habe Rob und Elle ein Foto geschickt."

„Ob dein Bruder das versteht? Liedtexte waren noch nie seine Stärke."

Ich zog mir den Schal vors Gesicht, um mein Lächeln zu verbergen, und war total baff, dass er sich daran erinnerte. Wir drei waren so oft mit dem Auto unterwegs gewesen, hatten auf dem Weg zum Essen über Fernsehsendungen diskutiert, laut auf dem Weg zu Konzerten gesungen. Er war in meinem Leben einmal so wichtig gewesen, in unser aller Leben. Ich seufzte, schob die Erinnerungen erneut beiseite und musterte ihn ebenfalls von oben bis unten. Er war lässig gekleidet, trug Jeans, eine schwarze Jacke und schwarze Timberland-Stiefel.

„Warten wir jetzt, bis sie uns anrufen?", fragte er, rieb sich die Hände und hauchte darauf.

Schnell wandte ich den Blick ab. Oh, warum musste er denn nur so verdammt gut aussehen? Und warum musste mein Herz jedes Mal verrücktspielen, wenn er in der Nähe war? *Argh.*

„Ja."

„Geht's dir gut?"

„Ja."

„Sicher?" Er kam näher, bis er direkt neben mir stand und der Geruch der Stadt verschwand, bis meine Sinne nur noch von ihm benebelt waren. Ich atmete einmal tief ein, bevor ich einen Schritt zur Seite trat.

„Alles okay."

„Frierst du?", fragte er so, dass man schon wusste, dass er sich zum Aufwärmen zur Verfügung stellen würde. Ich zitterte, schüttelte den Kopf und sah schnell weg.

„Vielleicht sollte ich ja dich interviewen, während wir warten."

Prompt sah ich ihn wieder an. „Wie bitte?"

„Warum nicht? Ich habe dir doch gesagt, dass ich dich auch mal interviewen möchte."

„Darf ich dich dann fotografieren?"

Sein Mund verzog sich zu einem halben Lächeln. So wie seine Augen funkelten, wappnete ich mich schon mal für das, was als Nächstes kommen würde.

„Warum willst du denn Fotos von mir, wenn du das Original haben kannst?"

„Oh mein Gott." Ich sah weg und bedeckte meinen Mund – diesmal, um ein Lachen zu unterdrücken. Aber dann lachte er, und ich stimmte mit ein.

„Das war einer meiner besten Sprüche."

„Total abgedroschen."

Er grinste. „Jetzt weiß ich wenigstens, dass ich das zu keiner Fremden sagen sollte. Also, falls ich mal einer Fotografin begegne oder eine Frau dabei erwische, wie sie mich fotografiert."

„Du hast bestimmt schon einen Eintrag bei Hot Dudes Reading“, erwiderte ich und versuchte, nicht darauf zu achten, dass mir ganz anders wurde bei der bloßen Vorstellung, dass andere ihn fotografierten. Da musste ich wirklich drüberstehen. Die Leute fotografierten ihn nun mal!

Er lachte. „Sollte ich das kennen?“

„Nur wenn du dir gerne heiße Typen anschaust, die gerade lesen.“

Er verzog das Gesicht, und ich konnte mir das Lachen nicht verkneifen, das jedoch sofort erstarb, als sich unsere Blicke trafen. Ich wusste plötzlich gar nicht mehr, was eigentlich so witzig gewesen war. Er sah mich an, als hätte ich gerade etwas ganz Erstaunliches gesagt.

„Dein Lachen fehlt mir“, sagte er so leise, dass ich nicht wusste, ob dieses Geständnis für meine Ohren bestimmt war, aber ich hatte es nun mal gehört, und es brachte mich aus dem Konzept. Mein klingelndes Handy zerstörte diesen Augenblick. Ich ging ran, und wir liefen zum Restaurant.

„Und dein Lächeln. Das fehlt mir auch“, flüsterte Jensen hinter mir, seine Brust an meinem Rücken, sein Mund an meinem Ohr.

Ich zitterte. Wahrscheinlich wäre meine Reaktion noch drastischer ausgefallen, wäre mir nicht plötzlich ganz anders geworden beim Anblick der toten Tiere, die in dem Laden hingen, den wir nun betreten mussten.

„Ist das ein Kaninchen?“, fragte ich. Er nickte. „Ich kann da nicht reingehen“, zischte ich.

„Mia, du musst dort doch nichts essen.“

„Jensen!“, flüsterte ich.

Er sah mich an, wie ich schon lange nicht mehr angesehen worden war. Sein zärtlicher Blick brachte mich zum Keuchen. Dann legte er mir auch noch eine Hand auf die Schulter. „Ich bin bei dir. Sag, wenn es dir zu viel wird, und wir gehen.“

Mir drehte sich der Magen um. Ich war zwar keine Vegetarierin, aber beim Anblick der herabhängenden Tiere wäre ich es am liebsten geworden. Ihnen war die Haut abgezogen worden, aber ich konnte sie förmlich vor mir sehen, wie sie gesund und munter herumsprangen. Als sich mir der Magen erneut umdrehte, krallte ich mich an Jensens Unterarm fest. Fürsorglich legte er die Hand auf meine und drückte sie einmal. Ich sah ihn nicht an, aber in diesem Moment brauchte ich eine vertraute Berührung, die mir das Gefühl gab, dass alles gut war. Und das konnte er. Ich sah zu ihm auf, er zu mir herunter, und irgendetwas war da zwischen uns. In seinen Augen lag ein ganzes Meer von Möglichkeiten, aber als eine Welle der Erkenntnis heranrollte, paddelte ich schnell von diesem Sog weg.

„Das hat nichts zu bedeuten“, sagte ich ruhig und zog die Hand zurück.

„Das bedeutet alles“, erwiderte er, als ich die Tür öffnete.

Ich war zu sehr mit mir selbst beschäftigt, als dass mich die toten Tiere noch gekümmert hätten. Hinter mir hörte ich ihn lachen, aber ich drehte mich nicht um. Ich fotografierte Sue und Tom, Jensen interviewte sie. In weniger als einer Stunde waren wir wieder draußen, worüber ich froh war, denn auf den meisten Fotos waren im Hintergrund Dinge zu sehen, die ich retuschieren musste. Und ich war mir wirklich nicht sicher, wie lange ich es dort noch ausgehalten hätte, mit dem toten Kaninchen, das mich von hinten beobachtete.

Beim Herausgehen sagte er: „War doch gar nicht so schlimm.“

„Ging so. Danke, dass du dich beeilt hast.“

„Machst du Witze? Ich kam mir vor, als würde Bugs Bunny mich anstarren.“

„Oh ja! Ging mir genauso!“

Lachend kamen wir an der Ampel an.

„Und wohin jetzt?“

„Nach Hause. Ich muss diese Fotos und ein paar andere bearbeiten."

„Und ich muss Scout abholen." Er lächelte, als ich verdutzt guckte. „Olivia."

„Du nennst sie Scout?"

„Manchmal."

Ich lächelte. „Kann es sein, dass du wegen des Prequels aufgeregt bist oder so?"

„Quatsch."

„Nicht?"

Er schüttelte den Kopf, stieß die Luft aus, und sein Atem kondensierte. „Darüber habe ich gerade bestimmt drei Stunden mit Jeff gequatscht. Glaube nicht, dass ich das noch mal mache."

Ich lachte. „Jeff, dein Lektor mit dem Bart."

„Mit dem Bart." Auch er lachte. „Genau."

Ich zuckte die Schultern. „Das kam mir eben als Erstes in den Sinn."

„Ja, du und Olivia, ihr beschreibt ihn mit dem Bart."

„Ist ja auch ein sehr auffallender Bart."

Wieder lachte er, und seine grauen Augen sprühten vor Heiterkeit, als er zu mir herabsah. „Ich bin mir nicht sicher, ob es mir gefällt, wie sehr du auf sein Äußeres geachtet hast."

„Ich kann ja wohl achten, worauf ich will", sagte ich und verdrehte die Augen.

Sein Blick verfinsterte sich, aber er sagte nichts. Dennoch ahnte ich, was er von meiner Äußerung hielt. Wir liefen noch zwei Blocks gemeinsam, bis wir zu meiner Bahnhaltestelle gelangten und er zur anderen Haltestelle weitermusste.

„Wir sehen uns bestimmt bald", sagte ich und schob die Hände in meine Jackentaschen.

Als er nickte, umspielte ein Lächeln seine Lippen, als wäre allein die Vorstellung das Schönste auf der Welt. Er kam auf mich zu, bis er direkt vor mir stand und mir die Sicht auf alles versperrte. Seine Hand näherte sich dem Riemen meiner Kameratasche, er schob die Finger darunter und legte sie direkt auf meine Schulter. Seine Berührung ging mir trotz zwei Kleidungsschichten unter die Haut. Ich schnappte nach Luft, trat einen Schritt zurück und versuchte, meine Nerven zu beruhigen. Er rückte die Tasche zurecht, sodass sie höher auf meiner Schulter saß, und beugte sich vor. Kurze Bartstoppeln streiften mein Gesicht.

„Darauf freue ich mich", sagte er leise und hauchte mir einen Kuss auf die Wange, bevor er sich wieder aufrichtete.

In voller Größe grinste er mich breit an, und ich stand wie versteinert da. Wegen seiner Berührung, seiner Lippen auf meiner Haut, seiner geflüsterten Worte. Ich brachte ein Tschüss zustande, bevor ich um die Ecke bog und auf der Treppe verschwand, aber ich spürte seine Blicke den ganzen Weg nach unten auf mir.

Jensens Woche

Ist euch jemals bewusst geworden, mit wie vielen Menschen wir diesen Planeten teilen? Also, habt ihr mal so richtig darüber nachgedacht? Neulich habe ich das gemacht, und ich kam mir winziger vor als eine Ameise. Das ist übrigens auch eine nette Übung, wenn man sich erschlagen fühlt. Wenn man glaubt, man hatte einen miesen Tag, nur weil man die Bahn verpasst hat, sollte man sich vor Augen führen, dass manche Menschen noch nicht mal Bahnen haben, mit denen sie fahren können. Manche Leute müssen ewig weit laufen, um an ihr Ziel zu kommen. Manche müssen mehr Mäuler stopfen als du und ich. Andere dürfen ihr Maul noch nicht mal aufmachen, weil sie in einer Diktatur leben und nichts zu sagen haben.

Wir leben in Amerika, einem guten Land. Trotz aller Probleme – wir leben in einem guten Land. Dass ich über diese Probleme schreiben kann – und wenn ich wollte, könnte ich auch ohne Angst Probleme, die die Regierung angehen sollte, erörtern –, zeigt, dass wir in einem guten Land leben. Und darauf komme ich nur, weil ich jemandem (einer Sie) die Taxifahrt bezahlt habe. Denn während ich dasaß und grübelte, ob sie gut zu Hause gelandet war, kam ich zu der Erkenntnis, dass sie bestimmt wohlbehalten angekommen war (sicherheitshalber habe ich dennoch nachgefragt). Wir können uns glücklich schätzen, in New York so eine gute Infrastruktur zu haben. Ich weiß, dass wir uns manchmal (oft) darüber aufregen, aber wir können uns wirklich glücklich schätzen. Unsere Taxifahrer sind vielleicht etwas verrückt, aber sie spiegeln doch schließlich nur ihre Fahrgäste wider, oder?

Kleiner Scherz.
Amerika: *Daumen hoch!*

Frage des Tages: *von @The_Review_Loft: „Wie würdest du das #Gefühl #Liebe mit maximal 140 Zeichen beschreiben?"*
Antwort: *Als würde jemand dein Herz fest packen, aber du willst gar nicht, dass er/sie loslässt, denn das wäre noch viel schlimmer.*

11. Kapitel

„Ich glaube, du verliebst dich gerade wieder in ihn“, sagte Estelle, nachdem ich sie, was Jensen anging, auf den neuesten Stand gebracht hatte.

„Wie bitte? Nein! Wie kommst du denn darauf?“

„Weil ich dich kenne.“

„Und wenn schon. Niemand verliebt sich hier in irgendwen. Wir müssen nur die nächsten Monate überstehen, und dann ist alles wieder so wie vorher.“

„Ach so, du meinst, du hasst ihn dann wieder, und er versucht, dich zurückzugewinnen?“

Ich hielt inne und stellte das Wasserglas ab. „Er wollte mich nicht zurückgewinnen.“

Ihr Spott drang durchs Telefon. „Ist das jetzt dein Ernst?“

Wieder stutzte ich. Er hatte nicht versucht, mich zurückzugewinnen. Hatte er versucht, Kontakt mit mir aufzunehmen, als er nach New York gezogen ist? Klares Ja. Habe ich ihn, so gut es ging, ignoriert? Auf jeden Fall. Aber er hatte nicht versucht, mich zurückzugewinnen.

„Er wollte nur mit mir reden, damit ich ihm verzeihe“, sagte ich.

„Woher willst du das wissen? Du hast ihm ja nie die Chance gegeben, mit dir zu reden.“

Ich seufzte. „Weil ich es eben weiß. Ich kenne ihn. Kannte ihn. Keine Ahnung, wie er jetzt ist.“

Estelle lachte. „So sehr verändern Menschen sich nicht.“

„Menschen nicht, er schon. Er redet jetzt richtig viel. Weißt du noch, wie still er früher immer war?“

Wieder lachte sie. „Still war er nie, es sei denn, du sprichst davon, dass er heutzutage gern über seine Gefühle redet."

„Könnte man so sagen."

„In seiner Kolumne schreibt er ja viel über sich und sein Leben. Vielleicht ist ihm aufgefallen, dass er genauso gut darüber reden könnte."

„Er schreibt über seine Gefühle?"

„Nicht direkt", antwortete sie. Ich konnte sie förmlich die Stirn runzeln sehen. „Aber über seine Dates."

Das war ja wohl das Letzte, was ich lesen wollte, und der eigentliche Grund, warum ich seine Kolumne nicht mehr verfolgte, obwohl ich sehr wahrscheinlich bald wieder eine verschlingen würde. Ich hoffte nur, es würde nicht ausgerechnet eine sein, in der er über eine andere Frau schrieb. Bei dem bloßen Gedanken wurde mir schlecht.

„Wie auch immer. Darum geht es nicht. Wir müssen vor den Paaren, mit denen wir arbeiten, halt nur so tun, als würden wir miteinander klarkommen."

„Aha", sagte sie.

„Das meine ich ernst."

„Mia, du bist mit der Bahn nach Brooklyn gefahren. Und was meine Aussage noch mehr bestätigt, ist die Tatsache, dass du bei dieser Signierstunde warst."

Ich schnappte nach Luft. „Er hat ein Buch mit meinem Namen geschrieben! Über ein Mädchen, das aussieht wie ich!"

Sie lachte. „Ich sage ja nicht, dass du das nicht hättest tun sollen. Vermutlich hätte ich es auch gemacht. Ich glaube einfach nur, dass du dich gerade wieder in ihn verliebst."

Wir sprachen noch eine Weile über dies und jenes, aber nach unserem Telefonat klangen mir ihre Worte noch immer in den Ohren: *Ich glaube, dass du dich gerade wieder in ihn verliebst.* Manche würden sagen, dass ich mich nie *entliebt* hatte, aber meiner Meinung nach geht es bei der Liebe nicht ums Ver- und Entlieben, sondern darum, dass sie fortbesteht. Und das war bei uns nicht der Fall. Wie ein Mantra sagte ich mir das immer wieder – in der U-Bahn und danach auf einer Parkbank, von der ich den perfekten Ausblick auf die Stadt hatte. Eine Weile beobachtete ich die Menschen, die an mir vorbeigingen, Mütter mit ihren Kindern, Väter mit ihren Kindern, ganze Familien, joggende Pärchen. Sobald man darüber nachdenkt, was einem fehlt, knallt das Schicksal einem genau diese Dinge vor die Füße. Plötzlich hatte jedes Kind in New York zwei Arme, an denen es schaukeln konnte, und jedes Paar war verliebt. Ich seufzte, lehnte mich zurück und stellte den Hintergrund scharf, während ich beobachtete, wie zwei Bänke weiter ein Obdachloser wach wurde.

Ich sah von ihm zur anderen Straßenseite, wo Menschen über Menschen auf dem Bürgersteig entlangeilten. Ihre schnellen Schritte ließen den Boden unter meiner Bank vibrieren. Während der Mittagszeit war ich noch nicht draußen gewesen – zumindest nicht so weit von meiner Wohnung entfernt – und hatte auch noch nicht aus dieser Perspektive betrachten können, wie wir aussehen, wenn wir in Eile sind. Es machte mich eher traurig, als dass es mich begeisterte. All die Sorgen, die jeder Einzelne mit sich herumträgt. Die Obdachlosen in den Parks und in den U-Bahnen waren mittlerweile mein Lieblingsmotiv, doch dass alle anderen denselben Gesichtsausdruck trugen, war mir gar nicht aufgefallen. Ich hatte nie darüber nachgedacht – über mein Gesicht und wie es vielleicht meinen Schmerz offenbarte. Sogar die erfolgreich aussehenden Geschäftsleute sahen traurig und erschöpft aus. Wir alle sahen krank aus. Krank vom Kranksein. Krank vor Erschöpfung. Krank vor Obdach- und Hilflosigkeit. Man konnte sich gar nicht anders fühlen. Es brauchte nicht viel, um sich traurig und unbeachtet vorzukommen. Dann atmete ich schwer aus und gab mich diesem Moment hin. Und mir wurde klar, dass ich der Welt zeigen musste, was die ganze Zeit vor meiner Nase gewesen war.

12. Kapitel

Am Dienstagvormittag fuhr ich zu Cassie und Logan. Sie lebten in Brooklyn. DUMBO, Brooklyn. Also dort, wo auch Jensen wohnte. Auf der Fahrt dorthin erwartete ich schon beinahe, eine Elefantenskulptur zu sehen, bis der Taxifahrer diese Vorstellung wie eine Seifenblase platzen ließ, indem er mir erklärte, wofür DUMBO stand. Das erzählte ich Jensen als Erstes, als ich ihn vor dem Haus von Cassie und Logan warten sah. Er sah von seinem *Spiderman*-Notizbuch auf und stieß sich lachend von der Wand ab. Ich bemühte mich wirklich, nichts zu fühlen, jegliche Anziehungskraft zu missachten, die von seinem bärtigen Gesicht und dem sportlichen Körper in dem langärmeligen Baumwollpullover ausging.

„Ich dachte, du kannst den Film nicht ausstehen", sagte er, während wir hinaufgingen.

„Kann ich auch nicht. Na und?"

Grinsend schüttelte er den Kopf.

„Weißt du, was ich außerdem nicht ausstehen kann?", fragte ich und legte den Kopf in den Nacken, als wir im zweiten Stock angekommen waren. Neugierig sah er mich an.

„*Spiderman.*" Ich ließ den Blick zwischen seinen Augen und dem Notizbuch hin und her wandern. Er lachte.

„Du solltest wissen, dass meine Tochter es mir zum Geburtstag geschenkt hat und ich deshalb ganz stolz darauf bin."

„Liebesgeschichten waren ja noch nie dein Ding."

„Manche behaupten, ich schreibe über nichts anderes", konterte er.

Ich wurde rot, denn er gab mir das Gefühl, auf mich anzuspielen, aber ich wusste, dem war nicht so. „Weil du in der Zeitung über deine Dates schreibst?“

„Wenn du der Meinung bist, ich schreibe über meine Dates, verstehst du meine Kolumne falsch.“

Ich atmete erleichtert auf, als wir bei Cassie ankamen, und klopfte.

„Führst du gerne Interviews?“, fragte ich leise, während wir warteten.

Er nickte.

„Du glaubst gar nicht, was man alles erfährt, wenn man die richtigen Fragen stellt.“

In mir spürte ich es unaufhaltsam brodeln. Ich räusperte mich und hoffte, dass Cassie sich, zum Teufel noch mal, beeilte. „Aha.“

„Weißt du, was ich wirklich gern machen würde?“, sagte er, und obwohl seine tiefe, heisere Stimme alles in mir in Aufruhr versetzte, blickte ich dennoch in seine ernsten Augen.

„Was?“

„Dich interviewen.“

Meine Kinnlade klappte in dem Moment herunter, als sich die Tür öffnete. Dort kam eine große blonde Frau mit blauen Augen zum Vorschein. Sie trug Jeans und eine schöne gelbe Bluse.

„Hallo, ich bin Cassie“, stellte sie sich vor, hielt mit einer Hand die Tür auf und reichte mir die andere. Dünn und zerbrechlich fühlte sie sich an, als ich sie schüttelte. Sie begrüßte auch Jensen, bat uns herein und schloss die Tür mit der Hüfte.

„Logan! Wir haben Besuch!“, rief sie und bewegte sich anmutig wie eine Ballerina.

Als wir richtig in der großen Wohnung waren, sah ich mich um. Erst jetzt bemerkte ich, dass es ein Penthouse war. Die Küche nahm fast die Hälfte der Wohnung ein, das riesige Wohnzimmer sah aus, als würde es nie genutzt. Alles war in Blau- und Weißtönen dekoriert. Weiße Sofas, blaue Wände. Blaue Stühle, weiße Wände.

„Möchtet ihr etwas trinken? Kaffee? Saft? Wasser?“, fragte sie, während sie um die Kücheninsel herum zur Kaffeemaschine ging – so einer Espressomaschine aus gebürstetem Chrom, die sich auch in einem kleinen Café gut machen würde.

„Gerne einen Kaffee“, sagte ich, ohne die Hightech-Maschine aus den Augen zu lassen.

„Die hat Logan mir letzten Monat zum Geburtstag geschenkt“, erklärte sie lächelnd. „Wie bin ich nur so lange ohne ausgekommen?“

„So eine sollte ich auf meinen Wunschzettel schreiben“, sagte ich.

Jensen gab ein Geräusch von sich, das wie eine Mischung aus Husten und Lachen klang. Ich warf ihm einen Blick zu, und er riss sich zusammen, um seine Belustigung zu verbergen. Ich setzte mich auf einen Barhocker, während Cassie auf unseren Kaffee wartete – Jensen wollte natürlich auch einen.

„Du bist also nur für ein paar Monate aus Santa Barbara hergekommen?“, fragte mich Cassie, als wir uns über New York unterhielten und wie kalt ich es hier fand.

„Ich arbeite freiberuflich an dieser Sonderausgabe mit, und sie haben mich auch deshalb dafür engagiert, weil ich für eine Zeitschrift zu Hause schon mal an einem ähnlichen Thema gearbeitet habe. Im kleineren Stil natürlich.“

Sie nickte und sah zu Jensen. „Und du? Bist du auch nur vorübergehend hier?“

Über meine Kaffeetasse hinweg sah ich ihn interessiert an.

„Nein. New York ist mein Zuhause. Wenn die Zeitschrift mich braucht, schreibe ich für sie. Eine der Chefredakteurinnen ist meine Mentorin, und wenn sie ruft, springe ich für gewöhnlich, es sei denn, ich habe zu viel um die Ohren.“

„Er schreibt nämlich auch Kinderbücher", warf ich erklärend ein, weil ich wusste, dass er das nicht erwähnen würde. Eigenlob war noch nie seins gewesen.

„Wow." Cassie sah sichtlich beeindruckt aus.

„Und eine Kolumne in der Sonntagsausgabe der *Times*", ergänzte ich lächelnd.

Voller Bewunderung schaute sie Jensen an. „Sehr imposant."

Als ich zu ihm blickte, erstarb mein Lächeln, und mein Herz schien einen Schlag auszusetzen. Ich wusste nicht, ob er sauer war, weil ich das Gespräch auf dieses Thema gebracht hatte oder weil ich so beeindruckt klang, oder aber ob er staunte, dass ich mit ihm angab. Schnell widmete ich mich wieder meinem Kaffee.

„Warum willst du überhaupt wieder zurück, Mia? Kannst du nicht vielleicht eine Vollzeitstelle bei der Zeitschrift bekommen?"

Ich zuckte mit den Schultern. „Vielleicht."

Cassie grinste. „Wartet dort drüben etwa ein Mann auf dich?"

Ich lachte. „Kein Mann. Aber ein Job."

„Kein Mann? Wirklich nicht?", hakte sie nach und beäugte mich genau. Dann grinste sie breit, als wäre ihr gerade ein Licht aufgegangen.

„Du könntest mal mit meinem Sohn ausgehen", schlug sie vor.

Aus purer Gewohnheit sah ich zu Jensen. Sein Kiefer bewegte sich so, dass ich sofort wusste, ihm gefiel dieser Vorschlag gar nicht. Bei Cassies erwartungsvollem Blick konnte ich mir ein Lachen jedoch nicht verkneifen.

„Das meine ich ernst. Er ist ein toller Junge, er arbeitet nur zu viel. Ich glaube, ihr würdet gut zusammenpassen."

Wieder musste ich lachen, weil ich nicht wusste, was ich sonst hätte tun sollen, aber sie kannte mich nicht so gut, dass sie diesen Wink verstand. Plötzlich sah sie von mir zu Jensen und wieder zurück zu mir.

„Es sei denn, ihr zwei seid … ach du liebes bisschen, tut mir leid“, sagte sie verlegen.

Ich blickte zu Jensen, dann zu Cassie, und als bei mir der Groschen fiel, schüttelte ich den Kopf. „Oh nein! Wir sind nicht zusammen!“ Ich machte eine Pause und lachte wieder. „Es ist nur … ich suche gar keinen Mann oder so.“

„Oh. Na ja, du musst ja nicht gleich ein Date mit ihm haben. Er könnte auch einfach mal so mit dir ausgehen, solange du hier bist. Er ist 31, Finanzberater und lebt in der Stadt. Du sagtest doch, dass du auch dort wohnst, oder?“

Ich nickte. „In Chelsea.“

Sie klatschte einmal in die Hände. „Ich hole mal ein Foto von ihm und schaue nach, ob Logan mit der Telefonkonferenz fertig ist.“

Als sie ging, sah sie euphorisch aus, und mir fehlten die Worte. Nach einer Weile schüttelte ich den Kopf. „Armer Kerl. Wer weiß, wie oft sie schon versucht hat, ihn zu verkuppeln.“

„Passiert dir das öfter?“, fragte Jensen.

Mich überraschte der schneidende Unterton in seiner Stimme. „Was denn?“

„Dass die Leute dich mit ihren Söhnen verkuppeln wollen.“

Stirnrunzelnd betrachtete ich seine ernste Miene. Noch immer presste er die Kiefer aufeinander, und so, wie sich sein Unterarm anspannte, als er die Tasse in der Hand hielt, wusste ich, dass er innerlich kochte, es sich aber nicht anmerken lassen wollte.

„Hin und wieder“, sagte ich lapidar.

Er schüttelte den Kopf, blickte weg und brachte seine Tasse zur Spüle. Meine hielt ich in der Hand, sah mir den Kaffeerest an und fragte mich, warum, zum Teufel, Logan so lange brauchte. Ich wollte dieses Shooting endlich hinter mich bringen. In meinem Nacken spürte ich Jensens Atem und fuhr herum.

„Was tust du da?“, wollte ich wissen, meine Stimme kaum mehr als ein Flüstern. Ich umklammerte meine Tasse fester, um mir meine Unsicherheit nicht anmerken zu lassen.

Er beugte sich vor, streichelte sanft meine Schulter und ergriff meine Hand.

„Ich nehme dir deine Tasse ab“, hauchte er leise in mein Ohr.

Ich schluckte. „Vielleicht bin ich ja noch gar nicht fertig.“

„Vielleicht wirst du nie fertig“, sagte er direkt an meinem Ohrläppchen, sodass ich seine Lippen spürte.

Ich schloss die Augen und versuchte weiterzuatmen. Erneut schluckte ich.

„Was tust du da, Jensen?“, flüsterte ich.

„Was soll ich denn tun, Mia?“, flüsterte er zurück.

„Gar nichts.“

„Dann tue ich auch nichts“, sagte er genauso leise.

Ich ließ die Tasse los und löste meine Hand aus seiner. Er nahm die Tasse und richtete sich wieder auf, bis ich seine Wärme nicht mehr an meinem Rücken, seine Brust nicht mehr an meinem Nacken spürte und wieder frei atmen konnte.

Cassie kam zurück, ihr Handy in der Hand, und zeigte mir Fotos von ihrem Sohn Carson. Er sah nett aus, und ich konnte ihn mir gut im Finanzsektor vorstellen, aber ich war nicht mehr so sehr daran interessiert, mit ihm auszugehen.

„Ruf einfach an“, meinte Cassie und reichte mir seine Karte. „Ich werde ihm von dir erzählen, aber ich weiß jetzt schon, dass er sehr gern mit dir ausgehen wird. Du bist genau sein Typ.“

Ich sah mir seine Karte an, auf der lediglich seine Position in der Firma angegeben war. Wie langweilig, wie … Ich sah zu Jensen, der mich die ganze Zeit beobachtet hatte.

Solange wir dort waren, redete er nicht mehr mit mir. Irgendwann kam Logan endlich, Jensen stellte seine Fragen, und ich fotografierte. Als wir loswollten, wurde ich noch einmal auf Carson hingewiesen.

„Er ist nicht dein Typ“, sagte Jensen, während wir nach unten gingen.

Ich sah ihn an. „Woher willst du das wissen?“

„Ich kenne deinen Typ.“

„Und du meinst, du wärst es.“

„Ich weiß es.“

Auf dem Treppenabsatz verdrehte ich die Augen. „Weil wir mal zusammen waren?“

„Nein, weil jede Frau auf mich steht.“ Er grinste.

Ich schlug gegen seinen Arm. „Wie bescheiden du doch bist. Vergiss nicht, dass wir nur Freunde sind.“

Er lachte und hielt mir die Tür auf.

Draußen machte ich sofort meine Jacke zu und bibberte. Schneeflocken fielen herab. Ich hatte noch nie Schneeflocken gesehen. Am Wochenende hatte es nachts geschneit, aber als ich aufgestanden war, waren die Straßen bereits weiß gewesen. Die weißen Flöckchen brachten mich zum Lächeln. Ich legte den Kopf in den Nacken und streckte die Hand aus, um welche zu fangen.

Die Kälte konnte ich zwar nicht leiden, aber die Schneeflocken hatten schon etwas Zauberhaftes, das musste ich zugeben. Ich schloss die Augen und lächelte. Dann seufzte ich und sah Jensen an. Der grinste, wie er es früher so oft getan hatte, wenn er glaubte, ich würde nicht merken, dass er mich beobachtete.

„Machst du das jedes Mal?“, fragte er so zärtlich, dass es mich überraschte.

Ich schüttelte den Kopf.

„Das ist mein erstes Mal.“

Jensen klemmte sich das Notizbuch unter den Arm und kam ein paar Schritte auf mich zu, bis er direkt vor mir stand. Ich musste den Hals recken, um ihm ins Gesicht sehen zu können.

Ein paar Herzschläge lang blickten wir uns einfach nur an. Meine Lippen konnte ich zwar nicht spüren, aber ich war mir sicher, dass er mich sehr bald küssen würde. Mein Herz klopfte. Und klopfte. Und ich wartete. Seine Hand kam näher und hielt meinen Schal fest.

„Lass uns was essen gehen, *Nur-Freundin*", sagte er und betonte jedes einzelne Wort.

„Na dann", erwiderte ich lächelnd.

Nur was essen. Nur Freunde. Das würde ich schaffen.

Wir gingen ein paar Straßen und kamen an einigen Menschen vorbei, die Luftballons steigen ließen. Ich blieb stehen und machte einige Fotos.

„Das sieht man hier jedes Wochenende. In die Luftballons tut man Dinge, die man loslassen will."

„So wie bei Himmelslaternen?"

Jensen nickte und klopfte auf seine Hosentasche.

Er zog eine E-Zigarette heraus, schaltete sie an und inhalierte.

„Ach, ich dachte, du hättest damit aufgehört."

„Habe ich auch. Hiermit rauche ich nur selten. Nur im Notfall."

„Zum Beispiel?"

„Wenn mir zum Beispiel alles über den Kopf wächst. Und wenn es kalt ist."

Ich blickte wieder zu den Leuten. Besonders ein Junge fiel mir ins Auge. Ich schätzte ihn auf etwa 15 Jahre, und er sah so aus, als könnte er eine Umarmung gebrauchen. Ich ging näher an ihn heran und machte ein Foto, dann noch eins und legte danach die Kamera weg. Ich beobachtete ihn weiterhin aus der Entfernung und wünschte mir, ich hätte den Mumm, ihn einfach in den Arm zu nehmen.

„Kaputte Leute haben es dir einfach angetan", sagte Jensen, eine Hand in der Tasche seiner Lederjacke, in der anderen die E-Zigarette.

„Du musst es ja wissen."

Er schaute mich nicht an, aber ich sah, wie seine Mundwinkel verräterisch zuckten.

„Irgendwann will ich das auch mal machen", meinte ich und blickte ein letztes Mal den davonfliegenden Ballons nach, bevor wir weitergingen.

„Meinst du nicht, du hast schon genügend Dinge losgelassen?", fragte er.

Ich musste laut lachen. Wie bizarr war das denn, dass wir so neutral über dieses Thema sprachen, als hätte es unser beider Leben nicht komplett verändert?

„Es gibt immer wieder etwas zum Loslassen", antwortete ich.

„Und es gibt immer etwas zum Festhalten."

Dann herrschte angenehme Stille, bis wir bei dem kleinen Restaurant ankamen. Als wir an einem Tischchen in der Nähe der Küche Platz genommen hatten, schlug er das Notizbuch auf und schrieb etwas hinein.

„Machst du das immer, wenn du ein Date hast?", wollte ich wissen. Sein Kopf schnellte nach oben, und ich fügte hinzu: „Was nicht heißt, dass das hier ein Date ist. Ich meinte, schreibst du bei deinen Dates immer irgendwas in dein Notizbuch?"

Er lachte. „Eigentlich nicht."

„Was schreibst du denn?"

„Mir kam gerade ein Gedanke, und den musste ich festhalten."

„Welcher Gedanke?"

Er lächelte. „Warum bist du denn so neugierig?"

Ich betrachtete sein Gesicht, seine Lippen, das Kinn, Kiefer, Wangenknochen, seine übermütig funkelnden Augen. „Schon gut. Entschuldige, dass ich gefragt habe, Kumpel", sagte ich und betonte das letzte Wort.

Jensen lachte. „Ich sehe schon, ich komme um eine Antwort nicht herum."

Ich zuckte mit den Schultern und nahm mir die Karte, während der Kellner uns Wasser eingoss. Mit dem Glas in der Hand las ich weiter in der Karte.

„Ich arbeite gerade an einer Geschichte, die vielleicht nie veröffentlicht wird."

„Warum nicht?"

„Weil sie nicht zu mir passt, und Verleger mögen keine Neuerungen, wenn sie etwas kriegen können, das sich ganz sicher verkauft."

„Hm. Worum geht es denn?"

„Eine Liebesgeschichte. So was in der Art", sagte er und lachte, als er mein entsetztes Gesicht sah.

„Eigentlich waren ja Gedichte immer deine Stärke, also ..." Ich zuckte mit den Achseln.

„Gedichte habe ich schon seit ..." Er zögerte, sah kurz weg, dann wieder zu mir. Sein Blick war unruhig, als er mich betrachtete. „... Jahren nicht mehr geschrieben."

Seit wie vielen Jahren? wollte ich fragen, ließ es aber. Das hätte er wohl gern. Mistkerl. Ich sah weg.

„Eine Liebesgeschichte passt nicht zu dir", stellte ich schließlich fest.

Er grinste. „Du bist ja schlimmer als mein Agent."

„Was hat er denn dazu gesagt?"

„Sie", korrigierte er mich, „sagte, das sei eine Schnapsidee."

„Und du hast trotzdem weitergeschrieben."

„Allerdings", sagte er schelmisch grinsend.

„Worum geht es denn in deiner Liebesgeschichte? Kommen sie am Ende zusammen?"

„Vielleicht." Er zuckte mit den Schultern. „Vielleicht auch nicht. Das wird sich noch rausstellen."

„In der Geschichte? Oder in deinem Kopf?"

„Gibt es da einen Unterschied?"

„Du bist der Autor. Sag du es mir."

„Also, streng genommen befindet sich die Geschichte in meinem Kopf, also ist die Zeit irrelevant. Außer wenn ich sterbe, bevor die Geschichte fertig ist."

„Was wäre dann?"

„Dann würde sie nie veröffentlicht werden."

Ich lächelte. „Es sei denn, jemand findet deine Aufzeichnungen und beschließt, sie trotzdem zu veröffentlichen."

„In diesem Fall braucht es einen verdammt guten Ghostwriter, der die Geschichte zu Ende schreibt", erklärte er, und seine Augen funkelten bei dieser Vorstellung. Ich lächelte, weil er einfach umwerfend aussah, wenn sein Gesicht so düster war. „Was ist daran so lustig?"

„Ach, nichts. Hoffentlich stirbst du noch nicht, sondern beendest die Geschichte, damit ich sie lesen kann."

Einen langen Moment sagte er nichts. „Ich kann sie dir vorlesen."

„Oh … nein, danke. Auf gar keinen Fall."

In dem Moment, als sich Schweigen zwischen uns ausbreitete, kam das Essen. Nachdem der Kellner wieder gegangen war, unterhielten wir uns über Freunde, unsere Heimat, New York – kurz: alles, was unverfänglich war. Vor ein paar Jahren hätte ich geschworen, dass diese Situation ja wohl vollkommen absurd war, aber hier und jetzt fühlte es sich gut an. Mir wurde klar, dass wir in unserem Leben zwar vielen Menschen begegneten, aber dass es nur eine Handvoll besondere Menschen gab, mit denen wir nicht ständig in Kontakt sein mussten, aber wenn wir sie sahen, fühlte es sich an, als wären sie nie weg gewesen. Diejenigen, die uns in dieser verrückten, grausamen Welt das Gefühl gaben, ganz normal zu sein und verstanden zu werden. Für mich war wohl Jensen so jemand. In dem Moment begriff ich, dass er das immer gewesen war, was auch immer wir durchgemacht hatten oder wie sehr ich es mir anders gewünscht hatte. Vielleicht würden wir dieses Freundschaftsding wirklich hinbekommen.

„Hast du Samstagabend schon was vor?“, riss er mich aus meinen Gedanken.

„Wieso?“

„Ich würde gern was mit dir machen.“

So wie er mich ansah, würde das mit der Freundschaft doch nicht so leicht sein. Er schaffte es, dass ich Ja sagen wollte. Alles an ihm brachte mich dazu, Ja sagen zu wollen. Seufzend nahm ich einen Schluck Wein.

„Ich hab viel zu tun. Ich springe für Millie ein und muss bei irgendeiner Veranstaltung fotografieren.“

„Was für eine Veranstaltung?“

„Eine Gala oder so? Ich weiß es gar nicht genau. Muss die E-Mail noch mal lesen. Auf jeden Fall in der Bibliothek.“

„Ehrlich?“, fragte Jensen skeptisch. „Diesen Samstag?“

„Ja.“

Er gab noch einen Laut von sich, den ich nicht deuten konnte, bevor er sich wieder seinem Steak widmete. Während des Essens ließ ich sein Notizbuch nicht aus den Augen, was ihm auffiel, denn irgendwann lachte er und schüttelte den Kopf.

„Wie heißen denn die Hauptfiguren?“, fragte ich, als ich es nicht mehr aushielt.

„Mia und Jensen.“

Ich war schockiert, und mir fehlten die Worte. Dann fiel mir auf, dass seine Schultern bebten, weil er ein Lachen unterdrückte. Ich schüttelte den Kopf und hielt mir die Hand vor den Mund, um mein eigenes Lächeln zu verbergen.

„Arschloch.“

„Und wenn das mein Ernst ist?“ Er lächelte sein blödes, schiefes Grinsen, das mich nervte.

„Dann schuldest du mir als Erstes eine Entschädigung, weil du meinen Namen benutzt. Und als Nächstes erspare ich dir, dass du dir den Kopf über die Handlung zerbrichst, indem ich dir erzähle, wie die Geschichte endet."

Sein Lächeln gefror. Langsam schob er den Teller weg und beugte sich über den Tisch, die Ellbogen aufgestützt. Er lehnte sich nur kurz zurück, damit der Kellner abräumen konnte, bevor er noch näher zu mir kam.

„So erleuchte mich, Allwissende. Wie endet diese Geschichte?"

Unter dem Tisch berührten sich unsere Beine, ich versteifte mich und sog scharf die Luft ein. Ich schluckte und versuchte, meine Fassung zurückzuerlangen.

„Gut. Ich erzähle dir, wie die Geschichte meiner Meinung nach ausgeht, wenn du mir erzählst, wie sie deiner Meinung nach endet."

Sein Blick ruhte auf mir, wurde nachdenklich, bis Jensen schließlich zustimmend nickte.

„Ich denke, es endet mit Herzschmerz."

„Bei wem?"

„Bei ihr." Ich stockte, als er mich ansah, dann verbesserte ich mich. „Bei beiden."

„Welche Art Herzschmerz? Stirbt einer von beiden? Geht einer?"

„Einer geht."

„Den Teil habe ich bereits geschrieben. Ich bin gerade an der Stelle, wo einer zurückkommt und sie sich wiedersehen." Darauf konnte ich nichts sagen, das wusste er, also fuhr er fort: „Er ist gegangen, hat eine andere geheiratet, hat sich scheiden lassen und versucht, wieder zu der ersten Frau zurückzukehren …"

„Aber sie wollte ihn nicht zurück", warf ich ein.

„Genau." Er zögerte. „Zumindest nicht sofort."

„Und als sie ihn doch wollte, musste sie fort, weil sie hinter den sieben Bergen bei den sieben Zwergen wohnt."

Jensen lachte. „Mia, das ist kein Märchen. Es gibt keine sieben Berge und keine sieben Zwerge."

Ich nickte. „Gut. Dann wohnt sie eben nur … sieben Staaten weit weg."

„Und er kämpft um sie."

„Aber das ändert nichts. Sie geht trotzdem."

Traurig lächelte er mich an und trommelte mit den Fingern auf dem Notizbuch herum. Ich sah auf seine Hand, auf den Totenkopf auf seinem Finger, die Worte dazwischen: Lass … den … Schmerz … los. Langsam ließ ich den Blick zu seiner anderen Hand wandern, die auf dem Tisch neben meiner lag, und las den Rest: Schreib … ihn … auf.

„Und wie endet die Geschichte bei dir?", fragte ich. Einen langen Moment sahen wir uns schweigend in die Augen.

Schließlich öffneten sich seine Lippen zu einem trägen, breiten Lächeln, das mich zum Schmelzen gebracht hätte, wäre es nicht um uns gegangen. Mit diesem Lächeln hatte er mich geködert, ich biss an, beugte mich nach vorn und wartete auf seine Antwort. Als er mich hatte, wo er mich haben wollte, lehnte er sich noch weiter vor, bis sein Mund direkt neben meinem Ohr war. Dann flüsterte er: „Wahre Liebesgeschichten enden nie."

13. Kapitel

Wahre Liebesgeschichten enden nie.

Diese Worte waren eine weitere Zutat in dem Eintopf, der in mir vor sich hin köchelte. Ich würde es aber nicht an mich heranlassen. Das durfte ich nicht zulassen. Auch nicht, dass er mir sagte, wer mein Typ sei und wer nicht. Keine Spielchen mit mir. Er konnte mir keine Gehirnwäsche verpassen, damit ich glaubte, nur er wäre mein Typ. Zum Teufel mit ihm. Ich stand auf gar keinen besonderen Typ Mann. Nachdem wir uns getrennt hatten, war ich mit zig verschiedenen Männern ausgegangen, die ganz unterschiedliche Jobs hatten. Wie man sieht, war ich dabei nicht so erfolgreich gewesen. Sofern erfolgreich bedeutet, dass man ein Für-Immer erreicht. Als ob ich ein Für-Immer brauchte. Diese Gedanken gingen mir durch den Kopf und führten dazu, dass ich Carson anrief. Aber nur, weil Millie gesagt hatte, ich müsse am Samstag eine Begleitung mitnehmen, und mir niemand einfiel. Und außerdem bringe ich mich ja gern in komische Situationen, also rief ich ihn an und fragte ihn. Er sagte zu und wollte mich um Punkt sieben abholen.

Jetzt musste nur noch eine Sache erledigt werden: shoppen. Auf dem Weg telefonierte ich mit Estelle und brachte sie auf den neuesten Stand, während sie sich kaputtlachte, dass ich Carson angerufen und gefragt hatte, ob er mich zur Gala begleiten würde.

„Ich kann einfach nicht glauben, dass du einen Fremden angerufen hast, damit er dich begleitet."

„Na ja, er hat zugesagt", antwortete ich lachend. „Und er sieht gut aus."

„Sagst du."

„Das ist mein Ernst! Du kannst ihn dir ja mal bei LinkedIn ansehen."

Wieder lachte sie, diesmal so hysterisch, dass sie keuchte. „Du gehst mit jemandem aus, der auf LinkedIn ist?"

„Das sagt die Richtige. Du bist mit einem verheiratet!" Ich stockte. „Ach, Elle, die Zeiten, in denen wir cool waren, sind vorbei."

Am anderen Ende der Leitung blieb es still, bis meine Freundin schließlich sagte: „Meinst du?"

„Ja. Wahrscheinlich waren sie in dem Moment vorbei, als du dich entschieden hast, einen verdammten Arzt zu heiraten."

„Einen heißen Arzt, denn er ist ja Surfer ... und er trug einen Pferdeschwanz."

Ich lachte. „Gut, vielleicht ist er die Ausnahme."

Das war eins der Dinge, die ich mir für meine Ausstellung vorgenommen hatte, sollte sie jemals zustande kommen: Ich wollte zeigen, dass wir alle gleich sind, egal, welchen Stempel wir einander aufdrücken. Niemand drückt sich selbst einen Stempel auf, es sei denn, er will anderen zuvorkommen. Ungefähr das sagte ich ihr, und sie bestätigte mir, dass das eine tolle Idee sei. Wir diskutierten, in welchem Laden ich nach einem Kleid suchen sollte, und es lief auf Neiman Marcus hinaus. Zehn Kleider probierte ich an und schickte Estelle zu jedem ein Foto – mit den passenden Schuhen. Am Ende verließ ich das Geschäft mit einem Kleid im Mermaid-Stil, das teurer war als mein Auto. Aber ich fühlte mich schön darin, und das allein rechtfertigte den Preis.

„Meinst du, es ist übertrieben?", fragte ich Millie abends via Skype.

Sie begutachtete es und schüttelte den Kopf. „Nein. Es ist perfekt. Ich trage normalerweise ein schwarzes Abendkleid. Letztes Jahr hatte ich ein gelbes, rückenfreies. Für diese Veranstaltung werfen sich alle mächtig in Schale, was ziemlich witzig ist, wenn man sich überlegt, wie viele kommen. Manche Männer tragen aber auch Turnschuhe."

Ich starrte sie an. „Turnschuhe? Ich habe mir gerade ein Kleid mit einem Kristallmieder gekauft, und andere tragen Turnschuhe?" Sprachlos schaute ich auf das Kleid. „Vielleicht sollte ich es umtauschen."

Millie lachte. „Untersteh dich! Du vertrittst immerhin mich. Und glaub mir, ich putze mich auch raus. Ich fasse es nicht, dass du diesen Carson mitnimmst."

„Gestern Abend habe ich mich kurz mit ihm unterhalten. Er ist wirklich nett. Und außerdem, wen hätte ich denn sonst fragen sollen?"

Sie riss die Augen auf. „Wie wäre es mit Jensen?"

„Jensen? Was, zum Teufel, geben sie dir denn in Indien?"

„Gestern Abend gab es Lammcurry", sagte sie und rieb sich den Bauch.

Dabei knurrte meiner.

„Ich hasse dich. So richtig", gab ich schmollend zurück. „Jetzt muss ich mir einen guten Inder suchen."

„Vielleicht geht Carson ja mit dir indisch essen", schlug Millie amüsiert vor.

„Du bist doof. Ich kann's gar nicht abwarten, bis du wieder hier bist, damit ich dir eine knallen kann."

Sie streckte die Zunge raus. „Viel Spaß. Und nicht vergessen, die Leute mit ihren Auszeichnungen und Cocktails zu fotografieren. Die von der Zeitschrift stehen auf Cocktailfotos. Wenn es dir gelingt, dass ein paar Fotos für sich sprechen, hast du's geschafft." Sie drehte sich von der Kamera weg, um jemandem zuzuhören – vermutlich Seth –, und sah dann wieder zu mir. „Okay, ich muss los. Hab dich lieb! Auf mich wartet noch mehr leckeres Essen."

„Hab dich auch lieb. Hoffentlich nimmst du fünf Kilo zu!"

Wir kicherten noch mal, bevor wir das Gespräch beendeten, und ich suchte auf Google nach Restaurants in der Nähe. Als ich auf mein Handy sah, zeigte es eine Nachricht von Jensen an: *Was machst du gerade?* Einen Moment lang starrte ich auf das Display und wartete darauf, dass seine Worte verschwanden.

Wahre Liebesgeschichten enden nie. Unvermittelt kamen mir diese Worte in den Sinn. Scheiß auf die wahre Liebe. Wahre Liebe tut nicht so verdammt weh. Hieß *wahre Liebe* nicht, gemeinsam durch dick und dünn zu gehen? Als mir die Nachricht nach einer Stunde immer noch im Hinterkopf herumspukte, nahm ich mein Handy und antwortete: Sherlock *gucken*. Weil ich das auch tat. Ich rechnete nicht mit einer Antwort, aber als sie kam, musste ich lächeln.

Stehst du auf Moriarty? Könnte ich mir gut vorstellen.

Dass diese Worte Schmetterlinge in meinem Bauch tanzen ließen, zeigte nur, wie kindisch ich war, aber ich strahlte wie ein Honigkuchenpferd, weil er die Serie kannte. Also, *wirklich* kannte. Dann sagte ich mir, dass ich mir hier mit Jensen schrieb, nicht mit Carson, und Jensen sollte gar keine Schmetterlinge in meinem Bauch flattern lassen. Ich durfte nicht vergessen, dass ich sauer auf ihn war. Aber nur noch eine Nachricht. Eine einzige.

Stimmt. Total.

Ich legte das Handy weg, ging duschen und hoffte, dass ich dann wieder sauer sein würde. Klappte aber nicht. Noch nicht einmal, als ich an unsere Trennung dachte. Nicht einmal, als ich mir ins Gedächtnis rief, dass er die letzten Jahre mit einer anderen Frau zusammen gewesen war. Auch nicht, als ich mir wieder und wieder sagte, dass er eine Tochter hatte, die nicht von mir war. Sauer war ich trotzdem nicht. Zumindest nicht heute. Erst als ich mich angezogen hatte und im Bett lag, schaute ich auf mein Handy und las seine Nachricht.

Ich kenne dich eben.

Dieser Satz wirkte wie ein Elektroschocker auf meine Gefühle und bescherte mir einen klaren Kopf. Er kannte mich überhaupt nicht. Nicht *mehr*. Beim Einschlafen fragte ich mich dennoch, ob wir einander so viel preisgegeben hatten, dass wir uns selbst verloren hatten, als er gegangen war. Aber warum bescherte mir das überhaupt schlaflose Nächte? Warum bescherte *er* mir schlaflose Nächte?

14. Kapitel

Der Pförtner meldete mir Carsons Ankunft, und ich sagte ihm, ich käme nach unten. Besuch in der Wohnung am Waschtag hätte mir gerade noch gefehlt. Ich schnappte mir die Kameratasche und steckte mein extra Make-up ein. Im Gehen warf ich noch einen Blick in den großen Spiegel und lächelte mir zu. Ich sah scharf aus. Mein dunkelblondes Haar reichte in Wellen bis zu den Schultern, das Make-up war dezent, goldener Lidschatten, ein Hauch Bronze auf den Wangen. Meine Lippen stachen hervor, ich hatte ein helles Rosa gewählt, das zum Unterteil meines Kleides passte. Ich trug keine Kette, denn mein Kleid war im Nacken zu binden, das Vorderteil ein perlenbesetztes Mieder. Dazu passende Ohrringe. Ich drehte mich, um einen Blick auf die Rückenansicht zu erhaschen, die übrigens ausschlaggebend für den Kauf gewesen war. Das Kleid war komplett rückenfrei, abgesehen von dem Band mit dem Verschluss, das quer über den unteren Rücken verlief.

Ich atmete noch einmal durch, bevor ich aus der Wohnung ging und mit dem Fahrstuhl nach unten zu Carson fuhr. Sobald ich aus dem Haus trat, erblickte ich seinen blonden Hinterkopf. Er trug einen Smoking, und als er sich zu mir umdrehte, sahen wir uns einen langen Moment taxierend an, musterten uns gegenseitig. Er war groß, sehr groß. Und schlank. Er hatte die Hände in die Hosentaschen gesteckt und kam zu mir. Seine Bewegung erinnerte mich an seine Mutter – fließend und anmutig. Er reichte mir die Hand.

„Schön, dich persönlich kennenzulernen“, begrüßte er mich und führte meine Hand an seinen Mund.

Selbst mit meinen hohen Absätzen war ich lediglich auf Höhe seiner Schultern. Mit seinen strahlend blauen Augen und dem Schmollmund erinnerte er mich an die Precious-Moments-Figuren. Er sah wie ein Mann aus, der ein leichtes Leben hatte – ohne die rauen Ecken und Kanten von Jensen. Oder dessen schmerzerfüllte Augen, bei denen man sich fragte, was ihm widerfahren war und wie man es wiedergutmachen konnte.

Carson ließ meine Hand los und bot mir seinen Arm an. Ich hakte mich unter.

„Ich habe ein UBER bestellt", sagte er und lächelte zu mir herab. „Dachte, dass du in den Schuhen bestimmt nicht den ganzen Weg laufen willst."

Ich versteifte mich, lächelte aber weiter. „Wie schön."

Wenn wir an einen Serienmörder geraten, würde der bestimmt zuerst Carson umbringen, und ich hätte vielleicht Zeit zu fliehen. Draußen legte ich mir mein Tuch um die Schultern und zitterte.

„Meine Mom hat gesagt, du kommst aus Santa Barbara. Hast du dich an das Wetter hier gewöhnt?"

„Kein bisschen", antwortete ich. „Kann man sich daran etwa gewöhnen? Kaum vorstellbar."

Er lachte und sah dabei auf sein Handy. „Okay, er sollte …", er blickte auf und suchte die Straße ab, „genau jetzt da sein."

Ich ging ihm ein paar Schritte hinterher, bis wir zu einer schwarzen Limousine kamen. Carson hielt mir die Tür auf und half mir mit dem Kleid, damit ich beim Einsteigen nicht auf den Saum trat.

„Beim Kauf hätte ich besser ans Einsteigen und Hinsetzen denken sollen", sagte ich, als wir beide im Auto saßen und ein Teil meines Kleides auf Carsons langen Beinen lag.

Er lachte. „Wenn du mich fragst, steht dir das Kleid perfekt."

Ich lächelte.

„Erzähl doch mal von den Aufnahmen, die du machst", bat er mich, während er sein vibrierendes Handy aus der Tasche holte.

Ich sah zu ihm, zu seinem Handy, und antwortete dann doch, obwohl er tippte.

„Also, heute Abend springe ich für eine Freundin ein. Ich bin vorübergehend in New York und fotografiere für eine Zeitschrift … *Time*", fügte ich hinzu. Sofort schaute er auf und warf mir einen anerkennenden Blick zu, bevor er weitertippte. „Irgendwann sollen meine Fotos mal in Museen hängen. Das wäre mein Traum."

„Ein ganz schön großer Traum", sagte er, ohne von seinem Handy aufzusehen. „Was für Fotos denn?"

Ich sah aus dem Fenster und fragte mich, ob er stutzig werden würde, wenn ich ihm erzählte, dass ich Geparden und Hyänen beim Sex fotografiere. Aber ich seufzte nur. „Menschen halt. Obdachlose, Geschäftsleute, Alltagskram."

Er verzog das Gesicht, bevor er wieder zu mir sah. „Wer will denn Fotos von Obdachlosen sehen?"

„Ich weiß nicht, ob die jemand sehen WILL, aber ich bin der Meinung, dass sie gesehen werden MÜSSEN."

Er hob eine Augenbraue, zuckte mit den Achseln und widmete sich wieder seinem Handy. „Verstehe ich nicht."

Natürlich verstand er das nicht. Er lebte ja nur in seiner Handywelt und gehörte genau zur Zielgruppe für diese verdammte Ausstellung.

Ich schluckte meine Erwiderung runter, denn wenn ich sie laut geäußert hätte, hätte ich heute kein Date mehr. Bei der New York Public Library angekommen, half Carson mir aus dem Auto, und wir gingen Arm in Arm hinein. Sein Handy blieb lange genug in der Tasche, dass er uns Champagner holen konnte, während ich die Augen nach Beatrice offen hielt, der Frau, die Millie mir aufgetragen hatte zu suchen. Ich fand sie schnell, denn sie sagte den Kellnern, was sie zu tun hatten. Sie war eine große, dunkle, vollbusige Frau mit pechschwarzen Haaren und einem breiten, freundlichen Lächeln.

„Hi! Oh wie gut dir dieses Kleid steht", sagte sie, während sie mich beäugte.

Ich lachte auf, weil sie mich noch nie gesehen hatte, also konnte sie gar nicht wissen, was mir stand und was nicht, aber ich ging darauf ein.

„Du siehst auch bezaubernd aus", erklärte ich.

„Oh, ich weiß, Schätzchen. Für das Geld, das ich für die Aufmachung ausgegeben habe, sollte ich auch umwerfend aussehen."

Wir lachten, und sie gab mir eine Broschüre. „Darum geht es. Du hast bestimmt bei Google gesucht und nichts gefunden. Wir bleiben gern unter uns."

Ich sah auf die Broschüre der „Literaturpreisverleihung" und lächelte. Dann blätterte ich sie mit einer Hand durch und lächelte noch breiter.

„Oh mein Gott. Sind all diese Leute hier?"

Beatrice lachte. „Ich könnte auch ausflippen. Und dabei organisiere ich diese Veranstaltung seit zehn Jahren."

Mit großen Augen sah ich sie an. Mein Herz schlug schnell und laut. Ich konnte es nicht fassen, dass ich in der Nähe einiger meiner Lieblingsautoren sein würde. Ich würde den Leuten, in deren Worten ich wieder und wieder versinken konnte, persönlich begegnen!

„Ich gebe alles, um tolle Fotos zu machen, aber wenn ich Neil Gaiman sehe, kann ich für nichts mehr garantieren."

Beatrice warf mir einen Blick zu, der zwischen Belustigung und Skepsis schwankte. „Sorg einfach dafür, dass du die Fotos im Kasten hast, bevor du irgendwas Verrücktes tust."

Ich lachte. „Selbstverständlich. Ich habe viel zu viel Angst vor Millie, um hier wirklich wie ein Groupie auszuflippen."

Sie schüttelte den Kopf und lachte erneut. Wir unterhielten uns ein paar Minuten über meinen Job als Fotografin und ihren als Eventplanerin. In diesem Gespräch erwähnte sie Museen, und ich erzählte ihr, was ich irgendwann mal mit meinen Fotos vorhatte, was ihr Interesse weckte. Als die ersten Leute hereinkamen, verabschiedete sie sich schnell und versprach, später noch einmal nach mir zu schauen. Ich ging zu Carson, der weiterhin mit seinem Handy beschäftigt war, und stand einige Zeit einfach nur neben ihm.

„Der Champagner ist gut", stellte er fest und steckte das Handy in die Innentasche seiner Jacke.

„Stimmt." Ich sah auf die Broschüre. „Hast du auch so eine bekommen?"

Er nickte. „Beeindruckende Gästeliste."

Skeptisch trat ich einen Schritt zurück. „Hast du von jemandem davon etwas gelesen?"

Er grinste. Dabei sah er aus wie Edward Nygma, bevor er der Riddler wurde. Ich war mir nicht sicher, ob ich das gruselig oder niedlich finden sollte. Also entschied ich mich für Letzteres.

„Natürlich. Junot Díaz gehört zu meinen Lieblingsautoren."

Darüber musste ich lächeln, und mein Herz schlug etwas schneller. Junot gehörte auch zu Jensens Lieblingsautoren. Bei einem Date redete ich nicht über Exfreunde, also nickte ich nur und sagte, dass ich den auch gut fand. Die Haupttüren wurden für den Cocktailempfang geöffnet, und wir gingen hinein wie die meisten anderen, die auch nur darauf gewartet hatten. Dort drin kam mir die Veranstaltung plötzlich doppelt so groß vor, denn aus allen Ecken strömten Menschen herein.

„Jetzt wäre es wohl mal an der Zeit, mit meiner Arbeit zu beginnen", sagte ich, nahm noch einen Schluck Champagner und stellte das Glas einem vorbeigehenden Kellner aufs Tablett.

„Ich amüsier mich mal – essen, trinken, mich unter tolle Schriftsteller mischen. Du weißt schon, all das, was du nicht machen kannst."

„Haha." Ich grinste. „Glaub mir, ich komme wieder."

Ich ging und fotografierte alle möglichen Leute. Bei jedem einzelnen Foto lächelte ich. Es war schön, wieder Menschen zu fotografieren, die Spaß hatten. Ihr Lachen spürte ich förmlich auf dem Kameradisplay. Ansteckend war es. Ich knipste und knipste und hörte nur kurz auf, um auf ihre Frage zu antworten, wie sie aussahen. Wir scherzten darüber und stellten fest, dass es Photoshop nicht ohne Grund gab. Als ich mich gerade mit einer Lektorin unterhielt, stach mir ein paar Tische weiter ein vertrautes Gesicht ins Auge. Hätte ich nicht sowieso schon ein wenig damit gerechnet, ihn hier zu sehen, da es ja schließlich um Schriftsteller ging, wäre ich wohl über meine eigenen Füße gestolpert.

Mein Herz rutschte mir natürlich mit solcher Wucht in die Hose, dass ich nach Luft schnappen musste. Ich schluckte, krallte mich an meiner Kamera fest und ging weiter. Ich musste auch an diesem Tisch fotografieren, einfach wegen der Leute dort. Also atmete ich tief durch, in der Hoffnung, so meine Nervosität in den Griff zu bekommen. Als ich näher kam, hielt ich mir die Kamera vors Gesicht und drückte ab. Sie lachten, ich knipste. Jensen gestikulierte lebhaft, während er eine Geschichte erzählte. *Klick.* Er legte eine Hand auf die Schulter der Frau neben ihm. *Klick. Klick. Klick.* Schließlich prostete mir einer der Männer mit seinem Glas zu, und alle Köpfe drehten sich zu mir. *Klick.* Jensens Unterkiefer klappte nach unten, als er mich entdeckte. *Klick.* Sein intensiver Blick. *Klick.* Erneut musste ich schlucken, meine Hände zitterten, denn wenn er mich so ansah, als wäre ich das helle Licht im pechschwarzen Raum, konnte ich nicht anders, als zu reagieren. Mein Herz pochte und pochte, mein Atem ging schnell, aber ich bekam ein weiteres Foto hin.

Schließlich nahm ich die Kamera herunter, schenkte der Gruppe ein Lächeln, winkte und bedankte mich für ihre Mitarbeit. Ich bekam weiche Knie, als Jensens Blick mich erneut traf. Ich hatte ihn noch nie in einem Smoking gesehen. Sogar bei Estelles Hochzeit hatte er bloß eine feine Hose und ein gutes Hemd getragen, wie alle Trauzeugen. Für mich war es zu viel, ihn so zu sehen – diesen tätowierten, heißen, schlauen Kerl mit der geheimnisvollen Ausstrahlung derart schick gemacht. Ich ging und entschied, dass es Zeit für eine Pause war. Auf den nächsten leeren Stehtisch legte ich meine Kamera und sah mir die Fotos an, die ich bislang geschossen hatte.

„Sind gute dabei?", fragte Jensen, und sein Atem wärmte meinen Nacken. Ich erschauderte.

„Du wusstest, dass ich hier sein würde", sagte ich, ohne von der Kamera aufzusehen. Ich klang nicht sauer. Ich klang nach gar nichts.

„Hab's mir gedacht." Seine Stimme war weiterhin nicht mehr als ein Murmeln an meinem Nacken.

Ich wünschte, er wäre nicht so nah, damit ich ihn nicht riechen, nicht fühlen musste. Doch statt mir mehr Raum zu lassen, legte er mir eine Hand auf den Rücken, die Finger direkt unter dem Verschluss meines Mieders.

„Du siehst atemberaubend aus", sagte er.

Ich schloss die Augen.

„Ich bin mit jemandem hier", sagte ich und hörte, wie er scharf einatmete. Er ließ mich los, und einen Sekundenbruchteil konnte ich wieder atmen, bis er meinen Ellbogen berührte und mich zu sich umdrehte.

„Wusstest du, dass ich hier sein würde?", erkundigte er sich. Seine Augen wurden dunkler, als er direkt in meine sah und ich den Kopf schüttelte. Sanft drückte er meinen Ellbogen, zog mich ein Stückchen näher und sah mich noch intensiver an. „Du bist nicht mal auf die Idee gekommen, dass ich bei einer Preisverleihung für Schriftsteller dabei sein könnte?“

„Ich wusste gar nicht, dass es hier um Literatur geht. Ich dachte, es ginge um die Bibliothek“, gab ich leise zurück.

Er kam sogar noch näher. Da ich hohe Absätze trug, waren meine Augen genau auf Höhe seines Mundes, seiner vollen Lippen. Er hatte seinen Bart ein wenig gestutzt, aber nicht genug, als dass ich nicht dennoch am liebsten darübergestrichen hätte, nur um das Kitzeln an meinen Fingerkuppen zu spüren.

„Mit wem bist du hier?“

„Kennst du nicht“, sagte ich, aber ihm fiel auf, dass meine Augen in dem Moment größer wurden, als mir klar wurde, dass er ihn doch kannte. Er wartete. „Carson“, erklärte ich.

Jensen erstarrte, ließ meinen Ellbogen los und fuhr mit der Hand durch sein Haar, das gekämmt und gegelt war. „Du bist mit …“ Laut atmete er aus. „Du bist mit einem Finanzheini auf einer Literaturveranstaltung?“, fragte er entsetzt.

Ich konnte mir ein Grinsen nicht verkneifen. Und als ich daraufhin einen wahren Lachflash bekam, wechselte sein Gesichtsausdruck von ungläubig zu belustigt.

„Das ist nicht lustig, Mia.“

„Ein bisschen schon.“

Er wurde wieder ernst, legte die Hand nun auf mein Handgelenk, genau auf das Semikolon-Tattoo. Mit dem Daumen rieb er darüber. Ich versuchte, die Schmetterlinge in meinem Bauch zu ignorieren, die seine Berührung ausgelöst hatte.

„Der Gedanke wird mich den Rest des Abends umtreiben – du hier, wo all meine Kollegen sind, und in Begleitung eines anderen“, sagte er leise. Langsam ließ er den Blick über mein Gesicht gleiten, als wolle er jedes einzelne Detail würdigen.

„Ich wette, du bist mit einer deiner Brunch-Dates hier“, flüsterte ich zurück. Jensen lächelte und schüttelte den Kopf.

„Ich sagte doch, dass ich so eine Ahnung hatte, du könntest hier sein."

Seine Worte klangen unbeschwert, doch die Glut in seinen Augen reichte, um mein Herz einen Satz machen zu lassen.

„Du bist also alleine hier?"

Er nickte und sah mich weiterhin an. Nervös brach ich den Blickkontakt ab und schaute über seine Schulter. Als ich sah, dass Carson zu uns kam, wich ich einen Schritt zurück. Einen kurzen Moment konnte ich zwischen den beiden hin und her blicken und den Unterschied zwischen ihnen erkennen. Es war beinahe lächerlich. Carson sah zwar nicht schlecht aus, aber er konnte Jensen einfach nicht das Wasser reichen.

„Hey, der andere Saal ist jetzt auch geöffnet", sagte Carson, als er bei uns angelangt war.

Er hatte sich neben mich gestellt und einen Arm um meine Taille gelegt. Ich riss die Augen auf, als ich Jensen beobachtete, der Carson noch gar nicht beachtet hatte. Er war damit beschäftigt, mir böse Blicke zuzuwerfen.

„Hmm …", brachte ich heraus und räusperte mich. „Dann sollten wir wohl schnell dorthin."

„Du bist doch der Typ aus der Sonntagszeitung, oder?", fragte Carson und hielt ihm seine freie Hand hin. Jensen wandte den Blick von mir und schüttelte ihm die Hand. „Ich bin ein riesiger Fan. Besonders von den Geschichten über deine Dates. Die sind einfach zum Kaputtlachen. Ich glaube, jeder Single-Mann in New York erkennt sich wieder, egal, ob er Kinder hat oder nicht."

Jensen nickte knapp. Sein linker Mundwinkel zog sich minimal nach oben, und ich wusste, dass es Dankbarkeit bedeutete, jedoch konnte jemand anders es leicht für Überheblichkeit halten. Er sah mich wieder an, dann nach unten auf Carsons Hand, die mich festhielt, und zurück zu meinem Gesicht. Ohne ein Wort ging er davon. Schnell sammelte ich mein Equipment zusammen und folgte ihm in den anderen Saal. Ich sah Jensens Rücken, als er durch die Doppeltür ging. Er sah aus wie ein Mann mit einer Mission. Als hätte er keine Zeit für Nebensächlichkeiten.

„Nicht sehr gesprächig, was?“, meinte Carson und zeigte zu der Tür, durch die Jensen gerade gegangen war.

„Scheint so.“

„Sah aber so aus, als hättet ihr euch zuvor schon eine Weile unterhalten. Musstest du ihn interviewen?“

Ich runzelte die Stirn. „Ach, nein. Ich mach hier nur die Fotos, keine Interviews. Ich, hm …“ Ich stockte. „Ich war mit ihm auf einer Schule.“

„Interessant. Die Frauen aus meinem Büro finden ihn alle toll. Sie lecken sich die Finger nach ihm.“

Ich biss mir auf die Zunge und schüttelte den Kopf. Carson lachte.

„Verstehe, du bist kein Fan von ihm“, sagte er, während er mir die Tür aufhielt.

Ich zuckte mit den Schultern.

Unseren Tisch fanden wir ohne Probleme. Er war direkt vor der Bühne, jeder, der einen Preis erhielt, musste hier vorbeigehen. Zunächst wurde das Essen serviert. Ich sah mich nach Jensen um, konnte aber seinen Tisch nicht finden, also unterhielt ich mich weiter mit Carson und lernte schließlich den anderen Fotografen kennen, Daniel, dem ich zuvor nur kurz zugewinkt hatte.

Als sich das Abendessen dem Ende neigte, ging der Gastgeber zum Mikrofon und sprach einen Toast auf die Leute, die diese Veranstaltung organisiert hatten. Dann bat er einen Moderator auf die Bühne. Alle klatschten dem bekannten Schriftsteller Beifall, und ich nutzte die Gelegenheit und machte ein Foto. Und so ging es immer weiter. Nachdem der zehnte Preis verliehen worden war, fragte ich mich, ob jeder eine Auszeichnung bekam, der nur einen vollständigen Satz zu Papier brachte. Als die elfte Person die Bühne betrat, um einen Preis zu verleihen, zitterten meine Hände ein wenig. Ich hielt mir die Kamera vors Gesicht und drückte ab.

„Ist das dein Lieblingsschriftsteller?“, flüsterte Carson an meinem Ohr. Ich zuckte zusammen, nickte aber. „Du benimmst dich, als wärst du Feuer und Flamme für ihn“, sagte er leise. Ich spürte, wie sich ein Lächeln auf meinem Gesicht breitmachte.

„Neil Gaiman ist der Größte“, flüsterte ich und machte noch ein Foto.

Ich sah genau in dem Moment zu Carson, um sein Kopfschütteln wahrzunehmen und die Belustigung, die seine hochgezogene blonde Augenbraue widerspiegelte.

„Jensen Reynolds.“ Diese Worte kamen von der Bühne. Ich schnappte nach Luft und sah zur Bühne.

Jensen Reynolds?

Heilige Scheiße.

Als ich Jensen auf uns zukommen sah, tastete ich nach meiner Kamera. Für den Bruchteil einer Sekunde schaute er mich an, während alle anderen weiterklatschten. Er betrat die Bühne, nahm den Preis entgegen und stand hinter dem Pult. Mir ging das Herz auf, ihn dort oben stehen zu sehen, den goldenen Preis in den Händen, in einem Saal voller angesehener Menschen. Eine Welle von Emotionen überflutete mich. Während ich ihn ansah, hörte ich das Blut in meinen Ohren rauschen. Er bewegte sich mit der Selbstsicherheit eines Gotts, fesselte unsere Aufmerksamkeit, und in diesem Moment waren wir alle seine Untertanen. Ich war so stolz, als er erst den Preis ansah und dann den Blick über das Publikum schweifen ließ. Ich musste an seine Abschlussfeier vom College denken, als er mit dem Zeugnis zur Bühne gegangen war, ins Publikum geblickt und so lange gesucht hatte, bis er mich fand. Damals war mein

Herz gleichzeitig schwer und voller Freude gewesen. Schwer, weil alle anderen Absolventen ihren Eltern zulächelten. Für ihn waren nur Patty und ich gekommen. Und voller Freude, weil er sich den Arsch aufgerissen hatte, um dort oben zu stehen.

„Jetzt wird wohl von mir erwartet, dass ich einen zusammenhängenden Satz zustande bringe, oder?“, sagte Jensen feixend.

Die Leute lachten, und ich bemühte mich, die Tränen zu unterdrücken.

„Das ist mein erster Preis, und den bekomme ich auch noch von einem Mann überreicht, der zu meinen Vorbildern zählt. Er hätte mir auch einfach ein Taschentuch in die Hand drücken können, und ich hätte wohl reingeheult und es als den Abend meines Lebens bezeichnet.“

Wieder brandete Lachen auf.

„Und dann auch noch als bester Newcomer des Jahres, also …“ Jensen schüttelte den Kopf, seine Worte gingen unter. „Wow. Das ist … ich fühle mich geehrt. Ich weiß gar nicht, was ich sagen soll, also danke. Ich möchte die Gelegenheit nutzen und ein paar Worte an den Tisch dort drüben richten.“ Er zeigte mit dem Finger auf einen Tisch in der Mitte des Saals. „Dort sitzen junge Schriftsteller. Junge, vielversprechende Köpfe, die ihr Glück in einem Handwerk gefunden haben, das viele von uns hier glücklicherweise als ihren Beruf bezeichnen. Mit vielen von euch habe ich mich unterhalten, und vielleicht seht ihr euch in diesem Saal um, seht all die Männer im Smoking, Frauen in schicken Kleidern und denkt: ‚Ich komme aus der Bronx. Hier gehöre ich nicht dazu.‘ Nun ja, ich komme selbst aus einer schwierigen Gegend aus Long Beach und habe meine Teenagerzeit größtenteils in Santa Barbara verbracht, unter lauter Kindern, die alle sehr viel mehr hatten als ich.“ Er machte eine kurze Pause, und ich spürte, wie mir die Tränen kamen.

„Ich hatte nur ein Notizbuch, einen Stift und einen Traum. Ich hatte noch nicht einmal jemanden, der an mich glaubte, bis mich meine Pflegemutter, die auch meine Tante ist, bei sich aufnahm, aber ich fühlte mich so allein. Bis ich ein Mädchen kennenlernte. Ein süßes, verrücktes, unschuldiges Mädchen namens Mia. Und das änderte alles. Okay, kennenlernen ist vielleicht der falsche Ausdruck. Ich kannte sie schon lange, aber wirklich wahrgenommen habe ich sie erst an diesem einen Abend."

Er ließ den Blick durch den Saal wandern, bis er mich fand. „Und an diesem Abend, als wir endlich die Augen füreinander öffneten, ging ich nach Hause und schrieb zehn Gedichte über sie. Aus diesen Gedichten wurden ein paar Geschichten, und eine Geschichte, die ich über dieses Mädchen schrieb, hat mein Leben für immer verändert. Also möchte ich euch jungen Autoren sagen: Ihr braucht nur eine Person, die an euch glaubt, notfalls ihr selbst. Und ich sage euch älteren Autoren, und ja, von euch gibt es hier ganz schön viele", betonte er und erntete noch mehr Lacher. „Danke, dass ihr mich in euren erlauchten Kreis aufgenommen habt. Und ich sage dir, Mia Bennett – meine Fotografin, mein Augenstern, Mädchen meiner Träume, Bösewicht in meinen Albträumen –, alles, was ich erreicht habe, verdanke ich dem Abend, an dem ich in deine Augen blicken durfte und dort all die Möglichkeiten sah, die das Leben zu bieten hat."

Er hielt meinen Blick fest, während er all das sagte, und ich konnte die Tränen nicht länger zurückhalten. Die Kamera legte ich auf meinen Schoß und ließ ihn die Tränen sehen, ließ ihn mich sehen, und auch während ich weinte, lächelte ich. Er bedankte sich noch einmal und verließ die Bühne.

„Heiliger Bimbam", stieß Carson aus. Ich trocknete mir das Gesicht und drehte mich erst dann um, als ich das Gefühl hatte, mich wieder im Griff zu haben. „Klingt so, als wärt ihr nicht bloß zusammen zur Schule gegangen."

Ich antwortete nicht, sondern nahm einen Schluck Wein. Als ich wieder in die Menge sah, erblickte ich Jensen, der sich noch mit den jungen Autoren unterhielt. Er hob seinen Preis in meine Richtung hoch. Ich tat das Gleiche mit meinem Weinglas.

„Gratuliere", formte ich mit den Lippen.

„Danke", antwortete er lautlos. Als ich mich gerade zu Carson umdrehen wollte, der mir auf die Schulter klopfte, sagte Jensen: „Warte auf mich."

Ich blinzelte mehrmals. Wo auf ihn warten? *Hier?* Langsam drehte ich den Kopf zu Carson.

„Ich glaube, das hier ist jetzt zu Ende", sagte dieser, schob die Hand über das elfenbeinfarbene Tischtuch, bis er meine erreichte. „Wollen wir gehen?"

Ich öffnete und schloss den Mund wie eine Handpuppe. Dann nickte ich und sprach kurz mit Dan, der noch bleiben und mit Beatrice reden wollte. Ich entschuldigte mich und ging zur Toilette, um etwas Zeit zu schinden. Als mir klar wurde, dass Jensen so bald nicht kommen würde, ließ ich mich von Carson in einem weiteren UBER from Hell mitnehmen. Im Auto hielt er meine Hand.

„Danke, dass du mich begleitet hast", sagte ich.

Er lächelte. „Gern geschehen. Danke, dass ich mitkommen durfte. Jetzt darf ich dich aber zum Essen einladen." Leicht neigte er den Kopf zu Seite. „Wie wäre es am Freitag?"

„Ähm …" Ich ließ meine Antwort in der Luft hängen, als das Auto langsamer wurde und vor meinem Haus hielt. Carson half mir beim Aussteigen. Wir standen da und sahen uns an. Ich überlegte, ob er mich küssen würde. Das ging ja wohl kaum als Date durch. Schließlich war er die ganze Zeit mit seinem Handy beschäftigt gewesen, und mich hatten die Worte eines anderen Mannes zu Tränen gerührt. Und selbst bei einem Date musste es ja nicht zwingend zum Kuss kommen, weder bei einem ersten noch bei weiteren. Ich hatte Männer zwar auch schon in ungezwungeneren Situationen geküsst, aber trotzdem. Hoffentlich würde er es nicht versuchen. Als er sich nach vorn beugte, berührten seine Lippen meine Wange, und ich wich nicht zurück. Vielleicht sollte ich mich von ihm küssen lassen. Vielleicht brauchte ich genau das nach einem emotional so aufreibenden Abend. Seine Lippen streiften ganz kurz meinen Mundwinkel, bevor er sich langsam wieder aufrichtete und mir sein schönstes Riddler-Grinsen schenkte.

„Küssen sparen wir uns für ein richtiges erstes Date auf", erklärte er.

Ich kicherte unbeholfen – was hätte ich auch sonst tun sollen? Welcher Mann sagte denn so etwas? Nur Männer, die nicht mein Typ sind.

Ich seufzte, als sein UBER losfuhr.

Jensens Woche

Dieses Wochenende war ich bei einer Gala der New York Public Library, und es war überwältigend. Die Gäste, die Reden und natürlich die Preise. Auch mir wurde die Ehre zuteil, eine Auszeichnung zu erhalten. Keine Ahnung, wie ich es geschafft habe, aber ich habe dort tatsächlich die längste Rede meines bisherigen Lebens gehalten. Und glücklicherweise war eine der Personen, der ich dankte, als Zeugin im Publikum dabei. Ich bin kein großer Redner, auch wenn wohl gemeinhin angenommen wird, ich sei es, denn Schriftsteller stehen zu ihren Gefühlen. Das mag zwar so sein, ein großer Redner bin ich trotzdem nicht. Wäre ich jemals in der Öffentlichkeit in Ohnmacht gefallen, dann wohl dort oben bei der Preisverleihung.

Alles habe ich dieser Frau offenbart, der Liebe meines Lebens, und sie ist direkt danach verschwunden. Als wir zusammen waren, nannte ich sie Road Runner, weil sie einerseits die Schnellste beim Querfeldeinlauf war, aber hauptsächlich, weil sie immer abhaute, wenn sie sauer war oder nicht wusste, wie sie mit einer Situation umgehen sollte. Und genau das ist jetzt wieder passiert. Es gibt nichts Schlimmeres als ohrenbetäubende Stille. Besonders eine Stille dieser Art. Wenn man verzweifelt einen Job sucht oder eine Wohnung oder auf die Zusage der Uni wartet. Es ist wohl so: Immer, wenn wir etwas brauchen, lehrt uns das Leben, geduldig abzuwarten. Und genau das mache ich jetzt.

New York Public Library: *Daumen hoch!*

Frage des Tages von: @*chrisalbano422: „Glaubst du, dass man nie wieder wirklich lieben kann, nachdem man die erste große Liebe verloren hat?“*
Antwort: *Auf mich trifft das zwar nicht zu, aber ich kann mir vorstellen, dass es bei manchen so ist.*

15. Kapitel

Von all den Dingen, die man so verlegen kann, ist mein Handy das schlimmste. Am nächsten Tag musste ich früh im Konferenzraum sein, denn wir wollten besprechen, welche Paare in der Sonderausgabe erscheinen sollten. Da ich ein paar Minuten zu früh dran war, konnte ich noch Katie einholen und mit ihr gemeinsam in den Raum gehen. Bei dem Gedanken, Jensen nach dieser Rede zu sehen, wurde mir ganz anders. Ich hatte nicht auf ihn gewartet, und jetzt wusste ich noch nicht einmal, ob er angerufen hatte. Mein Handy hatte ich zuletzt vor der Gala in der Hand gehabt, was mich langsam beunruhigte. Ich gab UBER die Schuld.

Vor dem Konferenzraum traf ich auf Fran, und sie umarmte mich fest.

„Hast du meinen Tweet über die Public Library gesehen?“

Ich nickte. „Ist meiner überhaupt durchgegangen? Ich hatte dort so miesen Empfang, und jetzt kann ich mein Handy nicht finden, obwohl ich mir sicher bin, dass es irgendwo in meinem Wäscheberg sein muss.“

„Oh nein! Hoffentlich findest du es bald.“

„Ja, hoffentlich“, pflichtete ich ihr bei und folgte ihr in den Konferenzraum. Ich winkte Ross und Anabelle zu, die bereits dort waren.

„Ich habe die Fotos gesehen, die du auf Twitter gepostet hast. In dem Kleid sahst du einfach umwerfend aus! So schade, dass ich nicht dabei sein konnte“, sagte Fran, hielt kurz inne und sah zur Tür. „Und hier kommt der Mann der Stunde! Jen, hast du Mia bei der Gala gesehen? Sah sie nicht umwerfend aus?“

Ich starrte auf meine Füße und hoffte, dass man mir nicht ansah, wie rot ich bei der Erwähnung seines Namens geworden war.

„Ganz überragend sah sie aus“, antwortete er. Ich schaute wieder auf und lächelte ihn an. Er lächelte zurück.

„Warst du mit einem Mann dort?“, wollte Fran wissen.

Sogleich veränderte sich Jensens Haltung, seine Miene wurde finster und nachdenklich.

„War ich.“

Fran schnappte nach Luft und klatschte. „Du hast es geschafft! Du hast jemanden kennengelernt ... oder war es etwa ein Bekannter?“

„Ich habe sozusagen jemanden kennengelernt.“

Ihr blieb der Mund offen stehen. „Hast du es endlich online versucht?“

Ich musste lachen. „Nein. Ich dachte mir, ich sollte lieber nicht in deinem Teich angeln.“

„Käse“, sagte sie lachend. „Erzähl mal, sah er gut aus?“

„Ja“, antwortete ich und war mir Jensens Blick mehr als bewusst.

„Hast du ihn geküsst?“ Bei dieser Frage wäre ich am liebsten im Erdboden versunken. Als ich nicht antwortete, schlussfolgerte sie: „Oh mein Gott! Du hast. Also gibt es noch Hoffnung.“

Ich blickte wieder zu Jensen. Er starrte mich auf eine Art an, dass ich mich schuldig fühlte, also sah ich schnell wieder weg. Ich machte ihn zwar sehr gern eifersüchtig, aber ich mochte es nicht, ihn enttäuscht zu sehen.

Das Meeting fing gut an. Ross erzählte, dass er einige der Leute, die ich diese Woche fotografiert hatte, kontaktiert hatte, Anabelle erzählte Ähnliches, Jensen sagte nichts, sondern köchelte innerlich vor sich hin. Das hätte mich wirklich nicht treffen sollen. Ich war ihm nichts schuldig. Und doch war ich der

Meinung, dass es nicht gerade die feine Art war, in seiner Anwesenheit über meine Dates zu sprechen, erst recht nicht nach allem, was er in seiner Rede gesagt hatte.

Nach dem Meeting blieb ich noch im Raum und sah mir die Fotos der Pärchen an, die es vermutlich werden würden. Sie würde ich erneut fotografieren müssen, ihnen vielleicht sogar sagen, dass sie sich mehr herausputzen und wir uns an einem anderen Ort treffen sollten. Da ja nun Schnee lag, wusste ich nicht, wo. Ich hörte die Tür knallen und schaute auf. Alle hatten den Raum verlassen, bis auf Jensen, der an der Tür stand wie ein Lehrer, der die Nachsitzer beaufsichtigt. Er sah mich nicht einmal an. Als er die Hände in die Gesäßtaschen steckte, rutschte sein Sherlock-Holmes-T-Shirt etwas hoch. Nach einem kurzen Moment, in dem es so wirkte, als hätte er überlegt, was er sagen sollte, schaute er schließlich hoch.

Unsere Blicke trafen sich wie zwei Güterzüge, die sich auf demselben Gleis entgegenkommen – argwöhnisch und extrem vorsichtig. Wir sahen uns eine Sekunde an, dann noch eine, dann kam er zu mir. Ich drückte mich gegen den Stuhl, auf dem ich saß, und krallte mich an der Armlehne fest, als er bei mir ankam und den Stuhl drehte, damit ich ihn ansah.

„Du hast ihn geküsst?“, fragte er, setzte sich neben mich und rückte so nah an mich heran, dass sich unsere Knie berührten.

Ich schluckte.

„Einen Kuss würde ich das nicht gerade nennen“, flüsterte ich.

Der Hauch eines Lächelns erschien auf seinen Lippen. Das war das Letzte, was ich sah, bevor sein Mund meinen berührte. Ich vergaß zu atmen. Das geht zwar angeblich gar nicht, aber ich hatte es wirklich vergessen, und als sich mein Mund öffnete, atmete ich etwas von seinem Atem ein oder vielleicht auch etwas von meinem, den er zuvor eingeatmet hatte. Ich vergrub die Hände in seinen Haaren, als unsere Zungen sich berührten. Dann ließ er langsam von mir ab und küsste mich noch einmal sanft auf Lippen und Mundwinkel. Zum Schluss sah er mich an. Ich atmete ein und aus und schaute ihn an, als wäre er verrückt.

„Wie würdest du das nennen?", wollte er wissen.

Ich versuchte, ein Lächeln zu unterdrücken, sah ihm in die Augen und sagte mir, wie schwer es mir fallen würde, ihm wieder zu vertrauen. Aber als er dort so saß und mich anlächelte, als wüsste er, dass er mich gerade in die Abhängigkeit geküsst hatte, konnte ich nur zurücklächeln.

„Einen akzeptablen Kuss."

Er grinste. „Nur akzeptabel?"

Ich zuckte mit den Schultern.

„Willst du noch mal?"

„Auf gar keinen Fall! Wir sind auf der Arbeit!" Ich stieß ihm gegen die Brust.

„Du bist auf der Arbeit. Ich bin nur hier, um zu arbeiten", gab er achselzuckend zurück.

„Was soll das denn bedeuten?"

„Ich biete dir meine Dienste an, da du wohl einen richtig guten Kuss brauchst."

„Ich habe nicht gesagt, dass der Kuss schlecht war, sondern nur, dass ich das noch nicht mal als Kuss bezeichnen würde."

Seine Augen verengten sich. „Ich fasse es immer noch nicht, dass du diesen Versager geküsst hast."

„Jetzt ist er schon ein Versager?"

„War er schon immer. Jetzt ist er nur ein noch größerer Versager."

Ich lachte. „Du bist ein Idiot."

„Aber kein Versager. Das ist ein Unterschied", hielt er dagegen und strahlte. „Geh heute Abend mit mir aus."

Augenblicklich hörte ich auf zu lächeln. „Wohin denn?"

„In ein Konzert."

„Ein Konzert?" Ich runzelte die Stirn und überlegte, von welchen Konzerten ich gehört hatte. Ich hatte aber von gar keinem gehört. Klatsch und Tratsch erfuhr ich nur auf dem Weg zu meiner morgendlichen Yogastunde von einem Obdachlosen in der U-Bahn. Und wenn Dave von nichts wusste, wusste ich auch nichts.

„Ja. Ein Konzert. Heute Abend. Ich bin um fünf bei dir, wir gehen essen, holen ein überfälliges Gespräch nach, besuchen das Konzert und haben eine schöne Zeit."

„Ich habe noch nicht mal Ja gesagt, und du hast bereits Pläne geschmiedet?"

„Zeit zu verschwenden, kann ich mir nicht leisten, Mia. Sag Ja und lass es über dich ergehen."

Mir blieb der Mund offen stehen. „Zu deiner Information, wegen des Konzerts mache ich mir keine Sorgen, schließlich haben wir den gleichen Musikgeschmack, aber essen gehen?"

„Ja, essen gehen. Sieh es als Bonus an, denn offensichtlich brauchst du dringend bessere Leute, mit denen du hier ausgehen kannst … und Mumford treten auf, also freu dich."

Ich schnappte nach Luft. „Ist nicht dein Ernst."

„Aber sicher doch."

Ich sprang so schwungvoll von meinem Stuhl auf, direkt auf ihn, dass es uns beide umwarf und wir unter lauter „Mist", „Scheiße", „Aua", „Was sollte das denn?" schließlich lachend auf dem Boden landeten und uns ansahen. Als wir ausgelacht hatten, stand er auf und bot mir seine Hand an, die ich nahm.

„Ich hole dich um fünf ab", sagte er mit tiefer, gelassener Stimme.

„Ist gut, aber Küssen verboten", stellte ich leise klar.

Erst auf dem Heimweg fiel mir ein, dass er gar nicht wusste, wo ich wohnte. Wie wollte er mich da abholen?

16. Kapitel

Mein Handy fand ich genau dort, wo ich es vermutet hatte: in dem Korb mit der Dreckwäsche. Als es an der Tür klopfte, flitzte ich aus dem Bad, kämmte meine nassen Haare und versuchte sie mit einem Handtuch ein wenig trocken zu bekommen, damit mir kein Wasser mehr über die Schultern lief. Da ich ja mein Handy nicht bei mir hatte, wusste ich nicht, ob es der Handwerker sein könnte, der die Klimaanlage reparieren sollte, oder irgendjemand, der – mal wieder – an der falschen Tür klopfte, denn das war letzte Woche drei Mal vorgekommen. Ich band mir das Handtuch um und ging zur Tür. Als ich durch den Spion sah, schnappte ich nach Luft und machte einen Schritt zurück. Draußen stand Jensen – in Jeans, einem schwarzen T-Shirt mit V-Ausschnitt und einer Jacke in der linken Hand. Ich öffnete die Tür.

„Woher, zum Teufel, weißt du, wo ich wohne?"

Ohne mir zu antworten, musterte er mich langsam von Kopf bis Fuß. Verwirrt trat ich einen Schritt zurück und ließ ihn herein.

„Hallo?", sagte ich und schloss die Tür hinter uns.

Er drehte sich um und sah mich an, kam näher, und plötzlich wurde mir bewusst, dass ich unter dem Handtuch splitterfasernackt war.

„Zieh dich an. Ich kann sonst nicht klar denken!" Er fuchtelte mit dem Arm, als würde meine bloße Anwesenheit ihn stören, und das machte mich stinksauer, denn ich hatte ihn ja noch nicht einmal eingeladen!

„Musst du auch nicht. Woher weißt du, dass ich hier wohne?"

„Du hast doch gesagt, dass du in Millies alter Wohnung untergekommen bist. Das hier ist ihre alte Wohnung. Ich war einmal hier, als Seth Steaks gemacht hat. Los. Zieh dich an", wiederholte er und klang eingeschnappt.

Ich gab ein genervtes Grummeln von mir und verdrehte die Augen. Als ich an ihm vorbeiging, drückte ich meinen Oberkörper absichtlich gegen seinen Arm.

„Mia."

„Ich geh mich ja anziehen!"

„Ich bemühe mich, nicht zufällig dein Handtuch runterzuziehen, und du reibst dich an mir!", stieß er zwischen zusammengebissenen Zähnen hervor, und sein Tonfall jagte mir einen Schauer über den Rücken.

Ich verschwand ins Badezimmer und zog mich schnell an. So toll ich es auch fand, welche Wirkung ich auf ihn hatte, ich sollte den Bogen lieber nicht überspannen. Es wäre leicht, diesen Weg noch einmal mit ihm zu gehen. Beim ersten Mal war es auch leicht gewesen, aber es hatte kein gutes Ende genommen. Diesmal würde es sicher nicht anders sein.

„Ist es draußen nicht total kalt?", fragte ich, sobald ich aus dem Zimmer kam.

Ich trug schwarze Converse – wie er –, eine Jeans – wie er –, ein schwarzes Shirt – wie er – und darüber eine Jeansjacke. Er lachte. „Interessant. Und nein, das manisch-depressive Wetter meint es heute gut mit dir."

Ich ging wieder ins Schlafzimmer, entschlossen, mich nicht umzuziehen, nur weil es aussah, als hätten wir unser Outfit aufeinander abgestimmt. Scheiß drauf. Aber ich wollte unbedingt eine Mütze.

„Wie süß", sagte er, als ich zurückkam. „Später wird es bestimmt frisch."

„Diese Stadt hat wirklich das unberechenbarste Wetter der Welt."

„Erst seit Kurzem", antwortete er und wartete, dass ich die Tür abschloss. „Fast so, als wären die ganzen Verrückten aus Kalifornien hierhergekommen."

Ich rempelte ihn mit meiner Schulter an und steckte meine Schlüssel in die Handtasche. „Scherzkeks."

„Ich gebe mein Bestes."

„Wohin gehen wir?", wollte ich wissen, als wir an einem Taxi vorbeikamen, das vor dem Haus wartete. „Die U-Bahn-Station liegt in der anderen Richtung."

Doch Jensen reagierte gar nicht auf meine Frage, sondern griff nach meiner Hand und hielt sie fest, als wir um die Ecke auf einen Parkplatz bogen. Am Ende, kurz vor dem Bezahlhäuschen, stand ein vertrautes mattschwarzes Motorrad. Ich drückte seine Hand fester.

„Du hast noch dein Motorrad?"

Er grinste. „Sieht so aus."

„Ich dachte, du hättest es verkauft."

„Warum sollte ich mich von meiner Harley trennen?", fragte er verwirrt.

„Weil du eine Tochter hast! Ach du liebes bisschen. Erzähl mir nicht, dass du sie darauf mitnimmst." Ich zögerte kurz. „Kinder dürfen doch gar nicht auf einem Motorrad mitfahren, oder?"

Lässig zuckte er mit den Schultern. „Sie trägt ja einen Helm."

Ich starrte ihn an und schlug mir die Hände vor den Mund. Als ich das Funkeln in seinen Augen bemerkte, kniff ich die Augen zusammen, dann grinste er. Ich ging auf ihn los, er lachte und hielt meine Hände über seinem Jackenaufschlag fest, bevor ich ihn schubsen konnte.

„Du bist so ein Arsch."

„Und du bist total süß, wenn du dich aufregst", entgegnete er und kam mit seinem Mund ganz dicht an mein Ohr. Ich krallte mich an seinen Ärmel, als seine Zunge über meine Ohrmuschel glitt. „Und noch süßer, wenn es dabei um Olivia geht." Das traf mich mitten ins Herz. „Sind dir Motorräder immer noch nicht geheuer?", fragte er.

Ich wunderte mich, dass ich ihn trotz des Rauschens in meinen Ohren überhaupt hören konnte, und nickte. Langsam ließ er die Lippen zu meiner Wange gleiten, dann weiter zu meinem Mundwinkel. „Vertraust du mir?", wollte er wissen.

Bei diesem geflüsterten Satz und der Erinnerung an das letzte Mal, als ich ihn gehört hatte, schloss ich die Augen. Als Teenager war ich auf alles gestiegen, womit er ankam. In Erwartung meiner Antwort sah er mir tief in die Augen, und ich nickte.

„Ja."

Er atmete schwer aus, seine großen Hände hielten mein Gesicht fest, und er zog mich zu einem weiteren Kuss heran, bevor wir aufstiegen.

Das Motorrad sauste mühelos die Straßen entlang in die Dunkelheit. Ich hielt mich an Jensens Taille fest, lehnte mein Gesicht an seinen Rücken und schloss die Augen vor dem unbekannten Territorium, das sich in meinen Gedanken auftat. Was, wenn daraus mehr werden würde, als ich verkraften konnte? Am meisten machte mir Angst, dass ich mir wünschte, dies hier wäre ein Date. Ich wollte es als Date ansehen. Ich wollte, dass er mich küsste und berührte und mich beim Konzert in die Arme nahm. Ich kniff die Augen fester zu. *Denk dran, was er getan hat. Denk dran, warum er gegangen ist. Denk dran, warum du ihm all die Jahre aus dem Weg gegangen bist.* Und das tat ich. Ich dachte an all diese Dinge. Ich war so damit beschäftigt gewesen, an all seine früheren Fehler zu denken, dass ich ganz vergessen hatte, im Hier und Jetzt zu leben. Scheiß drauf. Das war ich mir schuldig. Ich musste damit abschließen, und genau das wollte ich tun, solange ich hier in New York war. Entschlossen öffnete ich die Augen und lächelte, als wir an den Leuten auf dem Fußweg vorbeifuhren, die meisten in Businesskleidung, manche mit Einkaufstaschen in der Hand.

Nachdem er zwischen zwei alten Gebäuden in eine Gasse eingebogen war, hielt Jensen an. Ich lief ein paar Schritte auf dem Bürgersteig und lächelte, als ich eine bunte Gay-Flagge über der Straße wehen sah.

„Wo sind wir hier?“, fragte ich und blickte mich erst über die Schulter um, bevor ich mich ganz umdrehte, um Jensens selbstbewussten Gang zu bewundern. Das hatte ich vermisst. Verdammt. Er ging, als wäre er die Sonne, um die alle Planeten kreisten – und nicht umgekehrt.

„Hell's Kitchen.“

„Okay. Und wo ist das?“, wollte ich wissen und sah mich in beide Richtungen um.

Jensen lachte, nahm meine Hand und verschränkte die Finger mit meinen. Bei seiner Berührung krampfte sich mein Herz zusammen, und als er meine Hand mit seinem Daumen streichelte und mich unendlich zärtlich ansah, bebte ich innerlich.

„Das alles hier ist Hell's Kitchen.“

Ich war beeindruckt. Wir gingen zu einem kleinen Restaurant, von dem er gehört hatte, dass die Hähnchen und Waffeln dort toll sein sollten. Selbstverständlich bestellte ich genau das. Jensen entschied sich für Tintenfisch. Ich schüttelte den Kopf.

„Was denn? Hab gehört, der soll gut sein.“

„Was findest du nur an Tintenfisch?“, fragte ich und schaute auf seinen Unterarm, der jetzt bedeckt war.

Er lächelte. „Ich mag sie eben.“

„Sie sind hässlich und schleimig“, erwiderte ich und rümpfte die Nase. „Was nicht heißt, dass dein Tattoo hässlich ist. Das mag ich.“

Er lachte.

„Aber mal im Ernst, warum ein Tintenfisch?“ Diese Frage stellte ich nur, weil er nichts ohne Grund tat. Er ließ sich nicht einfach ein Tattoo stechen, nur weil ihm die Bedeutung gefiel. Er ließ es sich stechen, weil er die Bedeutung fühlte. Bis er sich für die Tätowierung auf seinem Brustkorb entschieden hatte, hatte es ganz schön gedauert. Ich versuchte, nicht daran zu denken, und räusperte mich, als die Kellnerin unsere Getränkebestellung aufnahm. Wir bestellten beide Wasser. Er musste fahren, ich wollte das Konzert nüchtern erleben.

„Tintenfische faszinieren mich. Sie haben drei Herzen", erklärte er und verharrte, als ich mich an meinem Wasser verschluckte.

„Warum sollte jemand drei Herzen haben wollen? Meistens könnte ich sogar auf das eine verzichten, das ich habe."

Jensen grinste nur. Ich wusste, dass er darauf etwas erwidern wollte, aber er fuhr mit seiner Erklärung fort: „Und nach der Paarung sterben sie."

„Also, bislang kannst du mich für diese Kreatur nicht begeistern."

Lachend zuckte er die Achseln. „Versuche ich auch gar nicht."

„Du gehst nicht auf meine Frage ein. Ich will wissen, warum ausgerechnet ein Tintenfisch."

Sein Blick ging mir durch Mark und Bein. Ich fröstelte.

„Es gibt wohl einen Grund, warum sie drei Herzen haben. Ich bin zwar kein Tintenfisch, aber wenn sie schwimmen, funktioniert ein Herz nicht. Das habe ich in einer Doku gesehen und dachte: Scheiße, wie bei mir. Mein Herz funktioniert auch nicht, wenn ich banale Dinge tue."

Ich hatte Angst, nachzufragen, also erwiderte ich: „Und was ist mit dem Sterben?"

Traurig lächelte er mich an. „Ich liebe Olivia. Auf nichts bin ich so stolz wie auf sie, und wenn ich die Zeit zurückdrehen könnte …"

Er machte eine Pause, um sich zu vergewissern, dass ich verstand, was er meinte. Ich nickte, weil ich ahnte, was kam. Und es war okay für mich.

„... würde ich nichts anders machen, allerdings nur, weil meine Fehler dazu geführt haben, dass es sie gibt." Er trank einen Schluck Wasser. „Aber als das alles passiert ist, ist ein Teil von mir gestorben. Ein großer Teil."

Erneut konnte ich nur nicken.

Wir unterhielten uns ein wenig über meine Familie, meine Mom, meinen Dad, Rob, dessen Freund. Dann über Jensens Pflegemutter Patty, über Victor, Estelle und Oliver. Als wir alle Themen ausgeschöpft hatten, sah er mich wieder auf diese ganz besondere Weise an, und ich wusste, was nun kam.

„Wir müssen reden", sagte er.

„Ich dachte, das tun wir bereits."

Er schüttelte den Kopf. Ich seufzte und machte etwas Platz, damit der Kellner unsere Teller abstellen konnte.

„Tut mir leid, dass ich neulich einen anderen Mann dabeihatte. Ich wusste wirklich nicht, dass du dort sein würdest", kam ich ihm zuvor.

„Ist schon okay. Ich werde es verkraften. Anscheinend lief es ja nicht so gut, und schadenfroh, wie ich bin, freut mich das. Ich will aber über etwas anderes sprechen."

Ich kicherte nervös. „Lass mich raten, du willst über damals reden, als wir uns getrennt haben."

Er wiegte den Kopf hin und her. „So in etwa. Ich will über die Sache mit Krista sprechen und dass sie schwanger geworden ist."

Mir wurde flau im Magen. Klirrend legte ich mein Besteck hin. „Beim Essen? Darüber willst du beim Essen reden?"

„Mia, irgendwann muss es sein."

„Wieso?" Ich stöhnte und rieb mir die Stirn.

„Weil wir nie nach vorne schauen können, wenn wir nicht

über die Vergangenheit nachdenken und über unsere Probleme sprechen."

„Ich will gar nicht nach vorn schauen." Ich wusste, dass ich wie eine schmollende Göre klang, aber ich konnte nicht über diese Dinge reden. Das hielt ich nicht aus.

Er griff nach meiner Hand, drehte sie um, legte seine Handfläche auf meine und sah mich so sanft und verständnisvoll an, dass ich nichts anderes tun wollte als das, worum er mich bat. Aber ich konnte es nicht, nicht dort.

„Nach dem Essen", sagte ich leise und spürte Tränen in meinen Augen schimmern. Offensichtlich hatte ich es doch noch nicht so gut verwunden, wie ich dachte. Er nickte, und wir begannen zu essen.

„Wo findest du deine Dates?", wollte ich wissen und nahm etwas Hühnchen, als der Appetit wieder zurückgekehrt war.

Jensen lachte. „Über Krista kannst du nicht sprechen, aber über Frauen, mit denen ich im Moment ausgehe?"

Als er ihren Namen erwähnte, stöhnte ich innerlich auf, ließ es mir aber nicht anmerken und zuckte mit den Achseln. Ehrlich gesagt wollte ich ihn mir mit gar keiner Frau vorstellen, aber dass er ein junger Single war, der verschiedene Frauen datete, konnte ich besser verkraften als die Vorstellung von ihm mit einer glücklichen kleinen Familie.

„Ich bin halt komisch", sagte ich.

Belustigt schüttelte er den Kopf. „Match, E-Harmony und solche Seiten."

Ich starrte ihn an. „Du bist bei Match?"

Bei meinem lauten Ausruf hob er eine Augenbraue, sah sich im Restaurant um und grinste. „Ja, bin ich. Was ist daran so verwunderlich?"

Ich starrte immer noch. *Weil du scharf aussiehst? Weil du erfolgreich bist? Weil … du richtig scharf aussiehst?* Das sagte ich natürlich nicht, aber ich wusste, dass er wusste, was ich dachte. Sein selbstsicheres Lächeln verriet ihn.

„Weißt du, dort gibt es einige gut aussehende Leute."

„Hätte ich das gewusst, wäre ich schon längst angemeldet."

Er lächelte. „Vielleicht wären wir ein Match geworden."

„Vielleicht." Ich schwieg einen Moment und dachte darüber nach. „Das wäre vielleicht verrückt."

„Oder perfekt."

Ich legte die Hände in den Schoß. „Und hast du *die Richtige* gefunden?"

Er warf mir einen vielsagenden Blick zu, während er sein Feixen zu unterdrücken versuchte. „Na klar."

„Mit dir kann man einfach nicht reden", tadelte ich ihn, musste mir aber ein Lächeln verkneifen.

„Ohne dich kann man einfach nicht leben", erwiderte er und sah mir direkt in die Augen.

Obwohl mein Herz raste und mir das Blut durch die Adern schoss, schaffte ich es, mir gegen die Stirn zu klatschen, um diese Situation aufzulockern, denn ich wusste nicht, wie ich damit umgehen sollte. Mit dieser Empfindung konnte ich nicht umgehen. Jensen lächelte mich an, der Glanz in seinen Augen blieb jedoch. Lächelnd, wie wir das Restaurant betreten hatten, verließen wir es auch wieder, und er versprach, noch einmal mit mir in diese Gegend zu kommen, um andere Restaurants auszuprobieren. Auf dem Weg zum Motorrad schaute ich mich ungläubig um. Ich konnte kaum fassen, wie viele gut aussehende homosexuelle Männer und Frauen es auf einem Haufen geben konnte.

„Also, das ist echt beeindruckend", sagte ich, als wir aufstiegen.

Jensen lachte. „Stimmt. Coole Gegend, oder?"

Ich nickte und sah mich noch einmal um, bevor wir losfuhren. Schließlich stellten wir das Motorrad vor einer Reihe niedlicher kleiner Häuschen in Brooklyn ab und nahmen die U-Bahn zum Konzert nach Coney Island. In der Bahn legte ich meine Beine auf seine, damit die anderen Leute mehr Platz hatten. Er streichelte und massierte mir die Oberschenkel, und innerlich schmolz ich dahin.

„Ich will dich mit zu mir nach Hause nehmen", flüsterte er mir ins Ohr. Mein Herz schlug doppelt so schnell.

„Vielleicht komme ich sogar mit", antwortete ich ebenfalls flüsternd. Ich wusste, dass er es verstanden hatte, weil er mich näher heranzog, bis mein Kopf auf seiner muskulösen Brust lag und er meine Stirn küsste.

An unserer Haltestelle stiegen gefühlt Millionen von Menschen aus. Als wir durch die Menge Richtung Straße gingen, hielt Jensen meine Hand noch fester.

„Alter Schwede, ist das kalt hier", stieß ich bibbernd hervor.

Bevor ich den Satz beendet hatte, lag schon sein Arm um meiner Schulter, und er zog mich an sich. Ich zitterte, als ich ihm näher kam, und wollte all seine Wärme in mich aufnehmen.

„Weil wir direkt am Wasser sind."

Sobald wir durch den Einlass waren, nahm ich seine Hand und zog ihn vor die Bühne. Als ich mich umdrehte, musste ich breit grinsen, und er lachte, weil ich so aufgeregt war.

„Baby, es ist noch gar keiner hier."

Mein Lächeln schwand allmählich, was er bemerkte. Er zog mich ganz dicht zu sich, sodass mein Kopf erneut auf seiner Brust lag. Eine Weile standen wir so da, sein Kinn auf meinem Kopf, seine Arme um mich geschlungen, meine Arme hingen locker herab. Ich war mir sicher, dass ich das nicht konnte. Mit jemand anders? Keine Frage. One-Night-Stands hatte ich schon gehabt. Für Männer generell war ich zu haben. Aber für ihn? Er war *der* Mann, zumindest in meinen Augen. Diese Gedanken schob ich beiseite, während er mich zum Verkaufszelt führte. Als wir uns die gleichen Kapuzenpullis über den Kopf gezogen hatten, da es nur eine Sorte gab, lachten wir wieder, jeder ein Bier in der Hand, und wir zeigten auf verschiedene Leute.

Erneut sah ich mich um und war erstaunt, wie voll es in der Zwischenzeit geworden war. Wir wurden schnell dichter zusammengedrängt, hatten aber noch genug Platz, um herumzuspringen. Die Vorband legte los, und das Stadion erwachte zum Leben, alle hüpften, fotografierten, doch erst bei der Hauptband war die pulsierende Menschenmenge wirklich zu spüren. Ich lebte mittlerweile lange genug in Manhattan, um zu wissen, dass es seinen eigenen Herzschlag hatte, schnell und unverwüstlich, aber Brooklyn war ein anderes Kaliber. Brooklyns Herz schlug wirklich. Ich sah mich um und fühlte mich zu Hause. Ich spürte es. Trotz der Kälte und obwohl ich ewig weit von meiner Familie entfernt war, fühlte ich mich, als wäre ich im Augenblick genau am richtigen Ort.

Bei „The Wolf" nahm Jensen meine Hand. Wir lachten einander an, während wir hüpften und mitsangen. Drei Lieder hielten wir durch, und ich konnte nicht aufhören zu lachen und zu grinsen. So viel Spaß hatte ich zuletzt gehabt, als ich mit Estelle und Robbie unterwegs gewesen war. Es kamen ein paar weitere Lieder, aber bei den ersten Beats von „After the Storm" fühlte es sich so an, als würde ein Schmerz mir direkt ins Herz fahren und meinen Körper durchfluten wie langsam wirkendes Insulin. Wie auf ein Stichwort hielten wir beide inne. Unsere Hände fanden sich erneut, unsere Blicke folgten sogleich. Marcus sang nun nicht mehr zu mir, sondern zu uns beiden, und die Tränen, die mir in die Augen stiegen, konnte ich nicht länger zurückhalten. Wir standen uns gegenüber, Jensen hielt mein Gesicht in seinen Händen; ich hatte seine Handgelenke umklammert.

Als wären das Lied und dieser Moment nicht schon emotional genug, bewegten sich seine Lippen auch noch zum Liedtext.

Als er mitsang, dass er mich an die Hand nehmen und standhaft bleiben wolle, und dann über Zeiten sprach, in denen mir die Liebe nicht das Herz brechen würde, veränderte sich etwas in mir. Ein Teil in mir machte Platz für Gefühle, die ich nicht hatte wahrhaben wollen. Und dann fühlte ich plötzlich alles. Ich fühlte, wie er mich um Verzeihung bat, mich geradezu anflehte, die Vergangenheit hinter mir zu lassen und im Hier und Jetzt zu leben. In dem Augenblick begannen die Tränen zu fließen. Und dann konnte ich nicht mehr aufhören zu weinen.

Schnell wurde aus meinem Schluchzen ein ausgewachsenes Heulen, und Jensen wischte mir mit dem Daumen die Tränen weg. Er neigte den Kopf, seine Lippen legten sich sanft auf meine, seine Zunge bat um Einlass, die ich ihr schnell gewährte. Und dort standen wir, zwischen all den Menschen, beim Konzert unserer Lieblingsband, und gaben uns etwas hin, das sich nicht aufhalten ließ. Genau das war es. Unaufhaltsam, unnachgiebig und alles verzehrend. Es war nicht perfekt. War es nie gewesen, denn auch wir waren nicht perfekt. Er war zerbrochen, ein Chaos an Gefühlen, denen vor langer Zeit übel mitgespielt worden war, und ich war der Kleber, der einmal versucht hatte, alles zu kitten. Es war mir nicht gelungen. Ihn hatte ich nicht retten können, denn das war nicht meine Aufgabe, genauso wenig, wie es seine war, mich zu retten. Ich war genauso verloren wie er, und vielleicht zog genau das uns an – unsere Verletzlichkeit. Und der Wunsch, mit einer anderen verlorenen Seele zusammen zu sein.

Wir beendeten den Kuss, doch seine Hände umfassten noch immer mein Gesicht, und ich weinte weiter. Nicht, weil ich so traurig war. Nicht, weil ich meiner Wut freien Lauf ließ. Ich weinte, weil ich es fühlte. *Alles* fühlte. Und solche Gefühle hatte ich schon so lange nicht mehr gehabt, dass ich mir sicher war, ein Teil von mir war zerbrochen, als Jensen gegangen war. Vielleicht war dem so. Vielleicht hatte er mir die Fähigkeit genommen, mich vollkommen hinzugeben. Ich war mir nicht sicher, ob ich sie zurückhaben wollte. Nicht, wenn er da unweigerlich mit drinhing.

Als die Band ein fröhlicheres Lied spielte, bekam ich mich wieder in den Griff, wischte mir die Tränen fort, atmete tief durch, und nach einiger Zeit hüpften wir weiter. Ab diesem Moment berührten wir uns ununterbrochen, waren uns der Anwesenheit des anderen mehr als bewusst. Noch mehr als zuvor.

17. Kapitel

Nach dem Konzert warteten wir, bis der erste Schwung Leute gegangen war, bevor auch wir aufbrachen, schlugen aber den Weg Richtung Ufer und nicht Richtung Bahn ein.

„Hier draußen ist es so still“, sagte ich.

„Ja. Ich war noch nie hier draußen“, meinte Jensen und zog mich neben sich.

Ich sah ihn an. „Das ist ein Witz.“

„Nein.“

Am Ende des Weges, direkt am Sandstrand, blieben wir stehen. Ich drehte mich zu ihm um.

„Vermisst du die alte Heimat?“

Er neigte den Kopf und schien nachzudenken. Dann sah er mich ernst an.

„Ich vermisse *dich.*“ Er wartete, damit die Bedeutung seiner Worte wirklich bei mir ankam. „Ich vermisse dich“, wiederholte er lauter, während er meine Wange mit dem Handrücken streichelte. „Ich vermisse dich und will mich nicht so benehmen, als wäre das hier eine Kristallvase, die ich mich nicht traue anzufassen, aus Angst, ich könnte sie zerbrechen.“ Er beugte sich vor, lehnte seine Stirn an meine und stieß den Atem aus, der an meiner Nase kondensierte.

„Die Vase ist bereits kaputt“, flüsterte ich.

„Wenn dem so ist, wovor hast du dann Angst?“

„Ich weiß nicht, ob ich noch einmal über Scherben laufen will.“

Mit seinen großen Händen umfasste er mein Gesicht. „Ich würde über Scherben laufen, wenn ich so zu dir käme. Ich würde durchs Meer schwimmen, auf einen Berg steigen, alles würde ich tun."

Ich blinzelte und sah von ihm weg, in Richtung des weiten Wassers, das nur ein paar Schritte entfernt war. Dann schüttelte ich den Kopf. „Das sind nur Worte, Jensen."

„Worte sind mein Leben."

„Das weiß ich, aber wenn du etwas sagst, wenn du etwas schreibst, bringt mich das auch nicht zu dir zurück. Das musst du einsehen. Versteh doch, du hast mich verlassen und eine andere geheiratet. Ich glaube nicht, dass ich so weit darüber hinwegkomme, um dir wieder zu vertrauen."

Er seufzte schwer und verschränkte die Hände hinter dem Kopf. Einen Moment schloss er die Augen, dann ließ er die Arme sinken und sah mich wieder an. „Sag mir, was ich tun soll. Was muss ich tun, damit du zu mir zurückkommst?"

Ich stand einfach nur da und starrte ihn an. Die Wellen brachen sich am Ufer, in der Ferne lachten Menschen, aber für uns blieb in diesem Moment die Welt stehen. Früher hatte ich davon geträumt, diese Worte aus seinem Mund zu hören. Früher hatte ich mich nach ihnen verzehrt, gedacht, ich würde sie brauchen, aber diese Zeiten waren vorbei. Und sosehr ich diese Worte auch jetzt, Jahre später, genoss, wusste ich doch nicht, was ich mit ihnen anfangen sollte.

„Ich weiß es nicht, Jensen. Ich weiß es wirklich nicht", brachte ich schließlich hervor.

„Warum hast du zu mir gesagt, dass du abschließen willst?"

Oh mein Gott. Ich hatte gewusst, dass mich die Sache mit dem Abschließen noch einholen würde. Ich lachte.

„Weil ich offensichtlich verrückt bin." Als er mich leicht irritiert ansah, beschloss ich, ernst zu werden und ihm die Wahrheit zu sagen. „Weil ich nicht mehr jeden Idioten, mit dem ich ausgehe, mit dir vergleichen will."

Sein Lachen war tief und voll. „Mia, selbst wenn wir die Sache abschließen, wirst du mich mit jedem Mann vergleichen, der dir über den Weg läuft. Das ist bei mir genauso. Keine ist so witzig, nervig, verrückt oder schön wie du."

Ich sah weg. „Sag so was nicht."

„Soll ich etwa lügen?", hielt er dagegen.

Ich schüttelte den Kopf und blickte wieder zu ihm. Noch nie hatte er so ernst ausgesehen wie jetzt. Noch nie. Erneut nahm er mein Gesicht in beide Hände. „Es tut mir leid. Ich habe einen Fehler gemacht und mich unzählige Male dafür entschuldigt. Ich weiß nicht, was ich dir noch sagen soll, aber wenn ich irgendetwas machen kann, verrate es mir."

Ich schüttelte den Kopf. „Vorbei ist vorbei."

Er nickte. „Gut, dann lass uns jetzt darüber reden. Ich fange an", sagte er und sah mich eindringlich an, während er die Hände sinken ließ. „Ich dachte, du hättest jemanden, als Krista und ich …" Gott sei Dank führte er den Satz nicht zu Ende, denn ich war mir nicht sicher, ob ich das ausgehalten hätte. „Es hieß, bei dir wäre es etwas Ernstes, und da ich schon einige Wochen nichts von dir gehört hatte …" Er zuckte mit den Schultern. „Und dann ist es passiert, und mir wurde klar, um was es ging, denn ich konnte nicht beides haben. Nicht dich *und* das Baby."

„Vielleicht doch. Du hast es ja noch nicht mal in Betracht gezogen."

„Mia, ich konnte nicht beides haben. Ausgeschlossen." Er seufzte schwer. „Es war einfach alles zu viel. Ihre Familie … sie ist reich, und ich war ein Niemand. Ein armer Punk auf dem Weg ins College, der ein reiches Mädchen geschwängert hat." Wieder machte er eine Pause und streckte eine Hand nach mir aus, als wollte er sichergehen, dass ich nicht abhaute. „Es war genau wie bei meinen Eltern."

Ich nickte verständnisvoll. Wie bei seinen Eltern, nur andersrum, denn bei ihnen war die Mutter völlig mittellos gewesen.

„Ich hab's verstanden, Jensen. Wirklich. Ich hatte ja fünf Jahre Zeit, aber immer, wenn ich dich sehe …"

„Gerät deine Welt aus den Fugen", ergänzte er.

„So in der Art."

„Glaubst du, so etwas passiert dir noch einmal? Glaubst du, alles und jeder kann so ein Ungleichgewicht in dir auslösen?"

Ich verneinte. Unmöglich. Ich hatte genügend Männer getroffen und wusste, dass nur wenige so etwas bewirken konnten.

„Meinst du nicht, das wäre es wert? Ich weiß, dass du bald wieder gehst, aber willst du nicht rausfinden, was das zwischen uns ist, solange du hier bist?"

Ich sah zu Boden. „Du solltest Autos verkaufen."

„Ich verkaufe Liebe. Das ist viel schwieriger."

Ich sah auf unsere verschränkten Hände, sein unvollendetes Unendlichkeits-Tattoo sprang mir förmlich ins Gesicht und schien mir zu sagen: *Erinnerst du dich an mich? Erinnerst du dich an die Liebe? Tu es lieber nicht.* Andererseits fiel mein Blick auf das Wort *Lass*, als ich die Finger mit seinen verschränkte. Ich blinzelte und sah genauer auf den Buchstaben auf seinem Ringfinger. Bei dem fahlen Licht musste ich die Augen zusammenkneifen und die Finger spreizen. Mein Herz raste. Ich kratzte mit dem Daumen über das *M* in Schreibschrift. Es musste doch abgehen, oder?

„Das lässt sich nicht wegwischen, Mia. Du müsstest es mir schon aus der Haut schneiden."

„Jensen", flüsterte ich und sah ihn wieder an.

„Immer", sagte er und nahm mein Gesicht in seine andere Hand. „Du wirst immer ein Teil von mir sein."

„Wann hast du dir das stechen lassen?", fragte ich krächzend.

„Als ich dir das letzte Mal gesagt habe, dass ich dich liebe."

Nun wurden meine Augen nicht wegen der Musik oder der intimen Atmosphäre feucht. Ich schlang die Arme um ihn und gab ihm einen Kuss. Sanft, langsam, zärtlich. Keinen achtlosen oder vergebenden Kuss, sondern einen, der Potenzial hatte.

„Bring mich nach Hause“, murmelte ich an seinem Mund.

„Baby, das musst du schon konkreter sagen“, antwortete er und nahm meine Unterlippe zwischen seine Zähne.

„Bring mich zu dir nach Hause“, sagte ich und hielt mich an seiner Jacke fest. Ich ließ die Finger unter sein Shirt und seinen muskulösen Rücken hinauf gleiten. „Bitte“, fügte ich flüsternd hinzu und fuhr mit den Fingernägeln seinen Rücken hinab. Ich spürte ihn an meiner Brust schwer atmen.

Hunger blitzte in seinen Augen auf. Sein Griff um meine Hüften wurde fester. „Lass uns gehen, Süße.“

18. Kapitel

Jensen fuhr um ein zweistöckiges Haus herum, hielt vor der Garage und wartete, bis sich das Tor öffnete.

„Halt dich lieber wieder fest“, sagte er.

Ich krallte mich fest, als er das Motorrad aufheulen ließ und hineinfuhr. In der Doppelgarage stand außer einem schwarzen Transporter, einem Werkzeugschrank und einem pinkfarbenen Kinderjeep kaum etwas. An Letzterem blieb mein Blick hängen. Als Kind hatte ich ein ähnliches Fahrzeug gehabt. Meine Eltern waren mit uns beinah täglich draußen gewesen und ließen uns umherfahren, ich auf meinem pinken Jeep und Rob auf seinem GI Joe-Rad. Wir machten Wettrennen bis zum nächsten Stoppschild. Ich überlegte, ob Jensen wohl ähnliche Sachen mit Krista und Olivia unternahm. Und ob sie sich überhaupt oft sahen.

„Mia.“

Aus Jensens Tonfall schloss ich, dass ich auf etwas, was er zuvor gesagt hatte, nicht reagiert hatte. Ich blinzelte ein paarmal und sah ihn an.

„Ja?“

Mit dem Kopf deutete er Richtung Haus. „Komm mit.“

Ich folgte ihm die zwei Stufen ins Haus. Als Erstes fiel mir der Geruch nach Holz auf. Es roch nicht so penetrant wie in den Abercrombie-Läden, sondern eher nach neuen Holzschränken. Ich sah mir die weißen Wände an und fragte mich, ob er sie bewusst so gelassen oder nur noch keine Zeit zum Streichen gefunden hatte.

„Seit wann wohnst du hier?“

Er stand neben mir, die Hände in den Hosentaschen, sein Blick ruhte auf meinem Gesicht. „Seit etwa zwei Jahren?"

Ich atmete schwer. Zwei Jahre. „Haben Olivia und ihre Mom auch hier gewohnt?"

„Nein. Olivia ist aber oft hier, also wohnt sie hier streng genommen auch schon genauso lange."

Ich ging weiter, vorbei an einem langen Holztisch, der wie eine Parkbank aussah, bis ich in der riesigen Küche ankam.

„Oliver hat nicht übertrieben", stellte ich fest.

„Wobei?", fragte Jensen direkt hinter mir.

„Er sagte, dein Haus wäre wirklich schön." Ich sah mich in der Küche um und umrundete die Kücheninsel. „Es ist richtig toll." Lächelnd blickte ich zu ihm auf.

Er kam näher, bis er mir genau gegenüber auf der anderen Seite der Kücheninsel stand, und stützte die Hände auf. Bei seinem Blick musste ich mich festhalten.

„Du kennst ja noch gar nicht alles."

„Diese kleine Vorschau reicht schon, dass ich sagen kann, dass du ein sehr schönes Haus hast."

Er grinste. „Vielleicht will ich ja genau, dass jeder so denkt und gar nicht erst mit nach oben kommen will."

„Vielleicht versuchst du auch nur, mich in dein Schlafzimmer zu locken."

Daraufhin musste er lachen. Er trat zurück, zog die Lederjacke aus und legte sie auf die Arbeitsplatte. Ich beobachtete ihn dabei, und mein Herz schlug schneller bei der Vorstellung, was unter der Kleidung war.

„Willst du den Rest sehen?", fragte er.

Seine Stimme war rau und tief und bewirkte, dass ich alle Hemmungen gehen lassen wollte. Mein Herz schlug wie wild. Aus einer Sekunde wurden zwei, dann drei, und ich konnte mich nicht rühren, sondern hielt mich weiterhin fest, während wir uns in die Augen sahen. Keiner von uns wollte den nächsten

Schritt tun. Was wir taten, würde sich auf diesen Moment auswirken. Uns beiden war klar, dass es tragisch oder schön sein konnte. Und wir wussten nicht, wie eins ohne das andere gehen sollte. Nervös trat ich einen Schritt zurück. Er folgte mir. Wir trafen uns in der Mitte, und er streckte die Hände nach mir aus.

Wir waren beide überwältigt von unseren Gefühlen und trauten uns nur, mit Blicken zu kommunizieren. Als er mich die Treppe hinaufführte, kam mir die Erkenntnis, dass ich unsere Liebe so in den Mittelpunkt gerückt hatte. Ich hatte ihn als meine bessere Hälfte angesehen, mich ganz gefühlt, wenn ich bei ihm war, er mich berührte. Und erst als er mich verließ, wurde ich zu einer eigenständigen Person. Genau das machte mir bei alldem hier am meisten Angst. Ich hatte solche Angst, dass ich mich erneut in ihm verlieren würde und zum Schluss gar nicht mehr wusste, wo ich aufhörte und er begann. Beinah trotzig schob ich den Gedanken beiseite. Ich war nicht mehr das Mädchen von damals. Ich war eine gestandene Frau und kam ohne ihn ganz gut zurecht, dennoch blieb ein vages ungutes Gefühl.

Sein Geruch hüllte mich ein, als wir durch die erste Tür gingen. Er ließ meine Hand nicht los, sondern streichelte meinen Arm, während ich mich im Zimmer umsah und die dunkelblauen Wände und das niedrige King-Size-Bett in der Mitte registrierte. Alles von der minimalistischen Ausstattung bis hin zum Geruch strotzte vor Ordnungssinn und Männlichkeit.

„Es passt ziemlich gut … zu dir."

Jensen lachte. „Das ist hoffentlich ein Kompliment."

Ich zog die Hand zurück, sah ihn an und legte meine Tasche ab. „Ist es", antwortete ich und sah kurz auf meine Tasche.

„Warum grinst du so?", wollte er wissen.

„Lass mich dich fotografieren."

Skeptisch sah er mich an. „Über welche Art von Fotos reden wir hier?"

Ich lachte und schlug ihm gegen die Brust. Meine Heiterkeit verflog sofort, als er meine Hand dort festhielt, auf seinen durchtrainierten Brustmuskeln, direkt über seinem klopfenden Herzen.

„Darf ich dich interviewen?", fragte er und hielt weiterhin meine Hand. Unsere Herzen schlugen im selben Takt.

Ich nickte, denn eine Antwort bekam ich nicht heraus.

Er drehte uns so, dass wir uns gegenüberstanden, und umfasste mit einem Finger den Riemen meiner Kameratasche. Mit der anderen Hand hielt er mein Gesicht und drehte es so, dass unsere Blicke sich wieder trafen.

„Na dann. Fotografier mich", forderte er mich auf und zog mich mit sich zum Bett, während er rückwärts ging. Er nahm am Fußende Platz, rutschte nach hinten, sodass ich mich rittlings auf ihn setzen konnte, und stützte sich auf den Händen ab.

Als ich die Tasche öffnete und meine Kamera herausholte, zitterten meine Hände. Ich hatte die kleine Kamera dabei, die ich meistens mithatte. Schnell nahm ich den Objektivdeckel ab und machte ein Foto. Er runzelte die Stirn, denn er war noch nicht bereit gewesen. Ich lächelte und fotografierte ihn so.

„Fotografierst du jeden Deppen, mit dem du ausgehst?", wollte er wissen.

Ich lächelte, ließ mich auf seinem Schoß nieder und sah ihn durch das Objektiv hindurch an.

„Ist das die erste Frage deines Interviews?"

„Wie viele darf ich stellen?"

Ich zuckte mit den Achseln. „Fünf?"

„Dann ja."

„Nein."

Verwirrt sah er mich an. Ich drückte wieder ab.

„Nein, ich fotografiere nicht jeden Deppen, mit dem ich ausgehe."

„Zu persönlich?“, fragte er sanft. Er setzte sich auf und legte die Hände auf meine Oberschenkel. Mein Herz schlug höher.

„Viel zu persönlich“, flüsterte ich und sah ihm durch die Kamera direkt in die Augen. Ich erkannte ein so heftiges Verlangen darin, dass ich aufkeuchte.

„Vielleicht sollten wir nackt weitermachen“, schlug er vor und lächelte, als ich mich versteifte. „Dann ist die Verletzlichkeit größer.“

Ich legte die Kamera neben uns, zog mir den Kapuzenpulli aus, warf ihn weg und hob nickend den Kopf. Er lachte und entledigte sich ebenfalls seines Pullovers. Bei jeder Bewegung spannten sich seine Muskeln an. Ich atmete tief aus und lehnte mich etwas zurück, um ihn betrachten zu können. Er war immer schlank gewesen, hatte den Körperbau eines Schwimmers gehabt, aber in den letzten fünf Jahren hatte er zugelegt. Seine Muskeln waren definierter. Sanft drückte ich seine Schulter nach unten und spürte seinen Blick auf mir. Seine Brust war bunter als früher, er hatte mehr Tattoos. Beim Anblick des Road-Runner-Tattoos auf der Innenseite seines Bizeps stockte mir der Atem. Ich sah ihm in die Augen. *Wann hast du dir das denn stechen lassen?*

Er lächelte. „Das habe ich mir vor ein paar Jahren selbst zum Geburtstag geschenkt.“

Vor ein paar Jahren, als ich ihn komplett ignoriert hatte und vielleicht mit jemand anderem zusammen gewesen war. Dieser Gedanke traf mich. Ich schluckte und schämte mich für mein früheres Verhalten. Langsam ließ ich den Blick weiter zu den Zeilen wandern, die auf der anderen Seite über den ganzen Brustkorb verliefen. Wie oft hatte ich mir gewünscht, das Vögelchen zu sein, von dem das Gedicht sprach. Was ich dafür gegeben hätte, um in dem Käfig in seinem Herzen eingesperrt zu sein …

Er legte die Arme um mich. Die Wärme ließ das Blut durch meine Adern rauschen. Geschickt öffnete er meinen BH, ohne den Blickkontakt zu unterbrechen, auch als er mir die Träger abstreifte. Er lehnte sich vor, vergrub sein Gesicht an meinem Hals und küsste mich erst dort, bevor er sich von meiner Halsgrube über meine Brust nach unten arbeitete und eine warme und feuchte Spur hinterließ. Ich wurde rot und rückte etwas von ihm ab.

„Noch ein paar Fotos?“, fragte er und legte die Hände um meine Brüste.

Ich bewegte mich leicht und rieb über die harte Stelle in seiner Hose. Er stöhnte, bedeckte meine Brüste mit seinen Händen, knetete sie sanft, seine Daumen strichen über meine Nippel. Ich stöhnte auf.

„Noch ein paar Fotos.“

„Okay.“ Er brachte seine Lippen an die Stelle, wo zuvor sein Daumen gewesen war, und ich griff in seine Haare und drängte mich ihm entgegen.

„Mia“, brummte er an meiner Brustwarze.

„Was?“, fragte ich keuchend und packte fester zu, als ich seine Zähne spürte.

„Du solltest dich nicht so an mir reiben, wenn du das Fotoshooting fortführen willst.“

„Und du solltest aufhören, das mit deinem Mund zu machen, wenn du das Interview fortführen willst.“

Er lehnte sich zurück und lächelte mich an. Ich nutzte die Gelegenheit und schnappte mir die Kamera, während er unsere Position veränderte, sodass ich rücklings auf dem Bett lag und er zwischen meinen Beinen saß. Ich fotografierte, als sein Gesicht gerade näher kam, und nahm die Kamera weg, kurz bevor seine Lippen meine berührten.

„Vielleicht sind diese Fotos der Beweis, den du brauchst“, sagte er, öffnete meine Jeans, zog sie mir aus und meinen Slip gleich mit.

„Beweis wofür?“, fragte ich und keuchte hörbar, als seine Hände über meinen nackten Körper fuhren, über meinen Hals, meine Brüste, meinen Bauch, meine Schenkel.

„Dafür, wie sehr ich dich will.“ Seine Hände bewegten sich langsam, als würde er nach etwas suchen, das er unter meiner Haut verloren hatte. Vielleicht war dem auch so.

Ich nestelte am Reißverschluss seiner Jeans herum, doch er stoppte mich, indem er aufstand und sich selbst auszog, langsam, als würde er für mich einen Striptease hinlegen. Ich hatte mich auf die Ellbogen gestützt, um ihn zu beobachten.

„Ich glaube nicht, dass ich den Beweis in den Fotos finden werde“, erklärte ich und ließ den Blick nach unten wandern.

Grinsend kam er zum Bett, schnappte meine Füße und spreizte meine Beine.

„Ich meinte nicht diese Art von Begehren“, sagte er und glitt zwischen meine Schenkel. Dann senkte er den Kopf, bis seine Lippen meine berührten. Unsere Zungen trafen sich zu einem erotischen Tanz – in völligem Einklang wie lebenslange Geliebte. Sein Körper bedeckte meinen, und er drückte mich sanft aufs Bett. Kurze Zeit später beendete er den Kuss und rieb seine Nasenspitze an meiner.

„Ich will dich berühren“, flüsterte ich und schob die Hand zwischen uns, an seinen Bauch. Er war hart und zuckte, aber Jensen hielt meine Hand fest, bevor ich ihn anfassen konnte.

„Ich will so viel“, murmelte er und biss zärtlich in meine Unterlippe. „Ich will in dich eindringen und ewig mit dir schlafen.“ Er küsste meinen Hals. „Hart und schnell.“ Dann nahm er eine Brustwarze in den Mund und stimulierte sie mit der Zunge. Er hielt inne und sah mich an, als ich ihn an den Haaren näher zu mir heranzog. „Und dann langsam, in aller Ruhe. Würde dir das gefallen?“

Ich nickte. Erneut widmete er sich meiner Brustwarze, bevor er sich ein wenig zurückzog und federleichte Küsse auf meinen

Bauch, meine Hüften, den Bauchnabel und meinen Schoß hauchte. Ich konnte kaum noch atmen, und er hatte sein Ziel noch nicht einmal erreicht. Laut stöhnte er auf. Ich drückte den Rücken durch, als ich endlich seine Zunge zwischen meinen Beinen spürte.

„Aber zuerst will ich dich schmecken." Seine Zunge berührte meinen Kitzler. „Ich muss all deine Erinnerungen löschen, die nichts mit mir zu tun haben." Ich schnappte nach Luft, als er mich erneut leckte. „Ich will sichergehen", fuhr er fort, während er meinen Kitzler in seinen Mund sog und mit einem schmatzenden Geräusch wieder losließ, „dass ich dich wieder richtig kennenlerne, bevor ich in dir versinke." Erneut fuhr er mit seiner Zunge über mich, berührte gleichzeitig meine Brüste und rieb meine Nippel. Ich schnappte nach Luft und wand mich, während er sich an mir gütlich tat. Als ich mich bewegte, streiften meine Füße seine Erektion. Tief aus seiner Kehle drang ein Stöhnen, er atmete schwer, während ich erstarrte, die Augen schloss und mich den Gefühlen hingab, die ich nicht länger verleugnen konnte.

Wie seine Zunge sich anfühlte, kraftvoll und warm. Wie seine Hände gekonnt meinen Körper erkundeten. Ich konnte nicht mehr denken, als es an meiner Wirbelsäule zu kribbeln begann und dieses Gefühl sich durch meinen ganzen Körper ausbreitete. Ich stieß einen Schrei aus und flehte ihn an, es endlich zu tun, als mich ein heftiger Orgasmus erfasste. Jensen lachte, ließ seine feuchten Lippen weiter über meinen Körper wandern, so quälend langsam, dass es mich fast zum Weinen brachte. Endlich erreichte er mein Gesicht, sah mich mit seinen grauen Augen an, während sein Daumen meine Wange streichelte und dann in meinen Mund glitt. Langsam zog er meine Unterlippe nach unten.

„Ich muss was holen", stieß er rau hervor, sein Atem ging stoßweise.

Ich verstand die Frage, die in seinen Worten mitschwang: *Soll ich etwas holen?* Ich nickte.

Er wurde ruhiger, bevor er nachgab, sich über mich beugte und das Schubfach des Nachttisches ganz aufzog. Das Tattoo auf der Innenseite seines anderen Oberarmes sprang mir ins Auge, *Olivia.* Eine letzte Warnung aus der Vergangenheit, die schnell vergessen war, als er in mich eindrang. Ich schnappte nach Luft und wölbte mich ihm entgegen, um ihn vollkommen in mir aufzunehmen. Langsam glitt er ein Stück hinaus, was mir beinahe den Atem raubte, dann drang er wieder ein, tiefer, härter. Er lehnte seine Stirn an meine und atmete schwer aus.

„Gott. Wie mir das gefehlt hat", sagte er angespannt. Er zog sich wieder zurück und stieß dann hart und schnell zu. Laut schrie ich auf. „*Du* hast mir gefehlt." Jetzt bewegte er sich wilder, schneller und härter.

Ich fühlte die Verzweiflung dieses Liebesakts. Für mich, für uns war das ein entscheidender Augenblick, denn wir sahen direkt auf unseren Schmerz und fragten uns, wie sehr er uns traf. *Du hast mir auch gefehlt,* antwortete ich mit meinem Mund auf seinem. *Du hast mir so gefehlt, dass ich mir sicher war, eines Tages daran zugrunde zu gehen.*

Es tut mir leid, signalisierte er mir mit seinen Händen, die mich unablässig streichelten.

„Gib mir eine Chance", murmelte er laut. Seine Stöße wurden noch härter, und auf seiner Stirn zeigten sich Schweißperlen. „Ich will dir beweisen, wie gut es sein kann." Zärtlich biss er mir ins Ohr. „Ich will dir beweisen, wie gut *ich* sein kann."

Darauf wusste ich keine Antwort, also schloss ich erneut die Augen und krallte die Fingernägel in seinen Rücken, während er mich immer wilder nahm, bis alles um mich herum explodierte wie bei einem Feuerwerk.

Jensens Woche

Am letzten Wochenende habe ich meine bezaubernde Begleitung zu Eataly ausgeführt. Wenn ihr in der Stadt mal einen Laden sucht, bei dem ihr alles aus einer Hand bekommt – Wein, Schokolade und unglaublich gutes Essen aus der ganzen Welt –, müsst ihr dort hingehen. Ob Pizza oder Schweineohren. Bislang war ich noch nie dort gewesen, also wählte ich diesen Ort nicht, um sie zu beeindrucken, aber wenn ihr eine Frau mal so richtig beeindrucken wollt, LADET SIE ZU EATALY EIN.

Es gibt eine Nutella-Bar.

Eine Nutella-Bar, meine Herren. Und falls ich noch einmal auf das Offensichtliche hinweisen muss: Nutella ist ein besseres Aphrodisiakum als Austern.

Mein Date und ich hatten ein tolles Wochenende.

Eataly: *Ein absolutes Muss, wenn ihr in der Stadt seid.*

Frage des Tages von: @*JugiandLiba:* *„Ein New Yorker Hotdog ist perfekt, wenn …?“*
Meine Antwort: *Senf und Relish drauf sind.*

19. Kapitel

„Was die Kälte angeht, hast du wirklich nicht übertrieben", waren Estelles erste Worte, als sie mich umarmte. Sie und Oliver waren für ein Wochenende in der Stadt und hatten auf dem Weg zum Hotel einen Zwischenstopp in meiner Wohnung eingelegt.

„Bei schrecklichen Tatsachen übertreibe ich nie", erwiderte ich und drückte sie noch fester.

„Hör auf, meine Frau zu begrapschen", frotzelte Oliver hinter uns. Ich löste mich von ihr, drehte mich um und grinste, als er mich in seine Arme zog.

„Bean, jeder weiß, dass ich das Vorrecht auf sie habe, also halt die Klappe. Sei froh, dass du schärfer aussiehst als ich, denn wenn wir ehrlich sind, ist das der einzige Grund, warum sie dich geheiratet hat", konterte ich, woraufhin er lachen musste, als er mich losließ.

„Da habe ich aber Glück gehabt", erwiderte er und zog Estelle an sich, während er den Trolley in die Lobby rollte.

„Nett hier", sagte Estelle.

„Ja, finde ich auch. Manchmal frage ich mich, warum Millie und Seth nicht hier zusammengezogen sind. Aber wenn man ihre jetzige Wohnung kennt, liegt die Antwort auf der Hand."

Estelle lachte. „So schön haben sie es?"

„Aber so was von!"

„Hast du dich mal nach Wohnungen in Brooklyn umgesehen?", wollte Oliver wissen.

„Nein."

„Wirklich nicht?", hakte er nach, und wir stiegen in den Fahrstuhl.

Ich atmete tief ein und drückte den Knopf zu meinem Stockwerk. „Wirklich nicht."

„Jensen wohnt auch ganz nett", sagte er.

Ich spürte, wie er mich beobachtete, und gab mir wirklich Mühe, ein Lächeln zu unterdrücken, aber es ging einfach nicht. Jensen und ich hatten beschlossen, es langsam angehen zu lassen. Und Oliver und Estelle bis zu ihrem Besuch nichts von uns zu erzählen. Hatten wir beschlossen. Aber dann hatte Jensen in der verdammten Zeitung über unseren Ausflug zu Eataly geschrieben. Das wusste ich, weil ich just an dem Tag, als diese Kolumne erschienen war, wieder begonnen hatte, seine Sachen zu lesen.

„Ach, wirklich?", brachte ich hervor, als ich wieder ein gleichgültiges Gesicht aufsetzen konnte.

„Halt mal. Hast du ihn noch mal getroffen?", fragte Estelle.

„Elle, liest du eigentlich nie die Zeitung, wenn ich es dir sage?", warf Oliver ein.

Ich funkelte ihn an. *Mistkerl.*

Sie runzelte die Stirn. „Du hast mal gesagt, ich soll was in der Zeitung lesen?"

Oliver grinste, schüttelte den Kopf und zog sie näher zu sich. „Ich habe sie am Sonntag beim Frühstück neben dich gelegt."

„Oh. Ich dachte, die hattest du nur als Unterlage hingelegt, damit ich den Tisch beim Malen nicht dreckig mache. Ich wusste doch nicht, dass ich das lesen sollte."

Oliver und ich lachten beide, aber als er sich fragend zu mir umdrehte, blieb mir das Lachen im Hals stecken.

„Alter! Hör auf damit. In dieser blöden Kolumne hätte er jede meinen können!"

Er zuckte mit den Achseln. „Vielleicht, aber er schrieb ‚bezaubernde Begleitung'. Vic und ich haben uns die ganze Woche über ihn lustig gemacht, dass er das geschrieben hat."

Ich konnte nicht anders, als zu lachen. „Das ist so fies, Bean."

„Ich wusste es!“, sagte er triumphierend. „Ich wusste es, verdammt noch mal.“

Er nahm sein Handy, und ich riss es ihm schnell aus der Hand.

„Untersteh dich“, warnte ich. „Erstens ist es nichts Ernstes. Und zweitens wollten wir, dass ihr mit eigenen Augen seht, dass es nichts Ernstes ist, wenn ihr in New York seid.“

„Nichts Ernstes“, spottete Oliver und nahm mir sein Handy aus der Hand. „Hast du dich mit ihm getroffen?“

Ich warf ihm einen finsteren Blick zu. Fragend sah Estelle mich an, und ich bedeutete ihr stumm: *Wir reden später darüber!*

Ich zeigte ihnen die Wohnung, was nicht lange dauerte, da sie nur aus einem Zimmer bestand. Jensen schickte ich eine Nachricht mit den Worten: *Irgendwann bringe ich dich für deine bescheuerten Kolumnen noch mal um!* Ich war kurz davor, mein Handy durchs Zimmer zu pfeffern, als ich seine Antwort las: *Boah. Du hast mir geschrieben!* Er war unmöglich. Zwar auf liebenswerte Weise, aber unmöglich war er trotzdem.

20. Kapitel

„Ich meine ja nicht, dass ich dich hasse. Ich meine lediglich, dass ich dich am liebsten umbringen würde, wenn ich jetzt ein Messer in der Hand hätte", sagte ich zu Estelle, als wir auf dem Weg zu dem kleinen Restaurant waren, in dem Oliver und Jensen auf uns warteten. Sie lachte.

„Ach, das sagt die Richtige. Du triffst dich hinter meinem Rücken mit ihm und bist jetzt diejenige, die sauer ist?"

„Das ist was anderes, und außerdem ist es ja nichts Neues."

Sie blieb stehen und drehte sich zu mir um. „Soll das ein Witz sein? Das ist was ganz Neues! Beim letzten Mal hieß es noch, du beobachtest ihn nur aus der Ferne und hast bloß beruflich mit ihm zu tun, und jetzt plötzlich das!"

Einen Moment zögerte ich. „Na ja, du warst ja auch mit dem Umzug deiner Galerie und dem ganzen Kram beschäftigt!"

„Ach, da hast du natürlich eine schöne Ausrede", entgegnete sie, verdrehte die Augen und hakte sich bei mir unter.

„Ich fasse es nicht, dass ihr mich hierherschleppt, obwohl ihr wisst, dass er heute vielleicht Olivia dabeihat."

„Halt einfach die Klappe. Du gehst da rein, und falls sie da ist, schaffst du das auch. Vielleicht ist sie ja auch gar nicht da."

„Na toll."

Der Laden sah aus wie ein durchsichtiger Plastikmülleimer. Hätte Estelle die Bombe nicht schon platzen lassen, dass wir ihn zum Mittagessen treffen wollten, hätte ich allein aufgrund dieses Ladens darauf getippt. Das schwarze Inventar und die glänzende Ausstattung schrien förmlich schlicht und hipp. Wir gingen hinein und entdeckten sie auf den ersten Blick. Man konnte sie gar nicht übersehen – zwei heiße Typen mit einem kleinen Mädchen. Über der ganzen Szene stand quasi „Mommy Porno“.

„Er hat sie mitgebracht“, flüsterte ich unterdrückt. „Ich bring euch beide um. Ganz ehrlich.“

„Ich hätte wirklich nicht gedacht, dass er sie mitbringt“, flüsterte Estelle zurück. „Aber Oliver ist ihr Patenonkel, also …“

Ruckartig drehte ich mich zu ihr um. Das hatte ich nicht gewusst. Sie zuckte mit den Schultern.

„Verräterbande“, flüsterte ich, als wir bei ihnen ankamen. Estelle lachte laut.

„Was ist so lustig?“, wollte Oliver wissen. Er stand auf, begrüßte seine Frau und umarmte sie fest.

„Du tust ja so, als hättest du sie ewig nicht gesehen“, sagte ich und verdrehte die Augen.

„Nur kein Neid. Du bist die Nächste“, meinte er und nahm mich in die Arme.

Nachdem ich mich aus seinem Todesgriff befreit hatte, sah ich zu Jensen und versuchte, nicht zu dem kleinen Mädchen neben ihm zu schauen. Ich wusste noch nicht mal, wie ich das Thema angehen sollte. Wie begrüßt man den Mann, mit dem man schläft, vor den Augen seiner Tochter, die man nicht kennt? Darüber sollte mal ein Buch für Dummies veröffentlicht werden. Ich holte tief Luft und lächelte ihm zu.

„Hey“, brachte ich hervor, dann wandte ich mich ihr zu.

Bis dahin war sie nur ein kleines Mädchen gewesen. Ein Mädchen, das im Alleingang meine Beziehung mit der Liebe meines Lebens zerstört hatte. Doch wenn ich ehrlich war, traf sie keine Schuld. Die Schuld gab ich ihm. Und ihrer Mutter. Und der Entfernung, der Unsicherheit und einer ganzen Reihe anderer Dinge, die zu unserer Trennung geführt hatten. Das

Mädchen war nur ein unbeteiligter Zuschauer in dem Drama, das um sie herum seinen Lauf genommen hatte.

Jensen stand auf, ich trat einen Schritt zurück und sah ihn von unten her an. Warum hatte ich auch die flachen Schuhe anziehen müssen? Jetzt fühlte ich mich neben ihm ganz klein.

„Mia, das ist Olivia“, sagte er, schaute kurz das Mädchen an und dann wieder mich. „Scout, das ist Mia.“

Ich spürte mein Herz vibrieren, dann wurde ich schlagartig ruhig, als ich ihr in die Augen sah. Große graublaue Augen sahen zu mir auf, ein süßes Lächeln entblößte schmale Zähnchen. Einfach so. Fünf Jahre lang hatte ich mir diesen Moment – und sie – vorgestellt. Und dann lächelte sie mich einfach an, als wäre das alles keine große Sache.

„Wie in *Mia geht zum Strand*!“, stellte Olivia fest.

Sie schenkte mir ein Lächeln, das dem ihres Vaters glich, und ich lächelte zurück. Ich lächelte das Kind des Mannes an, den ich einmal geliebt hatte.

„Ganz genau“, sagte Jensen.

Auch wenn ich es nicht fertigbrachte, ihn jetzt anzusehen, so nahm ich doch das Lächeln in seiner Stimme wahr. Ich fühlte mich, als müsste ich jeden Moment losheulen. Wir waren in einem Restaurant, wo andere Familien und Pärchen eine schöne Mittagszeit verbringen wollten, und ich kam mir vor, als würde ich gerade die gewaltigste Veränderung durchmachen seit … nun ja, seit dem Konzert.

„Und das ist Estelle“, sagte Jensen, als ich Olivia gegenüber Platz nahm. „Erinnerst du dich noch an sie?“

Estelle und ich sahen uns an. Sie zuckte irgendwie entschuldigend, aber doch nicht so ganz die Achseln, was ich als ein *Du wolltest doch, dass ich nicht von den beiden spreche, also habe ich es auch nicht getan* interpretierte.

„Ja“, sagte sie und lächelte Estelle an. „Sie hat Onkel Bean geheiratet.“

„Genau“, bestätigte Oliver breit grinsend.

Er legte seine großen Arme um sie und drückte sie, bis sie kicherte. Und mir wurde klar, dass ich hier das fünfte Rad am Wagen war.

Dieses kleine Mädchen aus Fleisch und Blut hatte keinen blassen Schimmer, wie wichtig mir ihr Vater einmal gewesen war. Selbst wenn wir es ihr in Ruhe erklären würden, würde sie es nie verstehen, denn sie hatte ja eine Mutter, die nicht ich war, und einen Vater, der nicht mit mir zusammen war, während sie aufwuchs. Unsere Liebe würde für sie bloß eine Geschichte sein, die man sich beim Essen erzählte, wenn man Anekdoten aus der Vergangenheit hervorkramte – wenn man sie denn überhaupt erzählen würde. Über manche solcher Geschichten sprach man ganz unbefangen. Über andere, wie die von Jensen und mir, breitete man den Mantel des Schweigens. Selbst heute fragten manchmal noch Leute, die uns als Paar gekannt hatten: „Was ist denn eigentlich zwischen dir und Jensen vorgefallen? Ich dachte, das war DIE große Liebe.“ Oder: „Ich dachte, ihr seid mittlerweile bestimmt verheiratet.“ Unsere Geschichte würde nicht erzählt werden, denn es war schon schmerzhaft genug gewesen, sie zu erleben.

„Alles okay?“

Ich blinzelte, sah sie nicht weiter an, sondern nickte Jensen zu. Danach studierte ich ganz konzentriert die Speisekarte, während sich Oliver, Estelle und Jensen mit Olivia über den Kindergarten, ihre Freunde und Lieblingsfilme unterhielten. Einmal blickte ich auf, gerade in dem Moment, als Jensen seine Tochter so zärtlich und liebevoll auf den Kopf küsste, wie nur Väter es tun. Und in meinen Augen war das das Schärfste, was er je getan hatte. Ich sah wieder in die Speisekarte und starrte so krampfhaft auf den Burger mit Blauschimmelkäse, dass ich richtig zusammenzuckte, als mich jemand berührte.

„Sicher, dass alles okay ist? Du bist so still“, sagte Estelle.

Ich nickte und hielt die Karte höher, um mich vor neugierigen Blicken abzuschirmen, auch wenn Jensen in der Lage war, mich weiterhin zu beobachten. Ich konnte mir ja schlecht eine Papiertüte über den Kopf ziehen, aber wäre das möglich gewesen, hätte ich es gemacht. Dann legte ich die Speisekarte hin und sah Estelle an.

„Kannst du mir den Burger mit Blauschimmelkäse und eine Cherry Coke bestellen? Ich muss mal zur Toilette." Den zweiten Satz flüsterte ich, was Olivia zum Kichern brachte.

Estelle warf mir einen fragenden Blick zu, aber nickte, als ich aufstand, durch das ganze Restaurant ging und hinter einer Wand verschwand, hinter der sich hoffentlich die Toiletten befanden. Ich erwartete schon halb, dass sie mir hinterherkommen würde. Umso erleichterter war ich, als ich ohne jemanden im Schlepptau die Toilettentür hinter mir schloss. Ich musste mich erst mal sammeln. Danach würde ich zurückgehen und mich wirklich mit diesem Mädchen unterhalten.

Es war bloß ein Mädchen.

Was so nicht stimmte.

Es war Jensens Tochter.

Seine süße, niedliche kleine Tochter.

Von einer anderen Frau.

Ich schlug mit der Faust gegen die Kabinentür und stöhnte. Hätten sie mich bloß vorgewarnt! Diese Arschlöcher. Als es an der Tür klopfte, atmete ich noch einmal tief durch, wusch mir die Hände und ging hinaus. Ich sah auf meine spitzen Stiefel, lief geradewegs in ihn hinein und machte einen Satz zurück.

„Verdammter Mist …", fluchte ich.

Gleichzeitig grummelte er: „Du solltest besser aufpassen, wo du hinläufst."

Jensen rieb sich das Kinn, ich mir den Kopf.

„Tut mir echt leid. Aber du solltest dich nicht immer so anschleichen."

„Ich stehe vor der Toilette. Das zählt ja wohl kaum als Anschleichen."

„Doch, wenn du dabei Hintergedanken hast."

Er verdrehte die Augen und schüttelte den Kopf. Ich lächelte, weil ich das letzte Wort hatte.

„Tut mir leid, dass wir dich nicht vorgewarnt haben, dass sie mit dabei ist."

„Sie ist süß."

„Danke."

„Sie sieht aus wie du."

„Findest du?"

„Na ja, ich kenne ja ihre Mutter nicht." Mal davon abgesehen, dass ich sämtliche Sozialen Netzwerke nach ihr durchforstet hatte …

„Es gefällt mir, dass du findest, dass sie wie ich aussieht", sagte er und blickte mir tief in die Augen.

Ich sah von ihm weg und räusperte mich.

„Ähm, ich glaube, wir sollten mal zurück zu den anderen." Schnell wandte ich mich zum Gehen um.

Er ergriff meinen Arm und zog, bis ich mit dem Rücken gegen seine muskulöse Brust prallte. Mir stockte der Atem. Ich wollte mich bewegen, aber mir blieb wortwörtlich die Luft weg. So von ihm festgehalten zu werden, war in diesem Moment fast mehr, als ich ertragen konnte.

„Was machst du da?", flüsterte ich.

Er neigte den Kopf, bis wir Wange an Wange waren, seine Bartstoppeln kitzelten mein Kinn, und sein Geruch hüllte mich ein. In meinen Gedanken gab es nur ihn. Er hielt mich so, dass ich nicht anders konnte, als von ihm vereinnahmt zu werden. Ich ließ den Kopf hängen und schloss die Augen.

„Deine Tochter wartet auf dich", sagte ich.

„Meine Tochter ist mit ihrem Onkel beschäftigt. Glaub mir, ich bin gerade das Letzte, woran sie denkt, und ich muss wissen, ob bei dir alles okay ist. Richtig okay. Nicht so larifari okay. Kein ‚Mir geht's gut, Jensen'." Er imitierte meine Stimme, und ich unterdrückte ein Lächeln. „Nicht dass du das Weite suchst. Ich muss einfach wissen, dass du dich jetzt nicht aus dem Staub machst, dass du nicht wieder den Road Runner gibst."

Bei diesen geflüsterten Worten schlug mein Herz Purzelbäume.

„Mir geht's gut", sagte ich leise und wand mich in seinen Armen.

Er lockerte den Griff, ließ aber nicht los. „Sieh mich an."

Ich atmete ein, reckte den Hals und schaute ihm in die Augen, was mein Herz augenblicklich schneller schlagen ließ.

„Mache ich."

Er grinste und fuhr mir mit einer Hand durch die Haare. „Du bist so hübsch."

Ich bebte am ganzen Körper. „Jensen. Nicht hier."

Um seine Mundwinkel zuckte es. „Wenn ich dich jetzt küsse, würdest du mir eine knallen?"

„Darauf kannst du wetten."

Er biss sich auf die Lippe und stöhnte. Und ich fühlte mich, als würde ich in seinen Armen dahinschmelzen. Sein Gesicht kam näher, bis sich unsere Nasenspitzen berührten.

„Darauf lasse ich es ankommen", flüsterte er, während seine Lippen sich auf meine legten.

Ich erschauderte, legte die Hände auf seine schmale Taille und verschloss die Augen vor all den Gründen, warum ich mich nach dem hier nicht so verzehren sollte, besonders nicht in diesem Moment. Doch er küsste mich mit so viel Einfallsreichtum, als hätte er sich diesen Augenblick sein ganzes Leben lang ausgemalt. Als hätte er Gedichte verfasst, wie er meine volle Unterlippe in seinen Mund nahm. Als wäre meine Zunge eine Strophe, die ihm auf der Zunge lag, die er aber noch nicht perfektionieren konnte.

Ich beendete den Kuss, weil ich dringend Luft holen musste, hielt Jensen jedoch weiterhin fest, denn ich fürchtete, was passieren würde, wenn ich ihn erst einmal losließ. Seine Nase berührte meine, sein Atem vermischte sich mit meinem.

„Das war …" Er ließ den Satz unvollendet.

Ich sah ihn an, nickte langsam und stimmte damit zu, dass dies … etwas bedeutete. *Alles* bedeutete.

Und dann ließ er mich los. Und ich ihn. Wir standen weiter auseinander als zuvor. Und einmal mehr war ich mir unsicher, nicht, weil ich es *nicht* wollte, sondern weil ich es *so sehr* wollte.

Wir aßen alle unsere Teller leer, danach schlug Oliver einen Spaziergang durch den Central Park vor, wo er schon länger nicht mehr gewesen war.

„Ist es nicht irre, wie groß der Park ist?", meinte ich.

Alle sahen mich an, als wäre ich nicht ganz dicht.

„Mein Fußballplatz ist auch groß", warf Olivia ein.

Ich blickte zu ihr hinab und lächelte. „Wirklich? Magst du Fußball?"

Lächelnd nickte sie. „Letzte Woche habe ich ein Tor geschossen."

„Wow! Ich wollte auch immer Fußball spielen."

„Das kann ich dir beibringen", sagte sie, wobei sie Jensens Hand losließ und meine ergriff. Es kam so unerwartet, dass ich zusammenzuckte und mir beinahe die Kameratasche runtergefallen wäre.

Ich sah auf unsere verschränkten Finger, ihr kleines Patschehändchen und meine schlanke, fast doppelt so große Hand. Die unterschiedlichsten Emotionen übermannten mich, mein Herz bebte.

„Das wäre toll", sagte ich leise.

Wir fanden in dem riesigen Park einen Spielplatz, setzten uns auf die Wiese und sahen Olivia beim Herumtollen zu. Oliver gesellte sich kurz zu ihr, danach Estelle, dann Jensen. Nachdem sie eine Weile mit anderen Kindern gespielt hatte, sah sie mich an und winkte.

„Mia! Spiel mit mir!"

Ich versteifte mich und blickte Jensen an, der sich gerade mit Oliver über Football unterhalten hatte, während Estelle mir von ihrer Galerie erzählte. Von dem Kuss abgesehen, hatten Jensen und ich Distanz gewahrt. Ich wegen Olivia. Und er? Keine Ahnung. Zwischen uns gab es aber auch kaum sehnsuchtsvolle Blicke, was mir Sorgen machte. Wollte er mich nicht hierhaben? War es für ihn in Ordnung? Dass seine Tochter mich so mochte? Diese Gedanken versuchte ich beiseitezuschieben. Meinen schnellen Puls wollte ich in den Griff bekommen, indem ich mir sagte, dass es doch Jensen war. Der Typ, mit dem ich vor langer Zeit ausgebüxt war, für ganze Wochenenden. Und sie war seine Tochter. Wenn es andersherum wäre, hätte ich gar kein Problem damit, dass er mein Kind kennenlernte. Aber sie war nicht mein Kind, und ich war nicht derjenige, der von der Liebe seines Lebens und gleichzeitig bestem Freund links liegen gelassen worden war, als dieses Kind zur Welt kam.

Da ich es nicht ertrug, wie Olivia mich ansah, als würde sie meine Reaktion falsch deuten und denken, ich wollte nicht ihre Freundin sein, stand ich auf und ging zu ihr hinüber. Niemand hätte ihr diese kleine Bitte abschlagen können. Sie setzte sich auf die Schaukel, und ich schubste sie an. Sie lachte und warf die Beine nach oben. Als sie genug Schwung hatte, setzte ich mich auf die andere Schaukel und schaukelte mit. Lachend sahen wir uns an, und es berührte mich, wie unbekümmert sie mit mir umging, wie eine kleine Geste sie so glücklich machen konnte. Kurz darauf kam Jensen, stellte sich hinter uns und schubste uns beide gleichzeitig an, während Olivia und ich einen Wettbewerb starteten, wer höher kam. Als wir später den

Park verließen, ließ ich sie meine Kamera umhängen und fotografieren. Am liebsten knipste sie Hunde, aber auch ein paar Eichhörnchen. Meine Kamera schien es ihr angetan zu haben, und ich war froh, dass ich etwas dabeihatte, das ich mit ihr teilen konnte, mal abgesehen von ihrem Vater, der sich weiterhin seltsam benahm.

Als ich später den Tag noch einmal Revue passieren ließ, fiel mir auf, dass Jensen nie mit seiner Tochter so über mich geredet hatte, dass er unseren Status hätte definieren müssen. Das hatte ich auch nicht erwartet. Ich war nicht seine Freundin. Ich war mir noch nicht mal sicher, ob wir Freunde waren. Für mich würde das ganz schwer werden, denn Schubladen konnte ich nicht ausstehen, und ich wollte nicht als irgendetwas bezeichnet werden. Ich nahm meine Kamera und sah mir die Fotos an. Bei einer Aufnahme von Jensen, Olivia und mir bei den Schaukeln schien mein Herz einen Schlag auszusetzen. Sie zeigte Olivia, wie sie mit ihren wuscheligen dunklen Haaren und einem verträumten Ausdruck im Gesicht ihren Vater ansah. Er lächelte ihr zu, und auch ich lächelte wegen dieses Fotos, auf dem ich Teil seines Lebens war, wenn auch nur für einen kurzen Augenblick.

Jensens Woche

Was für ein Wochenende! Ich erwähnte bereits, dass Partnersuche mit Kind etwas (will sagen: sehr) anders ist. Ich kann mir schon denken, dass einige von den alleinerziehenden Müttern jetzt die Augen verdrehen und meinen: „Als ob Männer sich damit auskennen ..." Tja, manche Männer schon. Als meine Frau und ich uns getrennt haben, war es mir wichtig, meine Tochter immer sehen zu können. Ich wollte kein Wochenendpapa sein, also sehe ich sie fast jeden Tag. Wenn das einmal nicht klappt, telefonieren wir.

Letztes Wochenende waren mein bester Freund und seine Frau in der Stadt. Da er der Patenonkel meiner Tochter ist, nach dem sie benannt ist, stimmt er seine Reisen nach New York immer mit ihrem Kalender ab. Außerdem hat nun auch die Frau, mit der ich aktuell ausgehe, meine Tochter kennengelernt. Ihr fragt euch jetzt vielleicht: „Na und, was ist daran so besonders, Reynolds?"

Ich verrate es euch: ALLES.

Zufälligerweise ist sie nämlich „die Eine".

Erinnert ihr euch, wie oft ich schon über sie geschrieben habe?

Sehr oft.

Und nachdem sie nun meine Tochter kennengelernt hat, wir zusammen einen tollen Tag hatten und sie dabei sogar einmal vor Rührung weinen musste, ist sie jetzt w wie weg. Wie vom Erdboden verschluckt.

Meine Tochter ist so süß. Immer wieder fragt sie mich, ob Mia wiederkommt.

Meine Antwort: Das hoffe ich doch, Scout. Das hoffe ich. Wenigstens waren wir schön brunchen und hatten eine nette Zeit im Central Park, bevor sie verschwunden ist … oder?

Frage des Tages von: @*Twihardmomof3: „Welche drei Dinge wünschst du dir?“*
Meine Antwort: *Gesundheit, Liebe, Glück.*

21. Kapitel

Am frühen Morgen hatte ich ein Fotoshooting. Nachdem das Pärchen mir von seiner Liebe im zweiten Anlauf erzählt hatte – er arbeitete für ihren Vater, als sie ihre erste verbotene Liaison hatten; Jahre später kamen sie erneut zusammen –, fotografierte ich den restlichen Vormittag lang Menschen, die aussahen, als würden sie irgendetwas sehnlich vermissen. Danach ging ich mit Estelle Mittag essen.

Sofort, als ich das kleine Café betrat, in dem wir verabredet waren, entdeckte ich sie. Sie knibbelte an ihren lackierten Nägeln und starrte auf ein Bild an der Wand neben ihr. Ich überlegte, was sie wohl sah, wenn sie Bilder betrachtete. Hatte sie einen objektiven Blick, oder schätzte sie den Wert? Ich fragte mich, was Jensen sah, wenn er Menschen begegnete. Analysierte er sie wie ich, oder akzeptierte er ihre Makel und bemühte sich, sie so schön zu beschreiben, wie ich sie auf einer Fotografie festzuhalten versuchte?

„Was siehst du? Ein Herz oder einen Apfel?", fragte Estelle, als ich ihr gegenüber Platz nahm.

Ich betrachtete das Bild. „Sieht aus wie ein roter Klecks."

„Ernsthaft?", fragte sie lachend.

Ich sah noch einmal hin und nickte. „Ja … oder wie ein Herz, das ein Grundschulkind gemalt hat."

„Hey, nichts gegen Grundschüler. Die machen mitunter Wahnsinnsbilder."

„Glaub ich dir." Ich machte eine kurze Pause. „Wo ist denn dein Romeo?"

„Seit einiger Zeit mit Jensen unterwegs, was heißen könnte,

irgendwas zwischen Strip-Club und Café."

Ich musste lachen. „Ich glaube nicht, dass sie mit Olivia in einen Strip-Club gehen."

„Wenigstens hat einer von uns noch Vertrauen in die zwei. Was machen die Fotos? Hat Millie noch mal was von ihrer Freundin gehört? Bleibst du bei den Aufnahmen, von denen du erzählt hast?"

Seufzend legte ich die Speisekarte weg, nachdem wir bestellt hatten. Dann rieb ich mir die Hände und erzählte von meiner Idee.

„Reden wir auch über dein Zusammentreffen mit Olivia?", wollte sie unvermittelt wissen.

Ich stockte. „Okay. Wenn's sein muss. Gibt es da überhaupt etwas zu bereden?"

„Vielleicht, dass Jensen Oliver erzählt hat, dass er dich seit dem Treffen nicht mehr erreichen kann."

Ich starrte sie an. „Ich habe die ganze Zeit im Park mit ihr gespielt, ihr sogar meine Kamera geliehen. Und dann erzählt Jensen der ganzen Welt, dass ich w wie weg bin, und stellt mich hin wie ein Miststück! Es waren gerade mal zwei Tage!"

„Oh Gott. Ich sollte seine Kolumnen wirklich mal lesen", sagte sie lachend. „Und, wie findest du Olivia? Du sahst aus, als wärst du kurz vorm Ausflippen."

„War ich ja auch! Ich hatte nicht damit gerechnet, dass sie dabei ist."

„Und?"

„Sie ist bezaubernd." Ich zuckte mit den Achseln. „Oder was willst du von mir hören?"

„Na ja, das ist zumindest ein Anfang, wenn man bedenkt, dass du letzte Woche noch der Meinung warst, Kinder sind Ausgeburten der Hölle."

„Das stimmt doch gar nicht. Ich mag Kinder, möchte halt nur nicht meine gesamte Zeit mit ihnen verbringen. Daran ist ja wohl nichts auszusetzen."

„Und wenn ich mal Kinder habe?“, wollte sie wissen.

Ich lehnte mich zurück und musterte sie einmal von oben bis unten.

„Bist du schwanger?“

„Noch nicht.“

„Du weißt doch, ich liebe alles, was aus deiner Vagina kommt.“

„Mia!“ Sie prustete los.

„Was denn?“

„Geheimsprache!“

„Ich hab keine Lust mehr auf Geheimsprache. Für den Quatsch bin ich zu alt.“ Ich biss von meinem Sandwich ab. „Hast du deinem größten Fan das Bild vorbeigebracht?“

„Oh ja. Und sie hat regelrecht gesabbert, als sie Oliver sah. Das war vielleicht was!“ Sie nahm einen Happen von ihrem Essen, ohne mich aus den Augen zu lassen. „Was glaubst du, wie es jetzt mit Jensen weitergeht?“

Als ich mit Kauen fertig war, zuckte ich die Schultern. „Da er sich neulich total seltsam benommen hat, habe ich keine Ahnung.“

„Für ihn muss es auch komisch gewesen sein.“

Scharf sah ich sie an. „Elle, für mich war es bestimmt noch merkwürdiger.“

„Ich fasse es nicht, dass du nach allem, all dem Ignorieren, Aus-dem-Weg-Gehen und all dem Mist, den du versucht hast, nun doch wieder in ihn verknallt bist.“

„Ich bin nicht in ihn verknallt“, sagte ich und gab mir Mühe, mich nicht an meinem Wasser zu verschlucken.

Sie schmunzelte. „Bist du doch, irgendwie, und es ist meine Schuld, weil ich nicht hier war, um dich vor seinen verträumten Augen abzuschirmen.“

„Verträumte Augen?“

„Wie würdest du sie denn beschreiben?“

„Grau."

Sie warf ihre Serviette nach mir und lachte. „Du bist eine Idiotin."

„Aber eine realistische Idiotin ohne rosarote Brille."

„Wie auch immer. Ich bin trotzdem der Meinung, dass du verrückt nach ihm bist."

Ich biss mir auf die Zunge. *Vielleicht.* „Und ich bin der Meinung, dass du verrückt bist – Punkt."

„Ich meine das ernst, Meep."

„Ich weiß. Und ich war der Meinung, wir kämen ganz gut miteinander klar, quatschen, unternehmen was und so. Bis Samstag. Und als ich mir zu Hause die Fotos angesehen habe, die du von uns gemacht hast …" Ich stockte und dachte an die Fotos, die ich auf der Suche nach den Hundebildern, die ich Jensen schicken wollte, auf meiner Kamera gefunden hatte. Estelle hatte Olivia, Jensen und mich zusammen fotografiert. Wir sahen aus wie eine Bilderbuchfamilie. Lediglich ein zweites Kind und ein Hund fehlten, aber dieses Foto zeigte, was alle Welt sich wünschte. Man hätte auch den Hashtag #Lebensziel setzen können.

„Und du hast gesehen, wie es sein könnte."

„Vermutlich, aber er hat sich trotzdem seltsam benommen. Total seltsam."

Kurz betrachtete sie mein Gesicht. „Sei vorsichtig, Meep. Ich mag Jensen, aber ihn gibt es nur noch mit Anhang. Ihn, Olivia, Krista, deren Familie und alle, die da noch mit dranhängen, und so weiter und so fort."

Bei dieser Aufzählung wurde mir das Herz schwer, dennoch zuckte ich mit den Schultern. „Ich bin mir sicher, dass ich sie sowieso nicht kennenlerne. Bin ja nur vorübergehend hier, schon vergessen?"

„Zum Glück! Hier ist es sowieso viel zu kalt für dich."

„Für dich aber auch", konterte ich lachend.

22. Kapitel

Als Estelle und Oliver wieder weg waren, fühlte ich mich ganz leer. Die Gedanken an zu Hause und an alles, was mir fehlte, machten es noch schlimmer. Bei jedem Atemzug hatte ich das Gefühl, etwas zu vermissen. Am nächsten Morgen verließ ich die Wohnung auf der Suche nach etwas Besonderem. Und ich fand es in Form eines Obdachlosen, der in der U-Bahn die neuesten Neuigkeiten verkündete, als ich auf dem Weg nach Brooklyn war. Verblüfft stellte ich fest, dass ich weder einen Nachrichtensender noch Klatschzeitungen brauchte, um auf dem neuesten Stand zu bleiben. Heute verkündete er eine neue Hollywood-Lesbe.

„Bruce Jenner ist 'ne Lesbe!", sagte er laut und setzte sich mit dem Rücken gegen riesige schwarze Müllsäcke, die er mit sich herumschleppte und in denen ich Klamotten vermutete.

Selbst der Mann, der mir gegenüber Zeitung las, hielt kurz inne. Normalerweise blickte ich zu Boden und lauschte, aber ich musste den Schlagzeilenkerl einfach ansehen, wenn er solche Ereignisse kommentierte.

„Bruce Jenner ist jetzt 'ne Frau. Die auf Frauen steht. Also ist er 'ne Lesbe!"

Ich sah zu dem Mann mir gegenüber, er zu mir, wir beide mit weit aufgerissenen Augen und ein Lachen unterdrückend – er hinter seiner Zeitung, ich hinter meiner Wasserflasche verschanzt. Nachdem ich ausgestiegen war, entdeckte ich noch mehr Menschen, die es wert waren, sie zu fotografieren. In New York gab es etwas, was ich zu Hause nicht gefunden hatte – Inspiration, wo man nur hinsah. Als ich später in einem

Starbucks in der Nähe meiner Wohnung Zeitung las, erschien direkt vor meinen Augen ein passendes Objekt.

Auf den ersten Blick war nichts Besonderes an ihr. Sie war eine gewöhnlich gekleidete Frau, trug Jeans, einen hübschen Mantel und hatte ein pummeliges Baby auf der Hüfte. Auf den zweiten Blick sah ich, dass sie in der anderen Hand Tüten hielt. Auf den dritten Blick bemerkte ich, dass sie weinte. Einige Zeit beobachtete ich sie, wie sie weinend ihr Gesicht im Nacken des Babys vergrub, als würde das Kind sie halten, obwohl es ja andersherum war. Noch bevor ich nachdenken konnte, nahm ich die Kamera und drückte ab. Ich knipste noch mal und noch mal. Als ich es nicht mehr ertrug, wie sie weinend dastand und die Leute an ihr vorbeigingen, als existiere sie gar nicht, schnappte ich meine Sachen und ging hinaus, um sie anzusprechen.

Wie sich herausstellte, hatte Theresa nur einen schlechten Tag, nichts Gravierendes. Am Ende unseres Gespräches lächelte sie und gab mir Tipps, wo ich meine Fotos ausstellen könnte. Wir unterhielten uns noch etwas, bis das Baby quengelte, dann gingen wir jeder unserer Wege. Der pulsierende Herzschlag der Stadt trieb mich zu einer kleinen Galerie in Brooklyn. Ich unterhielt mich mit dem Inhaber, einem jungen Künstler mit ähnlichen Ideen wie ich. Seine Bilder, die meinen sehr nahekamen, sollten das Schlechte auf der Welt zeigen und den Menschen die Augen öffnen. Rodrigo hatte Seite an Seite mit Menschen demonstriert, die ihre Meinung sagten, und seine Aufnahmen an die wichtigsten Nachrichtenagenturen und Zeitschriften verkauft.

„Das Beste ist aber, dabei zu sein, und zwar mittendrin", erklärte er mit glänzenden braunen Augen, sodass ich mir wünschte, ebenfalls dabei gewesen zu sein. Er zeigte auf ein Bild hinter sich, auf dem ein kleines Mädchen zu sehen war, das einem Mann ein Schild mit einer Regenbogenfahne entgegenhielt, der wiederum ein religiöses Schild hielt, auf dem etwas in der Art stand, dass man nicht errettet werden würde. Was für ein aussagekräftiges Bild! Ich musste einen Schritt zurücktreten, um es vollkommen auf mich wirken zu lassen.

Nachdem er sich die Fotos auf meiner Kamera angesehen hatte, meinte er: „Du musst die unbedingt irgendwo ausstellen."

„Genau deshalb bin ich hier."

Er nickte. „Gut. Dann lass uns darüber sprechen. Hast du Zeit?"

Ich bejahte. Zeit hatte ich mehr als genug.

Auf dem Heimweg sah ich, dass Jensen angerufen hatte.

„Hey, ich muss eine irre knappe Deadline einhalten … aber ruf mich doch zurück. Ich vermisse dich", hatte er auf die Mailbox gesprochen. Er klang müde.

Als ich ihn anrief, ging keiner ran.

Mir wurde immer mulmig, wenn ich darüber nachdachte. Seine Worte bedeuteten nicht viel, besonders wenn man bedachte, wie er sich nach der Sache mit Olivia benommen hatte. Ich verstand ihn nicht. Nicht so wie früher. Und das störte mich mehr als alles andere, denn eins der schönsten Dinge in unserer Beziehung, sogar schon bevor wir zusammengekommen waren, war gewesen, dass ich ihn verstanden hatte und er mich. Es tat so gut, jemanden zu haben, mit dem man auf einer tieferen Ebene kommunizieren konnte, und das ganz ohne Worte. Ich war mir nicht sicher, ob wir das jemals wieder erreichen würden, und dieser Gedanke quälte mich mehr, als ich mir eingestehen wollte.

23. Kapitel

Ich war noch einmal in Rodrigos Galerie gewesen, um mir anzuschauen, wo er meine Aufnahmen ausgestellt hatte, und ging danach in Jensens Stammcafé. Nicht, weil ich ihn dort treffen oder ihm zufällig über den Weg laufen wollte, sondern weil ich mich seit einer Woche nach dem dortigen Kaffee sehnte und sich mir nun die erste Gelegenheit bot. Als ich näher kam, schwirrten Schmetterlinge in meinem Bauch herum. Was, wenn ich ihm begegnete? Am Vorabend hatten wir kurz miteinander telefoniert, er hatte schnell aufgelegt, weil Olivia seine Aufmerksamkeit einforderte. Ich wusste nicht einmal, warum er angerufen hatte, aber ich hatte mich gefreut, seine Stimme wenigstens für zwei Sekunden zu hören. Auch nachdem ich seine Kolumne gelesen hatte, kam mir die ganze Sache am Samstag komisch vor, und je länger ich darüber nachdachte, desto klarer wurde mir, dass das weder an mir noch an Olivia lag, sondern an ihm.

Ich seufzte. Egal. Wir hatten eine unglaubliche Nacht gehabt. Und dann noch eine. Ich musste jetzt nicht wie ein junges Ding Pläne schmieden, die vielleicht sowieso nicht wahr werden würden. Entschlossen öffnete ich die Tür und atmete erleichtert auf, als ich ihn nicht sah. An der Theke bestellte ich etwas zu trinken, und während ich wartete, nahm ich mein Handy und rief Rob an, um nachzufragen, ob ich am Wochenende in unserer Wohnung unterkommen könnte – oder eher gesagt in seiner und Juan Pablos Wohnung. Während es klingelte, sah ich aus dem Augenwinkel weitere Leute hereinkommen. Jensen hielt mit einer Hand die Tür auf, den Laptop in der anderen Hand. Er war vollkommen schwarz gekleidet – von der Beanie bis hin zu den Chucks – und in Begleitung einer Frau mit hellbraunen Haaren. Ihre Haut war blass wie bei einem Porzellanpüppchen, ihr Lächeln wirkte gelassen und hätte vielleicht sogar auf mich abgefärbt, wäre ich bei diesem Anblick nicht so perplex gewesen.

Nicht, weil sie eine Frau war oder weil sie offensichtlich mit ihm gemeinsam hier war. Dank meiner früheren Facebook-Recherchen wusste ich, dass es Krista war. In dem Moment, als der Typ mit dem blauen Iro den Kaffee auf den Tresen stellte, schnappte ich mir den Becher, damit der Iro-Typ meinen Namen nicht rief. Grinsend zog er seine gepiercte Augenbraue nach oben.

„Okay, okay", sagte er.

Ich lächelte und verkrümelte mich in die Ecke der Theke, wo es Zucker gab. Der Iro dachte bestimmt, ich sei verrückt, was vielleicht stimmte, mir aber egal war. Zwischen den Kaffeemaschinen hindurch erspähte ich Jensen und Krista. Entweder war sie um einiges größer als ich, oder sie trug enorme Absätze. Sie war mindestens auf Höhe von Jensens Nase. Dieser lachte über irgendetwas, das sie gesagt hatte, und sie fuchtelte mit den Händen herum. In dem Moment fiel mir ein Ring an ihrer linken Hand auf. Ich schluckte und sah auf mein Handy. Den Kaffee stellte ich zur Seite und suchte auf Facebook nach ihr. Sie hatte ihr Profil auf privat gestellt, und auf dem blöden Profilfoto war sie allein – das half mir nicht weiter. Ich dachte nach, welche gemeinsamen Freunde wir haben könnten. Oliver. Dieser Mistkerl. Ich klickte auf Fotos, die sie geteilt hatten, aber es waren alles alte. Von der Zeit, als sie schwanger war, im Garten saß, wegen etwas grinste, das Oliver gesagt hatte, während Jensen im Hintergrund ein Bier trank. Das Bild brachte mich nicht weiter. Was für ein Scheiß. Wie sollte es auch?

Das Handy steckte ich zurück in meine Hosentasche, nahm

den Kaffee und sah auf. Sie kamen in meine Richtung, also flüchtete ich durch den Nebeneingang und lehnte mich draußen gegen die Wand, während ich wartete, bis mein Puls wieder langsamer schlug. Als ich mich wieder etwas beruhigt hatte, warf ich einen Blick ins Café. Er sah zum Barista, sie stand neben ihm und war mit ihrem Handy beschäftigt. Als sie es weggepackt hatte, sah sie zu ihm auf, lächelte wegen etwas, das er gesagt hatte, streckte den Arm aus und berührte mit den Fingerspitzen sein Gesicht. Innerlich bebte ich, das Herz rutschte mir in die Hose. Wie auf Befehl schnellte sein Kopf nach oben, seine grauen Augen blickten verwirrt in meine Richtung. Ich rannte weg, weil ich es wirklich nicht ertrug, die beiden zusammen zu sehen.

Ich war schneller zu Hause, als ich es je für möglich gehalten hätte. Er war mir nicht gefolgt. Hatte nicht angerufen. Und ich hatte meine Gefühle unter Kontrolle gehabt, bis die Wohnungstür hinter mir ins Schloss gefallen war. Zunächst glitt mir die Kameratasche aus den zitternden Händen. Dann gaben meine wackeligen Knie so plötzlich nach, dass ich schnell hinter mich greifen musste, um meinen Fall abzufangen. Die Tränen, mit denen ich fest gerechnet hatte, kamen nicht. Schluchzer quälten mich, krallten sich in meinen Lungen fest und ließen mich kaum atmen. Mit meinen blank liegenden Nerven, die kein Ventil fanden, fühlte ich mich wie ein Vulkan, der nicht ausbrechen konnte.

Ich blinzelte, als mein Handy an meinem Hintern vibrierte. Wie in Trance griff ich nach hinten und zog es aus der Tasche. Estelles Name auf dem Display ließ die Tränen fließen. Es war nicht Jensen. Er hatte mich gesehen und rief dennoch nicht an. Er hatte gesehen, was ich gesehen hatte, und rief dennoch nicht an.

„Robbie meinte, ich könnte dich am Freitag abholen", trällerte sie in die Leitung und lachte. „Eigentlich meinte er, wir beide könnten dich abholen."

„Toll.“

„Was?“, sagte sie laut. „Was ist los?“

„Nichts. Alles. Aber vielleicht nichts.“

Sie lachte kurz auf. „Klingt katastrophal. Was ist passiert?“

„Ich habe heute Jensen und Krista gesehen.“

„Was? Wo?“

„In dem Café, in das er immer geht.“

„Ach du liebes bisschen, Mia. Hast du ihn schon wieder gestalkt?“

„Nein!“, schrie ich und ergänzte ruhiger: „Nein. So war das nicht.“

„Was ist passiert?“, fragte sie erneut.

„Ich wollte mir einen Kaffee holen. Ich finde den Kaffee dort wirklich gut. Außerdem dachte ich so, ich sollte heute mal ein paar Fotos schießen, wo doch der Himmel mitspielt, und in dem Moment kamen sie herein.“

„Und?“

„Und sie hatte einen Ring am Finger.“

„Einen Ehering? Ist doch nicht schlimm, Meep, sie trägt nicht *seinen* Ring.“

Ich nickte, auch wenn sie mich nicht sehen konnte, und spürte, wie ein paar Tränen sich ihren Weg bahnten. „Ja, das habe ich mir gedacht. Und das ist eigentlich gut, oder? Nur ein Ring. Keine große Sache. Aber dann hat sie ihn angefasst.“

Estelle schnappte hörbar nach Luft. „Wie genau?“

„Na ja, eben angefasst.“

„Ach … du … heilige … Scheiße.“

„Du sagst es“, bestätigte ich leise und wischte mir die Tränen weg. „Vielleicht war ja auch nichts“, brachte ich zwischen zwei Schluchzern hervor. „Vielleicht hat das nichts zu bedeuten, aber es fühlte sich nicht so an, verstehst du? Ich hasse sie, verdammt noch mal.“

„Ich weiß, Süße, und das aus gutem Grund“, antwortete Estelle.

Ihre Stimme war beruhigend, schien mich zu streicheln. Ich seufzte.

„Das war nicht blöd von mir, oder? Habe ich mich wie ein kleines Mädchen aufgeführt?“

„Nein. Das war nicht blöd. Ich verstehe schon, warum du so reagiert hast, aber ich glaube, du reißt das aus dem Zusammenhang. Hat er dich angerufen?“

Ich lachte bitter. „Nein. Der Arsch hat mich gesehen, er hat mich verdammt noch mal gesehen, aber er kam mir nicht hinterher und hat auch nicht angerufen.“

Einen Moment sagte sie nichts, dann flüsterte sie: „Das ist ein Scherz.“

„Schön wär's.“ Ich trocknete mir die Tränen.

„Ich weiß nicht, Mia, ob ...“ Sie unterbrach sich und atmete einmal tief durch. „Also ... so ist Jensen doch nicht, oder? Ich rufe Oliver an.“

„Untersteh dich! Das ist ein Frauending!“

„Von wegen Frauending! Du bist eindeutig sauer, und ich befürchte, du malst dir schon das Schlimmste aus. Wir sollten das lieber klären, damit du nicht wegen dieses Rings und der Tatsache, dass sie ihn angefasst hat, durchdrehst“, sagte sie lauter, als müsste ich noch einmal klar und deutlich hören, was ich gesehen hatte.

Ich seufzte, lehnte den Kopf an die Wand und schloss die Augen. „Ich hasse ihn. Ich hasse ihn. Ich hasse sie. Ich hasse New York. Ich hasse die Liebe. Ich hasse mein Herz, das mich an seine Liebe erinnert. Ich hasse einfach alles.“

„Es tut mir so leid“, versuchte sie mich zu trösten. „So, so leid. Ich wünschte, ich wäre jetzt bei dir.“

„Ich will nach Hause“, sagte ich und weinte nun richtig. „Ich will einfach nur nach Hause.“

„Wir sind für dich da. Immer."

Und genau das bedeutete Zuhause für mich. Es war ein Ort. Der Ort, an dem meine Familie, meine Freunde auf mich warteten, an dem ich immer willkommen war und wo man mich immer lieb hatte, egal, was für ein Mist auch passierte. Ich musste nicht hierbleiben und mit Jensen zurechtkommen. Und mit all dem Scheiß, der mit ihm zu tun hatte. Ich schloss die Augen. In meine Gedanken stahl sich das Bild von uns am Strand, als er mir erzählte, dass sie von ihm schwanger war. Schmerz durchzuckte mich, als hörte ich diese Worte zum ersten Mal. Diese Worte würde ich nie vergessen, auch nicht seinen schmerzerfüllten Blick, als er sie sagte, und wie diese paar einfachen Worte mir den Boden unter den Füßen weggezogen hatten.

Ich dachte an die Sache im Café. Wie er lachend dastand, als Krista sein Gesicht berührte, und wie er aussah, als er mich durch das Fenster entdeckte. Warum musste dieser Anblick nur so wehtun? Und wie hatte ich nur so blöd sein können, es erneut so weit kommen zu lassen?

24. Kapitel

Ich schlief in einem Berg aus Decken und Handtüchern ein, die ich hatte zusammenlegen wollen. Das wurde mir aber erst bewusst, als es an meiner Tür klopfte. Nach dem Telefonat mit Estelle hatte ich fast eine Stunde in der Dusche auf dem kalten Boden gesessen und geweint, während mir heißes Wasser über den Rücken gelaufen war. Ich wollte nichts tun. Wollte nicht sein. Wollte nach Hause, zu meiner Familie, aber vor allem zu meinem Bruder. Wollte, dass er mich in den Arm nahm und ich an seiner Brust weinen konnte, bis sich mein Herz nicht mehr so verletzt anfühlte.

„Ich komme!", rief ich und tappte zur Tür.

Bevor ich durch den Spion sah und für einen Moment erstarrte, straffte ich mich noch einmal. Hinter der Tür stand Jensen, er sah mich direkt an und wirkte bedrückt. Ich sprang zurück, ließ den Türknauf los, als würde er glühen. In meinem Herzen fühlte ich wieder einen Stich.

„Mia! Mach die verdammte Tür auf. Ich weiß, dass du auf der anderen Seite stehst!"

Ich hielt die Luft an. Woher, zum Teufel, wusste er das? Ich sah nach unten zum Türspalt. Man konnte nichts sehen. Ich ging noch etwas weiter zurück, ohne dass meine nackten Füße das leiseste Geräusch auf dem Teppich machten.

„Mia!" Er hämmerte gegen die Tür. Als ich ihn etwas anderes sagen hörte, kam ich wieder näher. Er redete mit dem Mann, der mir gegenüber wohnte, einem älteren Herrn in Jogginghose und weißem Pulli. Er sah aus, als wäre er gerade erst nach Hause gekommen.

„Ist mir doch egal. Gehen Sie halt wieder rein, wenn Sie nicht gestört werden wollen", sagte Jensen zu ihm. Ich konnte nicht hören, was mein Nachbar sagte. Ich verstand nur Bruchstücke.

„Dann rufen Sie doch die Polizei! Dann müssen die mich aber hier wegschleifen. Und dann gibt das eine noch größere Szene als jetzt!"

„Vielleicht will sie Sie ja gar nicht sehen!", meinte der Nachbar.

Ich legte eine Hand auf mein Herz und lächelte, denn vielleicht war ich ja doch nicht so allein. Dieser Fremde schien irgendwie auf meiner Seite zu sein.

„Sie weiß überhaupt nicht, was sie will! Kümmern Sie sich um Ihren eigenen Kram!" Das war wieder Jensen.

„Mache ich doch. Ich bin in meiner Wohnung, aber ich höre Sie rumschreien!"

Eine weitere Tür wurde geöffnet, neben dem Mann, schräg gegenüber von meiner Wohnung. Heraus kam eine Frau in meinem Alter, Dana. Ich hatte sie schon öfter gesehen, im Fahrstuhl und auf dem Weg von oder zur Haltestelle. Einmal hatten wir uns ausgiebig über *Game of Thrones* unterhalten, als sie ein Oberteil mit dem Gesicht von Tyrion und der Aufschrift „Hold Me Closer Tiny Lannister" getragen hatte, worüber ich mich kaputtgelacht hatte.

„Vielleicht hat sie ja gerade Besuch von ihrem Freund", sagte Dana.

„Ich bin ihr Freund!", brüllte Jensen.

Skeptisch betrachtete sie ihn und verschränkte die Arme vor der Brust. „Hm ... Bin mir ziemlich sicher, dass das nicht stimmt. Ich hab Sie hier noch nie gesehen. Nur einen großen blonden Typen." Sie beäugte ihn von oben bis unten, wie um zu sagen: „Das waren ganz sicher nicht Sie."

Jensens Gesichtsausdruck wechselte von wütend zu wahnsinnig. Er war auf hundertachtzig, nahm die Mütze ab, um sich mit beiden Händen die Haare zu raufen, und krempelte sich dann die Ärmel hoch. Er atmete scharf aus, wandte sich dann erneut meiner Tür zu und klopfte dreimal, diesmal lauter.

„Mia, ich schwöre, wenn ich wegen diesem Scheiß festgenommen werde, musst du das Olivia erklären."

Mein Herz setzte erneut einen Schlag aus. Mist. Ich sah zu Dana und dem Kerl von gegenüber und öffnete mit zitternder Hand die Tür. Nur einen Spalt. Als Erstes wandte ich mich an Dana.

„Tut mir leid", sagte ich und sah dann zu dem Nachbarn.

„Hab schon den Sicherheitsdienst gerufen", meinte er. „Soll ich auch die Polizei verständigen?"

Ich schüttelte den Kopf. „Nein, alles okay. Ich war … gerade duschen und habe von der ganzen Aufregung gar nichts mitbekommen." Mein Blick traf auf Jensens zusammengekniffene Augen, und mir schlug das Herz bis zum Hals.

„Lass mich rein, Mia. Lass mich rein oder komm raus. Eins von beidem", sagte er. Seine tiefe, kratzige Stimme jagte mir einen Schauer über den Rücken.

Ich hielt die Tür auf, und er stürmte herein.

„Tut mir leid", wiederholte ich.

„Sag Bescheid, wenn du irgendwas brauchst", kam es von Dana.

„Ich werde die Ohren offen halten." Das kam von dem Mann aus der Wohnung gegenüber.

„Danke. Aber das ist wirklich nicht nötig. Der tut nichts." Beide sahen mich skeptisch an, und das Bedürfnis, Jensen zu verteidigen, war größer als meine Scham oder Wut, also ergänzte ich: „Nie und nimmer würde er jemandem etwas antun. Er ist gerade nur stinksauer. Mehr nicht."

Ich schloss die Tür hinter mir, bevor ich mich Jensen zuwandte. Er stapfte durch mein Wohnzimmer, fuhr sich mit den Händen durch die Haare, seine Mütze war schon lange weg.

Augenblicklich fiel mein Blick auf seine linke Hand, an dessen Fingern kein Ring steckte. Ich knetete die Hände, als er endlich zu mir sah. Dann machte ich einen Schritt zurück, Richtung Küchenzeile, denn die Intensität seines Blickes war zu viel für mich.

„Ich fasse es nicht, dass du mich nicht reinlassen wolltest. Ich weiß genau, dass du dort standest", sagte er und zeigte auf die Tür.

Ich amtete hörbar aus. „Warum bist du hier?"

„Warum bist du weggerannt? Ich meine, als ich dich gesehen habe."

Ich ging zum Angriff über: „Machst du Witze? Du traust dich echt, das zu fragen? Warum bist du mir nicht hinterhergerannt? Warum hast du nicht angerufen? Vielleicht aus denselben Gründen, warum ich weggerannt bin!"

Er schüttelte den Kopf. „Ich weiß nicht, was du glaubst, gesehen zu haben …"

„Nein. Nein. Nein! So nicht, Freundchen. Du stellst dich jetzt nicht hier hin und schiebst mir die Schuld in die Schuhe. Ich weiß, was ich gesehen habe!"

„Was denn, Mia?"

„Dich und deine Exfrau. Dich, wie du eine schöne Zeit mit deiner Ex hattest", ergänzte ich.

Er stöhnte, winkte ab und sah zur Decke, als erwartete er, dort Hilfe zu finden. Wären wir in einem Comic, wäre ich vermutlich Magneto und würde mit meinen Superkräften alles aus ihm herausziehen, bevor ich nach Südkalifornien fliegen würde, aber leider waren wir nicht in einem Comic. Wir waren nur Mia und Jensen – alles andere als perfekt, dafür verrückt und in einer schrecklich komplizierten Beziehung gefangen.

„Das ist nicht …" Er seufzte, seine Stimme erstarb, als er mich wieder ansah, diesmal mit klaren Augen und sanftem Gesichtsausdruck. „Hast du gedacht …?" Sein Mund blieb offen, als wäre ihm gerade erst etwas eingefallen. „Was genau hast du gesehen?“

Ich verdrehte die Augen und schluckte meinen Widerwillen hinunter. „Spielt das eine Rolle? Spielt das wirklich eine Rolle? Ich will, dass du verschwindest, Jensen. Aus meiner Wohnung und aus meinem Leben. Jetzt. Das ist mein voller Ernst!“

Er kam einen Schritt näher und war nur noch eine Armlänge entfernt. „Was hast du gesehen?“

Ich öffnete den Mund, schloss ihn wieder und drehte meinen Kopf zur Wand. Ich schluckte, um meine unsichere Stimme unter Kontrolle zu bringen, aber es gelang mir nicht. „Sie … sie hat dich berührt.“ Ich sah wieder zu ihm, mit Tränen in den Augen, als ich an diese Szene dachte. „So … scheißliebevoll.“

Er schloss die Augen. Atmete schwer aus und legte einen Finger an die Nase. „Verdammt.“

„Genau … verdammt“, pflichtete ich ihm leise bei und versuchte, den Kloß im Hals hinunterzuschlucken. „Wie ich schon sagte, sollst du verschwinden. Hau ab.“

Er machte große Augen, betrachtete mein Gesicht und kam noch einen Schritt näher. Langsam streckte er die Hände in Richtung meines Gesichtes aus, aber ich drehte mich weg.

„Stopp. Du sollst verschwinden“, wiederholte ich.

„Das kann ich nicht“, flüsterte er ernst. Sein gepeinigter Blick ließ mich innerlich schier zerbrechen.

„Und ich kann das nicht. Ich dachte, ich könnte es. Zum Spaß. Aber ich kann es nicht. Jetzt merke ich, dass ich es wirklich nicht kann“, erklärte ich, wieder standen mir Tränen in den Augen. Schnell blinzelte ich, aber sie verschwanden nicht. Stattdessen liefen sie mir über die Wangen.

„Mia, nicht“, sagte er und streckte erneut die Hand nach mir aus. Ich trat einen Schritt zurück und eckte wieder an der Küchenzeile an.

„Geh bitte.“

„Mia, ich schwöre, dass da wirklich nichts läuft.“ Er machte eine Pause, schloss einen Moment die Augen und atmete aus. „Das schwöre ich bei Gott, Mia. So etwas würde ich dir nie antun.“

„Das hast du schon einmal.“

„Nein, habe ich nicht! Das weißt du genau. Fang nicht damit an. Wir haben darüber gesprochen. Lass die Vergangenheit doch endlich ruhen.“

„Kann ich nicht, verstehst du? Ich kann das nicht vergessen.“

„Mia, sie wird bald heiraten. Schon während unserer Ehe lief nichts mehr zwischen uns. Die meiste Zeit lebten wir wie in einer WG, aber wir sind Freunde.“ Ich lachte spöttisch, und er betonte: „Nur Freunde, Mia. Vielleicht hatte ich eine Wimper im Auge … keine Ahnung, warum, zum Teufel, sie mich angefasst hat, aber ich versichere dir, es war rein freundschaftlich.“

Der Schmerz blieb unverändert. In diesem Moment konnte wohl nichts meinen rasenden Herzschlag beruhigen. „Egal. Egal, was sie gemacht hat oder was du gemacht hast. Verstehst du, das ist alles egal.“

Dass ich die zwei zusammen gesehen hatte, war wenigstens für diese eine Erkenntnis gut gewesen: Ich konnte es nicht vergessen, denn es hatte mich tief verletzt und mir das Herz gebrochen. Es hatte mich förmlich zerrissen, und als die Zeit mich wieder zusammengeflickt hatte, war ein Teil von mir verloren gegangen.

„Bitte, Mia“, flehte er mit leiser, schmerzerfüllter Stimme. Ich schüttelte den Kopf und blinzelte erneut Tränen weg. Irgendwie fand ich meine Stimme wieder, die überraschend kräftig war.

„Nein. Es reicht.“

Er kam noch näher, bis seine Brust meine berührte und ich nur noch seine Wärme spürte, seinen Duft roch. Ich blinzelte wieder und wieder, um den Schleier zu vertreiben, der mich einzuhüllen drohte.

„Wir sind nur Freunde, Mia. Wir haben eine gemeinsame Tochter. Damit musst du klarkommen."

„Ich kann nicht", erwiderte ich, aber meine Worte waren leise, meine Stimme kraftlos. Und in dem Moment senkte er den Kopf und legte seine Lippen auf meine. Seine Zunge stahl sich in meinen Mund, spülte wie eine Welle all meinen Widerstand hinweg und erweckte das Knistern zwischen uns zum Leben. Ich erwiderte seinen Kuss mit derselben Kraft, derselben Intensität, so als wäre es das letzte Mal. Und ich wusste, dass dem so war. Ich spürte, dass ich mich nicht mehr unter Kontrolle hatte und es nicht bei diesem Kuss bleiben würde. Spürte, dass ich meine Hände unter seinen Pullover schieben, die Muskeln an seinem Rücken entlangfahren wollte, seinen Kopf zwischen meinen Beinen spüren, seine großen Hände auf meinen Oberschenkeln. In dem Moment machte ich einen Rückzieher. Mit enormer Kraft, von der ich selbst nicht geahnt hatte, dass ich dazu fähig war, schob ich ihn von mir.

„Ich kann das nicht. Ich dachte, ich könnte, aber ich kann nicht."

Er nickte, doch ich merkte, wie es in ihm brodelte, und als er etwas fragte, wurde mir schwer ums Herz. „Was hast du mit meinen Briefen gemacht?"

Ich trat einen Schritt zurück. „Wieso?"

„Hast du sie gelesen?"

„Nein", antwortete ich leise.

Sein verärgertes Schnaufen ließ mich aufsehen. „Was hast du mit ihnen gemacht, Mia?"

Ich sah wieder weg und wünschte, dieses Gespräch würde es nicht geben. Nie hatte ich bereut, was ich mit ihnen getan hatte, bis jetzt, denn sein Tonfall und sein Blick ließen mich wünschen, alles ungeschehen zu machen, wenigstens für einen Augenblick. Er legte einen Finger unter mein Kinn und hob es leicht an, damit ich ihn ansah.

„Die meisten habe ich vor einiger Zeit verbrannt“, flüsterte ich.

„Wie bitte?“ Er ließ die Hand sinken und schreckte zurück, als wäre diese Wahrheit zu viel für ihn.

„Du hattest mir das Herz gebrochen.“

Er schüttelte den Kopf und lachte ungläubig.

„Du hast mir wehgetan und dennoch weiterhin Briefe geschickt“, erklärte ich.

„Ich ... in diesen Briefen steht mehr über mich, als ich damals selbst von mir wusste.“ Er hielt inne und schüttelte erneut den Kopf. „Ich habe dort Hinweise eingeflochten, wer ich bin, denn ich hoffte, du würdest die Teile zusammensetzen und mir ein Ganzes meines Selbst zurückgeben.“ Erneut trafen sich unsere Blicke, Schmerz lag in seinem. „Ich habe dir Teile meiner Seele auf diesen Seiten offenbart ... und du hast sie verbrannt.“

Etwas in mir zerbrach, aber nicht alles. Ich wusste, er könnte sagen, was er wollte, um meine Meinung zu ändern. Würde er nur hier und da Worte voller Liebe säen, würde ich nachgeben und ihn wieder in mein Herz lassen. Nicht, weil ich zu schwach wäre, sondern weil ich nicht stark sein wollte. Ich wusste nicht, was ich sagen sollte, also schwieg ich und senkte verschämt den Kopf. Hätte ich seine Worte doch nur sorgsamer geachtet. Dann nahm er mein Gesicht in die Hände, damit ich ihn wieder ansah.

„Du kannst weiterhin davonlaufen, und ich werde dich gehen lassen, denn selbst wenn du denkst, du gehst, bleibt dein Herz doch immer bei mir. Und das halte ich in Ehren ...“ Er verstummte, wandte kurz den Blick von mir ab. „Und damit werde ich niemals spielen. Wenn du also der Meinung bist, du brauchst Abstand, gebe ich ihn dir, aber glaub nicht eine Sekunde, dass ich dir nicht wieder näherkommen werde, Mia.

Und ich schwöre bei Gott, wenn ich dir das nächste Mal nahe bin, werde ich für immer bleiben."

Ich schüttelte den Kopf, Tränen traten mir in die Augen, aber ich fand keine Worte. Was hätte ich auch sagen können?

Er ging zur Tür, blieb stehen und hielt sich kurz am Türgriff fest. „Der Schmerz, den du gespürt hast, als du mich mit ihr gesehen hast – diesen Schmerz kenne ich seit fünf Jahren, denn ich habe immer nach dir geschaut, auch als du damit beschäftigt warst, mich wie Luft zu behandeln. Ich war immer da. Ich war da während der Sache mit Ben und mit David und mit Adam. Und mit Todd, Scott und Phillip."

Er schüttelte den Kopf, den Blick weiterhin zur Tür gerichtet, fuhr sich durch die Haare und atmete schwer. „Schmerz empfindet man nicht nur, wenn man den Menschen, den man liebt, verliert. Sondern auch, wenn man diesen Menschen mit jemand anderem sieht und dennoch nichts tut, weil man nicht das bieten kann, was er verdient."

Über die Schulter sah er zu mir, warf mir einen Blick zu, der mir durch Mark und Bein ging. „Seit ich dich verloren habe, lebe ich mit dem Schmerz. Ich habe gelernt, mit ihm zu leben, aber nicht, ihn zu akzeptieren."

Dann ging er. Und in dem Moment sackte ich auf den Boden. Ich begann zu schluchzen, denn erst da wurde es mir wirklich bewusst. Während ich ihn ignoriert und seine Briefe verbrannt hatte, hatte er die ganze Zeit auf mich geschaut und auf den richtigen Augenblick gewartet. *Aber er ist verheiratet gewesen. Er verheiratet, ich zerbrochen.*

Jensens Woche

Eine meiner Lieblingssportarten ist Boxen. Irgendetwas fasziniert mich daran, dass die Jungs wieder und wieder in den Ring steigen und eine Abreibung kassieren. Ein zehrender Sport, nicht nur körperlich, da bin ich mir sicher, auch wenn ich selbst nie geboxt habe. Ich habe genug Boxkämpfe in meinem eigenen Leben, in meinem Kopf, in meinem Geist durchlebt. Und dort bin ich mein eigener Erzfeind. Die Welt ist brutal, das Leben hart, und wir selbst sind die größten Idioten, mit denen wir es zu tun haben.

Meine Weisheit des Tages: Seid achtsam mit euch selbst.

Seid auf der Hut, denn andere machen euch schon oft genug fertig. Da müsst ihr selbst nicht auch noch mithelfen. Tut ihr aber dennoch, weil es nun mal so ist. Aber ihr steht auch wieder auf, weil das dazugehört. Und wahrscheinlich geht es dann von vorne los, weil ihr nun mal verrückte, dumme Idioten seid.

Warum holen wir uns dann noch einen Nachschlag? Wenn wir doch wissen, dass wir immer wieder den Kürzeren ziehen? Ich glaube, da sind wir wie Boxer, die diese Intensität brauchen. Wir wollen spüren, dass wir stärker sind als unser Geist. Als unsere Gefühle. Und schließlich tragen wir die Hoffnung in uns, dass wir irgendwann nicht zu Boden gehen – weder durch andere noch durch uns selbst.

Frage des Tages von: *@BookNerdCarmen: „Stammst du gebürtig aus New York? Wenn nicht, woher kommst du, und vermisst du deine Heimat?“*

Meine Antwort: *Nein. In Long Beach geboren, in Santa Barbara aufgewachsen. Heimat ist für mich dort, wo meine Tochter ist. Je länger ich hier bin, desto klarer wird mir, dass ich nicht Kalifornien vermisse, sondern vielmehr die Leute, die ich dort zurückgelassen habe.*

25. Kapitel

Offensichtlich sammelte ich gern – allem voran Fotos, Bücher, Schuhe und Gefühle. Nachdem Jensen gegangen war, konnte ich nicht einschlafen. Essen auch nicht, was gar nicht so schlecht war, denn übers Wochenende würde ich nach Hause fliegen, und meine Mom mich vermutlich für die nächsten fünf Jahre mästen. Wieder und wieder gingen mir seine Worte durch den Kopf, wie bei einer kaputten Schallplatte. Seine Stimme, seine Worte, sein trauriger Blick, als er mich ein letztes Mal angesehen hatte. Es fühlte sich an wie ein Wendepunkt, war es aber nicht.

Unsere Vergangenheit war eine Fotosammlung festgehaltener Erinnerungen. Die melancholischsten Momente schmerzten so sehr, dass ich sie gar nicht vom Staub zu befreien und zu betrachten wagte. Und dennoch tat ich es. In meinem Kopf, wieder und wieder. Schloss ich die Augen, sah ich uns am Strand, wie ich zu ihm rannte, als er mit Freunden dort war, wie er lachte, als er mich halb in der Luft auffing, wie wir uns stritten, weil meine Eltern ihn nicht gut fanden. Wie ich versuchte, ihn zu beruhigen bei Dingen, die er nicht ändern konnte, ihm immer wieder versicherte, dass er für mich gut genug war, so, wie er war.

Das passierte so oft, dass es mir in Fleisch und Blut übergegangen war. Zu versuchen, seine Gedanken zu lesen, wenn er mir nicht sagen wollte, was los war oder was ihn störte. Aber dann tauchte er immer wieder plötzlich nach Mitternacht bei mir zu Hause auf. Ich erkannte ihn schon am Jaulen seines Motorrads, ging nach unten, und er hielt mich einfach nur eine

Ewigkeit im Arm. Und in dieser Stille lag unser persönliches Paradies, in dem uns niemand verurteilte oder störte. Damals, als wir Mia und Jensen waren, die beneidet wurden, weil sie so ein schönes Paar waren und das hatten, wovon alle träumten. Damals, als wir uns mit Hilfe des anderen gefunden hatten.

Ich überlegte, wie schlimm es für ihn gewesen sein musste, mich mit all den anderen Männern zu sehen, und wie ich mich an seiner Stelle gefühlt hätte. Meinem jüngeren Ich war das egal. Es erinnerte mich daran, warum alles den Bach runtergegangen war. Aber mein erwachsenes Ich schüttelte den Kopf, bedauerte mich, bedauerte ihn, bedauerte all die Männer, die mir nie das hatten geben können, wonach ich mich sehnte ... und was ich bei ihm fand. Ich wollte ihn anrufen. Mich bei ihm entschuldigen – für damals, für heute. Aber das konnte ich nicht. Ich war zu egoistisch. Zu stur.

Also ließ ich es bleiben. Ich packte für das Wochenende zu Hause und redete mir ein, dass aus uns sowieso nichts mehr werden würde. Dass ich die Seiten aus unserem großen gemeinsamen Buch herausgerissen und verbrannt hatte. Selbst als ich mir das einredete, weinte ich um ihn, um uns, um die Erinnerung, was wir einmal gewesen waren und was wir hätten werden können, wenn ich nur imstande wäre loszulassen.

26. Kapitel

„Du hast mit ihm geschlafen?“ Das war Roberts erste Frage, als er mich vom Flughafen abholte.

„Wo ist Elle?“, wollte ich wissen und sah mich um.

„Sie konnte nicht mitkommen. Irgendeine undichte Stelle in der Galerie. Du sollst sie anrufen. Aber zurück zum Thema. Ich fasse es nicht, dass du mit ihm geschlafen hast!“

„Mach mir keine Vorwürfe. Schon vergessen, warum ich hier bin?“

Er verdrehte die blauen Augen. Zweimal. Sozusagen als Zugabe.

„Tut mir leid, aber ich habe im Job gerade so viel um die Ohren. Und mein Chef meinte, ich darf doch keinen Urlaub nehmen.“

„Dein Chef ist unser Vater, du Depp.“

„Tja, wenn du noch einen Tag durchgehalten hättest, wäre ich vielleicht gekommen. Aber du musstest ja Hals über Kopf abhauen und bei erster Gelegenheit herfliegen.“ Er nahm mir das Handgepäck ab und zog mich mit seinem freien Arm zu sich heran. „Ich fasse es nicht, dass du mit ihm geschlafen hast.“

Ich stöhnte. „Und ich fasse es nicht, dass er darüber in einer großen Zeitung geschrieben hat“, brüllte ich, beherrschte mich dann aber wieder. Die Freude, meinen Bruder wiederzusehen, ließ mich meinen Kummer einen Moment vergessen. „Ich will nicht über ihn sprechen.“

Rob ließ mich los und musterte mich eingehend. „Was ist los?“

Ich schüttelte den Kopf. „Darüber kann ich nicht sprechen“, sagte ich leise.

„Ich dreh ihm verdammt noch mal den Hals um. Diesmal bringe ich ihn wirklich um, das kannst du mir glauben“, drohte er, nahm meine Hand und zog den Rollkoffer hinter sich her zum Parkplatz.

Auf der Fahrt zu unseren Eltern berichtete ich ihm alles, und er schenkte mir seine ungeteilte Aufmerksamkeit, wie er es nur bei wenigen Menschen tat. Als ich zu Ende erzählt hatte, warf ich ihm einen Blick zu, der besagte: *Und?* Entsetzt schüttelte er den Kopf.

„Alter Schwede, ich weiß gar nicht, was ich dazu sagen soll.“

„Das ist ja mal ganz was Neues“, grummelte ich und sah aus dem Fenster.

„Meep, er hat gar nichts gemacht.“

„Weißt du …“ Ich seufzte schwer. „Ich habe die ganze Woche darüber nachgedacht. Er hat wirklich nichts gemacht. Was Krista angeht, glaube ich ihm. Wirklich, aber, Scheiße, wenn ich daran denke, was ich gesehen habe … tut es weh, Robbie“, erklärte ich und schluckte die Tränen hinunter. Man sollte meinen, ich hätte gar keine Tränen mehr übrig. „So verdammt weh.“

„Ich weiß“, sagte er und nahm die Hand vom Schaltknüppel, um sie auf meine zu legen.

„Es ist nur, ich weiß einfach nicht, was ich glauben soll. Oder tun.“

„Mach gar nichts. In weniger als einem Monat bist du wieder zu Hause. Du hast ein zweites Vorstellungsgespräch hier im Museum. Warum solltest du irgendwas tun? Würde er dir zuliebe hierherziehen?“

„Kann ich mir nicht vorstellen. Olivia wohnt in New York“, erwiderte ich kopfschüttelnd.

„Würdest du ihm zuliebe dort hinziehen?“, bohrte er weiter. Je länger ich schwieg, desto größere Augen machte er. „Du würdest nach New York ziehen, in eine Stadt, die du nicht ausstehen kannst – seinetwegen?"

Ich zuckte die Schultern. „Ich hab nie behauptet, vernünftig zu sein."

Rob grinste. „Zum Glück, denn sonst würde ich vor Lachen nicht mehr in den Schlaf kommen."

Erneut schwieg ich und legte einen Fuß auf das Armaturenbrett, aber nur, bis Rob mir tödliche Blicke zuwarf.

„Meinst du, Dad hat die Kolumne gelesen?"

„Die vom Sonntag?"

Ich nickte.

„Vermutlich nicht, wenn er dich nicht tobend angerufen hat."

„Mein Name wurde auch nur einmal erwähnt. Das hat Dad vielleicht überlesen."

Rob warf mir einen skeptischen Blick zu. „Ach, Mia. Jeder Idiot merkt doch, dass von dir die Rede ist."

„Warum sagt das bloß jeder?" Ich stöhnte.

„Weil es so ist!", war seine Antwort, gefolgt von einem Lachen. „Wart's mal ab, bis Dad es gelesen hat."

Panisch riss ich die Augen auf. „Wir sollten schnell zu ihnen fahren und die Zeitung verbrennen."

Rob lachte schallend, als hätte er seit Chris Farley in *Tommy Boy – Durch dick und dünn* keinen solchen Witz mehr gehört. Als wir angekommen waren, sah ich ihn an und gab ihm das Wichtigste zu verstehen: zuerst die Zeitung. Er nickte. Als wir hineingingen, hallte Moms Lachen durch das ganze Haus und erzeugte in mir ein so wohliges Gefühl, dass ich lächeln musste.

„Wir sind da", rief Rob und warf mir einen Blick zu, bevor er in die Küche ging.

Mom kreischte aufgeregt. Ich stellte mir vor, wie sie die übereinandergeschlagenen Beine löste und vom Sofa aufsprang.

Als ich ins Wohnzimmer ging, rannte sie natürlich auf mich zu, ihre langen blonden Haare waren zu einem lässigen Dutt hochgesteckt, die Lesebrille hing über ihrem weiten weißen Pullover herab, und sie breitete die Arme aus.

„Willkommen zu Hause, mein Baby", sagte sie und umarmte mich fest.

„Ich bin nur zu Besuch", murmelte ich dicht an ihrem Hals.

„Verdirb es uns nicht", tadelte mich mein Dad, als er zu uns kam.

Ich ließ meine Mutter los und umarmte ihn ganz fest. Er roch nach Sonnencreme und Salzwasser. Nach *zu Hause*.

„Ein paar Wellen geritten?", wollte ich wissen.

Er grinste breit und nickte. „War ein guter Vormittag."

„Ich bin neidisch!"

„Musst du nicht. Er war schon total geschafft, bevor er überhaupt angefangen hat", sagte Mom lachend und duckte sich, um nicht von ihm durchgekitzelt zu werden.

„Ein paar gute habe ich erwischt."

Mom nickte zustimmend, aber sobald er wegsah, schüttelte sie den Kopf. Ich musste schmunzeln. Bis zu diesem Moment war mir gar nicht bewusst gewesen, wie sehr mir mein Zuhause gefehlt hatte.

„Also, wir gehen morgen Vormittag", meinte ich.

„Wo ist dein Bruder?"

„Hier. Ich musste erst mal für kleine Mädchen", sagte Rob.

Dad schüttelte den Kopf. „Hoffentlich hast du nicht wieder die Luft verpestet."

„Ich doch nicht!"

Dad sah ihn an. „Beim letzten Mal musste ich den ganzen Tag eine von diesen Kerzen im Bad anzünden. Und an dem Abend hatten wir Gäste zum Essen."

„Das war bestimmt Mia", meinte Rob.

„Was soll der Scheiß? Ich war seit einem Monat nicht hier!"

„Mia, ich darf doch bitten." Das kam von Mom. Ich verdrehte die Augen.

„Und wenn du deine Augen behalten willst, solltest du sie nicht so verdrehen." Das kam von Dad.

„Ich bin sechsundzwanzig, nicht zwölf", gab ich zurück.

„Solange ihr eure Füße unter unseren Tisch stellt ...", imitierte Rob unsere Mutter.

„Und keine einzige Rechnung bezahlt ...", fügte ich hinzu und ahmte Dad nach.

Wir machten damit weiter, die zwei sahen uns belustigt zu, bis Mom schließlich sagte: „Gut, das reicht. Lasst uns essen."

Wir saßen in der Küche und aßen, bis wir nicht mehr konnten. Ich dachte nicht an New York, Fotos oder gar Jensen. Stundenlang umgab mich lautes Gelächter wegen Horrorgeschichten aus dem Architektenleben von Dad und Rob.

„Wann kommt Juan Pablo aus Brasilien zurück?", wollte Mom wissen.

Rob grinste. „Nächste Woche."

„Hat er es seinen Eltern schon gesagt?", fragte Dad.

„Nein." Rob sah zur Seite.

Das traf mich, als ginge es um mich. Ich wusste, wie sehr die ganze Angelegenheit meinen Bruder belastete und dass Mom immer weiter nachfragen würde, also stand ich auf und räumte den Tisch ab.

„Ich war mit Jensen aus."

Aus weit aufgerissenen Augen sah Rob mich an. *Ach du meine Güte,* formte er lautlos mit dem Mund und schüttelte den Kopf. Das war seine Art, mir zu sagen, dass ich das nicht tun musste. Ich zuckte mit den Achseln.

„Welcher Jensen? Doch nicht der Punk von damals, der dich immer mit dem Motorrad abgeholt hat?", wollte Dad wissen.

„Er ist kein Punk", flüsterte ich und sagte dann laut: „Mom hat ihm eine Mail geschickt, dass er sich bei mir melden soll."

„Bettina, was, zum Teufel ...?“, entfuhr es Dad. Er blickte zwischen ihr und mir hin und her, als wären uns beiden Hörner gewachsen.

Sie zuckte mit den Schultern. „Millie war weg, und ich wollte nicht, dass Mia dort drüben ganz alleine ist.“

Dad schüttelte den Kopf. „Wenn sie sich allein gefühlt hätte, wäre ich hingeflogen! Auf die Gesellschaft dieses Punks kann sie gut verzichten!“

„Nenn ihn nicht so!“, sagte ich und schlug mit den Händen auf den Tisch.

„Er ist aber einer!“, polterte Dad. „Als er das letzte Mal aus deinem Leben verschwunden ist, warst du danach ein Wrack. Seit wann ‚trefft‘ ihr euch denn wieder?“

Wäre er nicht mein Vater, wäre ich beim Anblick seiner geballten Fäuste und des Bizeps nervös geworden. Zum Glück war Jensen nicht in Santa Barbara.

„Noch nicht lange“, antwortete ich schließlich.

„Hast du das gewusst, Robert?“

Rob nickte.

„Und du hast mir nichts davon gesagt? Wir sehen uns verdammt noch mal jeden Tag! Wieso hast du es mir verschwiegen?“ Er machte eine Pause und sah mich an. „Von dir hätte ich etwas Besseres erwartet, Mia. Wegen all der Möglichkeiten für deine Zukunft bist du nach New York gegangen und landest doch wieder in der Vergangenheit?“ Er schüttelte den Kopf.

„Marc, er ist ein guter Junge“, warf Mom ein.

„Verdammte Scheiße!“

„Marc!“

Dad schlug mit der Hand auf die Tischplatte. „Wo ist meine Zeitung?“

Entsetzt sahen Rob und ich uns an. *Mist. Scheiße. Mist.*

„Du liest wirklich seine Kolumne, obwohl du ihn nicht ausstehen kannst?“

„Ich kann ihn nicht ausstehen, wenn es um meine Tochter geht. Erst recht nicht nach allem, was er dir angetan hat. Er schreibt aber sehr unterhaltsam. Und jetzt, da ich weiß, dass du mit ihm ausgegangen bist, muss ich alles noch mal nachlesen!"

Bei Robs lautem Lachen musste ich mir auf die Zunge beißen.

„Also, ich mag ihn, und ich glaube an eine zweite Chance", meinte Mom. „Aber ich finde es nicht gut, dass ich keine Ahnung hatte, wie ernst die Sache ist. Weiß Estelle davon? Was sagt sie dazu?"

„Es ist nichts Ernstes. Es ist gar nichts." Ich überlegte kurz. „Ich weiß noch nicht mal, was es ist."

Ich erzählte ihnen so ziemlich alles – bis auf den Streit und den Sex. Die ganze Zeit verdrehte Dad die Augen und stieß wütende Laute aus. Mom lächelte, besonders, als ich von Olivia erzählte. Sie lachte über einige Kolumnen, die Jensen über unsere Dates geschrieben hatte. Ungläubig runzelte Dad die Stirn darüber, dass er sie zwar gelesen, aber nicht mit mir in Verbindung gebracht hatte. Zum Schluss waren beide schwer beeindruckt, dass Jensen einen Preis verliehen bekommen hatte – und auch von seiner Rede.

„Aber das macht keinen jahrelangen Liebeskummer wett. Ich möchte nicht, dass du mit ihm zu tun hast", sagte Dad, als ich fertig war.

Lachend legte ich die Hand auf seine. „Mal sehen. Und außerdem ist er ja nicht fremdgegangen. Als das passierte, waren wir nicht mehr zusammen."

„Du hast dich aber so benommen", erwiderte er.

Hatte ich. Tat ich immer noch, weil ich nicht wusste, wie ich damit umgehen sollte, dass er etwas mit anderen Frauen gehabt hatte. Ich dachte an den Abend, als er mir erzählt hatte, dass er mich mit all den Typen gesehen hatte, mit denen ich nach ihm zusammen gewesen war. Ich könnte das nicht ertragen.

„Unglaublich, dass du ihnen von Jensen erzählt hast, nur um mir aus der Patsche zu helfen", sagte Rob später, als wir in unserer alten Wohnung vor dem Fernseher saßen.

„Nicht der Rede wert."

„Doch, Meep. Ich habe es satt, ständig gefragt zu werden, ob Juan Pablo sich nun geoutet hat oder nicht. Ich bin es leid, darüber zu sprechen, nachzudenken und mich zu fragen, ob es an mir liegt oder ob er sich meinetwegen schämt." Als ich ihn unterbrechen wollte, hob er die Hand. „Ich weiß, dass es nicht an mir liegt. Schließlich habe ich das selbst durch. Ein Coming-out ist nicht leicht, selbst wenn die Familie hinter einem steht."

Ich nahm seine Hand. „Ich kenne niemanden, der so selbstlos ist wie du. Ich bin mir sicher, er sagt es, und alles wird gut. Die Liebe findet immer einen Weg."

Er sagte nichts, drückte aber meine Hand, und wir sahen die letzte Folge der aktuellen Staffel von *Game of Thrones*. Als der Abspann vorbei war und die Aftershow begann, sahen wir uns lange schweigend an.

In der nächsten Stunde sprachen wir darüber, wie die Serie weitergehen könnte. Den Folgeband hatten wir nicht, also konnten wir nicht nachlesen, sondern mussten selbst kreativ werden und uns eine Fortsetzung ausdenken. Danach gab es keine weiteren Gesprächsthemen mehr außer Jensen und Juan Pablo. Wortlos saßen wir da, hielten uns an den Händen, blickten uns an und kommunizierten nur mit unserer Mimik.

Wird schon, gab ich mit einem leichten Lächeln zu verstehen.

Hoffentlich, antworteten seine Augenbrauen.

Diese Vertrautheit war ein Grund, warum ich so gern mit meinem Bruder zusammen war. Worte waren überflüssig. Vielleicht lag es daran, dass wir Zwillinge waren. Oder überhaupt Geschwister. Ich war so froh um jedes nicht gesprochene Wort, besonders bei diesen Themen.

„Ich bin müde, ich geh ins Bett", sagte ich schließlich und drückte erneut seine Hand, als ich aufstand, um mein altes Zimmer aufzusuchen, das nun voller Kisten stand, aber zumindest das Bett war frei. Ich drehte mich zu meinem Bruder um, der den Kopf auf die Sofalehne gelegt und eine Hand in seinen aschblonden Haaren vergraben hatte. Trotz seiner geschlossenen Augen sah ich seine Besorgnis. Augenbrauen und Mund schienen seltsam zusammengekniffen. Es berührte mich, aber ich konnte nur hoffen, dass seine Sorgen unbegründet waren. „Robbie", sagte ich und wartete, bis er die Augen öffnete und mich ansah. „Du bist toll. Und wer von dir geliebt wird, sollte sich sehr, sehr glücklich schätzen." Sein Mund verzog sich zu einem Lächeln. „Und das sage ich nicht bloß, weil wir Zwillinge und sowieso die Tollsten sind."

Das Letzte, was ich hörte, bevor ich meine Tür schloss, war sein Lachen. So endeten typischerweise unsere Zusammentreffen, und genau das stand auf meiner Wunschliste für einen perfekten Tag ganz oben. Aber aus irgendeinem Grund fühlte es sich heute anders an. Als würde etwas fehlen.

27. Kapitel

Am Vormittag versteckte sich die Sonne meist hinter den Wolken, aber meine Haut prickelte dennoch. Ich betrachtete den Totenkopf, der einen großen Teil von Dads Rücken bedeckte. Er musste unbedingt mal wieder aufgefrischt werden.

„Du brauchst mehr Sonnencreme." Beim Klang von Robs Stimme sah ich auf und lächelte, als ich Juan Pablo neben ihm erblickte. Beide hatten ihre nassen Neoprenanzüge halb geöffnet und trugen jeder ein Surfbrett unter dem Arm.

„Wenn ich noch mehr nehme, komme ich mir vor wie einer von deinen Salaten, die du immer im Dressing ertränkst."

Juan Pablo lachte, ließ sein schwarzes Brett neben meins fallen und umarmte mich. „Sie hat recht. Außerdem tut ihr etwas Bräune ganz gut. Sie ist viel zu blass."

Ich seufzte. „Das kommt davon, wenn man in New York lebt." Ich drückte Juan Pablo zur Begrüßung. „Wie war's in Brasilien?"

„Gut." Er schenkte mir ein breites Grinsen und fuhr sich durch die langen, gewellten braunen Haare. „Richtig gut."

Ich erwiderte sein Lächeln, er seufzte und nahm meine Hand. „Sie haben es gut aufgenommen. Erstaunterweise sogar mein Vater."

„Erstaunlicherweise", verbesserte ihn Rob neben mir.

„Ja, das hat mich wirklich erstaunt", sagte Juan Pablo.

Wir lachten. Mein Bruder strahlte wie ein Honigkuchenpferd – und ich ebenso.

„Also bleibst du hier?", wollte ich wissen.

Dad hatte sein Telefonat beendet und drehte sich zu uns um. Er machte große Augen, als er sah, wer gekommen war.

„Juan Pablo. Du bist wieder da …?“ Es war mehr eine Feststellung als eine Frage.

„Ja, ich bin wieder da. Wie geht's?“, sagte er, ging zu Dad und schüttelte ihm die Hand.

„Bereit zum Surfen. Bleibst du denn, oder müssen wir alle unsere Pässe verlängern?“

Juan Pablo lachte, Rob klappte die Kinnlade herunter, und ich schlug mir gegen die Stirn. Nicht zu fassen! Juan Pablo wusste nicht, dass mein Bruder überlegt hatte, nach Brasilien zu ziehen, wenn sein Freund dort bleiben wollte.

„Keine Eile, aber irgendwann möchte ich euch mein Land zeigen. Dort kann man auch gut surfen.“

Dad nickte und sah zu Rob. „Gute Idee. Aber jetzt lasst uns erst mal die hiesigen Wellen genießen.“

Und genau das taten wir. Den restlichen Vormittag verbrachten wir im Wasser, aber es war ganz klar mein schlechtester Surftag aller Zeiten. Dad ermahnte mich immer wieder, ich solle mich konzentrieren. Robert meinte, ich solle mich nicht so stark konzentrieren. Juan Pablo fasste es schön zusammen, indem er sagte, mein Herz sei einfach nicht bei der Sache. Keine Ahnung, wo mein Herz war. Sonst war es immer ganz präsent, wenn ich hier am Strand saß und auf das Meer blickte. Jetzt war es woanders.

Bei Jensen – ohne dass ich es wollte. Ständig griff ich zu meinem Handy, hielt mich aber davon ab, ihn anzurufen. Ich ertappte mich bei dem Wunsch, er würde sich melden, und erschauderte bei dem Gedanken, er würde es vielleicht nie mehr tun. Vielleicht würde er mich diesmal für immer in Ruhe lassen. Er hatte das zwar bestritten, aber das kannte ich bereits. Vielleicht hatte er die Schnauze voll von mir und brauchte eine Pause. Dieser Gedanke traf mich wie ein Überfall aus dem Hinterhalt – schnell, hart, erbarmungslos. Und mir wurde bewusst, dass er mir viel mehr fehlte, als ich zugeben wollte.

Mir fehlten seine Stimme und sein Lachen und einfach … alles.

Auf dem Weg zu dem Termin mit einem von Robs Kumpels im Museum verabredete ich mich mit meinen Freunden in einem meiner Lieblings-Sushi-Restaurants. Als ich ankam, waren Estelle und Oliver bereits da. Ich nahm ihnen gegenüber Platz und bestellte mir etwas zu trinken. Gerade wollte ich fragen, wer noch kommen würde, denn wir saßen an einem großen Tisch. In dem Moment kamen Estelles Bruder Victor und sein Freund und Kollege Bobby herein.

„Wir hatten schon befürchtet, dich für immer an New York verloren zu haben", sagte Vic, als er sich zur Begrüßung zu mir nach unten beugte.

„Im Leben nicht!"

Lachend nahm er neben mir Platz. Bobby setzte sich gegenüber, neben Oliver. „So schlimm?"

Entsetzt sah ich ihn an. „Dort schneit es."

„Scheint Jensen nicht zu stören", meinte er.

Gewohnheitsmäßig verdrehte ich die Augen, denn das tat ich immer, sobald Victor auf Jensen zu sprechen kam, doch in mir machte sich Traurigkeit breit. Victor lachte über die Grimasse, die ich schnitt.

„Schon gut. Dachte nur, er hätte neulich vielleicht von dir geschrieben", sagte er.

Ich warf Estelle einen entsetzten Blick zu, der besagte: *Halt deinen bekloppten Bruder im Zaum!*

„Halt die Klappe, Vic", sagte sie kopfschüttelnd.

„Hey, ich hab doch nur …"

Ich schüttelte ebenfalls den Kopf und war zum ersten Mal dankbar für Bobbys Flirtversuche.

„Und wie lange bleibst du hier?"

„Ein paar Tage."

„Und was hast du so vor?"

Ich kicherte. Bobby sah gut aus, wie der schnieke Nachbar von nebenan. Nicht so modelmäßig wie Oliver oder Victor und ohne Jensens unwiderstehlichen Charme. Kurz gesagt war Bobby nicht mein Typ. Auch wenn er sich Mühe gab.

„Keine Ahnung, aber ganz sicher nichts mit dir, falls du darauf hinauswolltest."

Er schnappte nach Luft und presste sich die Hände auf die Brust. „Du weißt, wie man einem Mann das Herz bricht."

„Du wirst es überleben, da bin ich mir sicher."

Beim Essen unterhielten wir uns weiter, und Victor bestand darauf, dass wir alle zusammen ausgingen.

„Es gibt da eine neue Bar. Ihr werdet begeistert sein."

„Mia vielleicht. Andere von uns stehen da nicht so drauf", gab Estelle zurück.

„Mia steht da auch nicht mehr drauf", sagte ich und sah sie scharf an.

„Seit wann denn das?" Verwundert sah Vic mich an.

„Seit … weiß ich auch nicht. Seit Bars nicht mehr angesagt sind."

Er runzelte die Stirn. „Wie können die denn nicht mehr angesagt sein?"

Oliver musste lachen. „Dahin wirst du auch noch kommen."

Ich stimmte in das Lachen mit ein, und als mich alle ansahen, zuckte ich mit den Schultern. „Ach, was soll's. Gehen wir eben hin."

Nach dem Essen kündigte ich Estelle an, dass ich später bei ihr vorbeikommen würde. Ich ging nicht direkt zu Robs Wohnung, sondern zurück an den Strand und saß noch lange dort, als die wenigen Surfer schon weg waren. Es blieben nur ich und der bevorstehende Sonnenuntergang. Ich dachte über mein Leben nach. Was ich wollte, was nicht, was mir in New York fehlte. Ich erstellte eine Liste: Familie, Freunde, Strand, Autofahren, das kalifornische Lebensgefühl, das Wetter. An diesem

Punkt stoppte ich und kehrte zum Anfang der Liste zurück: Familie, Freunde. Beides ließ sich nicht ersetzen.

Als ich lange genug dagesessen und gegrübelt hatte, stand ich auf, nahm meine Kamera, die ich noch nicht einmal aus der Tasche geholt hatte, und ging Richtung Robs Haus. Auf dem Weg dorthin machte ich allerdings einen Abstecher zu Estelle, denn plötzlich war mir gar nicht mehr nach Ausgehen. Sie war schon dabei, sich für den Abend fertig zu machen. Und gar nicht begeistert, die einzige Frau in der Runde zu sein.

„Nein. Auf gar keinen Fall bleibst du an deinem einzigen Wochenende hier zu Hause und bläst Trübsal. Du machst dich jetzt hübsch und kommst mit, ob du willst oder nicht."

„Ich bin schon hübsch", erwiderte ich, stöhnte und vergrub das Gesicht in meinen Händen.

Lachend zog sie mir die Hände weg. „Wie bescheiden du immer bist. Ich frage mich wirklich, wie Jensen und du so gut miteinander klarkommt."

Bei der Erwähnung seines Namens wurde mir schlecht. Ich versuchte zu lächeln, aber es misslang. „Ich vermisse ihn. So sehr. Wie kann das überhaupt sein? Gott, wie ich das hasse. Ich sollte nicht mal an ihn denken."

„Ich bin mir sicher, er vermisst dich auch. Habt ihr seit dem Streit noch mal geredet?"

Spöttisch lachte ich. „Das würde ich nicht als Streit bezeichnen. Er hat mich regelrecht attackiert. Und nein, kein Wort mehr seitdem."

„Er lässt dir Zeit."

Ich sah auf meinen Schoß. „Ich weiß nicht mal mehr, was ich will. Immer wenn ich an ihn denke, will ich bei ihm sein. Während des gesamten Termins mit meinem neuen Chef habe ich mich gefragt, was er wohl gerade macht. Das ist doch verrückt."

Sie zuckte die Achseln. „Das wirst du schon rausfinden. Man muss nicht sofort auf alles eine Antwort haben."

Darüber dachte ich nach. Man musste wirklich nicht immer auf alles eine Antwort haben. Vielleicht war das ein Teil des Problems. Ständig überlegte ich, was als Nächstes passieren könnte, um nicht wieder verletzt zu werden.

„Du hast recht."

„Also kommst du mit", sagte sie lächelnd.

„Denke schon."

Als ich bei Rob ankam, bereiteten er und Juan Pablo gerade das Abendessen zu. Ich huschte ins Bad, um mich fertig zu machen, und sagte ihnen, ich würde gleich wieder weg sein.

„Scheint, als käme meine richtige Schwester langsam wieder zum Vorschein", stellte Rob fest, als er mich begutachtete. Ich trug ein kleines Schwarzes, hatte ein spektakuläres Ausgeh-Make-up aufgelegt, und meine Haare fielen mir in lockeren Wellen auf die Schultern.

„Mörderische Absätze", fügte Juan Pablo hinzu.

„Ja, so mörderisch, dass ich ein paar flache Schuhe als Ersatz in der Handtasche habe."

Sie lachten und schüttelten den Kopf.

„Wohin geht's?"

„In irgendeine Bar. Du weißt ja, wie Victor ist, wenn er einen Abend plant."

„Heißt also, du bist mir nichts, dir nichts dicht und wirst von irgendeinem Anwalt abgeschleppt", sagte Rob zwinkernd. Über irgendetwas dachte er nach und runzelte dabei die Stirn.

„Lass es", sagte ich, bevor er etwas sagen konnte, aber das hielt ihn nicht ab.

„Immer noch nichts von Jensen gehört?"

Ich schüttelte den Kopf und seufzte.

„Er hat bestimmt viel um die Ohren, Meep."

„Ja, mag sein."

„Los, trink ordentlich einen und hab mit irgendwelchen heißen Typen eine gute Zeit! Nimm einen für mich mit!", sagte er.

„Hey!", schaltete sich Juan Pablo lachend hinter uns ein.

Lächelnd winkte ich ihnen kurz zu.

„Aber fang nicht wieder was mit seinem Onkel an!", rief Rob mir hinterher.

Mir klappte die Kinnlade runter, ich blieb stehen, drehte mich um und zeigte ihm beide Mittelfinger. *Drecksack.* Das würde mir wohl ewig nachhängen. Egal, wie oft ich betonte, dass ich nicht gewusst hatte, dass die beiden miteinander verwandt waren. Und egal, wie oft ich erklärte, dass wir gar nicht im Bett gelandet waren.

Diese Anekdote würde für immer lauten: *Als Mia so besoffen war, dass sie in einer Ecke des Clubs mit Patrick Davis rummachte, der zufällig der jüngere Bruder von Jensens leiblichem Vater ist.*

Sie tragen nicht mal denselben Nachnamen! erwiderte ich dann jedes Mal. *Außerdem sehen sie sich kein bisschen ähnlich!* Die ganze Sache war nur herausgekommen, weil Oliver uns zufällig gesehen und es natürlich brühwarm Victor erzählt hatte, der es Jensen weitertratschte, der sich danach benahm, als hätte ich das größte Verbrechen seit Watergate begangen.

28. Kapitel

Die Bar war rappelvoll. Seitdem wir drin waren, schrieb Victor unentwegt mit einem Kumpel, um herauszufinden, wie es hier so ablief.

„Irgendwo kann man Flaschen bestellen ... sie hätten uns aber wenigstens einen größeren Tisch zuweisen können", rief er über die Musik hinweg, während er weiterhin auf dem Handy tippte.

Estelle und ich zuckten mit den Achseln und stießen uns an den Schultern an, während wir uns zur Musik bewegten. Uns war wirklich egal, wo wir feiern gingen. Und als Oliver mit unseren Drinks zurückkam, waren wir glücklich.

„Er fragt nach, ob wir dann in das Haus von seinem Freund in Malibu können", erklärte Oliver, als er sich neben Estelle setzte.

Das Haus von seinem Freund in Malibu. Oje. Schlagartig entwich alle Luft aus meinen Lungen. Dieses Haus würde mich immer an Jensen erinnern. Das war auch der Grund, warum ich seit unserer Trennung nie wieder dort gewesen war – nicht, weil das Haus mit schlechten Erinnerungen verbunden war, sondern weil ich befürchtete, dass alle guten Momente, die wir dort gemeinsam gehabt hatten, vergessen wären, wenn ich ihm dort über den Weg lief. Wir kamen zwar wieder besser miteinander aus, aber ... Aber wollte ich wirklich zu dem Haus gehen, wo wir uns das erste Mal geküsst hatten? Wo wir so oft während irgendwelcher Partys Zuflucht gesucht hatten, um uns am Meer zu lieben? Irgendwie vermisste ich ihn jetzt noch mehr.

„Warum will er denn immer dorthin?“, fragte ich in die Runde.

Oliver zuckte mit den Schultern und nahm einen Schluck Bier. „Dort sind wir unter uns.“

„Wundert mich, dass du trinkst.“

Estelle lachte. „Er genehmigt sich ein Bier und danach nur noch Wasser.“

„Wenn ich dir erzähle, was …“

„… was Alkohol im Körper anrichtet, würdest du nie wieder was trinken“, ergänzten Estelle und ich im Chor. Sie verdrehte die Augen, ich schüttelte den Kopf.

„Deshalb date ich aus Prinzip keine Langweiler“, stellte ich klar.

Estelle kicherte. Oliver musste so lachen, dass er sich an seinem Bier verschluckte und husten musste.

„Du willst doch nicht behaupten, dass Jensen ein Langweiler ist?“

Ich trank etwas Wodka. „Ich will noch nicht mal behaupten, dass ich ihn date, aber um deine Frage zu beantworten: Nein, das ist er ganz sicher nicht.“

Oliver prustete los. „Warum nicht? Weil er ein Motorrad hat?“

„Und sexy Tattoos“, fügte Estelle hinzu.

Oliver verdrehte die Augen.

„In einer Bar würde er nie über die Auswirkungen von Alkohol sprechen. So was machen nur Langweiler“, sagte ich.

„Bist du sicher? Welche Leute haben denn Schlüsselringe mit der Aufschrift *Wenn gefunden, bitte zur 221 Baker Street bringen?*“, wollte Oliver wissen.

Ich verbarg ein Lächeln hinter meinem Glas. „Coole Typen. Ist doch klar.“

Estelle lachte. „Das musst du ja sagen, weil es ein Geschenk von dir war.“

„Und weil es eine echt coole Sache ist.“

„Er schreibt für die Zeitung“, ergänzte Oliver und hob gleichzeitig eine Augenbraue und sein Bier, als hätte er ein neues Gebräu erfunden.

„Er schreibt ja nun nicht gerade über die Auswirkungen der Klimaerwärmung … Aber selbst wenn, würde ich ihn nicht für einen Langweiler halten.“ Ich schürzte die Lippen. „Na ja, vielleicht ein klein wenig, aber er wäre ein wirklich heißer Langweiler.“

Als Estelle und Oliver sich gerade wieder eingekriegt hatten, kam Victor zu uns und meinte, wir würden die Party jetzt in das Strandhaus verlegen.

„Fahrt mir einfach hinterher“, wies er uns an.

Also kletterte ich auf die Rückbank von Olivers Zweitürer und sah mir die neuesten Meldungen auf Twitter an. Bei Jensens Posting blieb ich hängen.

„Jensen ist in Santa Barbara?“, schrie ich und unterbrach damit das Gespräch zwischen Oliver und Estelle.

Oliver sah mich im Rückspiegel an. Estelle drehte sich zu mir um.

„Wirklich?“, fragte sie. Wir blickten beide zu Oliver, der wie ein von Löwen umzingeltes Opfer aussah. „Oliver?“, fragte sie und verschränkte die Arme vor der Brust.

Er reagierte nicht, sondern fuhr in die Einfahrt eines weißen dreigeschossigen Hauses und parkte hinter Victor. Nachdem er den Motor abgestellt und wir drei uns abgeschnallt hatten, sah er erst Estelle an, dann mich und zuckte dann die Schultern.

„Er kommt oft her, besonders während der Footballsaison.“ Keiner sagte etwas, wir starrten ihn nur an. „Morgen spielen die Chargers.“

„Ach, wirklich? Ist ja nicht so, als wäre er im Kader!“, entgegnete ich. Kopfschüttelnd stieg Oliver aus, Estelle gluckste. „Heißt das, er kommt auch?“, wollte ich wissen, sobald ich aus dem Auto geklettert und Oliver gefolgt war. Er blieb stehen, drehte sich um und neigte den Kopf, um mein Gesicht zu betrachten.

„Wäre das ein Problem für dich?"

Stirnrunzelnd sah ich auf meine Füße. „Nein."

„Hast du irgendwen eingeladen?"

Rasch blickte ich auf. „Wie bitte? Natürlich nicht!" Mir wurde ganz anders. Oh mein Gott. „Ist er mit jemandem hier?"

Oliver versuchte, von seinem Grinsen abzulenken, indem er sich an der Nase kratzte. „Keine Ahnung."

Gar nicht schön, wie mir das Herz in die Hose rutschte. Schnell lief ich an ihm vorbei die Treppe hinauf ins Haus. Ich hörte, wie Estelle ihn maßregelte, während er lachte, aber ich drehte mich nicht zu seinem vermutlich blöden Grinsen um. Nachdem wir eine Stunde auf der Terrasse Victors Wodka und Wein getrunken und die Jungs Zigarren geraucht hatten, war ich vollkommen locker. Es fühlte sich wieder an wie zu Collegezeiten – Victor, Oliver und ein paar ihrer Kollegen quatschten irgendwas, Estelle und ich unterhielten uns über meine Fotos und welche ich ausstellen würde, wenn sich jemals eine größere Gelegenheit ergäbe.

„Sieh doch mal deine Sammlung durch, ob du passende Fotos gemacht hast", schlug Estelle vor.

Das bezweifelte ich. Die meisten Aufnahmen waren Familienfotos und Naturaufnahmen. Ich wollte zeigen, was auf der Welt schieflief.

„Ich könnte einfach Familienbilder ausstellen. Da geht auch immer genug schief", meinte ich.

Estelle kicherte.

„Dann musst du unbedingt dieses schöne Familienfoto von euch im Stil von *Game of Thrones* nehmen." Sie lächelte. „Du als Cersei, Rob als Jaime. Das war so herrlich makaber. Richtig makaber."

Ich musste lachen. „Das Bild hat es dir aber angetan."

„Weißt du doch. Ich hol mir noch was zu trinken. Willst du auch was?"

Ich nickte. „Bin gleich wieder da. Ich geh mal kurz raus, um zu schauen, ob es immer noch so aussieht wie früher."

Sie lachte. „Das ist ein Strand. Glaube kaum, dass der sich groß verändert."

Ich zuckte mit den Achseln und ging lächelnd zum Tor, wo der Sandstrand begann und ich die Schuhe auszog. Ich stand einfach nur da, am Tor, hörte noch die Leute reden und lachen, war aber näher am Meer und sah die Wellen sich an den nahen Felsen brechen. Ich lehnte mich an die Mauer neben dem Tor, schloss die Augen und bohrte mit meinen Zehen im Sand. Jede aufschlagende Welle spülte einen Teil meiner Sorgen weg, Stück um Stück, bis nur noch ich übrig blieb, Mia, die sich nicht mehr so verloren vorkam wie sonst, die aber auch nicht das hatte, was sie sich am meisten wünschte. Vielleicht solltest du die Dinge einfach geschehen lassen, ohne immer alles wieder und wieder in Frage zu stellen, sagte meine innere Stimme. Vielleicht solltest du einfach mal die Klappe halten, antwortete ich im Stillen und seufzte.

Ich ging zurück, klopfte mir den Sand von den Füßen und schlüpfte in meine Absatzschuhe. In dem Moment hörte ich lautes Lachen und versteckte mich hinter einer Hecke, denn sein Lachen war dabei gewesen. Dieses Geräusch brachte meine Nerven in Aufruhr, mir schlug das Herz bis zum Hals, ich hielt den Atem an. Auch wenn man mich vorgewarnt hatte, brachte mich seine Anwesenheit völlig aus dem Konzept. Als ich aus der Deckung kam und einen Blick auf ihn erhaschte – in einem weiten hellgrauen Hemd und dunkler Jeans –, beruhigte sich mein Herz wieder. Eine Windböe fuhr durch seine Haare. Als er mit den Fingern durchstrich, rutschte sein Hemd etwas nach oben, und als hätte er meine Blicke gespürt, sah er über Victors Schulter zu mir.

Einen Herzschlag lang oder vielleicht auch zwei sahen wir uns nur an. Ich auf der einen Seite des Pools, er umringt von Freunden auf der anderen, und es war wie bei unserem ersten Kuss, nur andersrum. Er hatte allein am Pool gestanden, sich alles von der Seele geschrieben, und ich war das Mädchen mit dem Drink in der Hand, das versuchte, mit ihm zu flirten. Sein Lächeln gefror, die Last in mir wurde immer größer, je länger wir uns ansahen. Nach einer gefühlten Ewigkeit kam er entschlossenen Schrittes auf mich zu.

„Mia", sagte er mit tiefer, verführerischer Stimme.

„Jensen", erwiderte ich und hoffte, nicht so atemlos zu klingen, wie ich mich fühlte.

Er musterte mein Gesicht, als wollte er fragen: *Haust du ab? Bleibst du hier?*

Ich schluckte unsicher.

Ohne Vorwarnung presste er seinen Mund auf meinen. Wie von selbst krallten sich meine Hände in seinen Haaren fest. Ich küsste ihn, als hätte ich ihn seit Jahren nicht gesehen, seit Ewigkeiten nicht gespürt, aber jede Sekunde vermisst. Laute Rufe und Gegröle ließen uns innehalten, aber wir blieben Stirn an Stirn stehen.

„Ich hatte befürchtet, du knallst mir eine, wenn ich das vor all den Leuten mache", brachte er schwer atmend hervor.

„Hätte ich das tun sollen?"

Er löste sich ein wenig und lächelte. „Nein, aber auch das wäre es mir wert gewesen."

„Es hat sich auch ohne Ohrfeige gelohnt", antwortete ich und erntete ein Lächeln.

„Okay, irgendwer muss mich mal aufklären", sagte Victor im Hintergrund. „Mein letzter Stand war, dass sie ihm den Hals umdrehen will."

Jensen schüttelte den Kopf, und ich lachte. Er ließ meine Hand los und trat einen Schritt zurück. Dann musterte er mich langsam von oben bis unten, schluckte, und in seinen Augen loderte glühendes Verlangen.

„Hast du dich für dieses Kleid entschieden, damit bei allen Männern das Kopfkino losgeht, wie du wohl nackt aussiehst?“

„Fragst du, weil du es dir gerade vorstellst?“

Mit demselben gierigen Ausdruck in den Augen legte er den Arm um mich und platzierte seine Hand auf meinem Hintern.

„Du hast ja keine Ahnung, was ich mir gerade vorstelle“, murmelte er und küsste mich erneut.

„Ach du Scheiße! Sind sie etwa wieder zusammen?“, fragte Victor, als wir uns gerade wieder voneinander lösten.

„Warum brauchst du für alles immer einen festen Begriff?“, fragte ich. Jensen und ich gingen zu den anderen.

Victor zuckte die Schultern. „Ich weiß halt gern, was Sache ist.“

Ich stöhnte auf. „Ist bestimmt ganz toll, mit dir auszugehen.“

Alle lachten.

„Mit mir würdest du ganz schön was erleben, Meep. Du hast ja keine Ahnung.“

„Alter, ich bin gerade erst angekommen, und schon willst du Ärger?“, mischte Jensen sich ein.

Victor und Oliver grinsten breit, weil Jensen so grimmig dreinschaute.

„Hätte nicht gedacht, dass das passiert“, meinte Victor und hob die Hand. „Oder vielmehr: Ich hätte nicht gedacht, dass das *noch mal* passiert.“

„Mach dich schon mal gefasst auf all seine Anrufe, wenn sie wieder hier wohnt. ‚Geht sie mit irgendwem aus? Wirklich nicht? Wer, zum Geier, ist der Typ neben ihr auf dem Foto?‘“, sagte Oliver und wich nach hinten aus, als Jensen auf ihn zuging und ihm das Bier aus der Hand nahm.

„Gib her. Du hältst dich bestimmt schon den ganzen Abend an dem einen Bier auf", stichelte Jensen und trank einen großen Schluck.

Mein Herz hämmerte, weil er auf die Männer angespielt hatte, mit denen ich während seiner Abwesenheit ausgegangen war, und weil ich daran dachte, was er gesagt hatte, bevor ich ihn rausgeworfen hatte, nämlich dass er immer ein Auge auf mich haben würde. Jensen setzte das Bier ab, sah mich an und runzelte die Stirn.

„Lass uns eine Runde gehen."

Ich blickte schnell auf die sichere Terrasse. Wer weiß, wann wir wieder hier wären, wenn wir jetzt gingen.

„Lass uns doch ..."

„Mia, lass uns eine Runde gehen", bat er jetzt drängender.

Ich hörte, wie Victor sagte, dass Frauen kämen, und sah zu Estelle. Sie stand am Rand und tuschelte mit Oliver. Es schien sowieso jeder beschäftigt zu sein, also nahm ich Jensens Hand und ging mit ihm. Am Strand zog ich die Schuhe aus.

„Mensch, bist du klein", zog er mich auf, als ich erneut seine Hand nahm.

„Nein, handlich"

„Das bist du wirklich", sagte er, nahm mich hoch und trug mich wie ein kleines Kind.

„Deinetwegen bekommen alle noch große Augen!"

Er lagerte mich um, und ich versuchte, mein Kleid zurechtzuzupfen, jedoch ohne Erfolg. Es war viel zu kurz und zu eng.

„Erstens ist niemand hier. Zweitens kennst du meine Meinung zu dem Kleid."

Ich vergrub mein Gesicht an seiner Brust, um mein Grinsen zu verbergen.

„Haben die Kerle dich angegraben? Ich kenne sie."

Ich kicherte. „Warum interessiert dich das?"

Er ging bis zu einer Stelle neben einem leeren Rettungsschwimmerhäuschen. Dann stellte er mich so vor sich ab, dass mich niemand sehen konnte. Hier draußen war es dunkel und einsam. Lediglich unsere Freunde konnten wir in der Entfernung reden hören. Und die Wellen, die nur ein paar Schritte von uns entfernt an den Strand schlugen.

„Das weißt du genau", antwortete er und sah mir tief in die Augen.

„Weil du eifersüchtig bist?"

„Bin ich nicht."

„Ein bisschen." Lächelnd lehnte ich mich etwas nach vorn, um durch seine Haare streichen zu können, bis er die Augen schloss und ihm ein tiefes Stöhnen entfuhr.

„Bin ich nicht. Ich mag es einfach nicht."

„Sie sollen mich nicht darum bitten, ihnen eine Chance zu geben und mich ordentlich von ihnen rannehmen zu lassen?", sagte ich und musste ein Lächeln unterdrücken, als er mich entsetzt ansah. „Oder mir sagen, mit ihnen würde ich ganz schön was erleben? Oder wie gern sie meine Lippen um ihren harten Schwanz spüren würden?"

Ohne Vorwarnung schob Jensen mich rückwärts gegen die Wand, dann zog er mich nach unten. Rücklings lag ich auf dem kühlen Sand, während er sich über mich beugte. Er nahm meine Unterlippe zwischen die Zähne und drängte sich an mich.

„Solche Sachen haben sie zu dir gesagt?", fragte er, während sein Mund meine Wangen erkundete, meinen Hals, meine Schultern. „Haben sie dir versprochen, nie wieder eine andere anzusehen? Oder dir erzählt, dass sie einen wichtigen Termin verschwitzt haben, weil sie nur daran denken konnten, dass du gerade nicht da bist, sondern weit weg?" Er presste seinen Mund auf meinen und erstickte mein lautes Keuchen. „Haben sie eine Deadline verschoben, weil sie dich vermisst haben und ohne dich nicht denken konnten?", hauchte er an meinem Mund. „Und reicht allein der Gedanke, dich so festzuhalten, dass ihnen die Drohungen des Verlegers scheißegal sind, auch wenn er das Honorar drei weitere Monate einbehält?“

„Jensen“, flüsterte ich und lehnte mich zurück, um ihm ins Gesicht sehen zu können. „Warum …“

Bevor ich meine Frage beenden konnte, war sein Mund wieder auf meinem. Verzweifelt nestelten wir an unseren Klamotten, bis seine Jeans heruntergezogen, mein Höschen zerrissen und beiseitegeworfen war. Er nahm mein Gesicht in beide Hände, bewegte die Hüften etwas zurück und drang mit einem so harten Stoß in mich ein, dass mir ein Schrei entfuhr und ich mich an seinen Rücken krallte.

„Weil mir das hier wichtiger ist als alles andere“, säuselte er mit tiefer Stimme. Langsam zog er sich wieder aus mir zurück, ließ mich jeden Zentimeter spüren, bevor er wieder voll eindrang und ich erneut aufschrie. Er stöhnte.

„Weil man sich das, was wir haben, nicht mit Geld kaufen kann“, fuhr er fort. Er küsste meinen Hals, während er tiefer in mich stieß. „Und falls doch, würde ich dafür die vierfache Summe bieten.“

Ich keuchte, als er sein Tempo steigerte, und ließ mein Stöhnen und Schreien von den Wellen davontragen.

„Ich wünschte, wir könnten die ganze Nacht ineinander verschlungen verbringen“, sagte er bedauernd. Ganz sandig standen wir vor meiner Wohnung.

„Ich würde dich ja mit reinnehmen, aber ich bin mir nicht sicher, ob das überhaupt noch meine Wohnung ist.“

Jensen lachte. Auf dem Weg hierher hatte ich ihm von Rob und Juan Pablo erzählt und dass ich gar nicht mehr wusste, wohin ich gehörte. *Zieh doch richtig nach New York,* hatte er vorgeschlagen. *So einfach ist das nicht,* war meine Antwort. Ich konnte nicht einfach umziehen. Für ein paar Monate schon, aber für immer? Nein.

„Ich würde ja herkommen, scheiß auf die Umstände, aber Olivia ist in New York", sagte er lächelnd. Ich versteifte mich. Er bemerkte es und sah mich an. „Was ist?"

Ich schüttelte den Kopf. „Als ich sie das letzte Mal gesehen habe ... das erste Mal überhaupt, warst du so seltsam. Ich will einfach nur wissen, was da auf mich zukommt."

Er seufzte. „Darüber habe ich mit Krista gesprochen, an dem Tag, als du uns gesehen hast und abgehauen bist." Er machte eine kurze Pause. „Ich weiß nicht, wie ich mich dir gegenüber verhalten soll, wenn Olivia dabei ist, denn in so einer Situation war ich noch nie. Sie hat mich noch nie mit einer anderen Frau erlebt. Nicht dass es viele Frauen gegeben hätte."

„Wir könnten ja so tun, als wären wir nur Freunde", schlug ich vor und fuhr mit meinen Nägeln über seinen Bart.

„Ich bin mir nicht sicher, ob ich das bei dir schaffe", hielt er dagegen. „Ob ich so tun kann, als wollte ich dich gar nicht küssen, gar nicht berühren."

Ich lächelte. „Versuchen kannst du es ja. Mich stört es nicht. Kein Händchenhalten oder Küssen, einfach nur Freunde, zumindest vorerst. Wir wollen sie nicht überfordern, erst recht nicht, wenn ich bald wieder weg bin."

Seine Haltung änderte sich sofort, aber er sagte nichts dazu, und ich wechselte lieber das Thema und kam auf seine Pflegemutter zu sprechen. Das war immer ein unverfängliches Gesprächsthema.

„Nimmst du sie oft mit zu Patty?"

„Wenn es sich ergibt."

Ich schluckte. „Hast du was von deiner ..."

Er schüttelte den Kopf, denn er wusste, ich meinte seine leibliche Mutter, die Frau, die ihn verlassen hatte und nie mehr zurückgekehrt war. Ich hätte wetten können, sie würde wieder auftauchen, sobald er sich einen Namen gemacht hatte, aber da lag ich wohl falsch.

„Einmal habe ich nach ihr gesucht und sie auch gefunden, aber ich habe nie Kontakt aufgenommen. Ich gab immer mir die Schuld daran, dass sie abgehauen ist, bis mir klar wurde, dass es gar nicht an mir lag."

„So ist es. Hat Olivia dir zu dieser Erkenntnis verholfen?", wollte ich wissen, und er bejahte.

„Kinder sind so unschuldig. Sie geben sich solche Mühe, gut zu sein. Sie sind das Beste, was wir haben können, trotz der Wutanfälle und der schwierigen Phasen. Ich muss niemandem beweisen, dass ich ein würdiger Sohn bin. Ich weiß das. Und wenn sie mit anderen Dingen beschäftigt war und das nicht gesehen hat, dann ist das eben so. Ich verzeihe ihr, aber ich will nicht, dass so eine Person, der ich vollkommen egal war, etwas mit meiner Tochter zu tun hat." Er zuckte die Schultern.

Ich sagte nichts, denn ich wollte ihn nicht unterbrechen, wenn er über dieses Thema sprach.

„Ich habe mir Olivia vorgestellt, wie sie den Rest des Lebens damit zu kämpfen hätte, wenn Krista einfach abgehauen wäre. Oder ich." Er musste schlucken. Dann blickte er wieder zu mir. „Ich hatte Glück. Nicht jeder hat so ein Glück. Nicht jeder hat eine Mia. Oder eine Patty." An dieser Stelle musste ich seine Hand drücken.

„Aber wenn Krista tatsächlich abgehauen wäre, hätte sie immer noch dich gehabt. Und du zählst für zehn."

Jensen lächelte. „Mia, ich bin kaum gut genug für eine Person, aber für Olivia gebe ich mein Bestes."

Er hob die Hand, um eine Träne wegzuwischen, die sich aus meinem Auge gestohlen hatte.

„Es tut mir so leid", sagte ich schließlich leise. „Dass ich nicht für dich da war."

Er küsste mich auf die Nasenspitze. „Das weiß ich, Baby. Mir tut es auch leid."

„Das alles hat mir einfach so wehgetan. Ich wusste nicht, wie ich mich verhalten sollte."

Wieder küsste er mich auf die Nasenspitze, bevor er sich zu meinem Mundwinkel vorarbeitete. „Ich glaube, ich hätte es auch nicht gewusst, Meep."

Nach einer längeren Pause stützte ich mich auf meine Ellbogen und sah wieder zu ihm.

„Mein Vater weiß von uns." Bei seinem entsetzten Gesichtsausdruck musste ich lachen.

„Hat er immer noch seine Knarre?"

Wieder lachte ich. „Ja."

Eindringlich sah Jensen mich an. „Ich glaube wirklich, er würde mich am liebsten umlegen."

„Vielleicht, aber ich passe auf dich auf."

Er lachte spöttisch. „Das werden wir ja sehen."

Jensen und ich hatten noch lange miteinander geredet. Selbst nachdem er mich nach Hause gebracht hatte, hatten wir weitergesprochen – am Telefon. Wie damals als Teenager. Als wären all die schönen Erinnerungen an unsere gemeinsame Zeit plötzlich wieder da gewesen. Er hatte erwähnt, dass Olivia so gern zum Strand wollte, und ich wusste, dass er dafür auf einen Tag mit seinen Kumpels verzichten müsste, also bot ich mich gemeinsam mit Patty als Betreuungsperson an.

Ich kam bei Patty an, als Jensen gehen wollte. Exakt in dem Moment. Ich wollte gerade an der weißen Holztür klopfen, als er sie von innen öffnete. Er grinste und strich sich durch die Haare. Selbst wenn sie nicht feucht gewesen wären, hätte der Geruch nach Shampoo mir schon verraten, dass er soeben geduscht hatte.

„Habe ich dir jemals gesagt, wie umwerfend du bist?", fragte er lächelnd und betrachtete mich genüsslich. „Was trägst du drunter?"

Lachend trat ich einen Schritt zurück, als er einen Finger unter meinen Pareo hakte, den ich als Strandkleid gewickelt hatte. „Vorsicht, du ruinierst mein Outfit."

In seinen Augen loderte Verlangen auf. Er schüttelte den Kopf. „Du sagst immer Sachen wie ..."

„Dass du mich die Kontrolle verlieren lässt?"

„Genau ... und noch mehr", erwiderte er, legte einen Arm um meine Taille und zog mich nah an sich heran. Alles an ihm war hart. Wirklich alles.

Ich atmete scharf ein.

„Das solltest du lieber nicht machen ... Wir sind nur Freunde, schon vergessen?"

Er stöhnte, presste seinen Mund auf meinen und küsste mich so leidenschaftlich, dass ich trotz der Hitze eine Gänsehaut bekam.

„Ich liebe deine Lippen ... Nur-Freundin", flüsterte er an meinem Mund.

„Und ich deine, Nur-Freund."

„Wann kommt Mia?" Das war Olivias Kinderstimme, die aus dem kleinen Haus zu hören war.

Ich nahm die Hände von seinem Nacken und wahrte etwas Abstand. Er lächelte mir zu.

„Da kann es jemand kaum erwarten."

„Geht mir genauso", meinte ich.

Darauf sagte er nichts, aber sein zärtlicher Blick sprach Bände. Er küsste mich noch einmal. Kurz und sanft.

„Bis später", verabschiedete er sich und ging.

Als mein Herz wieder ruhiger schlug, klopfte ich. Patty, Olivia und ich waren bereit für unseren gemeinsamen Tag. Olivia hatte immer wieder gesagt, dass sie gern Surfen lernen würde, also brachte ich es ihr bei – natürlich an Land.

„Aber ich will das im Wasser machen!“, protestierte sie.

„Das kannst du aber noch nicht, und dein Vater würde mir zur Strafe bestimmt Hausarrest erteilen“, meinte ich.

Sie lachte. „Hausarrest geht doch nicht. Du bist erwachsen!“

„Tja, aber deshalb mag ich Hausarrest genauso wenig wie du.“

Darüber kugelte sie sich vor Lachen, und Patty lächelte uns zu.

„Du kommst wirklich gut mit ihr zurecht“, sagte sie, als Olivia damit beschäftigt war, eine Sandburg zu bauen.

„Nur, wenn Erwachsene dabei sind.“

Patty kicherte. „Du kommst gut mit ihr zurecht. Punkt. Weißt du, wie viele Frauen sie links liegen lassen würden?“

„Weißt du, wie viele Frauen ihren Vater links liegen lassen würden?“, gab ich grinsend zurück.

Ich war immer dankbar gewesen, dass es Patty gab. Was wohl ohne sie aus Jensen geworden wäre? Sein Leben wäre sicher ganz anders verlaufen.

„Dieser Junge hat mir mehr Kopfzerbrechen bereitet, als man es seinem ärgsten Feind wünscht.“

„Dir und mir. Aber er ist ein guter Kerl.“

Skeptisch hob sie eine Augenbraue. „Das ist er. Heißt das, ihr seid wieder zusammen?“

Ich schüttelte den Kopf und blickte zu Olivias Sandburg. „Es ist kompliziert.“

„So ist das oft im Leben.“

„Könnt ihr mitmachen?“, bettelte Olivia an uns gewandt. Wir mussten beide lachen und gingen zu ihr.

Den ganzen Tag bauten wir Sandburgen, die irgendwann einstürzen würden, aber dennoch hofften wir, dass sie wenigstens eine Weile stehen blieben. Ich fotografierte sie, den Strand und Jensen und seine Kumpel, als wir ihnen einen Überraschungsbesuch beim Footballgucken bei Oliver abstatteten.

„Ich wusste gar nicht, dass es kein Mindestalter in unserem Team gibt", sagte Victor lächelnd und nahm Olivia auf den Arm, um sie auf die Wange zu küssen.

„Das sagst du immer, Onkel Vic."

„Du bist das einzige Mädchen, das an einem Football-Sonntag hier dabei sein darf", flüsterte er.

Stirnrunzelnd machte sie einen Schmollmund. „Und was ist mit Mia?"

Victor sah lachend von mir zu ihr. „Die zählt nicht."

„Tut sie wohl." Sie nahm meine Hand und führte mich zu dem Sofa, auf dem Jensen saß. „Daddy, Mia gehört in mein Team. Du gehörst in das Team von Onkel Vic und Onkel Bean."

„Und wenn ich auch in deinem Team sein will?", wollte er wissen, während er einen Arm um meine Taille legte und sie mit der freien Hand im Gesicht streichelte, ohne seine Füße von Vics Couchtisch zu nehmen. Ich warf ihm einen Blick zu, dass er mich loslassen sollte, aber er hielt mich nur fester.

„Dann …", begann Olivia und sah mich an. „… dann müssen wir das besprechen. Darf er in unserem Team sein?"

Jensen knuffte mich in die Seite. „Ja, Mia, darf ich?"

Lachend versuchte ich seinem Griff zu entkommen, aber er zog mich zu sich heran und biss mir dabei in den Arm. „Scheiße, Jensen!"

Er grinste. Olivia schnappte nach Luft. Victor und Oliver sahen zu uns und schüttelten den Kopf.

„'tschuldigung", murmelte ich.

„Daddy, du darfst sie nicht beißen. Sonst lässt sie dich nicht in unser Team. So was macht man nicht."

„Genau, Daddy, so was macht man nicht", wiederholte ich schmollend, woraufhin er noch begieriger dreinschaute.

„Ich zeig dir nachher mal, wie lieb ich sein kann", flüsterte er mir ins Ohr, als Olivia aufgestanden war, um sich neben Oliver zu setzen.

„Ach, dann wirst du mich nicht mehr beißen?“

„Vielleicht nicht“, antwortete er, zwickte mich in die Schulter und leckte dann über diese Stelle. „Aber vielleicht stehst du ja auch drauf.“

Mein ganzer Körper glühte unter seinem Blick, seinen Worten, seiner Berührung.

„Nur Freunde, Jensen“, flüsterte ich.

Grinsend beugte er sich vor, bis sein Mund direkt an meinem Ohr war. „Sagte ich doch schon. Ich weiß nicht, wie ich das hinkriegen soll“, flüsterte er zurück.

Es war alles perfekt – hier zu sein, bei unseren Freunden, in unserer Stadt. Später habe ich mir oft gewünscht, diesen Tag noch einmal erleben zu können.

Jensens Woche

Ich behaupte nicht, alles zu wissen, aber ich bin alt genug, um zu wissen, dass es nicht oft eine zweite Chance für die Liebe gibt – wenn überhaupt. Genau daran wurde ich letztes Wochenende erinnert. Mit meiner Tochter flog ich übers Wochenende „nach Hause", um Freunde und meine Pflegemutter zu besuchen. Immer wenn ich dort bin, werde ich an meine Kindheit erinnert, was einerseits gute, aber auch seine schlechten Seiten hat, denn ich hatte keine so tolle Kindheit. Zumindest nicht immer. Wenn ich dort bin, kommen die Erinnerungen wieder hoch, aber ich bereue nichts. Es ist eher so, dass ich sie mit jedem Jahr mehr zu schätzen weiß. Manchmal erinnere ich mich nur an die schönen Momente. An anderen Tagen rufe ich mir bewusst die schlechten in Erinnerung, um die guten Zeiten, die ich heute habe, besser würdigen zu können.

Dieser Besuch war wohl aus dem Grund anders, weil Olivia und Mia dabei waren. Nie hätte ich gedacht, dass ich die beiden einmal zusammen mit unseren Freunden um mich haben würde. Ich habe es mir zwar immer mal vorgestellt, aber mehr auch nicht. Ziemlich unwirklich, dass es nun wahr wurde.

Frage des Tages von: *@AnjeliMaed: „Woher weiß ich, dass ich über jemanden hinweg bin?"*
Meine Antwort: *Ich schätze mal, wenn du nicht mehr jeden, den du kennenlernst, mit dieser Person vergleichst.*

29. Kapitel

Als Millie mich anrief und sich ausgiebig entschuldigte, weil sie sich erst jetzt meldete, bereitete ich mich innerlich darauf vor, dass niemand ihrer Bekannten meine Fotos ausstellen wollte. Doch dann sagte sie das Verblüffendste, was mir je zu Ohren gekommen war: „Ich habe dich ins MET gebracht! Diesen Samstag, was ziemlich kurzfristig ist, aber da zwei Künstler abgesprungen sind, suchen sie nun dringend Ersatz."

„Oh mein Gott. Oh mein Gott. Oh mein Gott!", schrie ich immer wieder und hüpfte, bis mir die Beine wehtaten und keine Tränen mehr übrig waren. „Meine Fotos werden im Metropolitan Museum of Art hängen! Oh mein Gott. Ich werd' verrückt. Ich werd' verrückt. Ich werd' verrückt!"

Millie lachte. „Lieber nicht. Ich brauche dich dort am Samstag!"

Wieder schrie ich. „Ich liebe dich, liebe dich, liebe dich!"

Ich hatte gerade aufgelegt, schon klingelte es erneut, und ich ging direkt ran.

„Du musst mir einen riesigen Gefallen tun", platzte Jensen heraus.

„Nämlich?", fragte ich, während ich mich noch zu beruhigen versuchte. Ich war noch immer völlig aus dem Häuschen.

„Hast du morgen einen vollen Tag?"

Vom Wohnzimmer flitzte ich zur Mikrowelle, um nach der Uhrzeit zu sehen. Ich würde es noch schaffen, einen Ausdruck von den Fotos machen zu lassen. Wäre das erledigt, hätte ich nichts mehr zu tun, was nicht auch bis Donnerstag Zeit hätte.

„Nein. Wieso?"

„Könntest du ein paar Stunden auf Olivia aufpassen?“

Mir fiel das Telefon aus der Hand. Ich hob es so schnell auf, wie ich meine wirren Gedanken wieder unter Kontrolle hatte. Ein paar Mal hatte ich schon Zeit mit ihr verbracht, aber ein paar Male reichten nicht aus, um sich mit Kindern auszukennen.

„Ähm … klar. Bringst du sie her, oder soll ich zu euch kommen?“

Einen Moment schien er zu überlegen. „Kannst du herkommen?“

„Natürlich.“

„Du könntest auch schon heute Abend kommen. Neben mir ist ganz viel Platz, der von dir gefüllt werden will.“

Lachend schlug ich die Einladung aus. Würde ich zu ihm fahren, käme ich zu nichts. Nachdem ich aufgelegt hatte, sah ich meine Fotos durch und zog einige auf den USB-Stick. Auf dem Weg in das Fotolabor, das Millie mir empfohlen hatte, versuchte ich, meine Nervosität in den Griff zu bekommen. Ich drückte mir selbst die Daumen, sprach ein Gebet und murmelte ein Mantra, das ich diese Woche beim Yoga gelernt hatte. Der Typ im Labor sah aus, als gehörte er einer Motorradgang an. Er starrte mich an, als hätte ich nicht alle Tassen im Schrank, als ich ihm sagte, dass die Bilder bis Samstagvormittag fertig sein müssten.

„Es ist wirklich dringend“, erklärte ich und zuckte zusammen, als er mich wieder so ansah.

„Wäre machbar, aber in der Größe …“ Er strich sich über den Bart, und ich setzte meinen Hundeblick auf. Schließlich seufzte er. „Einen Moment.“

Grummelnd schlurfte er in den hinteren Teil des Ladens. Ich atmete erleichtert auf und sah mir die schönen Kunstwerke an, die hier ausgestellt waren.

„Um was für Fotos geht’s noch mal?“, fragte er, als er zurückkam und sich wieder hinter seinen Tresen stellte.

„Hauptsächlich Menschen“, antwortete ich und wusste, er musste sich zusammenreißen, um nicht die Augen zu verdrehen. „Werfen Sie doch erst mal einen Blick darauf“, bat ich. „Bitte.“

Er zog eine buschige Augenbraue hoch und lachte dröhnend. „Na gut. Aber zu Ihrer Information: Selbst wenn sie mir gefallen, heißt das nicht, dass ich die Sachen so schnell fertig habe.“

Seufzend schob ich ihm den USB-Stick zu, den er lachend an sich nahm.

„Eine Kaugummiverpackung?“

„Das witzige Weihnachtsgeschenk meines Bruders.“

Kopfschüttelnd schloss er den Stick an. Die ganze Zeit beobachtete ich sein Gesicht und lächelte in dem Moment, als er plötzlich ernst wurde, während er weiter die Fotos durchblätterte.

„Heilige Scheiße!“

Wissend nickte ich. Nachdem er alle Bilder durchgesehen hatte, sah er mich wieder an, diesmal mit mehr Wertschätzung, wenn nicht sogar Respekt.

„Ich brauche sie wirklich bis Samstagvormittag. Das ist meine einzige Gelegenheit, sie im MET auszustellen. Im *MET*!“, erklärte ich ganz euphorisch.

Nickend strich er sich erneut durch den Bart und machte irgendwas an seinem Computer. Als er mich dann wieder ansah, grinste er.

„Kommen Sie Samstag um elf vorbei. Bis dahin ist alles fertig.“ Ich jubelte und hüpfte herum, woraufhin er lachen musste. Wäre der Tresen nicht zwischen uns gewesen, wäre ich ihm um den Hals gefallen.

Ich wachte früher auf und schaffte es zum Pilates-Kurs um halb acht. In der Linie L traf ich leider nicht den Obdachlosen, der mich sonst immer mit dem neuesten Klatsch versorgte. Das machte mir einen Strich durch die Rechnung. Als ich aus der Dusche kam, zog ich die dicksten Sachen an, die ich gewaschen hatte, nahm meine Tasche und machte mich auf den Weg zu Jensen. Unterwegs katalogisierte ich die Fotos, die ausgestellt werden würden, und überlegte mir Bildtitel. Ich stieg aus der Bahn, nahm mein Handy und scrollte mich durch die Klatschnachrichten. Schließlich hatte ich noch gut fünf Minuten Fußweg vor mir.

„Du solltest lieber auf die Straße achten", rief mir Jensen zu, als ich fast bei ihm war.

„Würde ich, aber der Obdachlose, der mich mit den Nachrichten des Tages versorgt, war heute nicht in der Bahn."

„People.com fällt unter Nachrichten?", fragte er und kam die Treppe herunter.

Ich sah ihn mürrisch an und drückte schnell die Internetseite weg. „Ich war nicht auf der Seite."

„Natürlich nicht." Er nahm mich in die Arme, drückte mich und hob mich ein Stück hoch, um sein Gesicht an meinen Hals zu schmiegen. „Danke, dass du gekommen bist", sagte er, nachdem er mich wieder abgestellt und bei der Hand genommen hatte, um mich hereinzuführen. „Olivia schläft noch. Sie ist ziemlich krank."

„Die Arme. Hat sie Fieber?"

Er nickte. „Alle vier Stunden bekommt sie abwechselnd Ibuprofen und Paracetamol. Ich habe ihr gerade etwas gegeben, also sollte es ihr erst mal eine Weile besser gehen."

„Meinst du, sie will was essen, wenn sie wach wird?"

„Könnte sein. Gestern hatte sie gar keinen Appetit."

„Wo ist Krista?"

Überrascht sah er mich an. Vielleicht, weil ich ihren Namen benutzt hatte und keine Bezeichnung wie „Olivias Mutter" oder „deine Ex".

„Sie hat die ganze Woche Termine, deshalb ist Olivia bei mir."

Ich nickte und biss mir auf die Zunge, um nichts weiter zu sagen. Olivia war nicht mein Kind, und sie war sicherlich auch nicht zum ersten Mal krank. Vielleicht war ihre Mutter das gewohnt. Vielleicht fühlte sie sich auch selbst ganz mies, dass sie sich nicht um sie kümmern konnte. Ich hatte kein Recht, darüber zu urteilen. Zumindest *versuchte* ich es.

„Ich habe heute einen Termin, den ich nicht verschieben kann, und eine unverschämte Deadline vor mir, die ich bestimmt nicht einhalten werde, denn wenn Olivia bei mir ist, komme ich kaum zum Schreiben."

„Ich kann eine Zeit lang hierbleiben." Keine Reaktion. „Also, ein paar Tage." Ich wich seinem Blick aus. „Wenn du mich brauchst. Ich will aber nicht stören oder so. Und ich will nicht, dass ihre Mutter sauer ist, wenn sie herausfindet, dass ich auf ihre Tochter aufpasse, weil sie mich vielleicht nicht leiden kann oder …"

„Mia."

„Was?" Ich sah wieder zu ihm.

„Du kannst so lange hierbleiben, wie du willst. Meinetwegen auch für immer."

Ich spürte, wie ich rot wurde. „Halt."

Breit grinsend kam er zu mir und hob mein Kinn an. „Danke, dass du das machst." Er gab mir einen Kuss auf die Stirn. „Und ich fände es schön, wenn du ein paar Tage bleibst oder auch für immer, ganz wie du willst."

Mein Herz schlug schneller. Bei diesen Worten, unter seinem ernsten Blick, bei seiner Berührung, die mir das Gefühl gab, ich hätte selbst Fieber.

„Musst du nicht los?", fragte ich leise.

Sein Kopf kam näher, er küsste mich auf den Mund. „Ja."

„Gut."

„Ruf an, wenn irgendwas ist."

„Ich glaube, ich kriege das hin."

„Ich glaube, du kriegst alles hin", sagte er und gab mir einen letzten Kuss, während er sich die Jacke anzog.

Ich sah ihm hinterher, als er durch den Flur und aus dem Haus ging. Dann warf ich einen Blick die Treppe hinauf. Sollte ich sie schlafen lassen oder nach oben gehen? Würde sie Angst haben, wenn er beim Aufwachen nicht hier war? Hatte er ihr gesagt, dass ich kommen würde? Ach du meine Güte. Was, wenn sie wirklich schlimm krank war? Worauf hatte ich mich da nur eingelassen?

Schließlich entschied ich mich, unten zu bleiben, direkt an der Treppe, um genau zu sein, und auf einen Mucks von ihr zu warten. Gegen halb zwölf hörte ich etwas laut auf den Boden fallen und rannte zwei Stufen auf einmal nehmend nach oben.

„Olivia?", rief ich panisch.

Weil sie nicht antwortete, rief ich noch einmal, diesmal lauter. Als ich an ihrem Zimmer angekommen war, stand sie in einem rosafarbenen Schlafanzug vor ihrem Bett. Auf den Bauch war ein Bild von Anna und Elsa aus *Die Eiskönigin* gedruckt. Schluchzend sah Olivia an sich hinab, die zerzausten braunen Haare hingen ihr ins Gesicht.

„Alles okay?", fragte ich und ging zu ihr. Ein beißender Geruch stieg mir in die Nase, und ich sah, dass sie sich auf den Boden vor dem Bett übergeben hatte. „Scheiße", sagte ich leise. Aus ihren großen grauen Augen sah sie mich traurig an. „Entschuldige. Vergiss, dass ich das gesagt habe. Ist schon gut. Alles wird gut. Kannst du hierherkommen?"

Ich schnappte mir ihre Hand und führte sie an der Kotze vorbei, mit der anderen Hand holte ich mein Handy aus der Hosentasche und rief ihren Vater an. Direkt beim ersten Klingeln nahm er ab.

„Darf ich sie baden? Sie hat … ihr ist ein Malheur passiert“, sagte ich, während ich ihr die Haare aus dem Gesicht strich.

„Scheiße. Vielleicht sollte ich den Termin doch absagen.“

„Nein. Nein. Es geht ihr gut. Sie scheint kein Fieber mehr zu haben oder so. Aber ich will nicht, dass sie sich ekelt, wo sie doch ihren Pyjama erwischt hat und …“

„Mia“, unterbrach er mich. „Ja, du darfst sie baden. Ich danke dir.“

„Gut. Wir reden nachher. Tritt den Leuten bei deinem Termin mal so richtig in den Arsch.“ Ich schloss die Augen. „Ups. Ich meinte … zeig es ihnen!“

Jensen lachte. „Mach ich.“

Ich legte auf und warf das Handy auf den weißen Nachttisch, während ich mich vor Olivia hinkniete. „Hat dein Vater dir gesagt, dass ich heute komme?“

Sie nickte.

„Darf ich dich baden?“

Eine Weile stand sie regungslos da, dann nickte sie wieder.

„Hilfst du mir, neue Sachen für dich rauszusuchen?“

Wieder nickte sie, diesmal mit einem leichten Lächeln.

Erleichtert atmete ich auf. Ich hoffte wirklich, dass ihre Mutter wegen der Sache nicht sauer wäre. Ich an ihrer Stelle wäre dankbar. Wieder seufzte ich. Ich hoffte, das wäre ich. Nachdem sie gebadet und frische Sachen angezogen hatte, ging ich mit ihr nach unten und gab ihr eine Gatorade. Genau das hätte Mutter in so einer Situation getan.

„Meinst du, du kannst hier fernsehen, während ich oben dein Zimmer sauber mache?“

„Ja“, sagte sie leise.

„Soll ich dir vorher etwas zu essen machen?“

Sie sah mich an und neigte leicht den Kopf zur Seite, wie ihr Vater es machte, wenn er nachdachte.

„Ich kann kochen“, fügte ich hinzu.

Unfassbar, dass ich versuchte, ein kleines Mädchen von meinen Kochkünsten zu überzeugen. Unfassbar, dass sie sie überhaupt mit einem Blick in Frage stellte.

„Was denn?"

Ich lächelte. „Was möchtest du denn essen?"

„Eis."

Ich musste lachen. „Okay. Ich weiß nicht, ob dein Dad Eis erlauben würde. Wie wäre es denn mit Suppe?"

Sie verzog den Mund.

„Ganz leckere Suppe. So eine, wie Anna und Elsa sie mögen."

„Anna mag keine Suppe. Nur Schokolade."

„Und Suppe! Komm schon, die wird dir schmecken. Und danach gibt's was Süßes."

„Zum Beispiel Eis?"

„Wenn du keine Halsschmerzen hast, können wir nach der Suppe noch mal darüber reden."

Sie seufzte und zog die Knie an die Brust. „Das sagt Daddy immer, wenn er eigentlich Nein meint."

„Hey, gib mir eine Chance. Ich bin cooler als dein Daddy!"

Einen Moment beäugte sie mich. „Darf ich noch mal mit deiner Kamera fotografieren?"

Ich kicherte. „Nach der Suppe. Und wir können uns nachher verkleiden, wenn es dir besser geht."

Sie setzte sich auf. „Mir geht es jetzt schon besser."

„Nach der Suppe."

Schließlich stimmte sie zu, und ich kochte ihr eine Suppe. Das Essen ging leichter, als ich nach den Überzeugungsversuchen erwartet hätte. Anschließend überließ ich ihr meine Kamera und verschwand nach oben, um sauber zu machen. Leider musste ich feststellen, dass Kinderkotze genauso eklig war wie Erwachsenenkotze. Als alles geschafft war, nahm ich mein Handy und ging wieder nach unten.

„Ich hab ganz viele Bilder geschossen", sagte sie und gab mir die Kamera, damit ich sie mir ansehen konnte.

Dabei musste ich lachen.

„Du hast ganz viele Selfies gemacht."

„Macht Mom auch immer."

„Wie schön", sagte ich und machte ein Selfie von ihr und mir.

Dann spielten wir Verkleiden, wobei ich immer wieder ihre Temperatur im Auge behielt, nur für alle Fälle. Als sie mir gerade lila Glitzer auf die Haare streute, klingelte das Festnetztelefon, und wir erstarrten beide in der Bewegung.

„Durften wir das überhaupt benutzen?", fragte ich leise.

Sie zuckte mit den Achseln. „Es stand ja rum."

„Ach du liebes bisschen. Das ist gar nicht für Kinder geeignet."

Das Telefon klingelte immer noch, und ich stand schließlich vom Boden auf. Während ich abhob, sah ich zu Olivia.

„Ist dort Mia?", vernahm ich eine Frauenstimme. Sie hatte einen schönen, melodischen Klang, der mich beruhigte.

„Ja."

„Hier ist Olivias Mutter ... Krista", fügte sie nach kurzer Pause hinzu.

„Oh. Hallo."

„Ist Olivia wach?"

„Ja, möchten Sie mit ihr sprechen?"

Während Olivia mit ihrer Mutter telefonierte, räumte ich die Küche auf und las das Etikett der lila Glitzerflasche. Als Olivia fertig war, rief sie mich und gab mir das Telefon zurück.

„Danke fürs Babysitten. Falls Jensen anruft, sagen Sie ihm, dass ich gegen halb sieben komme."

„Mache ich."

„Gut. Dann sehen wir uns vielleicht nachher, wenn Sie noch da sind."

„Bestimmt."

Ich beendete das Gespräch, bevor es noch absurder wurde.

„Wirst du auch so was wie meine Mama sein?"

Ich starrte Olivia an, die noch auf dem Boden saß, und brauchte drei Versuche, um das Telefon in die Station zurückzustellen.

„Wieso fragst du?", erkundigte ich mich, als ich mich neben sie gesetzt hatte.

Sie wandte mir ihr Gesicht zu. „Ich hab zwei Papas."

„Wirklich?" Stirnrunzelnd sah ich sie an.

Sie nickte ernst. „Einer wohnt hier, einer wohnt bei uns. Wirst du auch hier wohnen, wenn du meine Mama wirst?"

Dieses Kind setzte mir mit seinen Fragen ganz schön zu. Und damit, wie es mich ansah, obwohl ihm fast die Augen zufielen.

„Lass uns doch ein bisschen ausruhen", schlug ich vor.

„Ich bin nicht müde."

Ich zog die Kleine trotzdem auf meinen Schoß und stellte den Disney Channel an. Bald war sie weggenickt, ihr Kopf lag auf meiner Brust, schlaff hingen ihre Arme links und rechts an meinen Seiten hinunter. Irgendwie schaffte ich es, aufzustehen, sie auf das Sofa zu legen und mit einer Decke der San Diego Chargers zuzudecken.

Sie schlief ganze fünfzehn Minuten und war dann fit wie ein Jack Russell Terrier. Ich musste ganz schön Überzeugungsarbeit leisten, dass das lila Zeug nicht noch einmal auf meine Haare sollte – aus Sorge, ob man das so gut wieder herausbekommen würde. Weitere zehn Minuten diskutierten wir über Eis, bevor sie nachgab und sich von mir mit Gatorade und Weintrauben abspeisen ließ.

„Warum sind die durchgeschnitten?", fragte sie, als ich ihr einen kleinen Teller gab. Ich steckte mir eine Traube in den Mund und sah sie an.

„Macht man das nicht so für Kinder?"

Sie verzog das Gesicht. „Nicht für mich. Ich bin schon groß. Fast fünf."

„Ich weiß."

„Weißt du auch, wann ich Geburtstag habe?"

„Am 8. November."

Überrascht zog sie die Augenbrauen auch. „Woher weißt du das?"

Ich lächelte. *Facebook, Olivia, Facebook.* „Ich meine, Onkel Oliver hätte das mal erzählt."

Als ich ihn erwähnte, strahlte sie. „Weißt du, dass Onkel Bean meine Haare flechten kann?"

„Echt?", fragte ich schwer beeindruckt.

Sie nickte inbrünstig.

„Kannst du das auch?"

„Ein oder zwei Zöpfe kriege ich bestimmt noch hin. Komm mal her." Ich setzte sie zwischen meine Beine, sodass sie fernsehen konnte. Als sie aufgewacht war, hatte ich die dämliche *Eiskönigin* angestellt, aber bislang hatte sie sie keines Blickes gewürdigt. Ich teilte ihre Haare in drei Strähnen. Nachdem ich diese eine Zeit lang betrachtet hatte, wurde mir klar, dass ich nur wusste, wie man einen klassischen Zopf flocht. Also schaute ich mir auf dem Handy ein paar Videos an, mit Hilfe derer jeder binnen zwanzig Minuten zum Zopf-Profi werden sollte.

Als ich fertig war, machte ich ein Foto und schickte es Oliver. Er antwortete mit einem vor Freude tobenden Smiley, über den ich lachen musste. Olivia und ich aßen noch etwas Suppe und schauten uns dann Bücher an. Als die Sonne unterging, lief der Fernseher immer noch. Ich hatte nichts mehr von Krista oder Jensen gehört, abgesehen von seinen Textnachrichten, in denen er sich nach Olivia erkundigte.

Wir diskutierten, welcher Film besser war: *Toy Story* oder *Die Monster AG*.

Wir waren beide für *Toy Story*.

Und wer schönere Haare hatte: Jasmin oder Rapunzel.

Sie war für Rapunzel, ich für Jasmin.

Dann beschlossen wir, uns in Ruhe die *Eiskönigin* anzusehen.

Ich befand mich gerade auf einem Boot, als sich mein ganzer Körper bewegte, aber ich erreichte die Küste und streckte eine Hand nach Prinz Hans aus, der wie Kit Harrington aussah. In dem Moment *wusste* ich, dass es nur ein Traum war.

„Ich hab's gleich geschafft", murmelte ich, während das Schaukeln des Bootes mich aufwecken wollte. Es gelang ihm. Verschlafen blinzelte ich mehrmals, erst langsam, dann schneller, als ich Jensens Gesicht vor mir sah. Dann fiel es mir wie Schuppen von den Augen – ich war hier, um auf Olivia aufzupassen, und war eingeschlafen. Schnell wollte ich aufspringen, aber er hielt mich so fest, dass ich nicht aufstehen konnte, und ich sah, warum: Olivia schlummerte friedlich, ihre Wange an meiner Brust, beide Arme um mich gelegt.

„Hallo", sagte ich leise, als ich Jensen klar sehen konnte. Er hockte sich hin, sodass sein Gesicht ganz nah an meinem war, und streichelte mir die Haare.

„Hallo", flüsterte er zurück, ließ den Blick über meine Konturen schweifen und sah mir dann wieder in die Augen. „Wie ist es gelaufen?"

Ich grinste. „Super."

„Was hast du gerade geträumt?"

Mein Grinsen wurde noch breiter. „Von Kit Harrington."

Jensen lachte und stand kopfschüttelnd auf. „Ich trage sie mal ins Bett."

Bei dem Anblick, wie sie sich an seinem Nacken festhielt und sich an ihn kuschelte, schmolz ich dahin. Es hatte schon was, wenn ein Mann so liebevoll ein Kind trug. Mir kam direkt in den Sinn: ein Anblick zum Feuchtwerden. Während ich ihn so anhimmelte, wurde mir klar, dass ich dieses Haus nie mehr verlassen würde, wenn ich hier noch mehr Zeit mit ihm und seinem Kind verbrachte. Und ich war wirklich nicht der mütterliche Typ, ganz und gar nicht. Mir waren während Olivias Anwesenheit bestimmt hundert Schimpfwörter rausgerutscht, und in meinen Haaren war lila Glitzer, der wohl nie mehr wegging.

„Hast du das gekocht?“, fragte er, als er wieder zurück war, steckte einen Finger in den Topf und leckte ihn ab.

Herrje. Selbst das tat er sehr zweideutig. Wäre ich mal besser direkt aufgestanden und gegangen. Erst seitdem ich einen Tag mit ihm und seiner Tochter verbracht hatte, spürte ich meine Eierstöcke anklopfen und mein Gehirn rufen: „Das könntest du sein!“ So ein Leben hatte ich mir nie gewünscht. Nie. Aber die gemeinsame Zeit mit ihm, mit ihnen beiden, ließ mich genau das wollen, was aus vielen Gründen undenkbar war. Er nahm die rosa Schale und den Becher von der Arbeitsplatte und stellte sie ins Waschbecken, und plötzlich sah er noch heißer aus. War er schon immer so scharf gewesen? Ich verscheuchte diese Gedanken, als er mich ansah, weil er vielleicht weiterhin auf meine Antwort wartete. Währenddessen rührte er in der Suppe, die er aufwärmte, und mein Tagtraum würde wohl oder übel nicht jugendfrei sein.

„Ja. Ich weiß, du hattest Waffeln vorgeschlagen, aber weil sie gespuckt hatte und mir eine Suppe dann immer guttut, dachte ich …“

Mit langen Schritten kam er zu mir, sein Gesichtsausdruck brachte mich so aus dem Konzept, dass ich nichts mehr sagte. Er umfasste meinen Nacken, zog mich zu sich heran und gab mir einen tiefen, innigen Kuss. Seine Zunge schmeckte ein wenig nach der Hühnersuppe. Als er den Kuss beendete, drängte ich mich ihm für einen weiteren Kuss entgegen. Danach lehnte er seine Stirn an meine.

„Danke“, flüsterte er.

Das Klingeln an der Tür unterbrach uns. Während er öffnete, ging ich ins Bad. Ich wusste nicht, ob ich schon so weit war, Krista persönlich kennenzulernen. Ich dachte darüber nach, während ich auf die Stimmen lauschte, aber ich konnte beim besten Willen keine Frau hören. Also wusch ich mir die Hände und machte mir die Haare, bevor ich wieder in die Küche ging. Jensen stand an die Arbeitsplatte gelehnt und tippte auf seinem Handy.

„Das war Olivias Oma."

„Sie hat sie abgeholt?"

„Ja, eine schnelle Übergabe. Aber Olivia hat geschlafen, also hast du nichts verpasst", erklärte er, legte das Handy weg und sah mich an.

Ich legte die Arme um ihn, und er strich mir die Haare aus dem Gesicht. „Wie war dein Termin? Bist du zum Schreiben gekommen?"

Er streichelte meine Schultern, dann die Arme. „Der Termin war klasse. Das Schreiben ... na ja, es hat etwas gedauert, bis ich reinkam, aber dann lief es wie geschmiert."

„Worum ging es denn bei dem Termin?", fragte ich und küsste ihn auf das Schlüsselbein. Er sog scharf die Luft ein, als ich anfing, sein Hemd aufzuknöpfen, ihn auf die Brust küsste, das ganze Federtattoo entlang, für jeden Knopf einen Kuss.

„Abgabefristen."

„Aha." Ich arbeitete mich nach unten, ließ die Zunge über seinen flachen Bauch gleiten.

„Mia", sagte er heiser, während er seine Hände an meinen Kopf legte.

„Ja?" Ich öffnete seinen Gürtel, zog ihm die Hose runter und sah zu ihm hinauf.

Die Glut in seinen Augen passte nicht zu seinen sanften Berührungen. Mein Herz klopfte schneller, als ich an seinen Boxershorts ankam, sie ihm auszog und ihn mit meiner Hand umfasste. Bebend atmete er aus, während ich langsam auf und ab glitt, und er stöhnte, als ich meinen Mund um ihn schloss – leckend, schmeckend, saugend.

„Oh mein Gott, Mia. Das ist der pure Wahnsinn."

Angespornt intensivierte ich meine Liebkosungen, während er Sätze wie „Bleib bei mir" und „Du hast mir so wahnsinnig gefehlt" hauchte. Bis er gar nichts mehr sagte, sondern nur noch ein tiefes, kehliges Stöhnen zu hören war, während er zuckend in meinem Mund kam und ich alles hinunterschluckte.

Er zog sich wieder an und beobachtete mich, als ich aufstand und mir den Mund abwischte.

„Am besten ziehst du direkt bei mir ein", meinte er.

Lachend gab ich ihm einen Klaps. Mein Herz machte einen Sprung, als ich die Wärme seiner nackten Brust an meiner Hand spürte. Es war wohl wirklich ernst, wenn ich das sogar dann noch spürte, nachdem ich ihm einen geblasen hatte.

„Bleibt es bei Samstag?", fragte er und knöpfte lächelnd sein Hemd zu.

Ich überlegte angestrengt, dann fiel mir unsere Verabredung zum Brunch ein. „Mist. Ich kann nicht."

Verwirrt sah er mich an und wartete auf eine Erklärung.

„Rob und meine Eltern kommen am Wochenende. Und Estelle", sagte ich.

„Ach. Ich dachte, du musstest nach Kalifornien fliegen, weil Rob keine Zeit hat?"

Nervös sah ich mich in der Küche um. Vom Herd zum hellblauen Fliesenspiegel. Dann sah ich wieder zu ihm und konnte mir ein Grinsen nicht verkneifen. „Ich … meine Fotos werden am Wochenende ausgestellt."

„Was? Wo?"

Ich musste mir auf die Unterlippe beißen, um nicht vor Freude auszuflippen, als ich laut sagte: „Im MET!"

Mit offenem Mund starrte Jensen mich an. „Ist nicht dein Ernst!“

„Und ob!“, antwortete ich und klatschte lachend in die Hände.

„Warum hast du mir nichts davon gesagt? Erst erzählst du mir nichts von der kleinen Galerie um die Ecke und jetzt das?“

„Ich …“ Schulterzuckend wich ich seinem Blick aus. „Du hattest viel zu tun.“

„Mia“, sagte er und drehte meinen Kopf zu sich. „Ich habe nie zu viel zu tun, wenn es um dich geht.“

Wieder zuckte ich mit den Schultern. Er hatte wirklich sehr viel um die Ohren gehabt. So viel, dass ich ihn bei jedem unserer Treffen oder Telefonate am liebsten ins Bett geschickt hätte, um etwas Schlaf nachzuholen.

„Soll ich dir helfen, deine Sachen dorthin zu bringen?“

Ich betrachtete sein attraktives Gesicht und musste lächeln, weil er lächelte. „Robbie hilft mir bestimmt.“

„Ich will dir aber auch helfen“, sagte er und kam so nah, dass unsere Nasenspitzen sich berührten. „Ich will dich unterstützen und bei dir sein, wenn du der Welt zeigst, was du draufhast.“

Ich schluckte, weil dieser Satz bei mir einen Kloß im Hals auslöste. „Nicht der ganzen Welt.“

„Selbst wenn nur zwei Leute kommen. Ich will bei dir sein.“ Er seufzte und küsste mich auf die Stirn. „Ich habe dich so vermisst, Mia. Ich will nie wieder ohne dich sein. Lass mich dabei sein.“

Ich sagte nichts, weil ich kurz davor war zu weinen. Am liebsten hätte ich geschrien: „Ich bin bald wieder weg, schon vergessen?“, aber ich hielt mich zurück.

„Ist das okay für dich?“, fragte er und rieb seine Nase an meiner.

Ich nickte.

„Gut, denn wenn nicht, hätte ich dich ausgequetscht und wäre trotzdem dort aufgetaucht."

Dafür erntete er ein Lachen von mir. Er hörte mir interessiert zu, als ich lang und breit von den Fotos erzählte und wie aufgeregt ich war, dass sie nun tatsächlich ausgestellt wurden. Danach half er mir, jedem Bild einen Namen zu geben, ausgehend von meiner Beschreibung, denn die Fotos zeigte ich ihm nicht. Ich wollte, dass er sie erst im Museum sah. Wir redeten bis zur Dämmerung, dann war es für mich Zeit zu gehen.

Trotz allem versuchte er mich mit seinen geschickten Fingern und seiner Zunge zum Bleiben zu überreden. Aber jetzt spürte ich wieder leichte Unsicherheit, also ging ich lieber nach Hause. Er brachte mich noch bis zur Tür und küsste mich auf eine Art, die mir durch und durch ging.

„Du versuchst nicht, mich zum Bleiben zu überreden?", hauchte ich an seinem Mund.

Er lächelte. „Heute nicht, aber irgendwann bestimmt."

30. Kapitel

Davis, der Rocker mit dem langen Bart aus dem Fotolabor, hatte die Leinwände rechtzeitig fertig bekommen. Rob und Jensen halfen mir beim Aufhängen. Ich gab ihnen Anweisungen und meckerte, wenn die Bilder schief hingen.

„Denk dran, dass wir dafür kein Geld bekommen“, sagte mein Bruder.

„Werde ich, wenn mir alle Welt Geld anbietet, um meine Fotos ausstellen zu dürfen.“

Das spornte sie an. Nachdem alle Aufnahmen hingen, ging ich mit Helen, einer Kuratorin, von einem Bild zum nächsten, und wir befestigten die kleinen Beschreibungsschilder. Hin und wieder schaffte man etwas, worauf man so stolz war, dass man weinen könnte. Für mich waren das diese Fotos; und die Reaktionen, die sie in den Menschen, einschließlich Helen, auslösten, waren das Tüpfelchen auf dem i. Rob, Jensen und ich trafen meine Eltern zum Mittagessen beim besten Mexikaner der Stadt, wie Jensen behauptete. Wir interessierten uns alle mehr für die vorzüglichen Margaritas, also waren alle glücklich. Jensen hatte seinen Arm um mich gelegt, und mein Dad konnte die Augen gar nicht davon lösen. Auch wenn er sich gefreut hatte, Olivia kennenzulernen, als wir ihn in Santa Barbara besucht hatten, wusste ich, er war nicht wirklich begeistert, dass dieser tätowierte Schriftsteller auf dem Motorrad wieder in mein Leben getreten war.

„Wie läuft es mit deiner Exfrau?“, fragte er und beäugte Jensen wie eine Katze ihre Beute.

„Gut. Wir haben einen funktionierenden Zeitplan entwickelt und kommen gut miteinander aus, also klappt alles.“

„Wie gut?“

Mir wurde flau. Jensen nahm die Hand von meiner Schulter und legte sie in meinen Schoß, wo er die Finger mit meinen verschränkte. Ich nahm einen großen Schluck Margarita und hoffte, der Tequila würde schnell wirken.

„Als Eltern kommen wir gut miteinander aus. Sie wohnt mit ihrem Freund zusammen.“ Er unterbrach sich kurz und lächelte, weil ihm etwas eingefallen war. „Mittlerweile ist er ihr Verlobter, der auch eine Tochter aus erster Ehe hat. Dafür, dass wir Exmann und Verlobter der gleichen Frau sind, verstehen wir uns wirklich blendend“, erklärte er und sah mich zuversichtlich an.

Als das Thema beendet war, verabschiedete ich mich schnell zur Toilette. Als ich mich wieder dem Tisch näherte, schnappte ich ein paar Satzfetzen auf und erstarrte.

Skeptisch zog mein Dad gerade eine Augenbraue in die Höhe. „Heißt das, wenn du meiner Tochter ein Kind machst“, er hielt kurz inne und fuhr dann fort, „was du besser bleiben lässt … und sie danach einen anderen hat, würdest du mit dem Mann dann auch blendend auskommen?“

Jensen lachte abschätzig. „Ums Verrecken nicht.“

Rob brach in schallendes Gelächter aus. Dad schaute süffisant zu Jensen, verschränkte die Arme vor der Brust und lehnte sich auf seinem Stuhl zurück. „Das musst du mir bitte erklären“, sagte er und machte eine wegwerfende Handbewegung.

„Lass ihn, Marc“, schaltete sich nun meine Mom ein.

„Das ist eine Sache unter Männern, Bettina.“

„Dann redet doch über Männerthemen. Über Sport zum Beispiel.“

„Ich könnte es nicht ertragen, Mia mit einem anderen zu teilen“, antwortete Jensen.

Mein Herz pochte wie wild, mir stockte der Atem.

„Aber du erwartest von ihr, dich mit einer anderen zu teilen?“, fragte mein Vater provokant.

Und das war mein Stichwort, aus meiner Deckung zu kommen und mich wieder zu ihnen zu setzen. Zunächst sah ich Rob an, und der bedeutete mir mit seinem Blick: *Misch dich nicht ein!* Nach Unterstützung heischend, wandte ich mich an meine Mutter, die aber nur mit den Schultern zuckte und sich aus allem raushielt.

„Sie muss mich mit niemandem teilen, außer mit Olivia. Krista ist …"

„Jemand, mit dem sie den Rest ihres Lebens auskommen muss, wenn sie mit dir zusammen ist", ergänzte Rob.

Nach kurzem Nachdenken nickte Jensen langsam. Ich atmete erleichtert aus und war überrascht, dass ich mich diesmal bei der Vorstellung nicht so erschlagen fühlte wie sonst immer.

„Mia weiß, dass sie sich da keine Sorgen machen muss. Ich werde alles tun, damit sie das spürt." Unter dem Tisch griff Jensen nach meiner Hand. „Ich habe nur Angst, dass Olivia sie ins Herz schließt, Mia uns verlässt und dann nicht mehr Teil ihres Lebens ist."

Das traf mich wie ein Faustschlag, schnell und überraschend. Stirnrunzelnd sah ich ihn an. Ich hatte mir nie überlegt, was er wohl darüber dachte. Oder sie. Da ich das jedoch nicht vor meiner aufdringlichen Familie besprechen wollte, räusperte ich mich vernehmlich.

„Können wir mal das Thema wechseln?"

Es herrschte einen kurzen Moment Stille, in dem man die unausgesprochene Neugier förmlich riechen konnte, bis mein Vater schließlich wissen wollte: „Was sagst du zu dem Neuzugang der Chargers?"

Jensen antwortete, und sie unterhielten sich angeregt weiter. Doch meine Gedanken hingen noch immer bei seiner vorherigen Aussage. Während des Essens machte ich mir Sorgen über Dinge, über die ich zuvor noch gar nicht nachgedacht hatte.

31. Kapitel

Ich beeilte mich, mich fertig zu machen, wich jedes Mal auf dem Weg vom Schlafzimmer ins Bad Olivias Spielsachen aus und versuchte, nicht über Jensens Turnschuhe zu stolpern.

„Jensen!“, rief ich genervt. „Hilf mir mal beim Aufräumen!“

Lachend kam er die Treppe herunter. „Was denn, Prinzessin?“

Ich warf ihm einen finsteren Blick zu. „Nenn mich nicht so.“

„Tut mir leid, dass hier keine Haushälterin für Ordnung sorgt“, meinte er dämlich grinsend, bevor er feixend der Haarbürste auswich, die ich nach ihm warf.

„Seit ich bei meinen Eltern ausgezogen bin, habe ich auch keine Haushälterin mehr. Du bist ja wohl alt genug, deinen Kram selber aufzuräumen!“

Er kam zu mir, umarmte mich von hinten und küsste mich auf den Nacken, während er uns im Spiegel betrachtete. „Sehr wohl, Ma'am. Lässt du das an?“

Ich seufzte. „Ja. Ist das okay?“

„Du siehst umwerfend aus.“ Er umfasste meine Hüften. „Muss ich meine Hände heute bei mir behalten?“

Als er sie auf meine Brüste legte, schlug ich sie fort. „Ja.“

„Aber ich bin doch dein Date.“

„Habe ich nie behauptet“, antwortete ich und musste lachen, als er die Augen zusammenkniff.

„Das ist ein ungeschriebenes Gesetz.“

„So was gibt es für Leute, mit denen man in die Kiste hüpft?“ Ich ging ins Bad und trug Lippenstift auf. Er kam mir hinterher und beobachtete jede meiner Bewegungen genau.

„Ich kann es kaum abwarten, dir das von den Lippen zu lecken“, brachte er stöhnend hervor, während er mich erneut von hinten in die Arme schloss.

Ich stieß ihn fort. Ich konnte jetzt keine Schmetterlinge gebrauchen, die wild in meinem Bauch umherflatterten.

„Hör auf, mich anzufassen. Das bringt mich durcheinander. Und zieh dich endlich an. Oder ich gehe ohne dich.“

„Das darfst du nicht.“

„Ist ein ungeschriebenes Gesetz.“

Er musterte mich im Spiegel. „Gib mir fünf Minuten.“

Während er sich anzog, räumte ich Olivias Spielzeug auf. Ich trank unten gerade Wasser aus einem Glas mit Strohhalm, als ich ihn kommen hörte. Beinahe hätte ich mich verschluckt, als ich ihn in einem schwarzen Anzug, weißem Hemd und passender schwarzer Fliege vor mir sah.

„Du hast dich aber rausgeputzt“, krächzte ich.

Lächelnd fuhr er sich mit der Hand durch die feuchten Haare. „Bist du so weit?“

„Ich bin aufgeregt.“

„Wieso? Deine Bilder sind der Wahnsinn.“ Er kam zu mir, nahm meine Hand und küsste das Semikolon-Tattoo auf meinem Handgelenk. „Und das sage ich nicht nur so.“

Ich nickte und atmete tief durch. „Trotzdem bin ich aufgeregt.“

Lächelnd führte er mich aus dem Haus. Rob und meine Eltern waren bereits in der Galerie, als wir ankamen. Estelles Flug hatte Verspätung gehabt, doch jetzt kam sie auf mich zugerannt.

„Oh mein Gott. Ich habe es geschafft“, sagte sie und umarmte mich. „Danke, dass du deinen Schlüssel beim Portier hinterlegt hast. Ich habe mir eine zweiminütige Dusche gegönnt und mich in Windeseile umgezogen.“

„Ich fass es nicht, dass du hier bist.“

„Und ich fass es nicht, dass du es nicht fasst."

Wir lachten noch, als sie mich losließ, um Jensen zu umarmen. „Oliver hat mir irgendwas für Olivia mitgegeben. Erinnere mich daran, es dir zu geben."

Ich atmete noch einmal tief durch und betrat das Museum, gefolgt von den anderen. Millie gesellte sich zu uns, als wir gerade in den Bereich kamen, wo meine Fotos ausgestellt waren.

„Oh mein Gott. Ich habe sie mir gerade angeschaut, Meep. Sie haben mich zu Tränen gerührt. Wirklich", sagte sie und drückte mich. „Das wird was ganz Großes."

Ich unterhielt mich kurz mit ihr, blieb aber wie angewurzelt stehen, als ich den Raum betrat. Es verschlug mir die Sprache, wie das Deckenlicht gedimmt und die Fotos so ausgeleuchtet waren, dass sie perfekt zur Geltung kamen. Es waren Bilder von aufstrebenden und auch von renommierten Künstlern ausgestellt, und ich nahm mir vor, heute Abend alle anzusehen. Entschlossen ging ich zu meinem ersten Foto. Neben mir hörte ich meine Mutter nach Luft schnappen und meinen Vater fragen: „Ist das von dir?", als könne er es nicht glauben. Es trug den Titel *Hier ist Derek mit den neuesten Nachrichten* und zeigte einen Mann in einem zerrissenen grauen Pullover und Dreads, der beim Sprechen lebhaft mit den Armen gestikulierte. Ich lächelte.

„Hast du ihm Anweisungen gegeben?", fragte Rob. Ich schüttelte den Kopf.

„Ich habe nur fotografiert", erklärte ich und betrachtete die schwarzen Müllsäcke mit seinen Habseligkeiten, die einen Kontrast zu der weißen Bahn bildeten. „Zum Dank habe ich ihm neue Klamotten und Lebensmittelgutscheine geschenkt."

Jensen griff nach meiner Hand. Der Größe und der weichen Handfläche nach zu schließen, konnte es nur seine sein. Wir gingen zum nächsten Bild. Es hieß *Baby, wein nicht. Auf der Welt gibt es schon genügend Tränen.*

„Das ist eine alleinerziehende Mutter“, erörterte ich das Foto der weinenden Frau, die ihre Stirn an die Stirn ihres Babys gelegt hatte und im Regen auf einem belebten Bürgersteig stand.

Erst als ich mich umdrehte, bemerkte ich die kleine Menschenmenge, die sich um mich herum versammelt hatte. Ich ging zum nächsten Foto und erklärte es, danach zum nächsten, bis ich beim letzten ankam, meinem Lieblingsbild. In der Mitte des Raumes war eine überlebensgroße Leinwand aufgestellt. Sie zeigte einen Mann im Anzug, die Aktentasche in der einen, das Handy in der anderen Hand. Neben ihm stand ein Mann in Lumpen, eine gelbe Plastiktüte in der einen, einen Becher Kleingeld in der anderen Hand. Beide gingen von der Kamera weg, im Hintergrund fungierte das Empire State Building als klare Trennlinie zwischen den beiden. Dieses Foto hatte weder einen Titel noch eine Beschreibung. Als einziges. Das Bild sagte mehr als tausend Worte. Es stand für Hoffnung und Hoffnungslosigkeit. Für Macht, aber auch, wie unerreichbar diese für manche Menschen war. Es zeigte die Unterschiede zwischen uns in einer Stadt der unbegrenzten Möglichkeiten, die jedoch nicht jedem offenstanden. Und schließlich hoffte ich, dass es aussagte: „Du willst etwas? Dann hol es dir. Es liegt in deinen Händen. Egal, wer du bist oder woher du kommst. Es liegt in deinen Händen. Also los!“

Jensens Blick verriet mir, dass er die Botschaft verstanden hatte. Wenn ich nur bei einem einzigen Menschen so einen Blick ausgelöst hatte, dann hatte ich damit mehr erreicht, als ich gehofft hatte.

Jensens Woche

Das Tolle an Menschen ist, dass sie immer für eine Überraschung gut sind – selbst diejenigen, die man in- und auswendig zu kennen glaubt. Das vergangene Wochenende hat mir das bestätigt. Ich war bei der aktuellen Fotoausstellung im MET, um jemanden zu begleiten, den ich (wie manche behaupten) vergöttere. Ihre Arbeiten habe ich schon unzählige Male gesehen und dachte deshalb, ich wüsste, was mich erwartet. Ich hatte ihr meine Unterstützung angeboten oder eher aufgedrängt. Mittlerweile schreibe ich seit geraumer Zeit über meine Dating-Erlebnisse, aber ich bin mir nicht sicher, ob euch allen aufgefallen ist, dass ich nun schon seit geraumer Zeit immer mit derselben Frau ausgehe.

Ich habe mal geschrieben, dass ich meine Zeit mit niemandem so gern verbringe wie mit meiner vierjährigen Tochter. Wenn ich jedoch einen Ersatz für sie wählen müsste, wäre es diese Frau. Sie ist liebenswürdig, attraktiv und der talentierteste Mensch, den ich kenne. Solltet ihr diese Woche in der Stadt sein, müsst ihr euch unbedingt die Exponate von Mia Bennett im MET, *dem* Metropolitan Museum of Art, *ansehen. Die Ausstellung heißt „Wenn du nicht hinsiehst" und ist der Hammer. Ich verspreche euch, nachdem ihr euch die Fotos angesehen habt, werdet ihr ein paar Stunden lang nicht mehr an eure Handys denken. Mir gehen sie bis heute nicht aus dem Kopf.*

Meine Meinung zum MET: *ein absolutes Muss.*

Meine Meinung zu „Wenn du nicht hinsiehst": atemberaubend.

Frage des Tages von: @*Livlovesbooks: Würdest du für eine finanzielle Sicherheit deinen Traum aufgeben oder ihn wie Don Quixote verfolgen, egal, wie alt du bist?*
Meine Antwort: *Ich persönlich konnte in dieser Hinsicht ein gutes Gleichgewicht herstellen und kann so viele Teile meines Traums leben. Wäre schön, wenn das bei jedem so wäre. Es findet sich immer ein Weg.*

32. Kapitel

Kaum zu glauben, dass er die größte Lobrede aller Zeiten auf mich gehalten hat. Ich hätte eigentlich ausrasten sollen, weil er sich nicht an die Abmachung hielt, meinen Namen außen vor zu lassen, aber ich war zu stolz auf diese Kolumne, als dass ich deswegen (total) rumgezickt hätte. Erst habe ich ein wenig rumgezickt, dann habe ich mich bei ihm bedankt. Er ließ das eine über sich ergehen und lachte über das andere. Dafür liebte ich ihn. In dem Moment wurde mir klar, dass ich ihn sehr wahrscheinlich für immer und ewig lieben würde, aber das änderte nichts daran, dass ich meiner neuen Chefin Giselle zusagte, als sie mich bat, eine Woche früher mit dem neuen Job in Kalifornien anzufangen. Davon hatte ich ihm noch gar nichts erzählt. Ich konnte mich einfach nicht durchringen, obwohl es dringend an der Zeit war. Seit unserer Rückkehr aus Santa Barbara hatten wir nicht mehr darüber geredet. Dieses Thema war zwischen uns tabu, was es mir nicht leichter machte. Die bloße Erwähnung würde uns von der schönen rosa Wolke werfen. Aber ich brauchte diesen Job. Da gab es gar keine Diskussion. Ich konnte diesen Job entweder annehmen oder mich den Rest meines Lebens fragen, was gewesen wäre, wenn, und mich in den Arsch beißen, dieses Angebot abgelehnt zu haben. Das sagte ich mir wieder und wieder. Es war mein Traumjob! Doch je öfter ich mir das vor Augen hielt, desto mehr fragte ich mich, ob es überhaupt noch mein Traum war. Eine weitere Frage, auf die es keine Antwort gab.

Mein schlechtes Gewissen verflog, als Rob mir erzählte, dass der andere Bewerber zwar über mehr Erfahrung verfügte, man sich aber dennoch für mich entschieden hatte. Die Frage „Tue ich das Richtige?“ stellte ich mir in den nächsten Tagen nicht mehr, bis ich bei Jensen im Arm lag und er mir aus einem seiner Werke vorlas.

„In vielen Dingen war er sich unsicher, jedoch nie, wenn es um ihn und sie ging. Sie hatte es sich in seinem Herzen gemütlich gemacht. Und als sie gegangen war, konnte er sich von nichts trennen, was sie zurückgelassen hatte. Am liebsten wäre er ihr hinterhergeeilt, hätte sie angefleht, bei ihm zu bleiben, ihm zuliebe, aber er traute sich nicht. Er ließ sie nicht etwa gehen, weil er sie zu sehr liebte, um sie zum Bleiben zu bitten, sondern weil er es nicht ertragen hätte, wenn sie seine Bitte abgelehnt hätte.“

Ich wartete, bis ich mir sicher war, dass er zu Ende vorgelesen hatte, und sah ihn an. Ich hatte mit derselben Stärke gerechnet, die in den letzten Tagen in seinem Blick gelegen hatte, aber seine grauen Augen verrieten genauso viel Unsicherheit, wie ich sie selbst verspürte. Ahnte er, dass ich endgültig gehen würde? Konnte er meine Gedanken lesen, wie schon so oft? Wollte er, dass ich ihm sagte, er hätte sie bitten sollen zu bleiben, auch wenn er gewusst hatte, sie würde dennoch gehen?

Schweigend nahm ich seine Hand und führte sie an meine Lippen. Als wir uns ansahen, erfasste mich eine Woge des Verlangens, und ich küsste ihn auf das unvollendete Unendlichkeits-Tattoo auf seinem Handgelenk, um mich dann langsam zu der großen Feder auf der Innenseite seines Unterarms vorzuarbeiten. Als ich ihn scharf Luft holen hörte, legte ich seinen Arm sanft zurück.

„Ich weiß nicht, welcher Teil genau mich stört“, sagte ich leise, als er sich an mich lehnte.

„Vielleicht sind wir noch gar nicht bei diesem Teil angekommen“, flüsterte er ebenso zärtlich zurück, während er mich mit

Blicken verschlang und sich seine Hand unter mein Schlafshirt stahl.

„Darf ich es als Erste komplett lesen, wenn es fertig ist?“, fragte ich.

„Wirst du dann noch hier sein?“

Ich sah weg. „Darüber will ich nicht reden.“

„Ich auch nicht“, erwiderte er.

Dann waren seine Lippen auf meinen, und ich konnte keinen klaren Gedanken mehr fassen. Wir verloren uns in diesem Kuss wie heimliche Geliebte. Als wir uns voneinander lösten, bat ich ihn weiterzulesen. So verbrachten wir die meisten Nächte, unsere Beine und Zungen ineinander verschlungen. Das Bett und seine Wohnung verließ ich nur, um zu mir zu fahren, aber auch dann kam er oft mit, weil er keine Sekunde ohne mich sein wollte. Mein letztes Fotoshooting hatte ich am Mittwoch und würde erst kommenden April zur Veröffentlichung der Sonderausgabe nach New York zurückkommen. Fran versprach, mir jederzeit einen Job besorgen zu können, und dafür bedankte ich mich. Genau wie Millie hielt sie nicht viel davon, dass ich den Job in L. A. annehmen wollte.

„Ich bin der Meinung, du gehörst dort nicht hin“, sagte sie beim Essen. Sie, ich und Millie hatten uns in einem kleinen Lokal zum Abschiedsessen verabredet, weil niemand sonst Zeit hatte.

„Genau davon habe ich mein ganzes Leben geträumt“, erklärte ich. „Wie könnte ich so eine Gelegenheit ausschlagen?“

„Du sollst nur wissen, dass du hier jederzeit willkommen bist, wenn du es dir anders überlegst“, meinte Fran.

„Und dass ich dir einen Job bei einer hiesigen Modezeitschrift besorgen kann, wenn du willst“, ergänzte Millie.

Dankbar lächelte ich, darüber, dass ich so tolle Menschen um mich hatte.

Am Samstag waren Jensen und ich gerade beim Essen, und ich hörte zu, wie er in einem fort über das neue Buch von Harper Lee meckerte, als ich über seine Schulter hinweg eine vertraute Person erspähte. Als er mich überrascht lächeln sah, hielt er mitten in seiner Schimpftirade inne.

„Wie geht's dir? Ich hatte schon befürchtet, du wärst ohne ein Wort gegangen", sagte Carson, als er an unserem Tisch ankam.

„Quatsch. Bin immer noch hier. Und wie läuft's bei dir?"

„Gut. Seitdem ein Freund von mir in Brooklyn wohnt, teste ich hier immer mal neue Restaurants."

„Wie schön."

Kurz sagte er nichts, sah zu Jensen, der uns neugierig beobachtete. „Hallo mal wieder", sagte er zu Jensen. Diesmal grüßte er zurück, und Carson wandte sich wieder mir zu. „Tja, dann guten Appetit. Wir könnten uns ja noch mal zum Sushi treffen, bevor du weg bist."

Jensen räusperte sich und sah mich an. Er durchbohrte mich förmlich mit seinen Blicken, während er auf eine Antwort wartete. Lächelnd sah ich zu Carson. „Mal sehen. Bestell deinen Eltern liebe Grüße."

„Mach ich. Tschüss, Kumpel", sagte er im Gehen zu Jensen.

„Sushi? Im Ernst?"

„Er war immer nett zu mir, Jensen."

„Er sieht aus, als wäre er mehr als nur nett."

Lächelnd verdrehte ich die Augen. „Du tust ja so, als gäbe es einen Grund zur Eifersucht."

Eindringlich musterte er mein Gesicht, bevor er mir wieder in die Augen blickte. „Lassen wir das."

„Wie erwachsen du doch geworden bist", stellte ich grinsend fest.

Darüber musste er lachen. „Siehst du mal. Es ist auf jeden Fall ganz schön erwachsen, dass ich ihm nicht den Kopf abreiße, obwohl ich genau das gern tun würde."

Ich lächelte ihn die ganze Zeit an, bis mir auffiel, dass ich dazu bald keine Gelegenheit mehr haben würde. Nach dem Essen nahm er meine Hand und rief seine Exfrau an, um sich nach Olivia zu erkundigen. Immer wieder sah er während des Telefonats zu mir, was mir verriet, dass er mir gleich eine schlechte Nachricht überbringen würde.

„Wir müssen unser Date vorzeitig beenden", sagte er schließlich. „Oder zumindest unsere Zeit zu zweit, denn wir müssen sie jetzt abholen."

Fragend sah ich ihn an. „Von ihrer Mutter?"

„Vom Fußballplatz."

„Wo deine Ex auch ist."

„Mia, sie hat einen Namen."

„Das weiß ich, Jensen."

„Vielleicht solltest du dich an ihn gewöhnen, bevor du ihr begegnest."

„Vielleicht solltest du mich in Ruhe lassen, du Arsch."

Ihm klappte die Kinnlade runter, doch dann lachte er. „Mia, wir sind geschieden. *Geschieden!* Nicht getrennt, nicht in einer Beziehungspause. Wir sind hundertprozentig geschieden, hätten gar nicht erst heiraten sollen, und mittlerweile sind wir beide wieder glücklich vergeben."

Einen Moment sah ich auf die Hände in meinem Schoß und dachte daran, wie es sich angefühlt hatte, als ich die zwei damals im Café gesehen hatte. Ich seufzte. „Tut mir leid. Ich sollte … ich denke, ich sollte lieber nicht mitkommen."

„Wieso nicht? Olivia wird völlig aus dem Häuschen sein, wenn sie dich sieht."

Ich schloss die Augen. „Ich kann sie nicht leiden." Schnell riss ich die Augen auf. „Krista, nicht Olivia. Olivia mag ich."

Sein Blick wurde sanfter. „Schatz, du kennst sie doch gar nicht."

„Ich kenne sie schon gut genug. Jahrelang hätte ich ihr am liebsten die Augen ausgekratzt, nur weil sie existiert."

„Tut mir leid.“ Er fuhr sich mit der Hand durch die Haare und seufzte. „Tut mir leid, dass es dir so ging, aber sie ist Olivias Mutter.“

Ich stieß einen verächtlichen Laut aus. „Das weiß ich! Verstehst du das denn nicht? Genau das ist das Problem! Sie ist Olivias Mutter! Du bist für immer mit ihr verbunden. Nicht mit mir.“ Ich stockte. „So. Jetzt ist es raus!“ Erleichtert atmete ich aus, entzog ihm meine Hand und drückte ihm einen Kuss auf die Wange. „Wir sehen uns.“

Ich war schon fast an der Straßenecke, als er mir hinterherkam und mich am Arm festhielt.

„Hörst du endlich mal auf, vor mir wegzulaufen?“

„Ich muss aber weg“, sagte ich kopfschüttelnd.

Er verstand die Bedeutung hinter dieser Aussage, zog mich so nah an sich heran, dass ich seinen Atem an meiner Wange spürte und die Augen schließen musste, um meine Gefühle im Zaum zu halten.

„Nein. Musst du nicht. Du kannst mit mir mitkommen, meine Tochter abholen, ihre Mutter kennenlernen und deren Verlobten, der übrigens ein echt netter Kerl ist, und dann mit mir nach Hause kommen, damit ich dir einen Orgasmus nach dem anderen bescheren kann. So einfach ist das“, sagte er und verteilte kleine Küsse auf meiner Wange und meinem Hals.

„Okay“, hauchte ich.

„Gut. Lass uns gehen, bevor ich dich noch bestrafen muss, weil du ein böses Mädchen warst.“

Ich lachte kurz auf. „Sei froh, wenn du den Tag überstehst, ohne dass ich dich erwürge.“

Er brach in schallendes Gelächter aus, und die Leute drehten sich zu uns um. Dann zog er mich neben sich und hielt mich fest im Arm.

Als wir am Spielfeld ankamen, wo vermutlich Olivias Mannschaft spielte, nahm er meine Hand. Mit den Augen suchte ich den Platz ab und strahlte, als ich sah, wie Olivia gerade den Ball in Richtung Tor schoss.

„Oh Gott, sie sieht so niedlich aus in ihrem Trikot!", sagte ich.

Jensen grinste. „Und wie."

„Vielen Dank, dass ihr gekommen seid!", sagte da plötzlich jemand neben uns. Als ich hinsah, stand dort Krista, in Jeans, Uggs und einer engen Strickjacke. Die braunen Haare waren zum Pferdeschwanz gebunden, den sie mit der linken Hand hielt, an der ein riesiger Klunker funkelte. *Alter Schwede.* Hätte ich den damals von Nahem gesehen, hätte ich sofort gewusst, dass er kein Geschenk von Jensen war.

„Sie müssen Mia sein", sagte sie zu mir.

Herzlich und aufrichtig lächelte sie mich an. Es gab keinen Grund, sie zu hassen, mal vom Offensichtlichen abgesehen. Dass sie verlobt war, änderte gar nichts, denn der bloße Gedanke, dass sie so oft neben Jensen gelegen hatte, reichte, dass ich ihr am liebsten eins mit einem der Fußballhütchen übergezogen hätte. Tat ich natürlich nicht.

„Olivia redet ja von nichts anderem mehr", fügte sie mit sanfter, beruhigender Stimme hinzu. Sie arbeitete im Finanzwesen, an ihr war aber ganz klar eine Yogalehrerin verloren gegangen. „Ich bin so froh, dass Sie auf sie aufpassen konnten, als sie krank war. Ich hatte ein ganz schlechtes Gewissen, dass ich keine Zeit hatte, aber ich hatte beruflich so viel um die Ohren, und Barry konnte sich nicht freinehmen." Sie sah kurz zum Spielfeld. „Wie schön, dass jemand bei ihr war, den sie mag."

Schließlich verrauchte ein wenig von meiner Wut, dass sie mit Jensen geschlafen hatte. Für sie war das offensichtlich aus und vorbei. Und Jensen hatte mir keinen Grund gegeben, ihm nicht zu vertrauen. Olivia war das Beste, was man sich wünschen konnte.

„Keine Ursache. Sie ist so ein tolles Mädchen."

Krista strahlte. „Das ist sie wirklich."

Wir blickten zum Spielfeld und sahen sie in die entgegengesetzte Richtung laufen.

„Als Jensen meinte, wir gehen zum Fußball, habe ich mit einer Horde Kinder gerechnet, die nur rumstehen, aber sie scheint ja genau zu wissen, was sie tun muss", meinte ich staunend.

Krista lachte. „Das haben wir Barry zu verdanken. Er war Profifußballer und ist der Meinung, das sei die beste Sportart überhaupt."

Ich sah mich um. Am Spielfeldrand standen ein paar echt scharfe Väter, Jensen natürlich, aber eben auch noch andere. Ich schielte wieder zu Kristas Hand. Das mit dem Profifußballer erklärte natürlich diesen Klunker.

„Wo steckt er denn?", fragte Jensen.

Ich zuckte leicht zusammen, denn ich hatte ganz vergessen, dass er direkt neben mir stand.

Sie kniff die Augen zusammen und sah sich um. „Gerade war er noch da ..."

„Ach, da ist er ja." Jensen zeigte mit dem Finger auf das Spielfeld nebenan. Ein Haufen junger Kerle im Collegealter umringte einen Mann in einem dunkelblauen Fußballtrikot.

„Er ist ... der Trainer?", fragte ich.

„Ja", antwortete Krista und lächelte stolz.

Anerkennend nickte ich und sah auf, als Jensen seine Hand in meine schob.

„Hör auf, die Männer abzuchecken", sagte er, und seine offensichtliche Eifersucht bescherte mir ein warmes Gefühl.

„Bin gleich wieder da", fügte er hinzu, gab mir noch einen Kuss und rannte hinüber.

„Das ist bestimmt eine komische Situation für Sie", meinte Krista, sobald er außer Hörweite war.

Ich wandte mich ihr zu, sah in ihre braunen Augen und zuckte mit den Schultern. „Könnte schlimmer sein."

Sie lachte. „Ja, das stimmt." Plötzlich wurde sie ernst. „Ich weiß, es steht mir nicht zu, und meine Meinung zählt auch nicht, aber so hat er noch nie jemanden angesehen. Noch nicht einmal mich damals", fügte sie schnaubend hinzu, und es fiel mir schwer, nicht zu lachen.

Ich sah zu Jensen hinüber. Er unterhielt sich gerade mit Barry, lachte über irgendetwas. Jetzt redete Barry, und beide drehten sich zu uns um. Jensen zeigte auf mich oder vielleicht auch auf Krista, schwer zu sagen. Barry machte einen Schritt zurück und sah ihn vollkommen entsetzt an. In dem Moment wusste ich, dass er mich gemeint hatte. Krista kicherte.

„Falls Sie es nicht wussten, Sie sind bekannt wie ein bunter Hund."

Ich schlug mir gegen die Stirn. „Was erzählt er denn immer von mir?", sagte ich mehr zu mir selbst, aber Krista hatte es gehört und lachte.

„Sie wissen doch, dass er eine ganze Buchreihe über eine Figur namens Mia geschrieben hat, oder?"

Ich stöhnte, was sie mit einem weiteren Lachen quittierte.

„Davon mal abgesehen aber nicht viel." Sie neigte den Kopf. „Außer wenn er zu viel getrunken hat, dann redet er nur noch von Ihnen."

„Ach du liebes bisschen." Ich traute mich gar nicht nachzufragen.

„Tja." Sie schürzte die Lippen. „Wie dem auch sei. Wir sind alle froh, und ich bin überglücklich, dass Sie wieder Teil seines Lebens sind. Und dass Sie so gut mit Olivia auskommen, was für mich das Wichtigste ist."

Ich lächelte und nickte ihr dankbar zu, bevor ich wieder zu Jensen und Barry sah, die jetzt auf uns zukamen. Barry war kleiner als Jensen, aber nicht viel. Hätte ich doch nur meine

Kamera dabeigehabt. Dieses Foto hätte ich der *GQ* für mehrere Tausend Dollar verkaufen können. Ich seufzte. Krista auch. Wir sahen uns an und lachten kurz. Als Jensen näher kam, hatten wir nur noch Augen füreinander. Alles um uns herum war egal, sogar Barry. Für mich gab es nur Jensen. Als er bei mir war, atmete ich seufzend aus. Er nahm meine Hand und stellte mich Barry vor. Wir vier unterhielten uns und sahen uns das restliche Spiel an. Nach dem Abpfiff rannte Olivia in Jensens Arme, begrüßte danach mich und fragte, ob ich ihr beim Spiel zugesehen hätte.

Drei Augenpaare beobachteten mich, als ich mich hinhockte, die Frage bejahte und Olivias fantastische Beinarbeit lobte. Von Beinarbeit hatte ich zwar keine Ahnung, aber Juan Pablo hatte das Wort mal fallen gelassen. Barry nickte mir anerkennend zu, also musste ich wohl etwas Richtiges gesagt haben. Ich nahm Olivia in den Arm und stand wieder auf. Dabei hielt ich sie so, dass sie sich von allen verabschieden konnte.

„Tschüss, Mommy. Tschüss, Barry“, sagte sie und gab jedem ein Küsschen, ohne mich loszulassen.

Krista lächelte Olivia und mir zu. Barry ebenso. Und Jensen sah aus, als wäre er den Tränen nahe. Als ich mit Jensens Hand auf meiner Schulter seine kleine Tochter im Arm trug, brach es mir fast das Herz, dass ich in weniger als einer Woche definitiv weg sein würde.

33. Kapitel

Eine der Leiterinnen des MET rief mich am Tag nach der Ausstellungseröffnung an. Es begann mit den üblichen Floskeln: Danke für Ihre Teilnahme; Ihre Arbeiten sind ganz wunderbar. Doch dann bat sie mich unvermittelt um ein Treffen. Jensen hatte bei mir übernachtet, nachdem wir eine grummelige Olivia bei ihrer Mutter abgegeben hatten. Sie fand es unfair, dass sie nicht auch bei mir schlafen durfte, also versprach ich ihr, dass wir das irgendwann nachholen würden.

Es fiel mir nicht leicht, mich aus Jensens warmen Armen zu lösen und aufzustehen, aber ich schaffte es und war sogar fünf Minuten zu früh bei meinem Termin. Diese Zeit nutzte ich, um mir die Gemälde im Empfangsbereich anzusehen. Dass meine Bilder dieselben Wände zierten, machte mich so stolz, dass ich mich am liebsten gekniffen hätte. Das tat ich natürlich nicht, auch wenn es mich in den Fingern juckte. Es war, als müsste ich mal so langsam aus diesem unglaublichen Traum der letzten Monate aufwachen – der Job für die Zeitschrift, meine eigene Ausstellung, die Zeit mit Jensen und Olivia. Das war alles zu schön, um wahr zu sein, und mir war bewusst, dass das nicht ewig anhalten würde.

Eine ältere Dame mit aschgrauen Haaren und kirschroten Lippen bat mich in ihr Büro. Wir stellten uns einander vor. Sie hieß Carol und war die persönliche Assistentin des leitenden Museumsdirektors. Ich war Mia, ein Mädchen mit kleinen Händen und großen Träumen. Wir unterhielten uns über Kunst und Fotografie, und ich erzählte ihr, was ich mir für meine Arbeit vorstellte. Nach einem langen Gespräch waren wir uns einig, und ich ging mit einem Gefühl der Sicherheit, das ich schon lange nicht mehr verspürt hatte.

Was aber geblieben war, war die Tatsache, dass ich nach Hause zurückkehren musste und es Jensen immer noch nicht gesagt hatte. Vor jedem Spiegel probte ich, wie ich es ihm beibringen würde. Nämlich, dass ich unsere gemeinsame Zeit wirklich genossen hatte, aber nach Kalifornien gehörte. Dort waren meine Familie, mein neuer Job, meine Zukunft. Dort und nirgendwo sonst. Das musste er verstehen. Aber immer, wenn ich ihn sah, machte ich einen Rückzieher.

„Wir müssen reden", sagte ich ein paar Tage später direkt beim Reinkommen.

Sofort sah er zu mir, in der Hand den Staubsauger, mit dem er gerade an der Treppe zugange gewesen war. Er trug seine gemütliche graue Jogginghose. Schnell stellte er den Staubsauger an die Wand, kam zu mir, umarmte mich, zog mein Gesicht an seine Brust und ließ mich nur los, um mich zu küssen, dass mir Hören und Sehen verging.

„Jetzt können wir reden", sagte er, während ich völlig außer Atem war. Er zog mich ins Wohnzimmer und sah mich an.

„Ich muss bald fort", platzte ich unverblümt heraus. Entgeistert sah er mich an und wartete, dass ich etwas sagte. „Meine Chefin bei *People* braucht mich schon früher."

Keine Reaktion, bis auf das Zucken seines Kiefers. „Wann?"

„Bald."

„Seit wann weißt du es?"

Ich schloss kurz die Augen. „Seit ein paar Tagen."

„Und du hast es mir nicht gesagt?" Seine Stimme wurde lauter.

Ich sah zu meinen Füßen und auf den Abstand zwischen uns. „Ich wusste nicht, wie."

„Wann musst du dort sein?"

„Nächste Woche fange ich an."

Sein Blick verdüsterte sich noch mehr, dann schaute er von mir weg. „Okay. Tja, dann sollten wir jetzt wohl absprechen, wer wann Zeit hat. Ich kann anfangen." Er machte eine Pause und seufzte. „Ich kann nachsehen, wann ich rüberfliegen kann, und du, wann du herkommen kannst."

„Jensen", unterbrach ich seine Überlegungen. Dieselben hatte ich schon unzählige Male selbst angestellt und war immer zum selben Ergebnis gekommen – es ging nicht. „Das funktioniert nicht, wie du sehr wohl weißt. Was sollen wir denn machen? Nur noch skypen und uns einmal im Monat sehen?"

Er biss die Zähne zusammen, sein Kiefer trat deutlich hervor. „Also war's das jetzt? Ich lasse dich wieder in mein Leben, in Olivias Leben, und du haust einfach so ab?"

„Scheiße." Laut atmete ich aus, Tränen liefen mir über das Gesicht. „Lass das. Zieh sie da nicht mit rein."

„Das muss ich aber, Mia, denn sobald du weg bist, muss ich ihr Rede und Antwort stehen. Du kannst einfach gehen und tun, was du willst. Ich muss hierbleiben, mit der Erinnerung an dich, die wie ein verfluchter Geist durch mein Haus spukt."

Ich öffnete den Mund, schloss ihn aber schnell wieder, weil ich schluchzen musste. Als ich schließlich etwas sagte, war es mehr ein Krächzen. „Ich will das auch nicht."

„Dann geh nicht. Ganz einfach. Was fehlt dir hier? Ein Job? Ich besorg dir einen. Oder deine Familie?", wollte er wissen, kam näher und hielt mich am Handgelenk fest. „Die kannst du auch von mir haben. Wir können auch hier eine Familie gründen. Du bekommst alles von mir, Mia." Seine Stimme wurde sanfter, meine Augen wurden feucht.

„Ich … kann nicht nicht gehen", flüsterte ich.

Eindringlich sah er mich an, als würde er mich auf diese Art umstimmen können. Als würde unsere gemeinsame Zeit reichen, um meine Verwandten hinter mir zu lassen. Ich konnte es nicht. Es ging nicht. Dann beugte er sich vor und küsste mich leidenschaftlich, unnachgiebig, sodass ich nach hinten gegen das Sofa stieß. In diesem Kuss lag all das aufgestaute Verlangen. Ich krallte mich an seinen Haaren fest, während er mir das Oberteil auszog. Wir rissen uns die Klamotten vom Leib, wild, unfähig, auch nur eine Sekunde länger zu warten.

Unvermittelt drehte er mich herum, seine Brust war an meinem Rücken, ich spürte ihn hart an meinem Hintern. Sein Mund berührte mein Ohr, während er die Hände zwischen meine Beine gleiten ließ, um sie auseinanderzudrücken. Ich stöhnte laut auf, als er meine Brust massierte und mir in die Schulter biss.

„Du kannst nicht gehen", sagte er mit tiefer, rauer Stimme, während seine Handflächen meine Beine noch weiter spreizten und er sich dazwischenschob. „Bleib hier", sagte er und drang keuchend in mich ein. Ich schnappte nach Luft.

„Ich kann nicht."

„Lass es uns versuchen", meinte er zwischen zwei tiefen Stößen. „Du kannst mir nicht ewig vorhalten ...", er atmete schwer, während er sich etwas zurückzog, nur um noch härter zuzustoßen, „... was ich früher mal gemacht habe." Kurz hielt er inne. „Wo ich mich doch so sehr geändert habe."

Ein weiteres Mal biss er mir in die Schulter, und ich begann am ganzen Körper zu zittern. Er glitt hinein, wieder hinaus, rein, raus, langsam, tief. Und ich spürte ihn überall. Ich verdrehte die Augen und schrie seinen Namen. Wieder stieß er in mich.

„Ich ..." Ein Stoß. „... liebe ..." Ein weiterer Stoß. „... dich." Noch ein Stoß.

Dann fühlte ich ihn in mir kommen.

Als unser Atem sich beruhigt hatte und er aus mir hinausgeglitten war, ließ ich mich nach vorne gegen die Rückwand des Sofas fallen. Befriedigt und erschöpft. Er machte erst mich, dann sich sauber, während ich ihn dabei beobachtete. Wir hatten beide nichts an, waren vollkommen nackt. Er kam zu mir und beugte sich für einen weiteren Kuss hinunter.

„Ich liebe dich“, hauchte er an meinem Mund.

Ich fühlte mich wild und außer Atem, also rutschte ich etwas zurück und ließ seine schmale Taille los. Auch der Abstand konnte weder mein hämmerndes Herz noch meinen rasenden Puls besänftigen. Mit großen Augen sah ich ihn an, sein Blick war ernst. Er kam so nah, dass mein unterer Rücken erneut das Sofa berührte.

„Jens…“, weiter kam ich nicht, schon küsste er mich wieder. Mit seinen großen Händen packte er meine Hüften.

„Mia, ich liebe dich, und das meine ich auch so. Ich tue nicht so, als wäre das zwischen uns nur passiert, um damit abschließen zu können oder Spaß zu haben, wo wir doch beide wissen, dass das nicht stimmt.“ Er zögerte, atmete schwer und sah mir wieder in die Augen. „Ich liebe dich, da gibt es keinen Zweifel. Glaub mir, ich habe darüber nachgedacht. Ich habe mir alle möglichen Ausflüchte überlegt: Es war nur eine Jugendliebe, du warst da, als ich niemanden hatte, du gabst mir das Gefühl, vollkommen zu sein, obwohl ich mich nur wie der Ausrutscher zweier Menschen fühlte.“

Ich blinzelte meine Tränen weg, aber ein Schluchzen konnte ich nicht unterdrücken, als ich ihn umarmte und er mich an seine muskulöse Brust zog. „Mein Leben hat sich verändert, *ich* habe mich verändert, aber die Liebe zu dir ist geblieben. Und sogar gewachsen. Du hast einen Samen in mir gepflanzt, der aufgegangen ist und wie Efeu über mein Herz wuchert. Da ist kein Platz für eine andere.“

„Ich liebe dich“, sagte ich und schniefte, als diese Worte aus mir herausbrachen. „Ich liebe dich und hätte nicht geglaubt, dass ich dir diese Worte je wieder sagen würde.“ Ich strich ihm die Haare aus dem Gesicht. „Aber ich glaube nicht, dass ich damit klarkomme, wenn ich erst wieder am anderen Ende des Landes bin. Ich will dir gar nichts vorhalten. Wirklich nicht, aber ich kenne mich. Und ich weiß nicht, ob wir das schaffen. Lass es uns langsam angehen. Lass uns ein, zwei Wochen schauen, wie es läuft, ja? Ich sage nicht für immer Nein, ich sage gar nicht Nein. Ich sage, lass es uns versuchen, aber nach Hause muss ich trotzdem."

„Was ist mit Olivia?", fragte er unsicher.

Ich schloss die Augen, weil ich die Pein in seinem Blick nicht ertrug. Meine eigene Last wog schon schwer genug.

„Ich bin nur einen Anruf entfernt", erklärte ich ruhig. „Und ich komme zurück."

Er blinzelte mehrmals und drehte sich mit dem Rücken zu mir. Von hinten schlang ich die Arme um ihn und lehnte mein Gesicht gegen seinen Rücken.

„Es tut mir leid. So furchtbar leid. Ich wollte das alles nicht", flüsterte ich heiser, während meine Tränen über seinen Rücken liefen.

„Liebe kann man nicht planen", antwortete er. „Dafür brauchst du dich nicht zu entschuldigen."

„Es tut mir so leid, dass ich weggehe."

„Du musst tun, was du tun musst", sagte er.

Traurig wischte ich mir die Tränen weg. Ich fühlte mich gefangen zwischen zwei Welten. Als wir Olivia später bei Krista und Barry abholten, schlief sie bereits. Ich nahm sie in die Arme, weil sie auf dem Weg vom Auto zum Bett aufgewacht war.

„Gehst du weg?", fragte sie leise und erschöpft.

„Ich muss", antwortete ich und streichelte ihr über den Kopf.

„Gefällt es dir hier nicht?"

„Doch, aber alle meine Sachen sind dort drüben", erklärte ich ihr.

„Dann hol sie doch her“, schlug sie vor. „Ich mach dir auch Platz in meinem Schrank.“

Mir schnürte sich die Kehle zu. Wie konnte ich dieses kleine Mädchen nur verlassen? Als ich mir endlich eingeredet hatte, dass ich ohne ihren Vater leben konnte, hatte sie sich in mein Herz geschlichen und sich dort fest eingenistet.

„Aber ich werde dich vermissen“, sagte sie und hielt die Augen lange genug geöffnet, dass ich darin lesen konnte, wie ernst sie es meinte. „Bist du übermorgen wieder da?“ Ich schüttelte den Kopf, Tränen schossen mir in die Augen. „Und bei meinem Spiel am Samstag?“ Erneut schüttelte ich den Kopf und trocknete mir das Gesicht. „Nimmst du all deine Sachen mit?“, fragte sie schließlich. Ich nickte. „Auch deine Kamera?“ Darauf gab ich keine Antwort. Es hätte ihr das Herz gebrochen. Stattdessen küsste ich sie auf die Stirn und versprach, bald zurückzukommen.

Als ich gerade aus dem Zimmer gehen wollte, rief sie nach mir. Die Hand am Türrahmen, drehte ich mich um.

„Bitte geh nicht. Ich hab dich so lieb“, sagte sie.

In diesem Augenblick brach sich meine ganze Traurigkeit Bahn, ich konnte kaum atmen, und in meinen Augen brannten die Tränen.

„Ich dich auch“, antwortete ich und sammelte all meine Kraft, um aus dem Zimmer zu gehen.

Jensen stand mit geschlossenen Augen im Flur, an die Wand gelehnt, das Kinn auf der Brust.

Ich fragte mich, ob er mir Vorwürfe machen würde, so wie damals seiner Mutter, als sie ihn verlassen hatte. Keiner sagte etwas. An diesem Abend ging ich nach Hause, weil ich es nicht ertragen hätte, unseren Schmerz im Morgenlicht zu sehen. Mein Körper war in meiner Wohnung. Mein Geist auch. Aber Bruchstücke meines Herzens lagen verstreut auf dem Holzfußboden in seiner Küche.

Jensens Woche

Seit fast einem Jahr spielt meine Tochter nun schon Fußball. Ihre Mutter ist mit einem ehemaligen Profifußballer verlobt, und ich vermute, dass seine Begeisterung für diesen Sport – gepaart mit ihrer Abneigung gegen Ballett – ihr Interesse für Fußball erklärt. Sie liebt diesen Sport. So richtig. Aber letztes Wochenende hat sie mitten während eines Spiels entschieden, damit aufzuhören. Urplötzlich blieb sie stehen, zog die Schuhe aus, nahm die Schienbeinschoner ab und schmiss alles hin. Es sah ein wenig so aus wie das Bild von dem Typen, der alle Akten von sich wirft, was jeden Freitag im Internet die Runde macht. Ich sah ihr aus der Entfernung zu, und mir blieb der Mund offen stehen. Ich wusste gar nicht, was ich tun sollte. Also ließ ich ihrem baldigen Stiefvater den Vortritt, sie zu beschwatzen. Schließlich ereignete sich dieser Zwischenfall auf dem Fußballplatz, und das war sein Gebiet. Es hatte ganz eindeutig etwas mit diesem Sport zu tun. Mein Kind ist doch kein Drückeberger! Danach versuchte ihre Mutter ihr Glück. Schließlich sahen beide mich an, als könnte ich sie zurück auf den Platz zaubern.

Doch ich besitze keine Zauberkräfte. Als ich mich vor ihr hinkniete und sie fragte, was los sei, sah sie mich mit verweinten Augen an und meinte: „Mir ist heute einfach nicht nach Fußball."

Also nahm ich meine Tochter in den Arm und verließ den Platz – in einem Arm sie, über dem anderen ihre Schuhe. Manchmal hat man einfach keine Lust auf Fußball, und das ist vollkommen in Ordnung. Dafür habe ich Verständnis. Wofür mir allerdings jegliches Verständnis fehlt, ist, wenn eine Person aufgibt, obwohl man wieder und wieder um sie gekämpft und ihr gezeigt hat, dass man immer da sein wird, komme, was wolle.

Ich stehe heute etwas neben mir. Vielleicht habe ich es noch nicht ganz realisiert. Oder vielleicht klammere ich mich an der Hoffnung fest, dass ihr nur heute nicht nach Fußball ist, aber irgendwann wieder. Das Problem ist nur, wenn ihr das nächste Mal danach ist – sollte das überhaupt jemals der Fall sein –, möchte ich, dass es für immer so bleibt. Ich will, dass sie jedes Training und jedes Spiel mitmacht, nicht bloß einen Testlauf. Ich will den Weltpokal. Ich will alles. Weniger kommt für mich nicht in Frage.

Wer von euch es nicht so mit „subtilen" Umschreibungen hat (weil er neugierig ist und Neugier und Subtilität sich widersprechen), für den sage ich es klar und deutlich: Mia Bennett, ich lasse dir Zeit. Nicht, weil ich sie brauche. Noch nicht einmal, weil ich denke, dass du sie brauchst. Sondern weil beim letzten Mal ich abgehauen bin und du mich hast gehen lassen, weil dir auch keine andere Wahl blieb. Diesmal hast du die Wahl. Dir stehen alle Wege offen. Du bist im Ballbesitz. Sag Bescheid, wenn dir wieder nach Fußball ist.

Frage des Tages von: *@MJABRAHAM2: „Wenn du in der Zeit zurückreisen könntest, welchen Rat würdest du dir selbst geben, als du einundzwanzig warst?"*
Meine Antwort: *Erst denken, dann handeln.*

34. Kapitel

Ich hatte immer geglaubt, Santa Barbara wäre für mich der Nabel der Welt, bis ich aus der Ferne erkannte, dass es doch nicht alles für mich war. Zu Hause stellte ich fest, dass das heimelige Gefühl nur Einbildung und meine sich über die Jahre eingespielten Gewohnheiten eben nur das waren – Gewohnheiten. Die ich in dem Moment abgelegt hatte, als ich nach New York kam und gezwungenermaßen über den Tellerrand sehen musste.

Und diese blöde, ausgelutschte Redewendung „Zu Hause ist da, wo dein Herz ist“ …? Die verstand ich jetzt.

Ich war zwar weiterhin der Meinung, sie sei blöd und ausgelutscht, aber ich verstand sie.

Mein Herz war aber leider zweigeteilt: Ein Teil war bei meiner Familie, der andere bei Jensen und Olivia. Und ich wusste nicht, welcher als Erstes zerbrechen würde. Sicher war nur: Es würde brechen.

Seit meiner Rückkehr hatte ich bloß ein paar Mal mit Jensen telefoniert, etwa die Hälfte davon nur, weil Olivia nach mir gefragt und um einen Anruf gebettelt hatte. An den Tagen, an denen ich seine Stimme nicht hörte, war ich unruhig und versuchte mich damit zu trösten, dass das nun mal zum Abschließen dazugehörte.

„Wem versuchst du eigentlich, etwas vorzumachen? Dir oder mir?“, war Marias Reaktion, als ich ihr vorschwärmte, der Job bei *People* sei genau der richtige Schritt für mich. Maria war die Freundin, die mein Fotostudio übernommen hatte, als ich nach New York gezogen war. Seit einer Woche stand ich jeden Tag zeitig auf, um Models und Schauspielerinnen zu fotografieren, die die Seiten und einige Titelblätter der Zeitschrift zieren würden. Meistens fuhr ich nach der Arbeit zum Strand und lauschte dem Meeresrauschen. Das hatte mir doch am meisten gefehlt, oder? Ich saß da und starrte eine gefühlte Ewigkeit auf das Meer hinaus, bis mein knurrender Magen mich zum Gehen zwang. Normalerweise schloss Maria gegen acht Uhr, und bis dahin hatte ich über eine Stunde in die blaue Unendlichkeit gestarrt. Wie nach einem festen Zeitplan ging ich ins Café am Ende der Straße, holte uns Kaffee und besuchte sie jeden Abend im Studio.

„Niemandem", antwortete ich.

Langsam ließ ich den Blick durch die Galerie schweifen. Maria hatte Kunstwerke italienischer Maler und Exponate regionaler Bildhauer ausgestellt und irgendwo noch ein Plätzchen für eines meiner Fotos gefunden. Es war schön zu sehen, dass ich nicht in Vergessenheit geraten war, auch wenn ich nun andere Projekte verfolgte.

Maria sah mich an und schnalzte mit der Zunge. Sie glaubte mir nicht. „Dir ist doch klar, dass du in ihn verliebt bist."

„Natürlich."

Sie riss die Augen auf. „Und?"

„Nichts *und*. So ist das Leben nun mal. Beschissen und ungerecht."

„Ungerecht ist es nicht. Du kannst doch zurück nach New York. Hier hält dich nichts."

„Bis auf den Job. Von dem ich mein ganzes Leben lang geträumt habe."

„Ein Job bei einem Klatschblatt", erwiderte sie trocken. „Du hängst im weltberühmten MET und entscheidest dich für einen Job bei einem Klatschblatt."

Ich seufzte. „Davon habe ich immer geträumt. Dass meine Fotos gesehen werden – und dann auch noch auf dem Titelblatt. Das ist doch der Wahnsinn."

„Mia, der Wahnsinn ist, wenn du etwas tust, was dich glücklich macht. Zum Beispiel, wenn man es in ein namhaftes Kunstmuseum schafft. Ich verstehe nicht, wie es dein Traum sein kann, für so eine Zeitschrift zu arbeiten. Denk an deinen Bildband."

„Ich sage nur Annie Leibovitz."

Maria neigte den Kopf zur Seite und sah mich an. „Das glaubst du doch selbst nicht, oder?"

Meine Mundwinkel zuckten. Maria und ich wussten beide, dass niemand Annie das Wasser reichen konnte.

„Ich sag ja nur ..." Achselzuckend nahm sie einen Schluck von meinem Latte.

Natürlich glaubte ich es selbst nicht. Aber immer wenn ich an den Umzug dachte, dachte ich auch an Estelle, Robert, meine Eltern, das Wetter, den Strand, das Leben, das ich kannte, und an die Tatsache, dass ich hier immer Auto fahren konnte, wenn ich wollte. Diese Dinge liebte ich an Santa Barbara, und sie waren so in New York nicht zu haben.

Plötzlich hatte ich das Bild von Jensen und Olivia vor Augen, die mich wie eine umherstreunende Katze bei sich aufgenommen und mit Liebe und Zuneigung aufgepäppelt hatten. Sie fehlten mir. So sehr, dass mein Herz, sobald ich an die beiden dachte, in winzig kleine Stückchen zersprang, die sich nicht mehr zusammensetzen ließen. Und *so* schlecht war New York nun auch nicht. Vom Wetter und der Überbevölkerung mal abgesehen. An den öffentlichen Nahverkehr hatte ich mich gewöhnt und kam mittlerweile damit zurecht, nicht mehr Auto zu fahren. Ich könnte es einfach darauf ankommen lassen und Giselle sagen, dass ich den Job nicht mehr wollte. Das könnte für die Zukunft zwar nicht so gut sein, aber ich würde ihr einfach erklären, dass ich diese Art von Fotos nicht mehr machen wollte, ihr von meinen Aufnahmen erzählen und wo sie ausgestellt waren. Und vielleicht wäre sie dann nicht ganz so sauer.

Beim Mittagessen erzählte ich Estelle von diesen Überlegungen, und sie sah mich entgeistert an. Als ich gar nichts mehr sagte, starrte sie mich noch entsetzter an. Mir war klar, dass sie es nur schwer nachvollziehen konnte. Ich hatte mehr als eine Woche über alles nachgedacht und mich dann mit dem Gedanken arrangiert, nach New York zu ziehen. Auch wenn mich der Gedanke, dass unsere Kinder nicht so miteinander aufwachsen würden wie wir damals, echt traurig machte.

„Ich habe mich entschieden", sagte ich.

„Das merke ich", erwiderte sie und goss uns Wein ein. „Die gute Nachricht ist ja, dass Jensen während der Footballsaison etwa jedes zweite Wochenende herkommt, also bekomme ich dich auch oft genug zu sehen."

Ich lächelte. Ein trauriges Lächeln, das bald in ein Weinen überging. Sie kam um den Tisch, setzte sich neben mich und legte mir einen Arm um die Schulter.

„Alles wird gut, Meep."

„Ich weiß! Aber unsere Kinder werden nicht zusammen aufwachsen, wie wir es uns ausgemalt haben! Sie werden nicht auf dieselbe Schule gehen und nicht über Jungs tratschen." Je länger ich redete, desto mehr weinte ich. „Herrje, das ist so bescheuert! Ich entscheide mich für etwas, das mich unfassbar glücklich macht, und heule wegen möglicher bester Freundinnen und Jungsgeschichten." Als sie mich drückte, musste ich sogar noch mehr weinen. Nachdem ich mich ausgeheult hatte, wischte ich mir die Tränen weg und sah, dass auch sie geweint hatte.

„Das ist echt blöd", sagte sie und tupfte sich die Augen. „Aber ... wir können jederzeit skypen, und sie werden trotzdem Kontakt miteinander haben."

Ich sah sie an. „Glaubst du, ich tue das Richtige?"

„Macht es dich glücklich?"

Ich seufzte und nickte lächelnd.

„Glücklicher als dein ‚Traumjob'?", hakte sie nach, wobei sie das letzte Wort betonte.

Ich musste lachen. „Das auf jeden Fall."

„Dann tu's", sagte sie achselzuckend. „Tu, was deine Seele zum Lächeln bringt."

Ich schniefte. „Du lässt nach."

„Ich dachte, der Spruch würde dir gefallen?", sagte sie und musste bei meinem angewiderten Gesichtsausdruck lachen.

„Nein. Ich mag ‚Tu, was deine Seele zum Glühen bringt' und keinen abgedroschenen Mist über lachende Seelen."

Sie kicherte und verdrehte die Augen. „Ist ja auch egal, Süße."

„Wahrscheinlich sollte ich Carol vom MET mal anrufen und fragen, ob sie irgendetwas für mich zu tun hat."

„Was ist eigentlich mit den Abzügen, die du dort verkauft hast? Davon musst du doch noch was auf der hohen Kante haben."

Hatte ich. Die Ausstellung hatte mir unverschämt viel Geld eingebracht, und zu meiner großen Freude hatte das Museum mein Lieblingswerk im Bestand behalten. Dennoch würde mir in der Betonwüste dort drüben schneller das Geld ausgehen, als ich „Latte" sagen konnte.

„Habe ich … aber mir ist trotzdem wohler, wenn ich ein regelmäßiges Einkommen habe. Und ich kann nicht einfach nur auf der faulen Haut liegen. Du kennst mich doch."

Jetzt musste ich es also nur noch meinen Eltern und Rob beibringen, aber als ich abends nach Hause kam, waren meine Eltern nicht da, und Rob ging nicht an sein Handy. Also war ich ganz allein und blies Trübsal. Ich hätte Maria anrufen und fragen können, ob sie irgendetwas mit mir unternehmen wollte, aber was hätte es mir gebracht, draußen Trübsal zu blasen? Es war zwar nicht so, als könnte ich ohne Jensen nicht leben, aber ohne ihn war alles doof. Ich vermisste ihn. Und es war ja wohl nicht verkehrt, jemanden zu vermissen. Als ich die Küche durchstöberte nach etwas, was ich als Nächstes essen konnte, fiel mir ein Umschlag von FedEx auf. Mein Herz schlug schneller, als ich meinen Namen in Jensens Handschrift darauf las. *Er hat mir etwas mit FedEx geschickt?* Völlig aus dem Häuschen, rannte ich die Treppe nach oben in mein altes Zimmer, schloss die Tür hinter mir und riss den Umschlag auf. Ich stutzte, als ich hineingriff und keinen Brief fand. Papierschnipsel waren darin. Ich drehte den Umschlag um und ließ sie wie Konfetti herausflattern, direkt auf mein Bett. Als ich sie aufsammelte, sah ich, dass es kleine Papierherzen waren. Unter ihnen war auch ein Zettel, auf dem stand: *Liest du meine Kolumnen?* Ich nahm mein Handy und schickte ihm eine Textnachricht: *Natürlich lese ich sie (deine Kolumnen). Danke für die Herzen.* Ich ließ das Handy auf dem Nachttisch nicht aus den Augen und wartete auf seine Antwort, die erst am nächsten Morgen kam. Mir wurde schwer ums Herz, als ich die paar Worte las. *Ich halte das nicht aus.* Ich hielt es ohne ihn auch nicht aus.

Jensens Woche

Wenn ihr das wart, die sich neulich auf meinem Twitter-Account darüber beschwert haben, meiner Kolumne würde in letzter Zeit der Biss fehlen, will ich euch sagen: Ihr habt recht.

Mir fehlt in letzter Zeit auch der Biss.

Mir fehlt alles.

Aber wie Jeff so schön sagt: „The show must go on."

Und das tut sie auch.

Wenn ihr als Single mit Kind eine Trennung durchmacht, hattet ihr hoffentlich eine von den herzlosen Frauen. Die, die kein Notizbuch mit Zeichnungen von euch und eurer Tochter zurücklassen, von denen ihr gar nichts wusstet. Die nicht auch noch Fotos von eurer Tochter und deren Mutter oder sich selbst dazukleben.

Wenn ihr als Single mit Kind eine Trennung durchmacht, hattet ihr hoffentlich eine von den Frauen, die nicht selbstlos sind. Die nicht ihren größten Schatz für eure Tochter zurücklassen mit einem Zettel, dass sie zurückkommen werden. Die eurer Tochter keinen Brief schreiben, in dem sie davon schwärmen, wie besonders sie ist und dass sie alles werden kann, was sie will.

Wenn ihr als Single mit Kind eine Trennung durchmacht, hattet ihr hoffentlich eine von den Frauen, die in euren Augen keine gute Stiefmutter abgeben, denn wenn sie erst weg ist, werdet ihr beide, ihr und eure Tochter, euch fragen, was ihr hättet anders machen können, um sie zu halten.

Frage des Tages von: *@BristerRobin: „Habe meiner neunjährigen Tochter gerade das erste Mal die Beine rasiert. Mit Ent-*

haarungscreme ging es letztes Jahr besser. Ich frage mich, wie das alleinerziehende Väter machen. @JRChronicles, erzähl mal!"
Meine Antwort: *Mit Beine rasieren kenne ich mich nicht aus! Mach mir keine Angst! Meine Tochter soll immer klein bleiben.*

35. Kapitel

Heilige Scheiße.

Ich bin schwanger.

Jensens Woche

Die folgende Frage wurde mir vor ein paar Tagen geschickt, und ich finde, heute passt sie. Gestellt hat sie @Wendylegrand58.

Die Frage lautet: „Wenn du das Ende deiner eigenen Lebensgeschichte schreiben könntest, wie würde es aussehen?“

Meine Antwort lautet schlicht und ergreifend: Wir sind nicht dafür bestimmt, über unser eigenes Ende zu schreiben. Könnten wir es, würden die meisten dem Tod irgendwie von der Schippe springen, denn das Ende macht uns Angst. Ich weiß, wie für mich ein schönes Ende aussieht. Aber ich habe gelernt, dass es im Leben nicht um das Ende geht, sondern um die Kapitel davor. Wie wir sie füllen, wie andere Menschen darauf reagieren, das lässt uns weitermachen.

In Wahrheit mag doch niemand das Ende, außer bei Romanen. Ich bin da keine Ausnahme. Ich weiß, dass auch meine Geschichte irgendwann mal zu Ende geht, aber mein Vermächtnis wird dann hoffentlich groß genug sein, dass sich niemand darum schert, wie oder warum sie zu Ende ging. Es wird nur ein weiteres Kapitel in meinem sehr langen und glücklichen Leben sein (hoffe ich mal).

Frage des Tages von: *@FitchM: „Welche Schriftsteller magst du?“*
Meine Antwort: *Neil Gaiman & Stephen King.*

36. Kapitel

„Ach du meine Güte. Du bist am Arsch." Das kam von Rob.

„Lasst uns doch erst mal die Laborergebnisse abwarten", sagte Estelle.

„Du bringst mich ganz schön in die Zwickmühle", meinte Oliver.

„Oh Gott. Fällt das nicht unter deine Schweigepflicht? Außerdem zwingt euch ja niemand, dabei zu sein, während ich auf ein Stäbchen pinkele!"

Er stieß einen verächtlichen Laut aus. „Jetzt bin ich noch nicht mal in meinem eigenen Haus erwünscht? Außerdem bin ich Kinderarzt und habe mit dem ganzen Erwachsenenmist nichts am Hut. Wie mit solchen Sachen eben! Und ich habe dir Blut abgenommen und es ins Labor geschickt, weil du nicht den Arsch in der Hose hast, zu deinem eigenen Arzt zu gehen!"

„Na und? Dann ruf doch bei meiner Krankenversicherung an, damit die dich bezahlen!"

„Hey! Schluss damit!" Das war wieder Estelle, die förmlich zwischen uns ging wie ein Ringrichter beim Boxkampf. Seufzend sah sie mich an. „Wann wirst du es ihm sagen?"

Bei dem bloßen Gedanken wurden meine Augen feucht. „Ich kann das nicht."

„Wie bitte? Was soll das heißen, du kannst es nicht?", riefen alle drei im Chor.

Schniefend wischte ich mir übers Gesicht. „Zumindest nicht aus der Ferne! Ich kann ihn doch nicht einfach anrufen und mit der Tür ins Haus fallen. Herrje, ich kann noch nicht mal ans Telefon gehen, wenn er anruft. Er merkt doch sofort, dass irgendwas los ist." Ich wimmerte und schluchzte unterdrückt.

Oliver machte ein Geräusch, das alle Aufmerksamkeit auf sich zog. „Also lässt du ihn erst mal links liegen? Nachdem du ihn und Olivia verlassen hast, willst du jetzt noch nicht mal mit ihm telefonieren, sondern ihm verschweigen, dass er noch mal Vater wird? Vater deines Kindes!"

„Bean, diesen Bruder-vor-Luder-Scheiß kannst du stecken lassen", mischte Rob sich ein.

„Er hat recht, Oliver."

Oliver seufzte und ließ den Kopf hängen. „Entschuldige, Meep. Ich will nur … er ist mein bester Freund. Was wäre, wenn jemand so etwas hinter Estelles Rücken machen würde?"

„Das würde mir zu denken geben", sagte ich und musste über meinen eigenen Witz lachen. Als sie mich alle ansahen, stöhnte ich genervt. „Ich dreh hier gleich durch. Ehrlich."

Rob nahm mich in den Arm. „Lass uns doch erst mal das Ergebnis abwarten." Dann sah er Bean an. „Kannst du wenigstens ein paar Tage dichthalten?"

Er nickte. „Ich bitte dich nur, dass du es ihm sagst, sobald du es sicher weißt. Das hat er verdient. Kristas Schwangerschaft konnte er ja nicht wirklich genießen. Bis zu Olivias Geburt war er zu sehr damit beschäftigt, an dich ranzukommen … und die verpasste Zeit bereut er bis heute. Schenk ihm jetzt diese Möglichkeit, Meep."

Ich nickte. „Bis ich beim Arzt war, muss ich da erst mal alleine durch."

Außerdem wollte ich nicht, dass Jensen wie ein edler Prinz auf seinem Pferd angeritten kam, um mich zu heiraten, auch wenn das zu ihm passen würde. Oh mein Gott. Was, wenn er mir einen Antrag machen würde? *Wegen dieser Sache. Nur weil ich schwanger war.* Das fände ich überhaupt nicht gut.

37. Kapitel

Ich konnte meinen Eltern nicht sagen, dass ich schwanger war. Davor hatte ich zu großen Bammel. Aber ich beraumte ein Familientreffen ein, was ihnen verdächtig vorkam. An dem Tag war es jedes Mal komisch, wenn wir uns in der Küche über den Weg liefen. Alle sahen mich seltsam an, und ich konnte mir förmlich ausmalen, wie sie miteinander tuschelten, wie damals, als wir Teenager gewesen waren und Rob versucht hatte, seine sexuelle Neigung zu „verheimlichen". *Meinst du, sie kiffen? Sie springt ganz eindeutig mit diesem Jensen in die Kiste. Der verheißt nichts als Ärger. Wehe, wenn er ihr ein Kind macht.* Oh Gott. Das würde schlimmer werden als gedacht, und ich war gar kein Teenie mehr!

Rob brachte zu unserem Familienessen zwei Flaschen Wein mit. Stolz strahlte er mich an, als hätte er genau das Richtige getan, bis ich ihm einen Blick zuwarf, der besagte: *Ich bin schwanger, schon vergessen, du Trottel?*, und ihm das Grinsen verging. Er zuckte zusammen und formte mit den Lippen: *Scheiße, das hab ich vergessen! Entschuldige!*

„Danke, mein Schatz. Stell sie auf den Tisch. Euer Vater wartet schon", sagte Mom zur Begrüßung.

Als ich ins Esszimmer kam, fiel mein Blick auf die Zeitung, auf die Dad seine Hand gelegt hatte. Sofort drehte ich mich zu Rob um.

„Ich habe sie noch nicht gelesen", sagte Dad.

Rob und ich ließen uns nicht aus den Augen. Wir machten beide ein erschrockenes Gesicht, als wären wir bei etwas ertappt worden. Ich hatte ihm erzählt, dass ich umziehen würde, und sofort schmiedete auch er Umzugspläne. „Es wird zwar etwas dauern, aber ich komme nach“, hatte er gemeint, und ich glaubte ihm, denn Rob würde alles tun, damit es mir gut ging.

„Ich werde es laut vorlesen“, verkündete Dad.

Mein Kopf schnellte so rasant herum, dass ich fast ein Schleudertrauma bekam.

„Das kannst du doch nicht machen!“

„Warum nicht? Irgendwas ist mit dir los, und wenn ich in dieser Zeitung die Antwort darauf finde, kann ich es auch direkt laut vorlesen.“ Dann schob er mir einen Umschlag über den Tisch. „Ach ja, er hat dir etwas geschickt. Es ist in deinem Zimmer.“

Ich setzte mich auf meinen Stammplatz, gegenüber von Dad und direkt neben Rob.

„Willst du ihn jetzt öffnen oder lieber, wenn du allein bist?“

„Allein, Dad. Ich bin doch keine fünfzehn mehr!“

„Habe ich auch nicht behauptet.“ Seufzend schlug er die Zeitung auf.

„Es gibt gleich Essen“, rief Mom.

„Wenn ich das hier gelesen habe.“ Angespannt beobachtete ich, wie sich seine Augen hin und her bewegten. Dann schüttelte er den Kopf, schlug die Zeitung zu und legte sie weg. „Aha.“

„Was aha? Was stand denn drin?“, fragte Rob und schrie auf, als ich ihm unter dem Tisch einen Tritt versetzte. „Na, hör mal, ich bin heute noch nicht zum Lesen gekommen!“

„Das Übliche. Seit Mia weg ist, ist dieser Idiot krank vor Liebeskummer.“

Ich grummelte vor mich hin. „Können wir erst mal essen und später darüber reden? Mir vergeht gleich der Appetit.“

Dieser Vorschlag wurde angenommen. Meine Nerven waren allerdings so gespannt, dass ich gar nicht wirklich essen konnte, aber die Stille und dass wir dieses Thema beiseiteließen, tat mir gut. Ich würde ja gleich die nächste Bombe platzen lassen.

„Warum wolltest du uns alle an einem Tisch haben?“, fragte meine Mutter und trank einen Schluck Wein.

Ich faltete die Serviette auf meinem Schoß. Und dann noch mal. Und noch mal. Ich räusperte mich und sah alle nacheinander an.

„Ich ziehe zurück nach New York. Endgültig.“ Ich dachte, ich wäre erleichtert, wäre das erst einmal raus, aber mein Herzschmerz wurde nur noch stärker. Dad fiel die Gabel aus der Hand, Mom starrte mich entsetzt an.

„Wie meinst du das, endgültig?“, fragte sie, nicht verächtlich, sondern ungläubig.

Ich blinzelte, aber die Tränen ließen sich nicht aufhalten. Wie ich es hasste, dass meine Hormone im Moment verrücktspielten.

„Ich glaube, dort drüben kann ich mit meiner Arbeit mehr erreichen. Meinen Horizont erweitern …“

„Das kannst du hier auch“, fiel mir mein Vater ins Wort. „Mia, lass den Mist. Du willst wegen dieses Punks wegziehen.“

Jetzt kamen mir wirklich die Tränen, ich wischte mir aber schnell über das Gesicht. „Er ist fast dreißig und hat etwas aus seinem Leben gemacht – viel mehr, als du je für möglich gehalten hättest. Er ist ein toller Vater und … ja, er ist der Hauptgrund, denn ich liebe ihn und will nicht länger ohne ihn sein.“ Erneut wischte ich mir über das Gesicht. „Vielleicht könntest du mir zuliebe endlich damit aufhören, ihn immer Punk zu nennen.“

Er stöhnte laut, rieb sich die müden Augen und sah mich dann wieder an. „Alte Gewohnheiten lassen sich schwer ablegen. Ich weiß, dass er erwachsen geworden ist und …“ Wieder seufzte er und schlug auf die Tischplatte. „Verdammt noch mal, ja, er ist ein guter Vater. Ich will nur nicht, dass er mir mein kleines Mädchen wegnimmt!“

„Das tut er doch nicht. Das weißt du genau“, sagte ich leise und wünschte, ich könnte aufhören zu weinen.

Mom schluchzte leise. „Aber du wirst dann nicht mehr bei unseren Familiensonntagen dabei sein. Und mit wem soll ich dann shoppen gehen?"

„Mom, dafür hast du doch Teresa", warf Rob ein.

„Und wenn es sich einrichten lässt, komme ich jeden zweiten Sonntag vorbei."

„Nicht nur, wenn es sich einrichten lässt. Du kommst gefälligst", sagte Dad entschlossen. Noch immer sah er aus, als müsse er weinen.

„Was ist mit deinem Studio? Behält Maria es?", fragte Mom.

Ich nickte. „Sie macht das wirklich gut."

„Was sagt der … ähm … Jensen dazu?", wollte Dad wissen und räusperte sich.

„Er weiß es noch nicht."

Beide sahen mich einen Augenblick an und warteten auf eine Erklärung.

„Das soll eine Überraschung werden", erklärte Rob. „Und eventuell ziehe ich auch nach New York. Wenn ihr jetzt also ausrasten wollt, macht es gleich richtig."

„Was, zum Geier …?", rutschte es Dad heraus.

„Soll das ein Witz sein?", quiekte Mom.

Aus dem Augenwinkel sah ich, wie Rob mit den Schultern zuckte, und musste lachen. Nachdem ich kurz darüber nachgedacht hatte, kam ich zu dem Schluss, dass ich ihnen jetzt von meiner Schwangerschaft erzählen musste, denn sonst gäbe es keine Chance mehr, es ihnen persönlich zu sagen. Und wenn ich so eine Nachricht am Telefon oder über Skype (falls Dad überhaupt wusste, wie das funktionierte) überbrachte, würde es ihnen das Herz brechen. Unter dem Tisch griff ich nach Robs Hand. Perplex sah er mich an und murmelte dann ein *Ach du Scheiße*. Als ich zum Reden ansetzte, drückte er meine Hand.

„Und außerdem bin ich schwanger."

Entsetzt starrten meine Eltern mich an.

„Das soll jetzt aber ein Witz sein, oder?", sagte Dad leise.

„Ist das dein Ernst?", fragte Mom, blickte erst zu mir, dann zu Dad. „Oder ist hier irgendwo eine versteckte Kamera?"

Rob schüttelte den Kopf. Ich ebenso. „Mom, die Sendung gibt es schon seit zehn Jahren nicht mehr. Hör auf, das immer wieder zu sagen", meinte Rob.

„Du wusstest davon? Natürlich", stellte Dad kopfschüttelnd fest.

„Du sollst nicht mit Robbie schimpfen."

„‚Du sollst nicht mit Robbie schimpfen'", äffte Dad mich nach. „Das muss ich mir anhören, seit er dich mit drei Jahren von der Schaukel geschubst hat und ich die ganze Nacht mit dir in der Notaufnahme verbringen durfte. Vielleicht ist es langsam an der Zeit, dass ich mal so richtig mit Robbie schimpfe!"

„Also, ich hatte keinen ungeschützten Geschlechtsverkehr und bin jetzt schwanger", verteidigte sich Rob.

Ich brach in schallendes Gelächter aus. Dad sah mich an, und ich verstummte augenblicklich.

„Ich bin sechsundzwanzig, verdiene Geld mit den Dingen, die ich gern mache, und erwarte ein Kind von dem Mann, den ich schon mein ganzes Leben lang liebe", zählte ich auf. „Ich finde, da kann man mit Fug und Recht behaupten, dass das kein Weltuntergang ist."

„Aber wir sind nicht dabei, wenn dein Bauch wächst. Und wir werden das Baby nur selten sehen!", stellte Mom fest und heulte los wie ein Schlosshund. Sie vergrub das Gesicht in ihren Händen. Dad nahm sie in den Arm und sah mich finster an. „Siehst du, was du angerichtet hast?"

„Wie kannst du nur mit meinem Enkelkind ans andere Ende des Landes ziehen?", fragte Dad. „Das ist …"

„Genau das, was du auch gemacht hast?", ergänzte Rob. Als meine Eltern sich im College kennengelernt hatten, war Dad von Illinois nach Kalifornien gezogen.

„Schätze, du hast recht", stimmte Dad zu. Einige Sekunden lang betrachtete er mein Gesicht, dann schien er es wirklich begriffen zu haben, und seine Augen wurden feucht. Er kam um den großen Tisch herum. Ich stand auf und warf mich in seine Arme. „Ich kann nicht glauben, dass mein Baby ein Baby erwartet", sagte er ganz dicht an meinem Gesicht und umarmte mich fester. Als er mich losließ, trocknete er sich die Augen und sah zu mir herunter. „Wenn es ein Junge wird, lässt du ihn gefälligst Baseball spielen."

Lachend wischte ich mir die Tränen weg. „Mal sehen."

Mom, die Dad gefolgt war, umarmte mich als Nächste. „Und wenn es ein Mädchen wird, können wir Teepartys veranstalten und bekommen Verstärkung beim Shoppen."

„Ach du liebes bisschen. Da hast du's", sagte Rob und legte mir eine Hand auf die Schulter. „Ob Junge oder Mädchen, dieses Kind wird mit Liebe überhäuft werden. Erst recht, wenn ich auch dort drüben wohne."

Meine Eltern stöhnten, Rob und ich kicherten, und die restliche Zeit war ich einfach nur dankbar, so wunderbare Menschen an meiner Seite zu haben. Ich dachte an Jensen und wie es für ihn gewesen war, als er von Kristas Schwangerschaft erfahren hatte. Wie schwer es ihm gefallen sein musste, wegzugehen und nicht mehr mit mir befreundet sein zu können. Mit dem Menschen, dem er bis dahin von all seinen Problemen hatte erzählen können.

„Ihr müsst aber nett zu Jensen sein, wenn ich ihn mitbringe. Er hat keine Eltern, denen er so eine frohe Botschaft überbringen kann", bat ich und sah meinen Vater ernst an.

Er nickte. „Und eine Umarmung lege ich noch obendrauf, einfach so."

„Dad ..."

„Hey, du willst doch, dass ich ihn wie meinen Sohn behandele, oder? Robbie muss das auch über sich ergehen lassen."

„Sogar während irgendwelcher Geschäftstermine“, fügte Rob hinzu. „Voll peinlich!“

„Vielleicht will er ja deshalb wegziehen“, warf Mom ein.

„Das hier ist ein Irrenhaus“, murmelte ich. Aber ich war verdammt noch mal echt froh, ein Teil dieser verrückten Familie zu sein.

Jensens Woche

Woran merkt man, dass einem das Herz gebrochen wurde?

Diese Frage wird meinem besten Freund – von Beruf Arzt – oft von Frauen gestellt, als unterschwelliger Anmachversuch. Oliver geht die Sache natürlich streng wissenschaftlich an und erklärt, dass ein Herz nicht gebrochen werden kann, weil es ein Muskel ist.

Das sagte ich mir immer wieder, als ich mich von meiner langjährigen Freundin trennte, um eine andere zu heiraten. Dein Herz kann nicht brechen. An diesem Satz krallte ich mich fest, als wäre es der letzte Funken Hoffnung für meinen Lebensfaden. Doch er ist vor langer Zeit erloschen.

Anders als Oliver glaube ich, dass Herzen sehr wohl brechen können. Jeden Tag ohne ihre Berührung wird mein Herz schwächer. Meinen Lungen fehlt die Luft, die sie ausatmet. Und aus Gram bekomme ich vorzeitig graue Haare, weil sie nicht bei mir ist. Auch meinem Appetit ging es schon mal besser, und so lasse ich oft meine Lieblingsmahlzeit ausfallen, denn warum sollte ich brunchen, wenn sie nicht mit mir am Tisch sitzt?

Frage des Tages von: *@DMC_17: „Wie würdest du auf die Maßregelung eines Dozenten reagieren, der dir sagt, du sollst in deinen Aufsätzen bestimmte Ausdrücke nicht verwenden, weil sie nicht allgemein verständlich sind?“*
Meine Antwort: *Einer meiner Dozenten sagte einmal so treffend: Beim Schreiben gibt es keine Regeln. Wenn das Wort für dich passend ist, dann benutze es.*

38. Kapitel

Estelle hatte mich zum Essen zu sich eingeladen. Als ich ankam und sie auf den Fersen wippen sah, wusste ich sofort, dass irgendetwas im Busch war.

„Jensen ist heute im Fernsehen! Wusstest du das?", überfiel sie mich zur Begrüßung.

Ich runzelte die Stirn. „Nein. Was macht er denn im Fernsehen?"

„Hallo?! Er ist doch auf Lesereise, und scheinbar hat sein Liebesroman es den Fernsehleuten angetan. Oder wem auch immer."

Ich war sprachlos. „Du verarschst mich."

„Das hat Oliver erzählt", sagte sie achselzuckend.

„Hat er gar nicht", widersprach Oliver, der gerade aus dem Bad kam.

Nur in Basketballshorts, trocknete er sich mit einem Handtuch die Haare. Ich nahm an, dass er gerade geduscht hatte, denn er roch nach herber Seife.

„Zieh dir verdammt noch mal was an", sagte ich und brachte die beiden damit zum Lachen. „Und wovon redet ihr eigentlich? Warum ist Jensen im Fernsehen?"

Seufzend schüttelte Oliver den Kopf, holte sich die Fernbedienung und schaltete eine bekannte Abendsendung an. Er setzte sich als Erster hin, danach Estelle. Und ich stand einfach nur da. Beide sahen zu mir, aber ich befand mich noch immer in einer Art Schockstarre, als wäre ich gerade bei der *Versteckten Kamera*.

„Wollt ihr mich reinlegen? Soll ich mich zu euch setzen, und dann klingelt es an der Tür, aber es ist nicht der Pizzadienst, sondern Jensen?"

Fragend sahen sie mich an.

„Ähm ... nein. Obwohl das echt der Knaller wäre, wenn man bedenkt, dass du noch nicht mal ans Telefon gehst, wenn er anruft", sagte Oliver.

„Hach, das wäre so romantisch", stimmte Estelle zu.

Ich warf ihnen einen irritierten Blick zu und setzte mich auf das andere Sofa.

„Und warum schauen wir uns das jetzt an? Ich stehe gerade auf der Leitung. Gibt er ein Interview? Warum wusste das eigentlich jeder, nur ich nicht?"

Plötzlich klingelte es an der Tür, und ich sprang auf, mein Herz raste. „Wenn er das ist, seid ihr beide tot, das schwöre ich euch! Mausetot!"

Oliver verdrehte die Augen, stand auf und öffnete. Es war weder Jensen noch der Pizzadienst, sondern Victor.

„Ihr habt mich voll verarscht", murmelte ich.

„Was meinst du? Schön, dich zu sehen", sagte er, schlenderte zu mir und ließ sich neben mich plumpsen. Ich verdrehte die Augen und rutschte näher zu ihm, um ihn kurz zu drücken.

„Ging nicht gegen dich, aber ich komme mir vor wie bei der *Versteckten Kamera*."

„War das die Sendung, in der die Leute vorgeführt wurden?", fragte er.

„Das trifft auf so ziemlich jede Fernsehsendung der letzten zwanzig Jahre zu", antwortete Estelle.

„Aber auf die lustige Tour", warf er ein.

„Trifft auch wieder auf alle zu", war ihre Antwort.

„Ich meine die mit dem Kerl, der Demi Moore geheiratet hat."

„Sie sind geschieden, aber ja, genau die Sendung", sagte ich.

„Sag ich doch. Heiraten kann man sich direkt sparen", meinte er und ergänzte schnell: „Nichts für ungut. Euch meine ich nicht. Ihr kriegt das auf jeden Fall hin."

Oliver schüttelte den Kopf, Estelle ebenso. Ich verkniff mir ein Lachen.

„Schon allein deshalb, weil ich Bean umbringe, wenn er Elle das Herz bricht", fügte Victor hinzu. „Und du bist hier, um zu sehen, wie Jensen sich zum Affen macht?"

„Ich habe gerade erst erfahren, dass er im Fernsehen kommt."

Skeptisch schaute er mich an. „Ich dachte, ihr seid zusammen."

„Waren wir", sagte ich und verbesserte mich sofort. „Sind wir."

„Waren oder sind?"

„Sind."

„Huch."

„Huch, was?"

„Huch, nichts."

„Ich erwürg dich gleich, Victor."

„Meep, kündige niemals an, was du vorhast, bevor du es wirklich tust. Schon die Ankündigung einer Straftat ist strafbar."

Ich stöhnte, genauso wie Estelle, während Oliver losprustete. „Dein Anwaltskram interessiert jetzt keinen. Sie wusste nichts davon, weil er sie damit überraschen wollte."

Die Sendung fing an, und mein Herz schlug schneller. Warum hatte Jensens Agentin ihm einen Interviewtermin vermittelt? Dann sah ich das Titelthema eingeblendet und lehnte mich entspannt zurück. „Autoren unter 35". Es ging augenscheinlich um Schriftsteller, die bald etwas veröffentlichten. Jensen war einer von drei Gästen. Sie wurden alle einzeln befragt, und als unsere Pizza endlich kam, waren wir gerade mal beim zweiten Interview.

Als vor der Werbung die Vorschau eingespielt wurde, rutschte mir das Herz in die Hose. Mir wurde so mulmig, dass ich mein angebissenes Pizzastück zurücklegte.

„Oh Gott, er ist als Nächstes dran", kreischte Estelle.

„Keine Ahnung, warum ich aufgeregt bin, aber ich bin's", sagte ich.

Sie kicherte. „Ich auch."

Oliver und Victor sahen sich an.

„Was?", fragte ich. „Ich kann jetzt nichts essen." Entschlossen stellte ich meinen Plastikteller auf den Tisch neben mir ab.

Die Sendung ging weiter, und die blonde Moderatorin stellte Jensen vor, der ihr gegenüber Platz nahm. Er trug ein weißes T-Shirt, eine schwarze Anzugjacke und eine dunkle Jeans.

„Er sieht richtig scharf aus", meinte Estelle.

Ich konnte die Augen gar nicht von ihm lassen, aber da ich sie kurz aufschreien hörte, nahm ich an, dass Oliver seinen Unmut kundgetan hatte.

„Stimmt", gab ich ihr schmachtend recht. Er hatte die Haare zurückgekämmt und den Bart gestutzt.

„Er wirkt kein bisschen aufgeregt", warf Victor ein.

„Ich wär's auf jeden Fall", sagte Oliver.

„Pst!", zischte ich sie an.

Und sie hörten. Trotzdem rutschte ich nach vorn und stellte den Ton lauter.

Die Frau wollte wissen: „Man kennt Sie für Ihre Kinderbücher und in New York auch für Ihre Kolumnen. Warum haben Sie sich nun entschieden, einen Liebesroman zu schreiben?"

Lächelnd fuhr sich Jensen durch die Haare. „Ich schreibe das, wonach mir ist. Was aus dem Bauch heraus kommt. Und jetzt war mir nach diesem Roman."

„Erzählen Sie uns doch ein wenig, worum es geht", bat sie.

„Sehr gern. Es geht um ein Mädchen und einen Jungen, die zusammengehören, aber das Leben drängt sie zeitweise auseinander, bis sie sich wiederfinden. Sie stellen fest, dass sich beide etwas verändert haben, und müssen nun herausfinden, ob es sich lohnt, ihr altvertrautes Leben umzugestalten, um gemeinsam glücklich zu werden."

Sie strahlte. „Das klingt romantisch und chaotisch."

„So wie die meisten Liebesgeschichten."

„Beruht das Buch auf einer wahren Begebenheit?"

„In der Tat. Auf meinem eigenen Leben."

„Also haben Sie dieses Buch für die eine Frau geschrieben, die gegangen ist?"

„Genau."

„Erzählen Sie doch ein wenig von ihr oder mehr von der Handlung. Oder vielleicht möchten Sie auch eine Passage vorlesen?"

Wieder lächelte er, sah direkt in die Kamera und zwinkerte. Mir stockte der Atem. Mein Knie wippte erwartungsvoll.

„Manche behaupten, ich habe sie abgöttisch geliebt, war beinahe besessen von ihr. Sie selbst sagt, ich habe sie auf ein Podest gestellt und ihr wahres Ich könne damit nicht mithalten. Mag sein, dass beides stimmt. Vielleicht bin ich nicht ganz dicht. Aber wenn dem so ist, ist mir das ehrlich gesagt herzlich egal. Ich weiß nur, dass sie mich zum Glühen bringt. Bei einem intradermalen Test würde man wohl genau sehen, wann sie in meiner Nähe ist, denn ihre Spuren ließen sich nachweisen. Der bloße Gedanke an sie reicht aus. Und lieber würde ich selbst verglühen, als stumpf ohne sie vor mich hin zu leben." Er machte eine Pause, um seufzend auszuatmen, bevor er einen letzten Satz hinzufügte. „Komm zurück, Road Runner, denn ohne dich ist mein Leben kalt und leer."

Sowohl die Moderatorin als auch meine Freunde waren sprachlos. Erstere blinzelte ein paarmal und sagte dann: „Wow. Das war … Also, ich werde das Buch auf jeden Fall lesen. Ich wünsche Ihnen, dass Ihr Road Runner zurückkommt. Aber falls nicht, gibt es sicher genügend Frauen, die ihren Platz nur zu gern einnehmen würden."

Estelle und ich warfen uns einen Blick zu, der bedeutete: *Was für eine Schlampe!*

Jensen erzählte noch etwas über das Buch und den Erscheinungstermin, aber ich saß nur staunend da. Ich blickte zu den anderen, zu Estelle, Oliver und Victor, die ähnlich verdutzt dreinguckten.

„Tja ... klingt stark danach, als wärt ihr noch zusammen", stellte Victor schließlich fest. „Also, das war ... selbst ich bin gerührt. Ich bin weiterhin der Meinung, dass er von dir besessen ist."

Ein paar Tage später saß ich auf meinem Bett und wollte ein Paket von Jensen öffnen. Es war wie ein Déjà-vu. Hier hatte ich immer mit den Briefen gesessen, die er mir geschickt hatte, nachdem er weggezogen war. Die Briefe, die ich ungelesen verbrannt hatte. Jetzt war vieles anders: Ich war älter, besaß mehr Erfahrung, und mein Leben hatte sich grundlegend verändert. Doch das Kribbeln in meinem Bauch war noch immer dasselbe. Und mir wurde klar, dass es immer da sein würde. Selbst wenn er mir nur einen Notizzettel schickte und ich seine Handschrift erkannte. Ich spähte in das Paket und lächelte, als ich noch mehr Papierherzen fand. Diesmal waren alle beschrieben.

Ich las das erste:

„Komm zurück, mein kleiner Wildfang. Der Winter ohne dich ist nicht das Wahre."

„*Sherlock* ohne dich zu gucken ist doof."

„Ich hasse es, ohne dich zu brunchen."

„Vermisst: meine Muse. Bitte bei mir abgeben."

Beim Lesen musste ich lachen und dachte daran, wie Oliver Jensen oft einen Spinner genannt hatte. Wie recht er doch hatte. Ich nahm heraus, was unter den Herzen lag. Ich lächelte, als ich das Manuskript seines neuen Buches erkannte. Zuunterst lagen schließlich einige Zettel. Das Manuskript legte ich erst einmal zur Seite und widmete mich dem Papierstapel. Die erste Seite war leer, auf der zweiten stand etwas:

„Sei mir nicht böse, aber ich konnte Fran überzeugen, dass auch unsere Geschichte in der Sonderausgabe erscheint. Obwohl ich sie gar nicht groß überzeugen musste. Sie ist hoffnungslos romantisch. Das Problem ist nur, dass die Geschichte nicht zu Ende geschrieben ist. Ich würde es gern so belassen, denn auch unsere Liebe wird nie zu Ende sein, nur geht mir leider Ross, der mich interviewt hat, total auf den Sack. Ich habe seine Fragen beantwortet. Der Rest liegt an dir."

Ich blätterte um und war geschockt, als ich Fotos von uns sah – von mir, von ihm, von uns mit Olivia im Park. Ich blätterte weiter und lächelte, weil er das Interview beigefügt hatte. Hätte ich mich nicht schon entschieden, dass kein Traumjob besser sein konnte, als jeden Tag neben meinem Traummann aufzuwachen, hätte ich meine Meinung jetzt geändert.

Interview geführt von: Ross Lindstrom für Newsweek
Seelenverwandte sollen angeblich so etwas wie das fehlende Puzzleteil in unserem Herzen sein. Ich bin mir nicht sicher, ob ich dieser Definition zustimmen kann, denn ich habe die Liebe meines Lebens kennengelernt, als wir beide noch jung waren. Zu jung, um überhaupt zu wissen, was Liebe ist, würde manch einer sagen. Und ich kann mir nicht vorstellen, wie ich sie ergänzen sollte, denn sie ist bereits vollkommen. Und war es schon immer. Mia gehört zu den Menschen, die zweifelsohne als perfektes Geschenk auf diese Welt geschickt wurden, mit Gedanken und Ansichten, die sich niemand hätte einfallen lassen können, außer vielleicht Arthur Conan Doyle oder George R. R. Martin.

Wir haben uns als Kinder kennengelernt, doch erst als wir unsere Gedanken und Ansichten über die Menschen miteinander teilten, verliebten – und verloren – wir uns ineinander. Sie würde behaupten, das sei bis heute so. Und dass Menschen nicht gefunden werden müssen, sondern dass Teile unserer Seelen in den Menschen, die wir lieben, verbleiben – und in den Leben, mit denen wir in Berührung kommen. In diesen Gedankengang steige ich nicht ein, denn in unserer Beziehung war immer sie fürs Denken zuständig. Wir waren länger voneinander getrennt als zusammen, und oft wurde ich darauf angesprochen. „Nach all der Zeit, die vergangen ist, musst du doch über sie hinweg sein.“ Das durfte ich mir lange anhören, und ich kann den Gedanken nachvollziehen, aber so ist es nicht.

Wir hatten beide etwas mit anderen Leuten, und ich spreche wohl für uns beide, wenn ich sage: Es hat nicht funktioniert.

RL: Hast du jemals geglaubt, dass ihr nicht wieder zusammenfinden würdet?

JR: Jeden Tag. Nein, ich korrigiere, jeden Tag dachte ich darüber nach und sagte mir: vielleicht. Zur richtigen Zeit, am richtigen Ort und wenn die Sterne uns hold sind.

RL: Manch einer würde behaupten, du musst verrückt sein, die Hoffnung so lange nicht aufgegeben zu haben.

JR: Derjenige hat recht. Ich habe nie behauptet, normal zu sein.

RL: Jetzt, da ihr wieder ein Paar seid, wollt ihr direkt heiraten oder erst mal warten?

JR: Wir haben lange genug gewartet.

RL: Was sagt deine Tochter Olivia zu Mia?

JR: Sie liebt sie.

RL: Und deine Exfrau? Wie findet sie es, dass du jetzt eine feste Beziehung hast?

JR: Ich glaube, sie freut sich, dass ich glücklich bin.

RL: Möchtest du noch etwas sagen?
JR: Vielleicht geben wir wirklich unsere Seele, wenn wir lieben, und vielleicht sind wir auch alle verloren, aber in dem Augenblick, als sie mich ansah, fühlte ich mich von ihr gefunden.

39. Kapitel

Carol und ich einigten uns bezüglich des Fotos, das im MET bleiben sollte. Ich stellte ihr eine saftige Rechnung für meine anderen Bilder aus, dafür durfte sie das eine behalten und es auch als Leihgabe an andere Museen schicken. Und sie wollte bei einem Freund beim *National Geographic* ein gutes Wort für mich einlegen. Nachdem ich den Job in L. A. endgültig gekündigt hatte, telefonierte ich mit Fran, die mir anbot, als Ersatzfotografin bei einigen Shootings für die Zeitschrift dabei zu sein. Da es sich dabei aber um eine Reisetätigkeit handelte, sagte ich ihr, ich würde mich später melden. Das musste ich erst einmal mit Jensen besprechen, wenn er überhaupt noch mit mir redete.

Ich hatte sein Buch gelesen und auf der letzten Seite gedacht: „Was, zum Teufel …?"

„Er hat mir nur das halbe Buch geschickt!", beschwerte ich mich beim Frühstück bei Oliver.

Er lachte. „Mensch, das ist ja clever."

„Ist es nicht. Hast du es gelesen?"

Er runzelte die Stirn. „Sehe ich so aus, als hätte ich Zeit zum Lesen? Mein letztes Buch handelte von Desensibilisierung."

„Gott, bist du ein Langweiler."

Er zuckte die Schultern.

„Ich bin total hin und weg, Bean. Ich weiß nicht, was ich tun soll. Dieses ganze Nicht-mit-ihm-Reden …"

„Ist verrückt", ergänzte er.

Ich nickte. „Genau."

Erneut zuckte er die Schultern. „Ich bin nur froh, dass er gerade auf Lesereise ist. Natürlich hat er weiterhin ein Auge auf dich, und so langsam will ich deinetwegen nicht mehr flunkern."

„Er hat ein Auge auf mich?"

„Hat sie was mit einem anderen? Reagiert sie deshalb nicht auf meine Anrufe? Bist du sicher, dass sie mein Interview gesehen hat? Als ich ihre Nachricht las, habe ich direkt zurückgerufen, aber sie ist nicht rangegangen. Was, zum Teufel, ist da los? Vielleicht sollte ich die nächste Signierstunde absagen und rüberkommen", imitierte Oliver Jensen.

Ich ließ die Schultern hängen, legte die Ellbogen auf den Tisch und stützte das Kinn auf die Hände. „Bean, ich kann nicht mit ihm reden. Sobald ich seine Stimme höre, muss ich es ihm sagen. Ich kann ihn einfach nicht anlügen."

Er seufzte und fuhr sich durch die langen Haare. „Es ist zwar Scheiße, aber du ziehst ja bald um, also …"

Das tröstete mich auch nicht. Den Rest des Tages übergab ich mich.

Einige Tage später bat ich meine Freunde – meine aufdringlichen, besserwisserischen, wunderbaren Freunde –, mir dabei zu helfen, Jensen zurückzugewinnen. Rob nannte es „die Operation Jensens Rückkehr". Ein lächerlicher Name für eine ebensolche Aktion. Passte also.

„Ich klopfe einfach an seiner Tür", war mein erster Vorschlag.

Oliver verzog das Gesicht.

„Du nervst. Warum bist du überhaupt hier?", motzte ich.

Er lachte. „Weil das verdammt noch mal mein Haus ist!"

Und damit hatte er verdammt noch mal recht. Ich war zusammen mit Robert hergekommen, damit wir drei – er, Estelle und ich – meinen Plan besprechen konnten, und Oliver war just in dem Moment nach Hause gekommen, als wir loslegten. Kurz danach klingelte Victor an der Tür, und sie ließen ihn herein, obwohl ich förmlich bettelte, es nicht zu tun. Diese Schweine. Natürlich setzte er sich zu uns und gab seinen Senf dazu.

„Stell dir mal vor, du rufst ihn an und bittest um ein Treffen, und er ist gerade bei einem seiner Dates." Sicherheitshalber machte Vic hier auch noch eine Pause. „Voll peinlich."

„Du bist so ein Arsch", sagten Estelle und ich gleichzeitig.

„Ein vorausdenkender Arsch."

„Kann dem mal bitte jemand das Maul stopfen?", jammerte ich genervt und schlug mir die Hände vors Gesicht.

Genau solche Gedanken hatten mir gerade noch gefehlt. Ich kannte Jensen gut genug, um zu wissen, dass er im Moment nicht mit irgendwelchen Frauen ausging. Er war beschäftigt. Ich wusste allerdings nicht, wie es ihm ging, denn er redete immer noch nicht mit mir. Wir hatten es noch einmal versucht. Weil er wissen wollte, ob ich das Interview gesehen hatte. Das bejahte ich, sagte aber sonst nicht viel, denn mir wäre wohl ein „Hey, ich bin übrigens schwanger!" herausgerutscht. Es war nur ein kurzes Gespräch, das aus Satzfetzen wie „Ja" und „Oh, okay" und „Wir unterhalten uns später mal" bestand. Seitdem wir aufgelegt hatten, ging es mir wieder und wieder durch den Kopf. Es war unangenehm gewesen. Das waren unsere Gespräche sonst nie. Wusste er, dass etwas nicht stimmte? Dachte er, ich würde hierbleiben?

„Dir ist schon klar, dass er denkt, du bleibst hier, oder?", unterbrach Oliver mein Grübeln.

Ich sah ihn an.

„Warum sollte er? Wir haben noch nicht mal darüber gesprochen."

Er zuckte mit den Schultern und verschränkte die Arme vor der Brust. „Er hat es bestimmt zwischen den Zeilen gelesen."

„Welche Zeilen? Es gab keine Zeilen!"

„Ich meine euer letztes Gespräch."

Ich seufzte schwer. Das war mir schon klar.

„Ist doch egal“, warf Estelle ein. „Wir haben ja einen Plan.“

„Haben wir nicht. Vielleicht sollte ich das machen, was ich vorhatte, nämlich an seine Tür klopfen und … es ihm einfach sagen.“

„Langweilig.“ Das kam von Robert. Ich funkelte ihn an, woraufhin er die Achseln zuckte. „Was? Stimmt doch. Er gibt ein Interview bei einem großen Sender, und du klopfst bloß an seiner Tür. Das ist megaöde.“

Ich grummelte vor mich hin. „Was soll ich denn sonst tun?“

„Ich könnte mitkommen“, schlug Oliver vor.

„Ich bin doch keine zwölf mehr, Bean. Das schaffe ich schon alleine.“

„Gott, du bist ja schwieriger als Estelle. Klappe und zuhören. Ich könnte ihn anrufen und erzählen, dass ich für irgendeine Konferenz in der Stadt bin und mich mit ihm treffen will. Und ab da kannst du übernehmen.“

„Und dann?“, fragte Victor. „Wo genau gesteht sie ihm dann ihre Liebe? Vor dem beschissenen Weihnachtsbaum aus *Kevin – Allein in New York*?“

Um nicht loszulachen, biss ich mir auf die Lippe. Robert und Estelle hingegen lachten, während Oliver den Kopf schüttelte.

„Nein, du Idiot. Aber die Idee ist gar nicht mal so schlecht. Ist der Baum schon beleuchtet?“

„Denke schon“, antwortete ich.

Victor und Rob recherchierten das direkt auf ihren Handys.

„Google sagt, ab dem 3. Dezember“, verkündete Rob.

„Stimmt, 3.12.“, bestätigte Victor, als wären bei Google zwei unterschiedliche Antworten möglich.

„Also kannst du das so machen“, stellte Estelle fest.

„Oder auch lassen. Das ist so kitschig.“

„Er steht auf Kitsch“, meinte Vic. „Was denn? Ist doch so.“

„Bis ich mich entschieden habe, bin ich schon im achten Monat", sagte ich und zuckte bei Victors Gesichtsausdruck zusammen.

„Quatsch."

„Scheiße." Ich schlug mir gegen die Stirn. „Wehe, du sagst es ihm!"

„Wem?"

„Na, Jensen, wem denn sonst?"

„Und dir damit die Überraschung verderben? Im Leben nicht. Wer von euch hat noch Lust auf ein Wochenende in New York?", fragte er. Alle am Tisch tauschten Blicke aus. „Kommt schon. Ich weiß, ihr wollt auch."

„Gar nichts weißt du, Jon Snow!"

„Wer ist das denn schon wieder?", erkundigte sich Vic.

Genervt sah ich ihn an. „Warum sollte ich euch denn dabeihaben wollen?"

„Vielleicht, weil wir einen Plan mit dir aushecken?"

„Du solltest noch nicht mal hier sein!"

„Hey! Sei gefälligst dankbar für das, was du bekommst", konterte er.

Ich warf meinen Stift nach ihm.

„Jetzt zitierst du schon Mom? Du Weichei", sagte Estelle feixend. „Wenn du magst, kommen wir mit, Meep. Wir stören auch nicht."

Ich legte den Kopf in den Nacken, schloss die Augen und stellte mir vor, wie das wohl wäre. Wenn alle mitkämen, wollten womöglich auch noch meine Eltern dabei sein. Das war ja fast wie im Traum, aber wie ich meine Leute kannte, würde es im Chaos enden.

„Ich glaube, das ist keine gute Idee", sagte ich schließlich.

Einen Moment lang schwiegen alle.

„Okay, dann kommen wir eben nicht mit", meinte Oliver. Schmollend sah Estelle ihn an. Er lachte, nahm sie in den Arm und gab ihr einen Kuss auf den Kopf. „Sieh mich nicht so an. *Sie* hat Nein gesagt, nicht ich."

„Bitte, Meep, gib dir einen Ruck."

„Ihr seid unmöglich."

„Heißt das Ja?", hakte sie nach.

Ich schüttelte den Kopf. Wäre ich nicht so aufgeregt gewesen, hätte ich gegrinst. Mir war etwas eingefallen, was Millie einmal in einem unserer Gespräche erwähnt hatte.

„Ich glaube, ich weiß, was ich mache", verkündete ich. Vier Augenpaare waren auf mich gerichtet. „Aber es ist wirklich richtig verrückt, und ich bin mir nicht sicher, ob ich das durchziehe."

Nachdem ich ihnen meinen Plan erzählt hatte, beschlossen sie, auf jeden Fall dabei zu sein, ob ich wollte oder nicht.

Eineinhalb Wochen und unzählige Telefonate mit allen möglichen Leuten, die ich während meiner Zeit in New York kennengelernt hatte, später ging ich zum Times Square. Es war noch hell genug, dass ich die Gesichter der Passanten erkennen konnte. Inmitten des ganzen Trubels setzte ich mich auf eine Bank und wartete. Auch die Tatsache, dass ich mich auf meine Atmung konzentrierte, linderte meine Nervosität nicht. Wäre ich doch einfach nur zu ihm gegangen und hätte an seine verfluchte Tür geklopft. Wie ursprünglich geplant. Das war einfach lächerlich. Meine Nerven lagen blank. Online hatte ich gelesen, dass hier stets und ständig Heiratsanträge auf den zu mietenden Leuchtreklametafeln gemacht wurden. Also nicht, dass ich vorhatte, ihm einen Antrag zu machen.

Als jemand in der Menge nach Luft schnappte, wusste ich, es gab kein Zurück mehr. Mein Handy vibrierte in der Tasche, aber ich holte es gar nicht heraus, sondern sah direkt zu ihm auf. Da stand er, die Hände in den Taschen seiner Lederjacke, sein Kopf bewegte sich hin und her, während er die Bilder auf den Bildschirmen hinter mir betrachtete. Ich konnte seinen Gesichtsausdruck nicht deuten. Wusste nicht, ob er freudig überrascht war oder entsetzt. Ich drehte mich nur einmal um, um zu sehen, welches Foto gezeigt wurde, als seine Augen sich nicht mehr bewegten, sondern auf die Bildmitte fokussiert waren. Wir beide an meinem achtzehnten und seinem zweiundzwanzigsten Geburtstag. An dem Wochenende waren wir in San Francisco gewesen – wir zwei, Rob, unsere Freunde. Es war ein toller Geburtstag gewesen, unser letzter gemeinsamer. Auf dem Foto trug er mich huckepack, meine langen, welligen Haare wehten im Wind, er sah über die Schulter zu mir, und wir lachten.

Das Schönste an Fotos ist, dass sie unsere Empfindungen über die Jahre festhalten. Auch nach so langer Zeit und nach allem, was wir durchgemacht hatten – Liebeskummer, Streit –, musste ich nur dieses Foto ansehen, um fühlen zu können, wie glücklich wir an jenem Tag waren. Ich stand von der Bank auf, und auf dem Weg zur Mitte des Platzes entdeckte er mich. Er kam auf mich zu, die Hände weiterhin in den Jackentaschen vergraben.

„Tut mir leid, dass ich dich einfach so damit überfallen habe …“, begann ich. „Na ja, nicht einfach so, da steckte viel Vorbereitung dahinter, aber jetzt … ich …“ Ich schluckte und hielt seinem festen Blick stand. „Ich liebe dich“, sagte ich. Langsam ließ er den Blick von mir zu den Bildschirmen hinter mir wandern und lächelte über das, was er dort sah, dann sah er mich ernst an. „Und es tut mir leid. Dass ich egoistisch war und dich links liegen gelassen habe, als Krista schwanger war und du dich bemüht hast, trotzdem mit mir befreundet zu bleiben, weil ich deine beste Freundin war. Und dass ich dich im Stich gelassen habe.“ Ich hielt meine Tränen zurück. „Tut mir leid, dass ich das tollste kleine Mädchen verflucht habe, das ich … kenne …“ Kurz musste ich durchatmen.

„Und am meisten tut es mir leid, dass ich wieder davongelaufen bin.“ Ich wischte mir die Tränen weg. „Ich habe mich selbst belogen, als ich mir einredete, das mit uns wäre nichts

Ernstes. Und dass ich nicht bleiben kann." Ich schluchzte, fuhr mir erneut über das Gesicht und kämpfte gegen den Kloß in meinem Hals an.

„Es tut mir leid, dass ich das mit uns für selbstverständlich gehalten habe. Und dir nicht gesagt habe, dass ich nie aufgehört habe, dich zu lieben. Tut mir leid, dass ich dir, als wir das erste Mal zum Brunch verabredet waren, nicht gesagt habe, dass ich mich wieder wie früher fühlte und es mir vorkam, als bekämen wir eine zweite Chance." Jetzt liefen mir die Tränen über das Gesicht, und ich musste mich erst einmal sammeln.

„Und am meisten tut es mir leid, wenn ich dir das Gefühl gegeben habe, du hättest nicht genug um mich gekämpft, wo du mich doch so auf Händen getragen hast, wie es jede Frau verdient. Und dass ich dir nie gesagt habe, dass du gut bist, so wie du bist. Du bist mehr als nur das." Wieder musste ich die Tränen wegwischen, stieß einen langen Seufzer aus, und als ich mir sicher war, dass mein Mund nicht mehr zitterte, ergänzte ich noch: „Und jetzt stehe ich hier, nachdem ich alles versaut habe, und weiß gar nicht, ob ich zu lange gewartet habe oder ob du stinksauer bist oder ob du mich überhaupt noch willst."

Liebevoll lächelte er mich an und kam zu mir. Er ergriff meine Hand, zog mir langsam, Finger um Finger, den Handschuh aus, ohne den Blickkontakt abzubrechen. Dann schob er meine Hand unter seine Jacke, direkt auf seine Brust.

„Spürst du meinen Herzschlag?"

Zaghaft nickte ich.

„Dann will ich dich noch."

Seine Worte flossen durch meine Adern wie ein langsam wirkendes Betäubungsmittel. „Wirklich?"

„Wirklich." Er nahm mein Gesicht in seine Hände. „Das hier … was du gemacht hast. Niemand hat je …" Er atmete tief ein, blinzelte für einen Moment und schüttelte den Kopf. „Das ist … ich danke dir", brachte er mit zittriger Stimme hervor.

„Was ist mit deinem Traumjob?", wollte er wissen, nachdem er sich geräuspert hatte.

„Träume ändern sich."

„Ehrlich?" Sein schmerzerfüllter, ungläubiger Blick ließ mein Herz erbeben. „Manche ändern sich nicht."

„Manche nicht", stimmte ich zu und lehnte mich näher zu ihm. „Ich ziehe wieder hierher. Diesmal für immer."

„Hoffentlich zu mir."

„Na ja, die letzte Nacht habe ich im Hotel verbracht. Und ich habe mir mal die Mieten hier angesehen, die sind ja unverschämt, aber ich weiß nicht, ob du …"

„Mia."

„Was?"

„Sei still", sagte er und verschloss meinen Mund mit seinen Lippen. Er küsste mich so wie damals, als er in mein Leben getreten war, intensiv und unvergesslich. „Du bringst gefälligst deinen ganzen Kram zu mir. Wenn ich extra nach Santa Barbara muss, um deine Eltern oder Rob oder wen auch immer um Erlaubnis zu fragen, dann tue ich es."

Ich kicherte nervös und ließ ihn los.

„Sag jetzt nicht, dass sie gar nicht wissen, dass du hier bist … oder hierherziehst. Mia, raus mit der Sprache!"

„Doch, sie wissen Bescheid."

„Gut", sagte er, stutzte aber und musterte mich. „Was ist los?"

„Also …", begann ich, da wurde mir ganz flau im Magen. „Ja, ich ziehe bei dir ein."

„Aber?"

„Ich … also, du darfst aber nicht böse sein …"

Mit verschränkten Armen sah er mich finster an. So finster, dass ich einen Schritt zurückwich. Eigentlich wäre jetzt der Moment, ihnen eine Textnachricht zu schicken, dass sie ein neues Foto einblenden sollen, aber meine Hände zitterten so sehr, dass ich noch nicht mal mein Handy herausholen konnte. Ich atmete tief durch und ließ die Katze aus dem Sack.

„Ich bin schwanger. Also, *wir* sind schwanger. Na ja, streng genommen nur ich, aber … wir bekommen ein Baby!"

Ihm blieb der Mund offen stehen. „Was?"

„Ich wollte dir das nicht am Telefon sagen, aber auch nicht herkommen, bevor ich wirklich sicher war, also hat Oliver mir Blut …"

„Oliver weiß es?", fuhr er mich an. „Mia! Was, zum Henker …?"

„Er war ja dabei, als ich auf dieses dämliche Stäbchen gepinkelt habe!"

Jensen schüttelte den Kopf und fuhr sich mit der Hand durch die Haare.

„Nur er, Robbie und Elle wissen es. Und meine Eltern, weil ich es ihnen persönlich sagen wollte. Und Victor, weil er zufällig vorbeikam, als wir darüber gesprochen haben." Bei seinem entsetzten Blick zuckte ich zusammen. „Entschuldige, aber ich bin total ausgeflippt. Also, für mich war es der Weltuntergang, dass ich schwanger war, und dann habe ich das hier alles für dich in die Wege geleitet, aber es ist nicht wirklich ein Weltunter…"

Bevor ich den Satz zu Ende bringen konnte, spürte ich seine Hand im Nacken. Liebevoll sah er mich an, als sein Mund näher kam und er mich zärtlich küsste.

„Baby", flüsterte er. „Ich bin nicht sauer, dass du schwanger bist. Ich hätte mir nur …" Er seufzte und strich mit seinem Daumen über meine feuchte Wange. „Ich will auch dabei sein, wenn du auf Stäbchen pinkelst." Er küsste mich auf die Nasenspitze. „Und ausflippst." Dann auf die Stirn. „Ich will bei allem dabei sein." Er trat einen Schritt zurück, um mich besser sehen zu können. „Und das sage ich nicht, weil ich denke, ich müsste das sagen, Mia. Ich bin kein Kind mehr. Ich heirate nicht das Mädchen, das ich geschwängert habe, nur weil ich glaube, das wäre ich ihm schuldig. Weil ich das in diesem Fall nicht muss." Bebend atmete er aus und lächelte. „Aber verdammt noch mal, du würdest mich zum glücklichsten Volltrottel aller Zeiten machen, wenn du meine Frau wirst."

Überglücklich warf ich mich in seine Arme und antwortete lachend: „Ich überleg's mir."

„Gut." Er beugte sich nach unten, hob mich hoch und küsste mich auf den Mund. „Vielleicht sollte ich dich jetzt mit zu mir nach Hause nehmen und erst mal zur Vernunft vögeln."

„Vielleicht solltest du das."

„Vielleicht werde ich das." Stumm sah er mich an. „Ich kann nicht glauben, dass das wirklich passiert."

„Ich weiß." Wieder küsste ich ihn. „Bevor wir unser Sexgespräch noch vertiefen … dort drüben stehen meine Eltern."

Sein Gesichtsausdruck war unbezahlbar. Zum Glück hatten wir das ja alles aufgezeichnet.

„Ach du Scheiße. Dein Vater wird mich umbringen."

„Wird er nicht", sagte ich kichernd. „Keine Sorge."

Ich winkte, und das war das Signal für alle, sich zu zeigen – meine Eltern, Rob, Juan Pablo, Victor, Estelle und Oliver mit Olivia an der Hand. Mit großen Augen und einem breiten Grinsen sah sie sich um. Ich hatte Oliver gebeten, sie einzuweihen, als er die Kleine bei Krista abgeholt hatte. Jensen setzte mich vorsichtig ab, und Olivia stürmte mit ausgebreiteten Armen auf mich zu. Schnell kniete ich mich hin und nahm sie in den Arm.

„Du bist wieder da", sagte sie, schmiegte ihr Gesicht an meinen Hals und rieb ihre kleine, kalte Nase an meiner.

„Hab ich dir doch versprochen."

„Schön, dass du wieder da bist. Ich hab dich vermisst."

„Ich dich auch. Ganz doll", sagte ich. Tränen liefen mir über das Gesicht und tropften auf ihre Haare.

„Bleibst du jetzt für immer?"

„Für immer immer“, antwortete ich. „Ich gehe nie wieder weg.“

Sie lehnte sich etwas zurück und strahlte mich an. „Dann können wir ganz viel fotografieren. Und uns verkleiden.“

„Genau“, erwiderte ich und gab ihr einen Kuss auf die Wange, als ich sie wieder hinstellte.

Oliver nahm sie direkt hoch und lächelte mich an.

„Tolle Show“, sagte er.

„Vielen Dank euch allen.“

„Ich hab dir doch gesagt, du sollst meiner Tochter kein Kind machen“, platzte mein Vater heraus, als er bei Jensen war, der gerade hinter mir stand und meine Mutter umarmte.

„Dad!“

„Das habe ich zwar gesagt, aber mittlerweile bin ich froh, dass sie sich nicht von irgendeinem der anderen Punks, mit denen sie was hatte, hat schwängern lassen.“

„Dad!“

Jensen lachte, und mein Dad zog ihn in eine herzliche Umarmung.

„Willkommen in meiner Familie.“

Kurz schaute Jensen mich an, bevor er meinen Vater umarmte, aber in dieser einen Sekunde sah ich, wie viel es ihm bedeutete, und musste schon wieder weinen.

„Diese blöden Hormone.“

„Ja, schieb es ruhig darauf“, meinte Estelle, die ebenfalls weinte und die Arme um mich legte. „Ich fand diese Bilder so schön. Besonders das eine, als wir zwölf waren und bei Victors Geburtstag eine Essensschlacht veranstaltet haben. Wie bist du nur an das Foto gekommen?“

„Deine Mom hat es meiner gegeben.“

Lächelnd wischte sie sich die Tränen weg. „Das musst du unbedingt auch bei eurer Hochzeit zeigen.“

„Hochzeit? Oh mein Gott, ihr heiratet?“, fragte meine Mutter.

Mir fielen fast die Augen aus dem Kopf. „Nein!"

„Ja", sagte Jensen im selben Augenblick.

„Wir sind noch nicht mal verlobt!"

„Aber bald."

Ich verdrehte die Augen. „Nur weil ich schwanger bin, muss ich noch lange nicht heiraten."

Jensen kam wieder zu mir und nahm mein Gesicht in beide Hände. „Musst du doch. Mia Bennett, wenn du mich nicht heiratest, werde ich deinen Namen immer wieder verwenden, bis alle total angenervt sind von Hauptfiguren namens Mia."

„Das sind sie jetzt schon."

Er lachte. „Dann solltest du lieber schnell Ja sagen."

Ich sah ihn an, dann meine Mom, meinen Dad, Rob, Juan Pablo, Victor, Estelle, Oliver und dann wieder Jensen. „Ich überleg's mir."

„Gott, was bist du stur", zog Victor mich auf.

Jensen küsste mich. Ich schlang die Arme um ihn, danach aßen wir bei Junior's Käsekuchen und brachten Olivia zu Krista und Barry zurück. Später nahm er mich mit zu sich nach Hause.

„Hast du das Buch fertig geschrieben?", fragte ich ihn, als wir vor seiner Tür standen.

Er grinste breit. „Habe ich."

„Warum hast du mir nur den ersten Teil geschickt?"

Sein dröhnendes Lachen ging mir durch und durch.

„Wie hätte ich dich sonst nach Hause locken sollen?"

Ich lächelte. „Nach Hause."

„Zu Hause ist, wo ich bin. Vergiss das nicht, wenn du das nächste Mal wegrennen willst."

Ich lachte. „Ich werd's mir merken."

Als er nach oben ging, zog ich mir Jacke, Schal und Pullover aus und hielt inne, als er zurückkam und mich küsste.

„Flipp jetzt nicht aus", sagte er.

„Oh Gott. Was ist passiert?“

„Mir ist gerade eingefallen, dass ich Jeff die Widmung aus meinem neuen Buch geschickt habe, damit er sie am Sonntag in der Zeitung veröffentlicht.“

Entsetzt starrte ich ihn an. „Warum denn das?“

Er grinste. „Ich musste halt schwere Geschütze auffahren, um mein Mädchen zurückzubekommen.“

„Das muss doch nicht die ganze Welt wissen, Jensen!“

Er lachte und warf mich aufs Bett. „Ach, mein Mädchen ist stark genug, dass es das übersteht.“

„Sie ist eine Vollidiotin.“

„Manchmal.“ Er zog mir die Jeans aus und hauchte mir Küsse auf meinen noch nicht gerundeten Bauch. Dann sah er mir in die Augen. „Ich kann nicht glauben, dass wir ein Kind bekommen.“

Lächelnd zerzauste ich ihm die Haare. „Solltest du aber.“

Zärtlich begann er Küsse auf meinem Körper zu verteilen, knabberte und saugte an mir. „Ich kann nicht glauben, dass du meine Frau wirst“, flüsterte er.

„War ja klar, dass du das Thema erst aufbringst, wenn du zwischen meinen Beinen liegst“, japste ich.

„Du musst bloß das einfachste Wort der Welt sagen“, argumentierte er und liebkoste mich quälend langsam mit seiner Zunge.

„Nein?“, stieß ich keuchend hervor und krallte mich in seinen Haaren fest.

„Wie lautet das Antonym?“, fragte er grinsend.

„Oh Gott!“

„Ich meine das andere“, sagte er und leckte mich erneut.

„Jensen!“

„Wie geht der Satz weiter?“, fragte er und nahm seine Finger zu Hilfe, bis ich mich krümmte und gleichzeitig spürte, wie das Blut immer schneller durch meine Adern pulsierte.

„Ja!“

Langsam rutschte er nach oben, und ich versuchte, wieder zu Atem zu kommen. Während er meine Lippen erneut in Besitz nahm, drang er mit einem schnellen, himmlischen Stoß in mich ein, der mir ein weiteres *Ja* entlockte.

„Und hier hört ihr es. Heute ist der Tag, an dem Mia Bennett endlich Ja gesagt hat“, murmelte er an meinem Ohr.

Später streichelte er dann meinen Bauch und lächelte mich an.

„Ich kann nicht glauben, dass das wahr ist“, sagte er.

„Ich auch nicht“, antwortete ich und lächelte. „Ich kann nicht glauben, dass du wieder einen auf Hipster machst.“

Er lachte. „Du scheinst ja voll auf meinen Vollbart zu stehen.“

„Ein bisschen.“ Einige Zeit schwiegen wir. „Ich habe jeden Tag an dich gedacht. Jede Sekunde, die ich nicht hier war. Aber ich wollte die Überraschung nicht verderben, indem ich es dir am Telefon sage“, gestand ich ihm leise.

Wir sahen einander an, seine Hand ruhte auf meiner Wange, ich streichelte seinen Bart.

„Ich habe immer an dich gedacht. Seit Jahren bist immer nur du in meinem Kopf. Du bist überall.“

Ich beugte mich vor und küsste ihn zärtlich. „Deshalb hast du eine ganze Buchreihe über mich geschrieben.“

Er lächelte. „So in etwa.“

„Wie endet denn nun dein Liebesroman?“, fragte ich nach kurzer Stille.

Sein Lächeln wurde zu einem breiten Grinsen, bevor er mich küsste. Langsam lehnte er sich zurück und betrachtete mein Gesicht.

„Wahre Liebesgeschichten enden nie“, antwortete er mir leise.

Jensens Woche

Ich hätte nicht gedacht, dass ich diese Geschichte mal zu Ende schreibe. Eine Zeit lang war ich mir sicher, dass es sowieso niemanden interessiert. Wenn ihr meine Gedichte und Kinderbücher kennt, wisst ihr, dass das nicht meine übliche Art ist. Ich sage schon mal: Danke, dass ihr es lest.

Mit jedem Wort von dir
Roman
von Jensen Reynolds

„Für Mia, die nie versucht hat, meine Sprache zu ändern, sondern lernte, die Bedeutung hinter meinem Schweigen zu lesen."

Epilog

JENSEN

Es heißt, die Welt bleibt immer im Gleichgewicht. So in der Art Yin und Yang, an das die Leute wirklich glauben. Für jeden Tod ein neues Leben, für jedes Aus eine neue Liebe. Darauf habe ich noch nie viel gegeben. Ich bin nun mal Realist, also war das für mich nur eine weitere dämliche Beschönigung für die Ungerechtigkeit in der Welt. Doch dann kam Mia, dieses selbstlose Geschöpf, das mich lehrte, die Welt mit anderen Augen zu sehen. Durch sie erkannte ich, dass jeder es verdient, so akzeptiert zu werden, wie er ist.

Auch wenn sie gegangen ist und mich im Stich gelassen hat, als ich sie am meisten brauchte, lernte ich meine größte Lektion doch genau in der Zeit, als sie nicht da war. Was ich am meisten bereute, wurde zu meinem größten Antrieb, denn ich wurde mit einem weiteren selbstlosen Geschöpf beschenkt. Und mir kam der Gedanke, dass die Yin-und-Yang-Anhänger vielleicht gar nicht so falschlagen. Vielleicht wird immer gegengerechnet. Ich verlor meinen hellsten Stern und lernte dadurch, die Welt in einem anderen Licht zu sehen.

Und dann hatte ich beide. Und statt vor lauter Angst durchzudrehen, weil ich eine von beiden verlieren könnte, dankte ich dem Universum, vielleicht lebte ich ja auf dem Planeten Tatooine. Vielleicht hat das Leben auch alles aufgelistet, was mir schon genommen wurde, und beschlossen, dass das reicht. Und mir diese Geschenke gemacht, die ich zu schätzen weiß. Wenn ich all das verlieren musste, um mit einer Frau, einer Tochter und einem Sohn beschenkt zu werden, sage ich: Nehmt mir alles, nur nicht sie, denn solange sie gesund und glücklich bei mir sind, fehlt es mir an nichts.

Willkommen im Leben, Grayson Finch Reynolds. Sei versichert, dass wir dich immer lieben werden und dass du genau richtig bist, so wie du bist.

Epilog

MIA

3 Jahre später

Ich wühlte gerade in meiner Handtasche nach den Schlüsseln, als die Tür geöffnet wurde. Aus den Augenwinkeln erspähte ich Jensens nackte Füße, stutzte und sah schnell auf.

„Ich dachte, du arbeitest heute?"

„Hab ich auch."

Ich wurde noch skeptischer, als ich ihn genauer betrachtete, ganz zerzaust und unrasiert, in einer grauen Jogginghose. „Wirst du jetzt einer von diesen Vätern, die den ganzen Tag Sportklamotten anhaben, aber nie ins Fitnessstudio gehen?"

Er lachte und hielt mir die Tür auf. Ich stellte die Handtasche auf das Tischchen neben der Tür. Als ich mich zu ihm umdrehte, stockte mir der Atem. Er sah mich mit diesem Blick an, bei dem mir die Knie weich wurden. Mein Herz klopfte.

„Wo sind die Kinder?", wollte ich wissen und ließ den Blick von seinen Augen zu seinem nackten Oberkörper wandern.

„Sie sind mit Rob und Juan Pablo im Park."

Er biss sich auf die Unterlippe und musterte mich von oben bis unten. Ich bekam eine Gänsehaut und stieß gegen das Tischchen, der Kerzenständer darauf wackelte. Jensen grinste und kam näher.

„Wie lange werden sie weg sein?", wollte ich wissen. Meine Stimme war kaum mehr als ein Flüstern, mein Herz schlug immer schneller.

Er umfasste meine Taille und küsste mich auf den Hals. Seufzend drängte ich mich ihm entgegen. Die Angst, von den Kindern in flagranti ertappt zu werden, war in dem Moment wie weggeblasen, als seine Zunge mein Ohrläppchen berührte.

„Lange genug“, murmelte er, seine Hände nun auf meinen Hüften, er drückte hart gegen meinen Schoß.

Stöhnend legte ich den Kopf in den Nacken. „Gute Antwort.“

Mit der Zunge liebkoste er meinen Hals, meine Wange und meine Lippen. Er knabberte sanft und spielerisch daran, bis ich den Mund öffnete. Er küsste mich behutsam, nur unsere Lippen erkundeten sich, als hätten sie das nicht bereits heute Morgen getan. Und letzte Nacht. Mit derselben Leidenschaft. Er umfasste mein Gesicht in dem Moment, als seine Zunge meiner langsam näher kam. Als ich völlig atemlos nach den Bändern seiner Jogginghose griff, löste er sich von mir. Perplex sah ich ihn an.

„Schlafzimmer?“, fragte ich etwas außer Puste.

Er lächelte, schüttelte aber den Kopf.

„Küche.“ Dann nahm er meine Hand und führte mich mit sich. Und ich ging hinter ihm her, mein Blick auf seinen Rücken geheftet.

In der Küche ließ er meine Hand los und ging um die Kochinsel herum. Ich sah ihn immer noch an, konnte vor lauter Lust nicht mehr klar denken. Sein Lachen ließ mich blinzeln und ihm in die Augen schauen. Danach sah ich mich um, aber es war alles wie am Morgen, als ich ins Museum gegangen war, um eine Fotolieferung zu begutachten. Jensen beugte sich über die Arbeitsplatte und schob einen Stapel Briefe zu mir. Ich sah noch verwirrter aus, doch er lächelte mir zu.

Mit bebenden Fingern schob ich mir eine Haarsträhne hinter das Ohr. „Willst du mich verführen, damit ich diesen Monat die Rechnungen übernehme?“

„Würdest du sie einfach mal öffnen und nachschauen, anstatt zu raten, was ich vorhabe?“

Ich setzte mich auf einen Barhocker und legte die Umschläge vor mich. Es waren etwa dreißig. Ich nahm den ersten in die Hand, sah auf den, der darunterlag, dann auf den nächsten und dann wieder zu Jensen.

„Willst du mir irgendetwas damit sagen?", fragte ich. Keine Antwort. „Fährst du vielleicht so lange weg, dass du mir für jeden Tag einen Brief hierlässt?"

Er verdrehte die Augen, stützte sich auf die Ellbogen und beobachtete mich.

„Du verrätst es nicht?"

„Mach den ersten Brief auf, Mia."

Ich atmete ein. „Ich habe Angst, dass ich gleich herausfinde, was du Verrücktes getan hast, ohne mir Bescheid zu sagen. Zum Beispiel einen weiteren Liebesroman über mich zu schreiben, aber diesmal sterbe ich, weil du es satthast, dass ich nicht das Klo putzen will, oder so."

Er lachte. „Geniale Idee. Tod wegen Arbeitsverweigerung. Das muss ich mir merken."

Nachdem ich kurz versucht hatte, ihn mit Blicken zu töten, öffnete ich den ersten Umschlag. Darin war ein Brief. Ich runzelte die Stirn.

„Du hast mir einen Brief geschrieben?", fragte ich, überflog ihn und öffnete den nächsten Umschlag. Noch ein Brief. Und im nächsten ein weiterer Brief. Ich sah ihn an. „Soll ich die alle lesen?"

„Schau auf das Datum."

Das tat ich. Alle waren an unserem Geburtstag geschrieben. Ich zählte die Umschläge. Siebenundzwanzig. Wieder runzelte ich die Stirn. Schließlich las ich den ersten Brief.

Mia,
alles Gute zum Geburtstag. Ganz ehrlich. Dank dir bin ich der glücklichste Mensch der Welt. Und da ich das in der

Woche deines 29. Geburtstags schreibe, kann ich es mit Fug und Recht behaupten. Als du geboren wurdest, fühlte ich mich vollkommen. Das lag vielleicht an den ganzen Medikamenten oder an der Tatsache, dass wir einen Notkaiserschnitt brauchten, nachdem wir es stundenlang auf normalem Wege versucht hatten. Aber als du mir in die Arme gelegt wurdest, war es, als läge der einzige Grund für meine eigene Existenz auf meiner Brust. Im Laufe der Jahre hast du herausgefunden, wie du mich zur Weißglut treibst, und hast mich eine Geduld gelehrt, die ich bei mir nie für möglich gehalten hätte. Mit deinen Entscheidungen war ich nicht immer einverstanden, aber eine Sache hat sich nie geändert und wird es auch nicht, nämlich dass ich immer stolz bin und mich vollkommen fühle, wenn ich an dich denke. Ich liebe dich, mein neugieriges, aufgewecktes kleines Mädchen.

In Liebe

Mom

PS: Ich will mehr Enkel.

Ich wischte mir die Tränen von den Wangen und sah zu Jensen. Er schob seine Hand über die Marmorplatte zu mir und hielt meine fest.

„Du hast meine Mom gebeten, mir zu schreiben?", fragte ich gerührt.

„Nicht nur deine Mom."

Ich ließ seine Hand los und nahm den zweiten Brief. Er war von meinem Dad. Der dritte von Rob. Nummer vier und fünf waren von Estelle und Oliver. Der sechste Brief von Millie. Der siebente von Maria. Den achten Brief hatte Theresa geschrieben, die alleinerziehende Mutter, die ich fotografiert hatte und die nun in Italien für einen berühmten Fotografen Modell stand. Immer weiter öffnete ich Umschläge und schaute zum

Briefende. Meine Augen wurden feucht, als ich einen von Krista entdeckte und von Olivia, die in ihrer besten Drittklässlerschrift geschrieben hatte, darunter Gekritzel von Grayson, bei dem Jensen sicherlich geholfen hatte, denn der Kleine war erst drei. Als ich schließlich bei Jensens Brief ankam, strahlte ich und strich ihn auf der Arbeitsplatte glatt.

M,
mir ist einmal ein Mädchen begegnet, das meine kleine Welt verändert hat. Nicht nur das, auch mein gesamtes Leben. Als wir uns sahen, wusste ich, dass wir füreinander bestimmt waren, aber dann ging ich, und sie hielt mich nicht auf. Sie ließ mich glauben, es wäre für uns besser, vorübergehend getrennt zu sein. Die Zeitspanne zog sich allerdings so lange hin, dass feststand, wir hatten diese Trennung akzeptiert. Als ich sie verlor, verlor ich nicht nur das Mädchen, das ich liebte und das mein Leben verändert hatte, sondern auch meine beste Freundin, die auch dann mein Fels in der Brandung gewesen ist, als ich gar keinen wollte. Jeden Abend schrieb ich ihr Briefe und schickte sie ihr. Später erfuhr ich, dass sie alle verbrannt hatte.

Es machte mich so traurig, dass sie meine Worte nicht gelesen hatte. Worte, die ich geschrieben hatte, um nicht verrückt zu werden, um die Verbindung zwischen uns nicht abbrechen zu lassen. Auch heute denke ich noch darüber nach, nicht, weil ich glaube, es wäre anders gekommen, hätte sie sie gelesen, sondern weil ich ihr in diesen Briefen geschrieben habe, wie besonders sie ist, nicht nur in meinen Augen, sondern auch in den Augen all derer, die sie kennen. In den letzten Monaten bat ich verschiedene Menschen, diesem Mädchen einen Brief zu schreiben, denn ich bin der Meinung, sie hat es verdient, an ihrem Geburtstag zu lesen, wie besonders sie ist. Und dass nicht nur ich das so sehe.

Ich liebe dich. Für immer.
Dein Ehemann.

PS: Ich habe die Streichhölzer versteckt, falls du auf die Idee kommen solltest, auch diese Briefe zu verbrennen. ;-) Und öffne auch den braunen Umschlag.

Ich legte den Brief weg und sah zu ihm. Mit ernster Miene beobachtete er, wie ich den Umschlag öffnete und mehrere Seiten herausnahm. Ich blätterte sie durch und las unsere Namen auf einem Vertrag. Mein Herz schlug schneller, als ich Seite für Seite überflog, bis ich auf dem letzten Blatt ein Bild von einer Immobilie sah. Von einer Wohnung in Santa Barbara. In einem Haus, von dem ich bei unserem letzten Besuch in Santa Barbara erzählt hatte. Wir waren zum Strand gefahren, als mir der Neubau aufgefallen war und ich zu Jensen gesagt hatte: „Hier würde ich auch gern wohnen, an unserem Strand. Wäre das nicht klasse? Eine eigene Bleibe – für die Zeit, wenn wir hier zu Besuch sind."

Völlig perplex sah ich ihn an. „Das hast du nicht gemacht."

„Wenn ich es gestehe, knallst du mir dann eine, oder knallst du mich? Oder vielleicht auch beides?", fragte er. Sein Blick machte mich heiß. Ich hüpfte vom Hocker und ging zu ihm.

Überglücklich fiel ich ihm um den Hals. Lachend hielt er mich fest und hob mich hoch.

„Sieht aus wie Letzteres", sagte er feixend, während ich sein Gesicht mit Küssen bedeckte.

„Ich kann nicht glauben, dass du all das getan hast."

„Alles Gute zum Geburtstag, Mia", sagte er und gab mir einen Kuss.

„Alles Gute zum Geburtstag, Jensen", hauchte ich und beugte mich für einen weiteren zarten Kuss vor. Er packte mich fester an den Oberschenkeln und setzte mich auf der Arbeitsplatte ab. Als er die Lippen von meinen löste und begann, federleichte Küsse auf meinem Hals zu verteilen, schnappte ich nach Luft. „Ich kann nicht glauben, dass du all diese Leute gebeten hast, mir Briefe zu schreiben."

„Und ich kann nicht glauben, dass du immer noch nicht glaubst, wie weit ich gehen würde, um dich zu beeindrucken", sagte er und küsste mein Schlüsselbein. Unvermittelt sah er mich an. „Du bist doch beeindruckt, oder?"

Ich grinste. „Ein bisschen."

Er zog mir den Pullover aus, öffnete meinen BH und küsste meine Brüste. „Dann wollen wir mal sehen, wie ich dich noch mehr beeindrucken kann."

„Ich habe dir noch nicht mal dein Geschenk gegeben", brachte ich stöhnend hervor, als er sich weiter nach unten vorarbeitete.

„Ich glaube, das verschlinge ich gerade."

Ich wand mich und krallte mich an seinen Haaren fest, als ich seine Zunge spürte.

„Jensen", keuchte ich.

„Schhhh", machte er, sah mir in die Augen und packte meine Oberschenkel fester. „Ich versuche gerade, meine Frau zu beeindrucken."

Ein warmes Gefühl erfasste mich, und es hatte mehr mit seinem liebevollen Blick zu tun als mit dem, was er gesagt hatte. Immer wenn er mich *seine Frau* nannte, was er oft tat, erinnerte mich das daran, wie glücklich ich war, dass wir diese zweite Chance erhalten hatten. Jeden Abend kam er nach Hause und gab mir das Gefühl, eine Art Göttin zu sein. Seine Lippen widmeten sich wieder meinem sensibelsten Punkt, und ich warf den Kopf in den Nacken. Als seine Zunge ins Spiel kam, konnte ich nicht mehr denken. Ich war definitiv beeindruckt.

– ENDE –

Danksagung

Rachel Keenan, Jen Wolfel, Whitney Garcia, Corinne Michaels, Katie Ross, Katie Miller, Milasy Mugnolo, Calia Read, Mia Asher, MJ Abraham, Barbie Bohrman, CD Reiss, Kristy Bromberg, Laurelin Paige, Lauren Blakely, Pepper Winters, Alessandra Torre, Bridget Peoples, Stephanie S. Brown, Diana D. Huet, Anabelle Martinez, Sandy Borrero, Sandra Cortez, Alison Phillips, Ciara Martinez, Christy Peckham, Mindi Lou, Leylah Attar, Tarryn Fisher, Karinna Baez, SL Jennings, Jessica Sotelo, Dianna Almanzar, Yaya, Willow Aster – was würde ich nur ohne euch tun? FYW, VIXENS, MY BOOK, BBFT, KINDLE und alle anderen, die mir jeden Tag einen schönen Platz bereithalten.

Rebecca Friedman, Melissa Saneholtz, Madison Seidler. TRSOR PROMO. OKAY CREATIONS. PERRYWINKLE PHOTOGRAPHY.

Flavia und Meire – weil ihr an mich glaubt, veröffentliche ich weiter Bücher.

Tiffany the Bibliophile und MT Read – eure Begeisterung ist ansteckend. Dafür bin ich so dankbar.

Champagne Formats: Ich kenne niemanden, der so viel Geduld hat. Danke für alles.

Twitter-Follower: Danke, dass ihr Jensen Fragen geschickt habt, die er in seiner Kolumne beantworten konnte!

Der Obdachlose, der tatsächlich für alle laut die Schlagzeilen vorliest, die mit der Bahn fahren – danke, dass du mich inspiriert hast, und danke, dass du mich darüber aufgeklärt hast, dass Bruce Jenner wirklich eine Lesbe ist.

Lesen Sie auch:

Claire Contreras

Kein Tag mehr ohne dich

Übersetzt von
Nele Junghanns und Sophie Wölbling

Seit September 2016 im Buchhandel

Band-Nr. 25977
9,99 € (D)
ISBN: 978-3-95649-630-1

„And she always had a way
with her brokenness. She would take her pieces
and make them beautiful.“

R. M. Drake

Prolog

Der erste Junge, in den ich verliebt war, erzählte mir immer Geschichten von Königen und Königinnen, von Krieg und Frieden und von seiner Hoffnung, irgendwann einmal für jemanden der Ritter in strahlender Rüstung zu sein. Ich fieberte bei seinen abendlichen Geschichten mit, hing an seinen Lippen, während er lebhaft erzählte, und freute mich, wenn seine grünen Augen strahlten, weil ich über einen seiner Witze lachte.

Er zeigte mir, wie es sich anfühlt, liebkost und innig geküsst zu werden. Später brachte er mir bei, wie schmerzhaft es ist, jemanden zu verlieren, der einem viel bedeutet. Wie man mit einem gebrochenen Herzen weiterlebt, brachte er mir leider nicht bei. Ich habe mich oft gefragt, ob ich diese Lektion verpasst habe. Heute frage ich mich, ob er selbst vielleicht versucht hat, dahinterzukommen, oder ob er die ganze Zeit einfach überhaupt keine Gefühle hatte.

1. Kapitel

Es heißt, am besten kommt man über etwas hinweg, indem man loslässt.

Als wäre loslassen so leicht. Als könnte man die guten und schlechten Erinnerungen an drei Jahre so einfach beiseiteschieben oder vergessen. Ich weiß, dass es nicht geht, denn in ein paar Wochen ist es genau ein Jahr her, und die Erinnerungen an ihn sind so präsent, als wäre er noch da. Seine Badelatschen der San Francisco Giants stehen noch vor dem Waschbecken, genau dort, wo er sie ausgezogen hat. Einige seiner Hemden riechen noch nach ihm – die wenigen, die ich noch nicht zum Schlafen angezogen habe. Auch wenn er nicht mehr da ist, ist seine Gegenwart immer noch so stark. Ich gehe durch das Haus und achte darauf, dass von ihm nichts mehr zu sehen ist – für mich ist das ein großer Schritt des Loslassens.

In der Küche beschrifte ich gerade die letzten Kisten, als ich erst Schlüssel klimpern höre und dann Schritte auf dem Parkett. Auch so ein Geräusch, das mir sicherlich fehlen wird, wenn ich hier ausgezogen bin.

„Estelle?“ Ihre Stimme klingt sanft und melodisch.

„In der Küche!“ Ich wische mir die Hände an meiner Jeans ab und gehe ihr entgegen.

„Hey. Du hast gestern Abend aber ganz schön viel geschafft“, sagt sie mit einem traurigen Lächeln. Ihre Augen glänzen beim Anblick der fast leeren Wohnung. Sie hat dieselbe Lockenmähne und die ausdrucksstarken karamellbraunen Augen, wie ihr Sohn sie hatte. Sie zu sehen, versetzt mir erneut einen Stich.

Ich zucke mit den Schultern und beiße mir auf die Wange, um nicht zu weinen. Bloß nicht wieder weinen, wo das letzte Mal doch schon so lange her ist. Felicia nimmt mich in den Arm, und ich atme langsam aus, um nicht völlig die Kontrolle zu verlieren. Ich möchte stark sein, für sie und für Phillip. Wyatt war ihr einziges Kind, und so schwer dieser Verlust auch für mich ist, muss die Leere für sie doch noch viel schlimmer sein. Normalerweise weinen wir nicht, wenn wir uns sehen – noch nicht einmal hier –, aber das Haus nun zu verkaufen, ist mehr als nur ein Abschied von einem Zuhause. Es ist ein Abschied von Weihnachtsfesten und Thanksgiving-Essen. Es ist, als würden wir sagen: „Wyatt, wir lieben dich, aber das Leben geht weiter." Und das stimmt ja auch. Ein Grund, warum ich mich so schuldig fühle. Das Leben geht weiter, aber warum muss es denn ohne ihn sein?

„Alles wird gut", sage ich und wische mir die Tränen von den Wangen, als ich mich aus der Umarmung löse.

„Ja, bestimmt. Wyatt hätte nicht gewollt, dass wir wegen eines Hauses weinen."

„Nein, er hätte garantiert den Kopf darüber geschüttelt, dass wir an einem Gebäude hängen", sage ich zaghaft lächelnd. Ginge es nach Wyatt, würden alle Menschen in Zelten leben und sich mit Regenwasser waschen.

„Genau. Und er hätte auch schon vor zwei Monaten den Strom abgestellt, wo du dir doch sowieso nur Essen holst", fügt sie hinzu.

Unser Lachen verstummt. Kopfschütteln, neue Tränen, Stille.

„Bist du sicher, dass du nicht zu Phillip und mir ziehen möchtest?", fragt sie mich, als wir langsam von Zimmer zu Zimmer gehen und noch einmal überprüfen, ob wir nichts vergessen haben. Morgen zeigt die Maklerin das Haus den ersten Interessenten, und für die potenziellen Käufer soll alles perfekt sein.

„Ja. Victor würde es mir übel nehmen, wenn ich sein Angebot ablehne. Er fände es toll, wenn ich bei ihm wohnen würde, wo ich doch schon auf ein anderes College gegangen bin und nicht dasselbe Footballteam mag wie er. Vielleicht hofft er ja auch, dass ich ihm wieder seine Wäsche wasche, wie in dem einen Jahr auf der Highschool."

Felicias Schultern bewegen sich beim Lachen auf und ab. „Na gut, dann bestell ihm liebe Grüße, und sag ihm, dass wir uns sehr freuen würden, wenn er Sonntag auch zum Essen vorbeikommt."

„Mach ich." Mein Lächeln erstirbt, als mein Blick auf die Schuhe unter dem Waschbecken fällt.

„Soll ich die mitnehmen, oder möchtest du sie behalten?"

„Ich …", ich atme zitternd. „Würdest du sie nehmen?"

Ich ertrage es bestimmt nicht, sie Tag für Tag zu sehen, wenn ich woanders wohne. Ich behalte schon alle Hemden von Wyatt, und die Schuhe passen mir nun wirklich nicht – sie sind mir mindestens fünf Nummern zu groß –, aber es sind seine Lieblingsschuhe. Waren. Sie *waren* seine Lieblingsschuhe. Mit meinem Therapeuten habe ich lange daran gearbeitet, von Wyatt in der Vergangenheit zu sprechen. Manchmal zucke ich dabei noch zusammen, aber es ist schon besser geworden. Einige Zeit lebte ich in einer Parallelwelt, in der Wyatt nur beruflich unterwegs war. Er verreiste sehr gern allein und ließ sich von fremden Kulturen zu neuen Bildern inspirieren. Nach einem Monat ließ ich die Erkenntnis zu, dass er nicht mehr zurückkommen würde. Nach drei Monaten packte ich auf Vorschlag meines Therapeuten nach und nach seine Sachen weg, um nicht ständig an ihn erinnert zu werden.

Gebracht hat das nicht viel. Das Haus erinnerte mich an ihn, und auch unsere Galerie konnte ich ja nicht einfach wegpacken. Ich musste lernen, damit zu leben … ohne ihn zu leben. Nach sechs Monaten konnte ich das Haus und die Galerie betreten, ohne dass mir jedes Mal das Herz schwer wurde. Und heute, nach einem Jahr, bin ich wohl so weit, nach vorn zu schauen. Wenn Wyatts Tod mich irgendetwas gelehrt hat, dann, dass das Leben kurz ist und wir es voll auskosten sollten. Ich begreife zwar, was damit gemeint ist, aber an manchen Tagen kann ich es einfach nicht.

„Liebes, du weißt, dass alles, was er hinterlassen hat, dir gehört", unterbricht Felicia meine Gedanken. Ich merke erst, dass ich immer noch weine, als meine Lippen salzig schmecken. Ich möchte mich bei ihr bedanken, aber die Worte bleiben mir im Hals stecken.

Ein letztes Mal sehen wir uns um, umarmen uns, und ich verspreche, am Sonntag zu kommen. Auf dem Weg zum Auto werfe ich einen Blick über die Schulter und lasse den Stich in meinem Herzen ein letztes Mal zu, bevor ich einsteige und losfahre. Die Erinnerungen … die Geborgenheit … die Vergangenheit … sind nichts als ein entferntes Bild im Rückspiegel, während ich zu meinem Bruder fahre. In Gedanken gehe ich gerade durch, was ich alles erledigen muss, als mich ein Anruf unterbricht.

„Hey, wie ist es gelaufen?", will Mia sofort wissen.

„Es ging. Ein bisschen traurig, aber nicht so schlimm."

„Tut mir leid, dass ich nicht kommen konnte. Hat Felicia ein paar seiner Sachen mitgenommen? Wie geht es ihr inzwischen?"

„Gut. Sie sieht ganz gut aus."

„Bleibt es bei unserem Treffen morgen Abend?", fragt Mia.

„Solange wir uns auf eine Kneipe beschränken, ja. Mir ist nicht nach einer Kneipentour und dem College-Quatsch, auf den du so stehst."

Mia hat ihre wilde, ausgelassene Seite nicht aufgegeben, nur weil wir unseren Abschluss gemacht haben und „so richtig erwachsen" geworden sind. So gern ich auch mit ihr weggehe, ich kann meine Leber nicht jede Woche mit einer unsäglichen

Menge an Wasser wieder auffüllen, nachdem ich sie am Abend zuvor in Alkohol ersäuft habe, wie Mia es zu tun pflegt.

„Gut, dann keine Kneipentour. Ich bin Samstag sowieso zum Brunchen verabredet und kann es mir nicht leisten, total verkatert zum Date zu kommen, also lassen wir es besser ruhig angehen."

„Ein Date?", frage ich stirnrunzelnd, während ich in die Auffahrt meines Bruders einbiege.

„Ein Blind Date. Er heißt Todd. Ist Kurator im Pelican. Maria ist der Meinung, wir würden perrrfekt zusammenpassen". Sie rollt das R übertrieben, um ihre italienische Freundin nachzuahmen.

„Hm … Einen Todd kenne ich nicht", erwidere ich.

Mia und ich kennen uns, seitdem ich denken kann. Unsere Mütter waren schon die besten Freundinnen und haben dann Männer geheiratet, die ebenfalls beste Freunde waren. Zum Leidwesen unserer Mütter stellte sich recht schnell heraus, dass sich dieses Schicksal nicht wiederholen würde, denn Mia steht eher auf die Bad Boys, während es mir mehr die ruhigen Typen angetan haben.

„Mist. Ich hatte gehofft, du kennst ihn. Du kennst doch jeden aus der Szene. Todd Stern?", fragt sie hoffnungsvoll.

Ich muss lachen, denn so falsch liegt sie da nicht. Vor einigen Jahren haben Wyatt und ich „Paint it Back" eröffnet, eine Mischung aus Galerie und Kunstatelier, und durch all unsere befreundeten Künstler und Galeristen und Mias Verbindungen zur Fotografenszene kennen wir tatsächlich so ziemlich jeden. Aber anscheinend doch nicht jeden.

„Nein. Kennt Rob ihn?"

„Den frage ich bestimmt nicht! Mein Bruder kann einfach nicht den Mund halten! Er würde es brühwarm meiner Mutter erzählen, und dann stürzen sie sich direkt in die Hochzeitsplanung, bevor ich den Kerl überhaupt gesehen habe."

Ich muss lachen, denn damit hat sie absolut recht. „Also mir sagt der Name jedenfalls nichts."

„Maria meint, er ist erst vor Kurzem aus San Francisco hergezogen, deshalb dachte ich, du würdest ihn kennen. Frischfleisch sozusagen."

„Mia, wir sind doch nicht mehr in der Highschool!"

„Es ist aber genau wie in der Highschool. Deshalb glaube ich, dass er total hässlich ist, wenn wir noch nichts von ihm gehört haben."

„Möglicherweise", gebe ich lachend zu.

„Mist. Stefano ist gerade zum Shooting gekommen. Sag Bescheid, wenn ich nachher noch bei Vic vorbeikommen soll. Hab dich lieb!"

Noch während ich Tschüs sage, legt sie auf, und ich packe mein Handy weg und schalte den Motor ab. Im Rückspiegel überprüfe ich kurz, ob mein Mascara verlaufen ist, und fahre mir mit den Fingern durch meine welligen braunen Haare, die ich schnell zu einem Pferdeschwanz binde. Mit einer Tasche in der Hand, in der sich meine letzten Habseligkeiten befinden, gehe ich zum Haus und höre nichts als den Kies unter meinen Schritten knirschen und die Wellen vom Strand, der nur einen Steinwurf entfernt ist.

Als ich den Ersatzschlüssel unter der Fußmatte hervorhole und aufschließe, macht sich Vorfreude in mir breit. Ich gehe ins Haus, durch das Wohnzimmer und rufe nach meinem Bruder. Sein Wagen steht bestimmt in der Garage. Aber ich erhalte keine Antwort. Ich gehe nach oben, wo sich die Gästezimmer befinden. Sein eigenes Schlafzimmer ist im Erdgeschoss, wie es sich für einen 28-jährigen Singlemann gehört, denn so hat er es nicht weit bis zur Küche und zum Wohnzimmer, wo natürlich ein überdimensionaler Fernseher steht. Im Gästezimmer verschlägt es mir den Atem. Er hat nicht nur mein Bett mit der neuen Bettwäsche bezogen, die ich gekauft und vor Kurzem hiergelassen habe, er hat das Zimmer auch noch in dem zarten Grauton gestrichen, den ich so toll finde.

Ich werfe meine Tasche aufs Bett und trete auf den Balkon hinaus. Die Balkone gefallen mir am ganzen Haus mit am besten. Beide Gästezimmer haben einen eigenen, mit Blick zum Strand. Just in dem Moment klingelt mein Handy: Vic schreibt, dass er in ein paar Minuten zu Hause ist. Ich will ihm gerade antworten, als ich aus Versehen gegen eine Staffelei stoße, die hier bei meinem letzten Besuch ganz sicher noch nicht stand. Ich gehe um sie herum und lese, was Vic in Großbuchstaben daraufgeschrieben hat: „Willkommen zu Hause, Küken!" Und darunter ist die Zeichnung eines Huhns, wie sie ein Fünfjähriger nicht besser hinbekommen hätte. Ich muss lachen und mache erst mal ein Foto davon, das ich direkt an Mia und meine Mutter schicke, denn nur die beiden verstehen, was damit gemeint ist. Als ich fünf war und Angst im Dunkeln hatte – wie das nun mal bei vielen Fünfjährigen ist –, hat mein Bruder mich immer so genannt und gesagt, ich sei wie ein kleines verängstigtes Küken. Aus irgendeinem Grund ist dieser Spitzname hängen geblieben. Vielleicht, weil es noch heute eine Art Ansporn für mich ist, nicht aufzugeben, wenn Vic mich so nennt.

Ich blättere in dem Skizzenblock auf eine leere Seite und wende mich dem Meer zu. Ich nehme die verschiedenen Blautöne wahr, die im Sonnenlicht funkeln – Coelinblau, Aquamarin und Mitternachtsblau. Solch ein Anblick lässt niemanden kalt. Mir zeigt er, wie klein ich doch im Vergleich zum großen Ganzen bin. Wie klein wir alle sind. Ich weiß nicht, wie lange ich dort stehe und nur schaue. Nur atme. Nur das Salz auf meinen Lippen schmecke, das dort anscheinend allein vom Meeresgeruch hängen bleibt. Plötzlich legt sich eine Hand auf meine Schulter, und ich zucke, herausgerissen aus meiner meditativen Stimmung, zusammen.

„Verdammt noch mal, Victor!“, sage ich erschrocken und presse beide Hände an meine Brust.

„Gefällt dir dein Geschenk?“, fragt er lachend und umarmt mich.

„Aber sicher, du Trottel“, antworte ich und schlage ihm spielerisch gegen die Brust.

„Trottel? Ich besorge dir das tollste Geschenk überhaupt, und du nennst mich Trottel? Nur wegen der Zeichnung vom Huhn, stimmt's?“

„Du weißt doch, dass ich diesen Spitznamen hasse.“ Stöhnend gehe ich ins Haus und folge ihm nach unten. „Wo bleibt das Essen? Ich bin kurz vorm Verhungern.“

„Müsste jeden Moment kommen. Ich zieh mich eben um“, erwidert er. „Ich muss gleich wieder zur Arbeit.“

„Du musst noch arbeiten?“

„Der Fall, an dem ich gerade sitze, ist der reinste Horror. Die Frau meines Mandanten will ihn bei der Scheidung komplett ausnehmen. Wann lernen diese Sportler endlich, dass es ohne Ehevertrag nicht geht?“

„Oh.“ Ich zucke leicht zusammen. Darüber haben Wyatt und ich bei unserer Verlobung gesprochen – und jedes Mal, wenn das Thema aufkam, gab es gewaltige Meinungsverschiedenheiten. Man glaubt gar nicht, dass Künstlern so etwas wichtig wäre, aber Wyatt war erfolgreich und vermögend. Mit dreiunddreißig zählte er bereits einige reiche Sammler zu seinen Kunden. Diese Leute hatten ihm eingeredet, eine Hochzeit ohne Ehevertrag würde unweigerlich in einem Rosenkrieg enden.

Ein Klopfen an der Tür reißt mich aus meinen Gedanken. Während ich zur Tür gehe, denke ich noch, wie dumm solche Meinungsverschiedenheiten im Nachhinein betrachtet doch sind. Wir waren noch nicht mal verheiratet, als Wyatt starb, und dennoch bestehen seine Eltern darauf, dass mir alles zusteht. Sie sind älter – bedeutend älter als meine Eltern sein werden, wenn ich so alt bin wie Wyatt bei seinem Tod –, und sie sind auf ihre Art wohlhabend. Sie wissen sowieso nicht, was sie mit dem Geld anfangen sollen, und sind der Meinung, dass ich alles bekommen soll, da ich ja bei seinem Tod Miteigentümerin von „Paint it Back“ war. Aber das ist Vergangenheit. Ich will nicht noch mehr darüber nachdenken – das hier ist mein Neuanfang.

Dieser Gedanke zaubert mir ein Lächeln auf die Lippen, das bleibt, als ich die Tür öffne, und mir entgleitet, als ich dahinter einen Mann in grüner OP-Kleidung und weißem Arztkittel erblicke. Er sieht nach unten und versucht, etwas Dreck von seinen Turnschuhen zu streifen. Seine dunkelblonden Haare verdecken fast das ganze Gesicht. Ich kann seinen ausgeprägten Kiefer und die volle Unterlippe zwar nur erahnen, aber ich erkenne ihn sofort. Als er nach oben schaut, mustern mich seine grünen Augen Stück für Stück, bis sie auf meine Augen treffen. Sein Mund verzieht sich zu einem schiefen Grinsen, und wie immer stockt mir der Atem.

„Bean“, flüstere ich. Seine Mundwinkel ziehen sich noch ein Stück nach oben, und zwei Grübchen kommen zum Vorschein.

„Hallo, Elle“, sagt er. Ich halte mich am Türgriff fest. Ich habe ihn schon so lange nicht mehr gesehen, dass ich gar nicht mehr wusste, wie seine Stimme klingt. „Das Essen ist da.“

Ich schaue auf die Tüten in seiner Hand, trete einen Schritt zurück und lasse ihn herein. „Oh, o.k. Mit dir habe ich nicht gerechnet.“

„Ist schon eine Weile her.“ Er bleibt direkt vor mir stehen. Ich lehne mich gegen die Tür, und als sein Gesicht näher kommt und seine Lippen leicht meine Wange berühren, halte ich die Luft an. Ich bemühe mich redlich, nicht seinen vertrauten Geruch einzuatmen, der bei mir schon so oft Schwindel ausgelöst hat. „Schön, dich mal wieder zu sehen.“ Sein Tonfall und das

Strahlen in seinen Augen lassen mir das Herz in die Hose rutschen. Wie schafft er es, dass ich mich immer noch so fühle? Selbst nach Wyatt. Ich hasse ihn dafür.

„Freut mich auch", erwidere ich leise, schließe die Tür und folge ihm.

Dabei freue ich mich *gar nicht*. In all den Jahren habe ich eine Menge über Oliver Hart gelernt, aber das Wichtigste ist, dass er mir nicht guttut.

2. Kapitel

„Du siehst klasse aus“, sagt Mia, als ich in der Kneipe erscheine, die sie für unsere wöchentliche Happy Hour ausgesucht hat.

„Sie aber auch, Mylady“, erwidere ich mit einer leichten Verbeugung, die sie zum Kichern bringt. Sie trägt ein Kleid im viktorianischen Stil mit einem Bustier, aus dem ihre Möpse fast rausfallen. Ihre langen blonden Haare hat sie zu leichten Locken gedreht und vorne in zwei Strähnen zurückgenommen.

„Du bist blöd. Ich habe meine Eltern und Rob zu einem Halloween-Shooting überredet, damit ich die Fotos nächsten Monat im Studio ausstellen kann, und hatte keine Zeit mehr, mich umzuziehen.“ Sie dreht sich zur Bedienung um. „Zwei Lemon Drops, bitte.“

„Wen willst du denn darstellen? Königin Victoria?“, frage ich und werfe einen Blick unter den Tisch, um nachzusehen, wie der Rest ihres Kostüms aussieht. Als ich mich wieder aufrichte, schaut sie mich an, als hätte ich sie nicht alle, und mir wird klar, dass sie keine Ahnung hat, wer Königin Victoria ist.

„Nein! Ich bin Cersei Lannister.“

„Ahhh …“, mache ich und nippe an dem Cocktail, den die Kellnerin mir hingestellt hat.

„Rob hat sich als Jaime verkleidet.“

„Was?“, frage ich und pruste die Hälfte meines Schlucks zurück ins Glas.

Das Lachen, das aus ihr heraussprudelt, verwandelt sich in blanke Hysterie. „Doch, ernsthaft“, sagt sie nach Luft schnappend. „Du hättest das Gesicht meiner Mom sehen sollen!“

Robert ist Mias Bruder. Zwillingsbruder. Und normal ist eindeutig keiner von beiden.

„Ihr spinnt echt. Was haben deine Eltern denn gesagt?", frage ich und stimme in ihr Lachen ein.

„Mom hat keinen blassen Schimmer, was *Game of Thrones* ist. Und Dad war geschockt, als er dahinterkam. Er wollte nicht, dass meine Mom die Halloween-Karten verschickt, aber es war das erste Mal, dass wir Halloween-Fotos gemacht haben, seit Rob und ich ungefähr acht waren. Jedenfalls hat sie sich als Mary Poppins verkleidet und Dad als Bert."

„Ach, wie süß … aber ihr beide seid trotzdem bekloppt", murmele ich. „Erzähl doch mal was über diesen Todd. Hast du irgendwas rausgefunden?"

„Sein Nachname ist Stern …"

„Klingt wie ein Rechtsanwalt oder so", unterbreche ich sie.

Mia verdreht die Augen. „Er ist Buchhalter."

„Ich dachte, er wäre Kurator?"

„Keine Ahnung, was Maria gedacht hat. Ehrlich, manchmal glaube ich, es ist so ein Sprachbarriere-Ding."

„Was genau?", frage ich und versuche nicht zu lachen.

„Das ist der fünfte Kerl, mit dem sie versucht, mich zu verkuppeln, und er ist ein bescheuerter Buchhalter! Sehe ich so aus, als würde ich mit einem Buchhalter ausgehen?"

„Eigentlich nicht, aber du hast bei Männern nicht gerade den besten Geschmack, also ist das vielleicht nicht die schlechteste Idee."

„Naaa jaaaa", sagt sie lang gezogen, bevor sie ihren Cocktail austrinkt und per Handzeichen zwei neue bestellt. „Wie war deine erste Nacht bei Vic?"

Ich gebe ein Seufzen von mir … meine erste Nacht bei Vic. Schwermütig, einsam, schräg, traurig, fröhlich, schräg …

„Gut." Ich zucke mit den Schultern.

Mia legt ihre Hand auf meine, damit ich aufhöre, Linien aus Wasser auf dem Tisch zu malen, und fordert meine Aufmerksamkeit ein. „Es ist in Ordnung, wenn es dir nicht gut geht, Elle."

„Es ist aber alles in Ordnung", antworte ich stirnrunzelnd.

„Du brauchst nicht für alles und jeden stark zu sein, weißt du? Du darfst zusammenbrechen. Die Liebe deines Lebens ist gestorben, du bist dabei, euer gemeinsames Haus zu verkaufen, und du bist gerade zu deinem Bruder gezogen. Das ist eine ganze Menge zu verdauen. Keiner verlangt von dir, das einfach so wegzustecken. Es ist in Ordnung, dir eine Auszeit von der Arbeit zu nehmen, wenn du eine brauchst."

„Es ist ein Jahr her. Und ich habe bereits eine Auszeit genommen", erinnere ich sie. Nach Wyatts Tod nahm ich mir zwei Monate frei, was allerdings dazu führte, dass ich die ganze Zeit zu Hause war. Ich lebte sogar ein paar Wochen bei meinen Eltern, um aus diesem Haus rauszukommen. Ich ertrug die Erinnerungen nicht und die Tatsache, dass ich ohne ihn dort war, aber man kann vor der Realität nicht davonlaufen und erwarten, dass sich alles von selbst klärt. Das funktioniert einfach nicht. Also ging ich wieder nach Hause und stellte mich der Tatsache, dass er nicht zurückkommen würde. Ich suchte mir einen Therapeuten, der mir half, mein Leben langsam wieder in den Griff zu bekommen. Aber nicht mehr in dem Haus zu wohnen, fühlt sich an … als ob es endgültig vorbei wäre.

„Manchmal komme ich mir so mies vor, weil ich das Haus verkaufe", sage ich schließlich. „Als würde ich ihn aus meinem Leben auslöschen oder so."

Mia drückt meine Hand. „Ach, Süße, niemand denkt das. Du musst nach vorn schauen. Du bist jung, du bist klug, du bist wahnsinnig talentiert, und mit dir kann man Pferde stehlen. Du kannst nicht wegen eines Geists aufhören zu leben."

Mein Blick trifft ihren. „Ich habe nicht aufgehört zu leben. Ich will nur nicht weitermachen, als wäre nichts gewesen. Wenn ich jemand Neues finde, dann finde ich jemand Neues – und wenn nicht, dann nicht." Mia hat versucht, mich in den letzten paar Monaten zu zwei Blind Dates zu schicken. Sogar Felicia wollte mich zu einem überreden, aber ich war noch nicht bereit. Ich glaube, ich bin es immer noch nicht, auch wenn alle etwas anderes denken. Selbst meine Mom liegt mir in den Ohren, ich solle mit Männern ausgehen, als würde irgendein Mann den Schmerz einfach wegzaubern.

„Elle …"

„Ich sage doch nur, dass mir im Moment nicht nach einem Date zumute ist. Außerdem brauche ich keinen Mann. Ich bin sehr gern allein."

„Elle …"

„Doch, im Ernst. Und da bin ich keine Viertelstunde bei Vic zu Hause und denke, das wird wie im Ferienlager, da kommt dieser verflixte Oliver vorbei, und es ist genauso wie …"

„Du bist Oliver begegnet?", ruft Mia und bringt mich (und ein paar andere um uns herum) erfolgreich zum Schweigen.

Ich nicke und nehme einen Schluck von meinem Cocktail.

„Und dann? Oh. Mein. Gott. Was ist passiert, als er dich da gesehen hat? Wusste er, dass du da bist? Wusstest du, dass er hier ist? Hat Victor dich nicht gewarnt? Ach du meine Güte!", kreischt sie schon fast.

„Deswegen wollte ich es eigentlich gar nicht ansprechen."

Ihr Blick spricht Bände. „Raus mit der Sprache. Sofort. Ich will ganz genau wissen, was passiert ist. Ist er immer noch so verdammt heiß?"

„Was denkst du denn?", sage ich und lache kurz auf.

„Ich denke, er reift wie ein guter Wein. Hat er immer noch die langen Haare? Seine Haare waren so toll", sagt sie und fächelt sich mit der Hand Luft zu.

„Seine Haare waren so toll? Ja, lang sind sie noch. Nicht ganz so lang, aber lang genug“, sage ich und merke dann erst, wie das klingt – nicht die Worte an sich, sondern wegen der Bilder in meinem Kopf, wie ich mit den Fingern durch diese Haare fahre.

„Na ja, das ganze Paket war verdammt heiß. Aber wie war es denn – ihn wiederzusehen?“, will sie wissen.

„Für ihn wie in alten Zeiten, schätze ich. Für mich, keine Ahnung. Es war …“

„Wie in den alten Zeiten vor oder nach Oliver?“, unterbricht sie mich wieder.

„Immer schön eine Frage nach der anderen, Columbo.“

„Du kannst mir nicht so was erzählen und dann nicht mit allem rausrücken. Komm schon!“, quengelt Mia.

„Meinetwegen. Ihn zu sehen war … ein ziemlich blödes Gefühl. Wie ein Überfall aus dem Hinterhalt, obwohl er nur mit was zu essen in der Hand dastand. Er hat Sandwiches und Sushi mitgebracht.“

Mia sieht mich eindringlich an. „Also wusste er, dass du da bist.“

Ich zucke mit den Schultern. Offensichtlich wusste er es, denn er hatte genug zu essen für uns drei dabei. Ich weiß nur nicht, wie lange vorher er es wusste. Sushi ist in Santa Barbara nicht gerade schwer aufzutreiben, aber Victor und Oliver machen sich gar nichts aus Sushi. Nur ich kann nicht genug davon bekommen.

„Ich habe ihn nicht gefragt“, sage ich kleinlaut. „Wir haben nicht viel geredet, außer über seine Facharztausbildung und meine Skulpturen.“

„Er hat nach den Herzen gefragt?“, fragt Mia im Flüsterton.

Ich nicke.

„Hast du ihm erzählt, warum du sie machst?“

„Natürlich nicht“, sage ich höhnisch. „So mutig bin ich nicht.“

Wir tauschen ein jämmerliches, mitleidvolles Lächeln aus, bevor sie das Thema wechselt. „Und? Was hast du dieses Wochenende vor?“

Ich fange an, ihr von meinen Plänen fürs Wochenende zu erzählen, und das Gespräch dreht sich nun darum. Jedes Mittel ist mir recht, um von dem Thema Oliver Hart abzulenken.

3. Kapitel

Ich gehe durch mein Studio und stelle auf jede Staffelei eine neue Leinwand.

Samstags ist *Ladies' Night*, und heute habe ich einen Junggesellinnenabschied hier, als Auftakt ihrer Party. Die Trauzeugin hat vorher schon Wein zum Kühlstellen vorbeigebracht und eine CD mit Musik, die sie nachher hören wollen. Ich gebe am Anfang nur eine kurze Einweisung und habe danach nichts mehr groß zu tun. Sie bezahlen, damit sie hier Spaß haben und mit ihren Freundinnen rumblödeln können. Und auf gar keinen Fall wollen sie von mir wissen, welche Pinselstriche auf ihrem Meisterwerk noch fehlen.

Um 19 Uhr gehe ich ins Bad und überprüfe mein Make-up. Ich fühle mich gut. Ich trage ein rotes Shirt mit schwarzen Schleifen am Ärmel, schwarze Pumps und eine zerrissene hautenge Jeans, von der ich letztes Jahr nicht zu träumen gewagt hätte, meinen Hintern hineinzubekommen. Ich höre Schritte und reiße mich vom Spiegel los. Lächelnd gehe ich zum Eingang der Galerie und bereite mich auf die Begrüßung vor. Wie vom Donner gerührt bleibe ich stehen, als ich Oliver im Atelier vor einem von Wyatts Bildern stehen sehe.

Heute trägt er keine OP-Kleidung, also hat er wohl frei. Er hat eine Jeans an, die seinen schmalen Hüften schmeichelt, ein blaues Hemd und darüber eine anthrazitfarbene Anzugjacke. Total GQ, würde Mia sagen. Vermutlich ist er auf dem Weg zu dem Gruppendate, das Vic erwähnt hat. Er meinte, sie gingen in eine Sportbar, was bei ihnen so viel bedeutet wie: Wir gehen mit den Frauen aus, mit denen wir aktuell rumvögeln, damit sie uns nicht vorwerfen, es ginge nur um Sex, und damit sie wissen, dass wir es nicht ernst meinen, machen wir das alle zusammen in einer Sportbar.

„Hey, was machst du denn hier?"

Oliver dreht sich zu mir um und scannt mich einmal von oben bis unten ab. „Von Mal zu Mal wirst du schöner. Wie ist das nur möglich?"

Ich verbiete mir, so zu reagieren, wie er es gern hätte. Stattdessen konzentriere ich mich auf das Gemälde, das er betrachtet hat. Das mit dem dunklen Auge mit Schmetterlingsflügeln anstatt Wimpern. Das Bild, das beobachtet, wie Oliver mich ansieht, und lauscht, wie er mit mir flirtet.

„Ich war gerade in der Gegend und wollte mir mal kurz deinen Laden ansehen. Ich hoffe, das ist okay", sagt er und kommt auf mich zu.

„Bisher wolltest du ihn noch nie sehen", erwidere ich mit ruhiger Stimme, aber innerlich könnte ich schreien. Er hat sich nie die Mühe gemacht, sich das Atelier anzusehen – noch nicht einmal, als ich ihm vor ein paar Jahren eine Einladung zu unserer großen Eröffnungsfeier geschickt habe.

Olivers Blick, seltsam ernst und eindringlich, bringt mein Innerstes ins Wanken, aber ich halte dagegen. Ich halte gegen alles, was mich wie magnetisch zu ihm hinzieht, während er einen letzten Schritt auf mich zumacht, sodass er direkt vor mir steht.

„Das hätte ich wohl besser", sagt er in einem Tonfall, der mich dazu bringen soll, meine Augen zu schließen. Aber ich bleibe standhaft. Ich schaue zur Seite – zu dem Auge, das uns weiterhin ansieht, über uns urteilt. Ich schlucke, bevor ich etwas sage, damit meine Stimme ruhiger klingt, als ich mich fühle.

„Warum bist du hier?"

„Du bist für heute fast fertig, oder?" Er sieht sich um.

„Eigentlich fange ich gerade erst an. Ich habe einen Junggesellinnenabschied …" Bevor ich den Satz beenden kann, sehe ich eine Blondine im kleinen Schwarzen hereinkommen. Dicht gefolgt von ihren fünf Freundinnen, die ebenfalls alle Schwarz tragen, bis auf eine, die ein kurzes weißes Kleid anhat und eine Tiara. Ich lächele ihnen zu. „Und da sind sie."

„Hi!", begrüßt mich Gia, die Trauzeugin, die ich bereits kenne, lächelnd.

„Oh mein Gott, gehört diese Augenweide etwa dazu?", fragt eine der Frauen. „Ist er heute Abend unsere Muse?"

Oliver schmunzelt und schenkt ihnen ein Lächeln, das alle bis auf eine wie kleine Mädchen erröten lässt. Sie steht vermutlich nicht auf Männer, denn dieses Lächeln lässt grundsätzlich alle Frauen in Verzückung geraten.

„Leider nein. Das ist mein Freund Oliver, der gerade auf dem Weg zu einem Date ist", antworte ich und ernte einen belustigten Blick von ihm. „Ihr Mädels könnt schon mal nach nebenan gehen, ich komme sofort. Gia, es ist alles auf dem Tisch."

„Das ist so lieb von dir", flötet Gia und geht in den Nebenraum. Ihre Freundinnen folgen ihr, lassen Oliver aber nicht aus den Augen. Ich bin kurz davor, ihn zu fragen, ob ich ihn nicht mal ausstellen darf. Vielleicht kämen dann mal mehr Leute in mein Atelier.

„Also …", wende ich mich an ihn.

„Ich wollte dich fragen, ob du uns heute Abend nicht Gesellschaft leisten möchtest", sagt er. Seine Stimme ist eine Oktave tiefer als vorher, er streckt seine Hand nach mir aus, greift nach einer Haarlocke und wickelt sie sich um seine Finger.

„Warum sollte ich?", frage ich ruhig und gehe ein Stück zurück, sodass er meine Haarsträhne loslassen muss.

„Weil du auch mal wieder ausgehen solltest." Sein Blick schwenkt von meinen Augen zu meinen Lippen.

Ich trete noch einen Schritt zurück, denn ich brauche plötzlich mehr als nur etwas Abstand. „War ich gestern schon."

„Aber nicht mit mir."

Die Erinnerung an das letzte Mal, als er diese Worte zu mir sagte, ist plötzlich da, und er grinst, als würde er in meinem Kopf in der ersten Reihe sitzen, mit bestem Blick auf die Vorstellung, bei der er die Hauptrolle spielt.

„Ich muss los. Sie warten auf mich."

Die Hände in den Hosentaschen, nickt Oliver. Er zieht diese Show ab, bei der er auf seine Füße starrt, den Kopf ein wenig hebt und mich durch seine Wimpern hindurch ansieht. Total sexy und verführerisch, und mir gefällt gar nicht, wie mein Herz auf diesen Blick reagiert. Ich schaue zu Wyatts Bild, um dieses Gefühl zu unterdrücken, aber das klappt nicht. Das Gefühl bleibt, tief in meinem Inneren, zwischen einem großen Stück Schmachten und einem Hauch Schuldgefühlen.

„Dann vielleicht ein anderes Mal", schlägt er vor, ohne den Blick abzuwenden.

„Vielleicht."

„Es ist wirklich toll hier, Elle. Das hast du gut hinbekommen."

„Danke. Obwohl Wyatt eigentlich fast alles gemacht hat", antworte ich. Olivers Lächeln gefriert. Ich sehe, wie sich sein Adamsapfel bewegt, als er seinen Stolz hinunterschluckt und nickt.

„Ihr beide habt das gut hinbekommen. Ich hatte Vic gebeten, dir meine Nummer zu geben. Hat er?"

„Ich habe ihn kaum gesehen", lüge ich. Dabei habe ich meinen Bruder heute Morgen und letzte Nacht gesehen, aber Olivers Nummer hat er mit keiner Silbe erwähnt.

„Ich dachte, er hätte sie dir vielleicht gegeben und du hast dich einfach nur noch nicht gemeldet."

„Warum sollte ich mich melden?", will ich wissen.

„Das wäre zur Abwechslung mal ganz schön“, antwortet er schulterzuckend.

Mir klappt die Kinnlade hinunter. „Es wäre ganz schön?“

Wir schauen uns wortlos an, ich warte, dass er zurückrudert, er wartet, dass ich darauf anspringe. Keiner von uns greift an. Wir wissen beide, dass dafür keine paar Minuten reichen, und mir persönlich reicht es sowieso. Ich muss darauf nicht eingehen. Mir fällt der Junggesellinnenabschied wieder ein, und ich räuspere mich.

„Okay, also, ich denke, wir laufen uns mal über den Weg. Viel Spaß bei deinem Date heute Abend.“ Ich winke ihm etwas unbeholfen zu, während ich mich umdrehe, um mich endlich meiner Arbeit für heute Abend zu widmen.

„Hättest du Interesse, ein- oder zweimal pro Woche ins Krankenhaus auf die Kinderstation zu kommen?“ Er grinst, als ich mich umdrehe und eine Augenbraue hebe, damit er weitererzählt.

„Ich dachte mir, du könntest vielleicht mit den Kindern malen oder so. So etwas machst du doch gerne.“ Im Krankenhaus zu sein, würde bedeuten, irgendwie wieder mit Oliver in Verbindung zu sein. Als würde er meine Zweifel erahnen, wirft er ein: „Ich habe genug damit zu tun, meine Facharztausbildung zu Ende zu bringen, also könnte ich nicht groß helfen, aber eine Freundin von mir kann mit dir die Details besprechen.“

„Klar. Ruf mich an und sag mir, welcher Tag passt.“ Ich drehe mich ein letztes Mal um, strahle über das ganze Gesicht und gehe zu den völlig aufgekratzten, angeheiterten Frauen. Dann wird es mir schlagartig bewusst – Oliver hat mich zum Strahlen gebracht. Die Erinnerung an all die Momente, in denen er das in meinem Leben bereits geschafft hat, prasselt auf mich ein, und beim Anblick der fröhlichen Frauen, die das Leben und die Liebe feiern, würde ich am liebsten weinen. Aber das mache ich nicht. Oliver hat gar nicht das Recht, mich zum Weinen zu bringen. Nicht mehr.

Deutsche Erstveröffentlichung

Claire Contreras

Kein Tag mehr ohne dich

ISBN: 978-3-95649-630-1
9,99 € (D)

Das Leben ist schmerzhaft und viel zu kurz. Aber es kann auch wunderschön sein, weiß Elle und beginnt ein Jahr nach dem Tod ihres Verlobten, die Scherben ihres Lebens zusammenzusetzen. Nur um sich gleich vor neuem Schmerz schützen zu müssen, als plötzlich ihre erste Liebe Oliver wieder vor ihr steht und eine zweite Chance will. Das letzte Mal brach er ihr das Herz. Diesmal werden nicht einmal mehr Scherben übrig bleiben, wenn er sie erneut verlässt. Und doch fühlt Elle sich in seinen Armen etwas weniger zerbrochen ...

Originalausgabe

Anna Saalbach

Und dann kam Mr. Willow

Gerade dachte Mirka noch, der Mann ihrer Träume würde ihr in London einen Heiratsantrag machen. Doch statt eines Rings schenkt er ihr die ganze Wahrheit: Er ist mit einer anderen verlobt, und die erwartet sein Kind. Völlig aufgelöst sitzt Mirka im Park, als plötzlich ein zerknautschter Corgi vor ihr hockt. Kurz entschlossen tauft sie ihn Mr. Willow und nimmt ihn mit sich. Schon bald entpuppt er sich nicht nur als guter Zuhörer, sondern scheint auch genau zu wissen, wer Mirkas Mr. Right ist.

ISBN: 978-3-95649-683-7
9,99 € (D)

Deutsche Erstveröffentlichung

Kat French

Nur ein Sommer mit dir

Alice ist wieder Single, doch wie soll sie es sich leisten ihr geliebtes Zuhause zu behalten? Da hat sie eine grandiose Idee: Sie wird Borne Manor über den Sommer vermieten und selbst in den kleinen Wohnwagen im Garten ziehen. Allerdings hat sie nicht mit sexy Country-Star Robinson als neuen Mieter gerechnet. Dabei will Alice gerade gar keine Beziehung. Zum Glück geht es Robinson ganz genauso, da kann eine harmlose Sommerromanze ja gar nicht kompliziert werden ... oder etwa doch?

ISBN: 978-3-95649-666-0
9,99 € (D)

Deutsche Erstveröffentlichung

Kristen Proby

Für Happy Ends gibt's kein Rezept

Alle schwärmen vom Seduction, dem Restaurant, das Addie gemeinsam mit ihren Freundinnen führt. Als Tüpfelchen auf dem i fehlt nur noch Live-Musik. Doch kaum dass ein Typ mit Gitarre hereinschneit und sich bewirbt, kippt Addie fast aus ihren High Heels. Jake Knox, der berühmte Rockstar! Seit jeher üben Musiker einen gefährlichen Reiz auf sie aus, stärker als Schuhe und Schokolade zusammen. Und Jake mit seinen grünen Augen und der rauchigen Stimme könnte ihr zum Verhängnis werden ...

ISBN: 978-3-95649-633-2
9,99 € (D)